www.lenos.ch

Blaise Cendrars

Die rote Lilie

*Aus dem Französischen
von Giò Waeckerlin Induni*

*Mit einem Nachwort
von Peter Burri*

Lenos Verlag

Der Verlag dankt der Stiftung Pro Helvetia und dem Fachausschuss Literatur der Kantone Basel-Stadt und Basel-Landschaft für die Unterstützung bei der Herausgabe dieses Buches.

Die Übersetzerin
Giò Waeckerlin Induni wuchs als Italienisch-Schweizerin in Zürich auf und lernte früh, zwischen Sprachen und Kulturen zu wandern. Nach ausgedehnten Auslandsaufenthalten Übersetzerausbildung in der Schweiz, in Deutschland und in Frankreich. Ihr ganz besonderes Interesse gilt der Literatur sprachlicher Minderheiten sowie literarischen Einzelgängern. Zu den von ihr übersetzten Autorinnen und Autoren gehören, neben Blaise Cendrars, Bernardo Atxaga, Patric Chamoiseau, Gisèle Pineau, Romesh Gunesekera, N. Scott Momaday, Dai Sijie, Isabelle Eberhardt. Für ihre Arbeit wurde Giò Waeckerlin Induni mit dem Basellandschaftlichen Kulturpreis 1998 in der Sparte Literatur ausgezeichnet.

Titel der französischen Originalausgabe:
La Main coupée
Copyright © 1946 by Editions Denoël, Paris

Copyright © der deutschen Übersetzung
2002 by Lenos Verlag, Basel
Alle Rechte vorbehalten
Satz und Gestaltung: Lenos Verlag, Basel
Umschlag: Anne Hoffmann Graphic Design, Basel
Foto: P. Delance / GAMMA
Printed in Germany
ISBN 3 85787 327 2

Inhalt

Dieser Schelm von einem Vieil 11
Die Frühlingsoffensive 14
Die Läuse 16
Rossi (in Tilloloy gefallen) 18
Lang (in Bus gefallen) 28
Robert Belessort (in England getötet) und
    Ségouâna (bei der Ferme Navarin gefallen) 32
Goy (beim Posten La Croix in Gefangenschaft
    geraten – als verschollen gemeldet) 56
Coquoz 60
Madame Kupka 62
B. 91
Bikoff (Kriegsblinder, hat sich das Leben
    genommen) 92
Garnéro (auf den Höhen bei Vimy gefallen, am
    gleichen Tag begraben und zehn Jahre später,
    auferstanden, wieder getroffen!) 102
Plein-de-Soupe (die mit Portepee) 122
Gott ist abwesend 164
Einen Gefangenen machen 172
Der Chevalier von Przybyszewski, genannt
    „der Monokolski" (in der Champagne als
    verschollen gemeldet) 245
In der Grenouillère 255
Meine „Ehrenlegionen" 359
Die Maispfeife 362
Die rote Lilie 368

Die Originale   370
Die Sänger und ihre Lieder   377
Bouffe-Tout   384
Mama, Mama!   386
Wehrstammnummer 1529   389

Wer schreibt, schreibt Geschichte
Nachwort von Peter Burri   391

*Für meine Söhne
Odilon und Rémy,
wenn sie aus dem Krieg zurückkehren,
und
für ihre Söhne,
wenn die Jungen zwanzig sein werden.
Hélas!*

Blaise
1944

PS. – *Hélas!* Am 26. November 1945 teilt mir ein Kabel aus Meknès (Marokko) mit, dass Rémy bei einem Flugzeugunfall ums Leben gekommen ist. Mein armer Rémy, er war so glücklich, jeden Morgen den Atlas zu überfliegen; er war so glücklich, am Leben zu sein nach der Rückkehr aus der Gefangenschaft in Bochien. Es ist traurig. Doch ein Privilegium des gefährlichen Berufs eines Jagdpiloten ist, dass man fliegend ums Leben kommen und jung sterben kann. Mein Sohn ruht auf dem Friedhof von Meknès inmitten seiner gefallenen Kameraden, in dem kleinen, bereits übervölkerten Sandrechteck, das den Piloten vorbehalten ist; jeder in seinen gefalteten Fallschirm gehüllt wie eine Mumie oder wie eine Larve, die armen Jungen, bei den Ungläubigen auf die Sonne der Wiederauferstehung wartend.
B.C.

Seine ehrenvolle Erwähnung im Tagesbefehl der Luftwaffe:
Tapferer, mutiger Pilot. Am 17. Mai 1940 hat er eine Dornier 17 angegriffen, was ihm verunmöglichte, seine Mission zu Ende zu bringen; nach langer Verfolgung schaffte er es, seine von Geschossen getroffene Maschine in die Stellung zurückzufliegen.
Beherzter, begeisterter Pilot, von edlem Kampfgeist beseelt. Am 19. Mai 1940 schaffte er es, anlässlich einer Erkennungsmission in niedriger Höhe über den feindlichen Panzerkolonnen, dank seiner Kaltblütigkeit und seinem fliegerischen Können, mit seiner durch die Flak schwerbeschädigten Maschine zwischen den feindlichen Linien zu landen. Er wurde mit seiner Mannschaft gefangengenommen.

Anmerkung seiner Vorgesetzten:
Ruhiger und zuverlässiger Pilot ... Ausdauernd ... Seriös und willig ... Tadelloses Benehmen ... Fröhliches, offenes Wesen ...

Brief seines Obersts i.G.:
... Was ich Ihnen sagen kann, ist, dass er einhelliges Bedauern mit ins Grab genommen hat. Er zählte zu den Besten. Seine wiederholt unter Beweis gestellte Tatkraft, sein präzises Augenmass, seine fliegerischen Kenntnisse, sein schnelles Reaktionsvermögen, alles schien ihn vor Gefahren zu schützen. Dennoch ist seine Maschine am 26. November im Lauf einer Luftgefechtsübung mit einem Zielflugzeug zusammengestossen, und es war, für uns alle unfassbar, die Katastrophe ...

Brief eines Kampfgefährten
... Trauern Sie nicht. Über einen Flugunfall verliert man keine Worte. An Rémys Tod ist seine leidenschaftliche Liebe für die Fliegerei und für seinen Beruf eines Jagdpiloten schuld. Rémy hat sich am Vorabend der Mobilmachung von September 1939 freiwillig zur Jagdwaffe gemeldet. Die junge Frau tut mir von ganzem Herzen leid. Doch jede Pilotengattin weiss genau, dass sie nur einen Teil des Herzens ihres Mannes besitzen kann, der bessere Teil bleibt dem Fliegen vorbehalten ...

Seine letzte, kurze Postkarte:
Meknès, den 4.11.45. – Mein lieber Blaise, mein Dienst wird immer spannender, und ich bin von allem begeistert: von meiner Arbeit, vom Wetter, von der Verpflegung (Datteln, Orangen und Mandarinen), ich hoffe sehr, bis Ostern hier bleiben zu können und zur schönen Jahreszeit nach Frankreich zurückzukehren. Ich hoffe, dass bei Dir ebenfalls alles o.k. ist. Küsse. Rémy

Denn etwas Neues erschafft der Herr im Land:
die Frau wird den Mann umgeben.
Jeremia, 31,22

Dieser Schelm von einem Vieil

An der Front gab's Neues. Etwas hatte sich geändert in der Kriegführung. Vor kaum einem Monat waren wir noch in Tilloloy in der Etappe gewesen, während das Regiment nach dem Aderlass vom Frühjahr (die Führungsstäbe nannten das unerklärlicherweise die Frühlingsoffensive) neu zusammengestellt wurde, als plötzlich die wildesten Gerüchte zu zirkulieren begannen, und alle Männer fingen an von Urlaub zu reden. Dieser Schelm von einem Vieil hatte geschrieben: „... offenbar lässt das Hauptquartier Eisenbahnzüge hinter den Linien zirkulieren, um die Boches auf der anderen Seite anzuschmieren. Nutzt die Gelegenheit. Jedenfalls geht's demnächst auf Trail. Ganz sicher. Fahrt Richtung Süden. Die Züge führen Schlafwagen. Sag den Kameraden, dass es hier jede Menge flotte Bienen gibt und dass ich jeden Abend mit einer hübschen Kriegspatin die Mandoline zupfe. Mir mangelt es an nichts. Sie gibt mir Geld und manch andere Näscherei. Also, beeilt euch ..." Vieil schrieb uns aus Nizza, wohin er verlegt worden war, weder weil er krank noch weil er verwundet war, sondern weil er seit je ein fauler Hund war.

Eines schönen Morgens, es war in der Truppenunterkunft in Morcourt (Somme), hatte Vieil Kaffeedienst.

„Ich geh' nicht, Kapo", sagte er. „Ich hab' die Flenne."

„Nimm dich zusammen, du Faultier. Los, beeil dich! Du bist an der Reihe."

„Awa, ich geh' nicht. Ich hab' die Flenne."

„Also meld dich krank, bist selber schuld, wenn man dich nicht krank schreibt."

Gegen Mittag stürmte dieser Schelm von einem Vieil mit sieben Litern Sprit in unsere Scheune: „Los, Jungs, helft mir, dalli. Ich bin krank. Der Hauptfeldwebel hat mich ausgemustert. So ein Depp! Au-au-au, mir ist schwindlig. Mama, Mama, ich sterbe! Gebt mir zu trinken, schnell, Herrgott noch mal, mir ist ganz schwach, o-o-o ...! Da, ich schenk' dir meinen Schiessprügel, Kapo, und die Jungs können meine Patronen und die Handgranaten haben. Wo sind meine Sachen? Dalli-dalli, ich hab's eilig, und vergesst meine Mandoline nicht; kommt, ich spiel' euch noch ein Liedchen ..."

Und Vieil setzte sich, *It's a long way to Tipperary* spielend, in den Regimentswagen, der ihn ins Hinterland abtransportierte.

Er war als staatenlos gemeldet, aber Vieil kam aus Ménilmontant. Er war ein netter Junge, wurstig und unbekümmert, halb Maler, halb Musiker, immer zu Scherzen aufgelegt, immer mit schönen Worten zur Stelle, wenn es ums Handanlegen ging, ein echter Krummstiefel. Er war überhaupt nicht unentbehrlich in der Truppe, allein, als er weg war, vermissten ihn alle. Doch es dauerte nicht lange, und Vieil begann uns mit Ansichtskarten zu bombardieren. Er war wirklich ein netter Kumpel. Er hatte uns nicht vergessen. Er war nach Beauvais in ein Krankenhaus verlegt worden und von dort aus nach Nizza. „Schwein muss man haben", schrieb er uns. Er schickte uns hübsche Ansichtskarten, auf denen alles blau war, der Himmel, das Meer, die Villen, die Gärten, ja selbst das leuchtende Gelb der Mimosen und Orangen, das sich in leuchtendes Rot verwandelt, wenn die Sonne im vielen Blau der Baie des Anges untergeht. Vieil hatte es verstanden, sich in Nizza unentbehrlich zu machen. Er hatte einen spleenigen Oberfeldarzt kennengelernt, der Kriegssouvenirs sammelte, und Vieil hielt die Sammlung des Alten in Ordnung, polierte Gewehre, Stahlhelme, Abzeichen, Uniformknöpfe, Koppelbeschläge, versah jeden Gegenstand mit einem entsprechenden Schildchen, denn er hatte eine schöne Handschrift, verstaute die Dinger in Glasvitrinen, reparierte, inventarisierte, numerierte und hielt den Katalog à jour. Er bat uns, ihm Aluminiumringe zu schicken, gehämmerte Granatzünder, aus Splittern hergestellte Brieföffner, Pfeifen, Spazierstöcke, und nach Empfang liess er von seinem Onkel Doktor dem Frontsoldaten, der den Gegenstand gebastelt hatte, einen bescheidenen Betrag überweisen. „Ich habe eine lukrative Beschäftigung", schrieb er mir. „Wenn es bloss bis zum Ende des Krieges dauert." Für ihn, diesen Pfostensteher, hat es bis zum Ende des Krieges gedauert. Raphael Vieil wurde in Nizza aus dem Kriegsdienst entlassen, nachdem er ich weiss nicht wie viele hundert Pfeifenköpfe angeraucht hatte. Er selber rauchte nur *Jacob*.

„... Sag den Kameraden, dass es hier jede Menge flotte Bienen gibt ... Demnächst geht's auf Trail ... Die Züge führen Schlafwagen ... Kommt." Doch in der Zwischenzeit kriegten wir an der Front von seinen Ansichtskarten den Cafard.

Die Frühlingsoffensive

Genau dreissig Jahre sind es her. Ja, an der Front gab's Neues. Doch das Neue war nicht die „Frühlingsoffensive", jenes gescheiterte Riesentamtam der Generalstäbe; denn wir, eine Handvoll Männer, wir hatten sehr wohl die Linien durchbrochen. (Am 9. Mai 1915, um 12.15 Uhr, hatte ich mit meiner Kompanie, zusammen mit ein paar tapferen, wie wir versprengten Burschen, alles in allem zwei- bis dreihundert Mann, vier Linien der deutschen Gräben überspringend, *ohne einen einzigen Schuss abzugeben,* die Höhen bei Vimy besetzt, und die Front war durchbrochen.) Die Generalstäbe jedoch, die diese Offensive inszeniert und uns weisse Stoffvierecke auf den Rücken hatten nähen lassen, damit die Artillerie unseren Vorstoss mit dem Zielfernrohr verfolgen konnte (es ist bekannt, dass beim Internationalen Patentamt in Bern die Anmeldungen für Perpetua mobilia und Quadraturen des Kreises im Frühling wesentlich zahlreicher sind als in den übrigen Jahreszeiten), die Generalstäbe jedoch glaubten nicht an den berühmten Durchbruch, und als wir mit unseren weissen Vierecken auf dem Rücken die Höhen bei Vimy (die die Kanadier erst 1918 zurückeroberten) erreicht hatten, gaben wir eine hübsche Zielscheibe für unsere 75er ab, und sobald wir uns rührten für die 77er, und die Ochsenbüchsen der Österreicher setzten uns böse zu, ganz zu schweigen von den Deutschen, an denen wir vorbeigezogen waren und die nun um so fröhlicher auf unsere Rücken zielten. Um drei Uhr nachmittags traf die feindliche Verstärkung, von Lille her kommend, mit dem Autobus ein, und wir nahmen sie, während sie ausstiegen, auf eine Entfernung von dreihundert Metern unter Beschuss. Die französische Verstärkung traf erst am nächsten Tag um sieben Uhr abends ein. Arme Teufel. Landwehrsoldaten. Sie hatten die fünfundsiebzig Kilometer zu Fuss zurückgelegt. Die Ablösung war endlich da. Ganze zweiundsiebzig Mann. Meine Einheit war nicht allzusehr malträtiert worden. Und am 11. Juni wiederholte sich das gleiche nochmals. Unter mehr oder weniger gleichen Umständen und aus den gleichen Gründen: aus mangelndem Grips und mangelndem Glauben der Generalstäbe und aus Schlamperei. Und für uns war's Elend, Gemetzel, ein Blutbad, bloss, dass von Durchbruch keine Rede mehr sein konnte, denn die Boches waren vorgewarnt. Pétain soll das Ganze inszeniert haben. Einerlei, ob Pétain oder nicht Pétain:

Jean de Nivelle nous a nivelés,

Et Joffre nous a offerts à la guerre,

Et Foch nous a fauchés,

Et Pétain nous a pétris,

Et Marchand ne nous a pas marchandés,

Et Mangin nous a mangés,

sangen die Männer beim Abstieg vom Chemin des Dames:
Jean de Nivelle hat uns platt gewalzt. Und Joffre hat uns dem Krieg ausgeliefert. Und Foch hat uns niedergemäht. Und Pétain hat uns gewalkt. Und Marchand hat uns verschachert. Und Mangin hat uns verputzt.

Das Neue für uns war, dass der Frühling uns zusetzte und dass sich nach diesem vergeblichen heldenhaften Aderlass das Inland zu rühren begann. Die Päckchen trafen ein, die Überweisungen, die Briefe, die Zeitungen, die, wie Vieils

Ansichtskarten, von bevorstehendem Urlaub berichteten. Es gab vielleicht doch eine Chance, heil davonzukommen, abzuhauen. Zumindest für kurze Zeit. Hoffnung kam auf. Das Hinterland rührte sich. Überdies trafen die ersten Briefe der ersten Kriegspatinnen ein. Das Hinterland nahm Gestalt an. Der Duft der Frauen wehte bis zu uns. Es war Frühling. Wir, die Veteranen, waren seit kaum einem Jahr Soldaten und hatten bereits gelernt, alle Hoffnung aufzugeben. Wir, die Überlebenden. Zweihundert Mann waren bereits in meiner Kompanie vorbeigezogen. Ich glaubte an nichts mehr. Doch leben … leben! Wie wunderbar mir das vorkam!

Die Läuse

Wenn ich, dreissig Jahre später, an meine in den Schützenlöchern hockenden Männer im Frontabschnitt bei Tilloloy zurückdenke, sehe ich uns als Läuse in einem Kopf. Was hatten wir dort verloren? Wir starben vor Langeweile, vom Verlangen nach der Frau gequält. Kennen die Läuse das Verlangen? Sie sind selbstsüchtig. Doch was weiss man schon über die Läuse. Wenn man sie durch die Lupe betrachtet – so, wie ich heute meine Kameraden vor mir sehe, jeder allein in seinem Schützenloch kauernd –, sehe ich jeden reglos, geduckt dort sitzen. Einige sind durchscheinend, mit einem Eisernen Kreuz auf dem Rücken: das sind die deutschen Läuse. Bei anderen sieht man, zart filigran, den Magen oder den Verdauungstrakt: das sind die alten Haudegen, die „Freiwilligen" nannten wir sie; andere wiederum sind wie wir leicht bläulich und wirken zierlicher, das sind die Tunesier, die flinksten. Die roten Läuse sind die Schweineläuse. Von denen gab's bei uns jede Menge. Manchmal streichelt sich eine Laus den kahlen Schädel, wie eine Fliege, die sich den Bauch putzt, dann mit den Pfoten die Deckflügel streichelt – genau wie Rossi, wenn er an seine Frau schrieb und dabei in seinem langen Bart wühlte und sich am Schädel kratzte, der kahl war wie ein nackter Poker. Woran mochte er denken, der Gierpanscher? Unser gutmütiger Riese. Und was mochte er Madame Rossi schreiben? Und die anderen, all die anderen, was mochten sie den lieben, langen Tag schreiben? Dass sie bald auf Urlaub kämen? Man sah die Männer sich in den Schützengräben verstreuen auf der Suche nach einem ruhigen Plätzchen, um sich zum Schreiben abzusondern; und sie begannen zu schreiben und sich zu kratzen, sich nicht wegen der gierig über sie herfallenden Läuse zu kratzen, sondern um einen Gedanken oder ein Wort mit Daumen und Zeigefinger zu erhaschen. Hin und wieder liess ein Mann dennoch seinen Füller fallen, um sich gewissenhaft der Läusejagd zu widmen. Und er zog sich aus, inspizierte die Hosennähte oder seine Bauchfalten, und wenn er eine Läuse- oder Nissenkolonie im Hosensaum zerquetschte, hörte man ihn zornig fluchen und triumphierend aufschreien, wenn es ihm gelang, eine Filzlaus aus dem Rosshaar zu zupfen. Worauf er sich wieder seinem Brief zuwandte, sein Unterzeug aber nicht aus den Augen liess. Was konnte ein armer Kerl in dieser tristen Umgebung seiner Frau oder seiner Dulzinea schreiben, wenn nicht Poesie? Auch die Liebe ist eine Obsession, die einen juckt und lebendigen Leibes verschlingt wie die Läuse. An der

Front schafft es der Soldat nicht, sich davon zu befreien. Er muss in die Etappe zurück, auf Urlaub gehen, um sich Quecksilbersalbe zu besorgen, die ihn vom Ungeziefer befreit. Die Männer schrieben also. Es juckte sie. In Tilloloy war die Zeit der Postverteilung wichtiger als die Suppe. Was war los? Selbst ein Rossi kam zu spät zum Essenfassen. Er, unser Fresshammel! Soll einer das verstehen.

Rossi (in Tilloloy gefallen)

Rossi ass für vier. Er war ein Rummelplatz-Herkules, aber eine Seele von einem Menschen, schrecklich in seinem Zorn, der ihn wie kindliches Toben überkam, jedoch harmlos, denn Rossi fürchtete sich vor seiner tatsächlich erstaunlichen Muskelkraft. „Wisst ihr", erklärte er den Kameraden, „ich weiss nicht, wie stark ich eigentlich bin. Ich weiss nicht, wie weit ich gehen kann. Wenn ich zum Beispiel einem Freund die Hand gebe, könnte ich sie ja zerquetschen. ‚Rossi, mein Kleiner, zügle dich', mahnt Madame Rossi mich immer wieder, wenn sie Angst hat, ich könnte etwas allzu kräftig zupacken." Mit einer Schwierigkeit konfrontiert, gegen die seine Bärenkräfte nichts ausrichten konnten – das Dunkel der Nacht, die Kälte oder das Regenwasser, das ihm über den Nacken lief –, verlor Rossi total den Kopf. In den ersten Wochen ging er uns wirklich auf den Zahn in den Schützengräben bei Frise, die seiner Ansicht nach für ihn, unseren gutmütigen Riesen (Rossi war 1,95 Meter gross und breit und schwer wie ein Kleiderschrank), zuwenig tief waren, also suchte Rossi heimlich den Oberst auf, um sich zu beschweren: die Gräben entsprächen nicht seiner Grösse, er bat ihn, sie tiefer ausheben zu lassen, die Brustwehre zu erhöhen und die unter Wasser stehenden Laufgräben abzuspreizen, was ihm – ihm! – acht Tage Arrest einbrachte mit der Begründung: „... weil er sich in einer dienstlichen Angelegenheit direkt an seinen Oberst gewandt hat, ohne den Instanzenweg zu beschreiten ..." Und uns – uns! –, die wir in dem ungesicherten sumpfigen Frontabschnitt bereits zu Tode erschöpft waren, bescherte sein Vorgehen zusätzliche aufreibende Maloche in den schwammigen Schützengräben, die einstürzten und überliefen, wenn man sie aushob, und die man weder vertiefen noch anlegen, noch befestigen konnte. Und während wir uns mit eiskalten Füssen abschindeten, kniete der mit Arrest Bestrafte, den Kopf in die Hände gestützt, heulend vor seiner Schiessscharte. Ein Bild des Jammers. Die Männer waren wegen seines Alleingangs beim Oberst wütend auf ihn, und sie beschimpften ihn und bewarfen ihn mit Schaufeln voller Dreck, Morast und Schlammwasser. Schliesslich beruhigte sich die Stimmung, und Rossi wurde ein ganz passabler Soldat, auch wenn er sich oft auf Patrouille verirrte.

Er war zwar kein Nyktalope wie Meyrowitz, der jiddische Dichter aus der Rue des Rosiers, der es geschafft hatte, sich als dienstuntauglich erklären zu lassen, weil er diese Krankheit, von der er behauptete, sie sei angeboren, meisterhaft zu simulieren verstand, aber ich erinnere mich, dass sich Rossi regelmässig verirrte, wenn wir vor Dompierre-en-Santerre an die Front einrückten, und immer beim gleichen Splitterschutz – beim dreizehnten – nach links anstatt nach rechts abschwenkte und geradewegs auf die Boches zumarschierte, schliesslich liess ich ihn mit einer Reistünche aus dem berühmten ekelhaften „Klebreis" bestreichen, der in sämtlichen Essgeschirren zurückblieb, weil ihn niemand essen mochte; die weisse Reispyramide bildete einen weisslichen Fleck, immerhin einen Orientierungspunkt in der schwärzesten Nacht. Rechts war das *no-man's land,* links der Eingang zu einem Minentrichter, durch den wir uns im Gänsemarsch zwängten. Ich mochte Rossi, sooft ich wollte, befehlen, direkt hinter mir zu bleiben, ihm sagen, er solle sich am Schoss meines Soldatenmantels festhalten, laut die Splitterschutze zählen ... Wenn wir beim dreizehnten anlangten, verlor Rossi den Kopf und bog in die falsche Richtung ab. Worauf wir ihn brüllen, um Hilfe rufen, Schüsse abgeben hörten, einen Höllenkrach veranstalten, der einen toten Esel aufgeweckt hätte, und ich musste zwei Männer schicken, um den kleinlauten, beschämten Riesen auf den richtigen Weg zurückzubringen. Es grenzte an Hysterie, denn das Ganze wiederholte sich regelmässig und immer an der gleichen Stelle, jedesmal, wenn wir in dem verdammten Frontabschnitt, einem der gespenstischsten, den ich je erlebt habe, zum Einsatz kamen. Von Ablösung zu Ablösung wusste man nie genau, wie weit man vorrücken konnte. Bei Tag war es eine Mondlandschaft mit einander überlagernden Minentrichtern, der in die Luft gesprengten Zuckerfabrik, dem Kalvarienhügel und dem, kopfunter, an den Füssen am Kreuz hängenden Christus, der mir dreissig Tage Bau einbrachte – nicht weil ich ihn bei Tag besichtigt hatte, sondern weil ich ihn fotografierte. (Natürlich waren Unteroffiziere eifersüchtig auf mein gutes Verhältnis zu meinen Männern. Zwar war mir gestattet, eine *Kodak* zu besitzen, aber es war mir verboten, sie zu benützen. Und Oberleutnant, Hauptmann, Major, Oberst stützten sich auf diese Interpretation, um die entsprechende Anzahl Tage Arrest auflaufen zu lassen. Solange man im Einsatz war, musste man nicht sitzen. Aber man war das schwarze Schaf, und irgendwo in der Etappe trug ein Schreibstubenpisser, schön an der Wärme seines Büros, die Urteilsbegründung in ein Register ein. Was für ein Mumpitz, das Ganze! Und dies um so mehr, als dies mich nicht daran gehindert hat, bis zum letzten Tag Bilder zu schiessen. Allerdings war Dingsbums, der Elsässer, die Ordonnanz der Unteroffiziere, nicht mehr da, um mich auszuspionieren und Rapporte zu schreiben.)

Auch wenn Rossi auf Patrouille nicht zu gebrauchen war, in der Truppe war er unentbehrlich. Er rammte mit einem einzigen Holzhammerschlag einen Pfahl in die Erde, während andere zu zweit zehnmal ansetzen mussten. Er war es gewohnt, Zirkuszelte aufzustellen. In Frise war es schliesslich Rossi, der ohne jegliche Hilfe unsere Drahtwalzen auszog, und zwar in Rekordzeit und tadellos. Die Männer verziehen ihm deswegen alles, seine Labilität, sein unüberlegtes Vorgehen beim Oberst, seine plötzlichen Anfälle, seine Fressgier. Man konnte von ihm eine unmenschliche körperliche Anstrengung verlangen, aber keine dauernde Anstrengung. In Dompierre behielt ich ihn für das Stopfen der Sprengkammern in der allerletzten Minute zurück, für das Schleppen der Sprengstoffkisten und der Sandsäcke. Es war ein Vergnügen, ihm in der Fluchtpanik zuzuschauen, wie er die fünfzig Kilogramm schweren Melanitkisten jonglierte, die Schwarzpulversäcke, die dicken Dynamitwürste, die er mit den Zähnen auseinanderriss, die Sandsäcke, die er, zehn aufs Mal, aufeinanderstapelte und mit kräftigen Fusstritten und Schaufelhieben die Stollen zumauerte. Er hatte grössere Angst als alle anderen und hatte es eilig, sich in Sicherheit zu bringen. Doch er leistete prima Arbeit. Er folgte dem Feldwebel der Pioniere hart auf den Fersen, der seine Zündschnur abrollte und fast gleichzeitig mit ihm den Ausgang erreichte. Wenn die Sprengladung explodierte, wurde Rossi ohnmächtig. Man musste ihn jedesmal wiederbeleben. Ich bediente mich seiner wie ein Elefantenführer seines Elefanten – und Rossi war empfindlich wie ein Elefant, er erkältete sich leicht, war schnell deprimiert, und um sich von einer Anstrengung oder einer Aufregung zu erholen, brauchte er Berge und Berge Nahrung wie ein Elefant. Ich frage mich, was ohne mich aus dem armen Kerl geworden wäre. Er wäre bestimmt in Biribi gelandet, denn ich habe ihn zwei-, dreimal in den Unterständen beim Klauen von Lebensmitteln erwischt.

„Lass das, Rossi", sagte ich zu ihm, „du bist zu tolpatschig."

Und ich sorgte dafür, dass er genug zu essen bekam. Was nicht einfach war. Ich klemmte das Fleisch unserer Offiziere. Ich führte eine Razzia bei den Artilleristen durch. Ich unternahm Abstecher in die Dörfer im Hinterland. Ich war, der Not gehorchend, zu seinem Pfleger geworden. Je mehr er ass, desto hungriger war er. So wie die andern sich mit Wein vollaufen liessen – was Tradition ist in der Legion –, stopfte sich Rossi mit Mampfe voll. Sämtliche Suppen- und Küchenreste gingen drauf, ganz zu schweigen von den zahlreichen Paketen, die Madame Rossi ihm schickte, denn sie kannte die Schwächen ihres Hünen. Und Rossi trug die

Leckereien in seine Höhle und verschlang sie gierig wie ein Tier. Hunger macht nicht gesellig. In jedem neuen Frontabschnitt suchte sich Rossi ein verlassenes Schützenloch, wo er sich fernab von allen verkroch, ohne sich weder um die Lage noch um die Scheisse zu kümmern, womit der abgelegene Unterstand gefüllt war, noch um den dort vergrabenen Kadaver, dessen Füsse aus der Wand ragten. Rossi wollte beim Essen allein sein. Man sah ihn zur Essenszeit aufkreuzen. Er streckte sein Essgeschirr hin, zählte die Portionen, zankte wegen eines bisschen Schmalzes, oder eines Markknochens, überwachte aus der Nähe die Verteilung der Suppen- und Kochtopfreste, wenn es welche gab, tauschte ein Viertel Wein gegen ein Camembertviertel, feilschte, kaufte (denn der Oger war bei Kasse), bettelte, flennte, und man sah ihn, mit Essen beladen, in Richtung seiner einsamen Höhle verschwinden, sein gehäuft volles Essgeschirr in den Händen, die Zugaben auf dem Deckel balancierend, unter jedem Arm einen Laib Brot, glücklich, zufrieden, mit aufgeknöpftem Mantel und gelockertem Koppel, mit kleinen, behutsamen Schritten, trippelnd wie ein Priester, der seinen Gott trägt. Er kletterte in seine Höhle, zog die Zeltplane vor dem Eingang zu, zündete eine Kerze an, machte es sich bequem, die Viktualien, die Soldatenmampfe und die Leckereien, die Madame Rossi für ihn zubereitet hatte, rund um ihn herum im Schlamm und in der Scheisse verstreut, seine Brotbeutel voller Lebensmittel, die ich für ihn zusammengeklaut hatte, aufgehängt an den Füssen des zu langen Toten, von dem er sich nicht weiter stören liess, und er begann zu kauen. Er lächelte. Wie wohl ihm war, ganz allein in seiner Höhle. Er würde mit dem Toten nicht teilen müssen. Er kaute. Seine

Zähne waren ebenso kräftig wie seine Bizepse. Er knackte die Knochen auf. Er kaute wie eine Maschine. Kein Krümel blieb übrig.

„Bist zufrieden, was?" fragte ich ihn, einen Zipfel des Vorhangs zur Seite schiebend, um ihm eine Extraportion zu reichen, die ich für ihn aufgetrieben hatte.

„Ja, es schmeckt!" sagte er.

„Denkst du an Madame Rossi?"

„Nein, ich esse."

Doch eines Tages kam der Ausgehungerte tatsächlich zu spät zum Essenfassen. Was war los? Da stimmte etwas nicht.

„Bist du krank?" fragte ich ihn also.

„Nein."

„Was ist mit dir los?"

„Hmm, ich schreibe meiner Frau."

Aha! Der Frühling setzte auch diesem Riesentaps zu. Was würde daraus werden? Ein brünstiger Elefant?

Nun war aber Rossi wie die meisten dicken Männer ein keuscher Mensch. Wenn in der Truppenunterkunft von den Frauen die Rede war – und Gott weiss, wie oft dieses Thema aufs Tapet kam! – und lange bevor der Frühling seine Offensive gegen uns eröffnete (die „Arschbackenoffensive", hatte ich weiss nicht mehr welcher Spassvogel gescherzt, um die „Frühlingsoffensive" der Generalstäbe zu übertreffen, und das Wort war sofort begeistert aufgegriffen worden), stand Rossi errötend auf, ging schlafen und zog die Decke über den Kopf. „He, Filzbart", riefen ihm die Männer zu, „willst keinen Kopfschützer? Stopf ihn dir in die Ohren, Baby, wir haben ein paar Gepfefferte parat!" Es ist bekannt, dass Männer unter sich kräftig die Sauglocke läuten; man kann sich also die Greuelgeschichten vorstellen, die eine überreizte, dreiviertel blaue Legionärstruppe auftischen konnte in diesem Wortgefecht, das zu einem überhitzten Wettstreit um die gröbste Lüge, die satanischste Übertreibung, das frenetischste Glanzstück ausartete, in dem jeder den anderen zu übertreffen suchte; worauf man zu schlüpfrigen Anekdoten und erotischen Abenteuern überging, und das im krudesten Vokabular der derbsten Sprache und in dem an Bildern, treffenden Formulierungen (und anatomischer Präzision) so reichen, sprudelnden Wortschatz des Pariser Volks. Ich hörte hingerissen zu und liebte meine neuen Kameraden allein schon ihres Mundwerks wegen. Was für eine Poesie in der Sprache des einfachen Volkes, der Kameraden aus den Faubourgs.

Il n'est bon bec que de Paris ... *

Und wenn man bedenkt, dass wir alle Ausländer waren, Söhne von Ausländern, gewiss, doch, von ein paar wenigen Ausnahmen abgesehen, waren alle, die einen nicht zu Wort kommen liessen, in Paris geboren. Kein einziger Bauer war darunter, es waren alles bescheidene Handwerker aus den Pariser Vorstädten, Schneider, Kürschner, Tapezierer, Ledervergolder, Schriftenmaler, Autolackierer, Goldschmiede und Pförtner, Nachtlokalmusiker, Radrennfahrer, Macker und Langfinger, Enkel von Revolutionären, die 1848 aus allen Teilen Europas gekommen waren, um die Juli-Barrikaden zu verstärken, oder der letzten Handwerksgesellen,

---

* *Kein Schnabel piepst wie in Paris;* aus François Villon, *Ballade des femmes de Paris* in *Le Testament*. (Deutsch: *Ballade über die Frauen von Paris* in *Das Testament Villon*, sämtliche Dichtungen, Heidelberg 1982) (Anm. d. Ü.)

die Frankreich durchwandert und sich in Paris niedergelassen hatten, weil sie tüchtige Arbeiter waren und sich ihren Lebensunterhalt reichlich verdienten und geheiratet hatten; auch ein paar adelige Sprosse waren darunter, der Pole zum Beispiel, Chevalier von Przybyszewski (der Neffe des berühmten Schriftstellers, Verkörperung der *décadence* schlechthin), oder der Peruaner de Bengoechea (nördlich von Arras gefallen), Sohn des reichsten Bankiers von Lima, ein paar Intellektuelle aus Montparnasse, die wie ich begeistert waren von der obszönen Sprache und der Verve der Gaudiburschen. Rossi hatte gut daran getan, schlafen zu gehen. Er hätte niemals mithalten können, ebensowenig wie die zuhörenden Russen, Deutschschweizer, Frankophonen (Welschschweizer, Belgier, Kanadier), die unsere Ränge verstärkten, und jüngst die Bauern oder vielmehr Landarbeiter aus aller Herren Ländern, die das Depot uns als Verstärkung nach Tilloloy schickte, er hätte niemals mithalten können in diesem heissen Spiel, und erst recht nicht, als die älteren, die Haudegen aus der Hauptgarnison der Fremdenlegion, die aus Sidi bel Abbès, bei uns aufkreuzten und sich unter die Pariser mischten und mit ihren *moukères*- und Afrika-Geschichten die Runde erweiterten, denn die Lohe, ein schwindelerregendes Aufflammen von Wörtern in der Hölle, war kaum mehr zu ertragen.

Rossi gehörte zu jenen Italienern, die nie Französisch lernen. Er war geistig schwerfällig, stammelte, hatte Mühe, die richtigen Wörter zu finden. An seine Frau zu schreiben beschäftigte ihn ein, zwei, drei Tage. Und er vergass darüber Essen und Trinken. Und man durfte während dieser Zeit nichts von ihm verlangen. Er hätte ein Unheil angerichtet.

Doch als sich in Tilloloy der Tod auf ihn stürzte, war Rossi nicht damit beschäftigt, an seine Frau zu schreiben. Im Gegenteil, er hatte eben einen langen Brief zu Ende geschrieben, in dem er ihr seinen bevorstehenden Urlaub ankündigte. Und es stimmte. Ich hatte es ihm vom Radlerkurier des Obersts bestätigen lassen, der Rossis Brief zur gewöhnlichen Post gebracht hatte. Unser gutmütiger Riese ging das letzte Mal mit uns auf Wache, begleitete uns zu unserem weit vorgeschobenen, einsamen kleinen Posten. Er hätte am morgigen Abend den Zug nehmen sollen. Ich hatte ihn von allen Sonderdiensten befreit, wie es sich gehört gegenüber einem Glückspilz, der auf Trail geht; und wie es sich gehört, hatte Rossi es sich abseits in einem Schlupfwinkel gemütlich gemacht, in einer ziemlich tiefen Höhle unter einem verkohlten Baumstumpf, um die Nacht mit Essen und Aufessen seiner Vorräte zu verbringen. Was zum Teufel, er würde nichts übriglassen!

Kurz nach Mitternacht, gleich nach der Wachablösung, verpasste uns eine deutsche Truppe auf gut Glück einen Geschosshagel, wie das hin und wieder der Fall war, und eine Granate schlitzte Rossi den Bauch auf. Als wir zu ihm liefen, lebte er bereits nicht mehr. Unser Taps hatte sich in sein Essgeschirr entleert.

Für ihn war das gut so, denn am nächsten Tag wurden alle Urlaube gestrichen, und unser zorniger Riese hätte bestimmt ein Unheil angerichtet, ein echtes.

Lang (in Bus gefallen)

Ein anderer Taps, der sich nie an die Schützengräben gewöhnen konnte, war Lang. Er war der Beau des Bataillons. Er war ebenso gross und kräftig wie Rossi, doch im Gegensatz zum Italiener, der beleibt, massig, schwerfällig, schwarz, kahl und bärtig war wie ein Kalabrese, war Lang, ein Luxemburger, gutgebaut, schlank, elegant und gewandt, hatte blaue Augen, eine helle Haut, blondes Haar und trug einen krausen Gallierschnauzbart, den prächtigsten und stolzesten Schnauzer, den ich je gesehen habe. Er war Ledervergolder von Beruf, und laut ihm hatte er in den Werkstätten Verheerungen angerichtet. Er war ein Herzensbrecher, ein Frauenheld, und zahllose Arbeiterinnen waren einander wegen eines Blicks aus seinen schmachtenden Augen in die Haare geraten oder waren nach einer Eifersuchtsszene bei einer Bootsfahrt auf der Marne oder bei einem Schäferstündchen in einer Flusswindung zwischen Nogent et Varenne-St-Hilaire ins Wasser gesprungen. Ich kann mir das bestens vorstellen, denn Lang hatte einen verführerischen Blick, perlweisse Zähne unter seinem Erobererschnauzbart und, wie viele Handwerker aus den Faubourgs, eine schöne, volltönende, zu Herzen gehende Stimme, und der Liebling jener Damen wusste sich ihrer zu bedienen und liess seinen Charme in den sentimentalen Romanzen vibrieren, von denen er ein unerschöpfliches Repertoire beherrschte. Seine ganze Person strahlte Überdruss und Melancholie aus, wie es sich für einen Verführer gehört, der durch seine nonchalante, blasierte Art absolut unwiderstehlich war in den Werkstätten des Faubourgs Saint-Antoine und bei den Musette-

Tanzereien an der Bastille. An der Front, ohne die Vergötterung und die leichten Erfolge, an die er gewöhnt war, hatte Lang ganz einfach den Cafard und liess die Flügel hängen. Warum hatte er sich als Freiwilliger gemeldet? Um es den anderen gleichzutun? Weil der Mann seiner Schwester Artillerist war? Um die französische Staatsbürgerschaft zu erwerben? Aus Begeisterung, aus Liebe zu Frankreich? Nein, ganz einfach, weil die Uniform ihm gut stand; also hatte er Hunderte von Fotos von sich in selbstgefälligen Posen knipsen lassen, Fotos, die seinen Tornister beschwerten, denn es kamen noch Hunderte von Briefen dazu, die er täglich erhielt und aus denen er uns manchmal abends einzelne Stellen vorlas, die er mit entsprechenden und eher trübsinnigen Kommentaren ergänzte, weil voller Erinnerungen und Wehmut. Dann begann er zu Herzen gehende melancholische Lieder zu singen; das Heimweh nach Paris erfüllte unseren aufgeweichten Unterstand, kräuselte sich im Pfeifenrauch, im schwachen Licht der Sturmlampe, im Geruch der abgekochten Füsse, der verendeten Ratten, des faulenden Strohs, der qualmenden Erdkohle, die uns erstickte, und Lang steckte uns mit dem Cafard an. Alle. Er bekam soviel Post wie ein Minister, und er beantwortete jeden einzelnen Liebesbrief, schrieb seinen Verehrerinnen lange Episteln voller imaginärer Heldentaten, damit sie vor Angst um ihn erschauderten, und schickte ihnen die berauschendsten Strophen seiner Lieder, um sie zu Tränen zu rühren. In jeden Brief schob er eines seiner Fotos, und er bekniete mich ständig, doch neue Fotos von ihm zu machen, posierte vor der Brustwehr, mimte mit aufgepflanztem Bajonett den Zuaven, schwenkte Granaten über einem Geschosstrichter, schnipselte an Drahtverhauen herum, legte sich längs vor einen alten Kadaver mit Spitzhaube ... führte ein regelrechtes Affentheater auf, und ich hätte ihm sein ganzes Geld abgenommen, hätte ich für jedes Foto soundsoviel verlangt. Er war ein affiger Soldat. Wenn sein Cafard ihn befiel, war er unerträglicher als eine Frau, die ihre Tage hat. Er litt an Migräne, hängte trüben Gedanken nach und verfiel in eine tiefe Depression. Es war schlicht nicht auszuhalten. Noch ein Hysteriker. Gott, was sind diese grossen muskulösen Kerle für Memmen. Doch ich kannte das von zu Hause. Mein Vater war auch so ein Koloss, aber nicht auf tönernen Füssen, sondern mit einem aufgeblasenen Hasenherz. Der kleinste Nadelstich, und sie schrumpfen. Man müsste sich ständig um sie bekümmern.

Eines Tages liess mich der Hauptmann rufen, um mich zu fragen, ob ich in meiner Freiwilligenkompanie keinen Mann hätte, der das Zeug zu einem guten Küchengefreiten hatte, der lesen, schreiben, rechnen konnte, aufgeweckt war und von elementarer Ehrlichkeit, zumindest was die Weinabrechnungen betraf. Ich dachte gleich an Lang, der ein Charmeur, aber kein Säufer war, also ich ging ihn suchen, um mich mit ihm zu bereden.

„... nein ... wenn du das tatsächlich für mich tust ... ich ... ich ... Hör ... ich spendiere dir Champagner ... zwölf Flaschen ..." Am gleichen Abend setzte sich Lang auf den Bocksitz neben den Kutscher des Dienstwagens der 6. Armee, der ihn nach Bus, ein paar Kilometer im Hinterland, fahren sollte; ein friedliches kleines Dorf, in dem nachts, nach der Durchfahrt des Armeebusses, die Verpflegung verteilt wurde und wo Lang seinen Bereitschaftsdienst antreten sollte. Er war stolz auf seine drei Streifen, vor allem aber glücklich, der Front zu entrinnen. Ein paar von uns waren bei seiner Abreise dabei, überhäuften ihn mit guten Ratschlägen, übergaben ihm Briefe für die gewöhnliche Post, trugen ihm jede Menge Besorgungen auf.

„Besorge mir Camemberts", sagte der eine.

„Schick mir ein paar Hosenträger", sagte der andere.

„Sag mal, hast keine Angst vor dem Autobus?" fragte ein Spassvogel hinterhältig, als der Wagen abfahrbereit war.

„Brauchst dir um mich keine Sorgen zu machen, ich komme schliesslich aus Paris", antwortete Lang.

„Oh, ich meine nicht die Buslinie Madeleine–Bastille, ich weiss doch, dass du aus Panama* kommst. Hast du den Artikel im *Matin* nicht gelesen? Es soll vorgekommen sein, dass Frontsoldaten vor ihrem Tod einen Autobus gesehen haben. Nur im Traum natürlich. Doch in der Zeitung füllten sie eine ganze Spalte. Erinnert dich das an nichts?"

„Warum fragst du mich das?" entgegnete Lang bestürzt.

„Einfach so", antwortete der Kerl. „An deiner Stelle würde ich aufpassen. *Bus* kommt in *Autobus* und in *obus*** vor. Man weiss ja nie."

Ich dachte schon, Lang würde gleich vom Wagen springen, seine Streifen zurückgeben und sein Amt zur Verfügung stellen, bevor er es angetreten hatte. Er lächelte gezwungen. Doch der Kutscher gab dem Pferd die Peitsche, und der Wagen entfernte sich holpernd auf der gewundenen, schlecht gepflasterten, glitschigen Strasse, die von

---

* Panama (Paname), im Pariser Argot: Paris
** obus, Granate (Anm. d. Ü.)

knorrigen Apfelbäumen gesäumt war, wie es auf den Landstrassen im Grenzland des Departements Oise üblich ist.

Bus, 3,75 km; Conchy-les-Pots, 11,25 km, verkündete der Wegweiser am Dorfausgang von Tilloloy.

In jener Nacht nahmen die Boches zum erstenmal seit Beginn des Krieges Bus unter Beschuss, und die erste Granate traf den auf dem Marktplatz einbiegenden Dienstwagen der 6. Armee. Das Pferd, der Kutscher und Lang wurden zerfetzt. Man fand noch zwei, drei Blechbecher versprengte Überbleibsel, die paar grösseren Klümpchen wurden in eine Zeltplane gewickelt. So wurden Lang, der Kutscher und das zähe Pferdefleisch zusammen begraben. Und man steckte ein Holzkreuz in den Grabhügel.

Auf dem Rückweg vom Friedhof jedoch entdeckte jemand Langs Schnauzbart. Er klebte in der Morgenbrise flatternd an einer Hausfassade, genau über dem Friseurladen. Man musste eine Leiter anstellen, das Ding von der Wand klauben, das blutige Büschel in ein Taschentuch wickeln, zum Friedhof zurückkehren, ein Loch graben und die absurden Barthaare nachträglich bestatten. Dann kehrten wir mit flauem Magen wieder an die Front zurück.

Robert Belessort (in England getötet) und Ségouâna (bei der Ferme Navarin gefallen)

Robert war der ruheloseste von uns allen. Er hörte nicht auf, vom Busen seiner Schwester zu reden.

„Was ist denn so aussergewöhnlich an den Titten deiner Schwester?" fragte ihn einer.

„Sie sind schön", antwortete Robert erblassend.

„Ist das alles?" fragte ein anderer.

„Das ist alles", antwortete Robert und kroch in den Schlafsack, den sein Kumpel, Ségouâna, der Kürschner aus der Rue de Babylone, für ihn aus Paris hatte kommen lassen.

Ségouâna war ein Erotomane, trug rechts ein Monokel, um sein schlaffes Lid zu stützen; sein Schädel war mit dünnem Vogelflaum überzogen, als hätte man ihm die Haare gerupft, er hatte ungelenke Glieder und etwas Hölzernes in seinen Gesten und seinem Auftreten. Sein Lächeln war starr. Ein junger Greis – ich finde keine bessere Definition –, lasterhaft, Lebemann und wahrscheinlich Syphilitiker. Er war kaum fünfundzwanzig. Er war der beste Schütze in der Kompanie, weil er das Taubenschiessen betrieben hatte. Er war steinreich. Er war ein Bursche mit lauter Ticks und Marotten, was soll's. Er war offensichtlich in die Brüste von Belessorts Schwester verliebt, der Schwester seines Kameraden, neben dem er schlief, und er schlüpfte ebenfalls in einen Pelzschlafsack, der genau gleich aussah wie der von Robert und aus dem gleichen Fell genäht war. Wie sie so nebeneinander lagen, hätte man sie für Zwillinge halten können: der eine blasiert, der andere das reinste Quecksilber. Auch Robert war kaum fünfundzwanzig. Man hörte die beiden den lieben langen Tag in ihrer Ecke tuscheln. Draussen versanken die Blindgänger im Schlamm.

„Sag mal, Belessort, wie sind sie, die Titten deines Schwesterherzens?" fragte eine Stimme aus dem Dunkel des Unterstandes, in dem wir uns eingegraben hatten.

„Sie sind schön", antwortete Robert.

„Sie sind doch nicht etwa viereckig?" fuhr die Stimme fort.

„Sie sind rund", antwortete Robert.

„Und die Brustwarzen, wie sind die?" fragte die Stimme im Dunkel beharrlich weiter.

„Die sind entzückend", antwortete Robert nimmermüde.

Böen. Regen und Wind. Die Blindgänger versanken heiser bellend wie Seehunde im auftauenden Morast. Ein Mann stand auf, nahm sein Gewehr aus dem Rechen, ging hinaus, und ein paar Minuten später stieg der Mann, den ersterer an der Schiessscharte abgelöst hatte, schwerfällig hinunter, hob die Zeltplane, schüttelte sich, kam herein, wärmte seine klammen Hände am Feuer, legte sich dann schlammverkrustet in einer Ecke schlafen. Die Stunden waren lang. Ein Mann pisste ins Stroh.

„He, du Sau", rief eine Stimme, „kannst nicht hinausgehen?"

„Ist zu kalt", antwortete der Angesprochene.

„Gib zu, dass du Schiss hast, ja, dass du in die Hose machst", höhnte der andere.

„Nein, ich hab' bloss Angst, dass meine Läuse den Schnupfen kriegen", antwortete der, der fertiggepisst hatte. „Und jetzt halt's Maul!" Und der Mann legte sich an einer anderen Stelle ins Stroh, um nicht in der eigenen Pisse schlafen zu müssen. „He, Faultiere, rückt näher zusammen", schimpfte er. „Nicht jeder kann im Pelz pennen wie die zwei Abwichser da ..."

Die Stunden lasteten. Der Tag nahm kein Ende.

„Wie heisst sie denn, dein Schwesterherz?" fing die Stimme aus dem Dunkel wieder an.

„Claire", antwortete Robert.

„Wie alt ist sie?"

„Gleich alt wie ich. Sie ist meine Zwillingsschwester", antwortete Robert.

„Und was macht dein Schwesterherz im Leben?" fragte die Stimme wieder.

„Sie besitzt eine Konfiserie in Tours", antwortete Robert.

„Donnerwetter, gar nicht übel ...", murmelte die Stimme aus dem Dunkel zu sich selbst.

Belessort und Ségouâna hatten ihr Getuschel wieder aufgenommen.

Die Langeweile erdrückte uns. An solchen nicht enden wollenden Tagen sagt man sich, dass die Stunden wie Bleidächer sind, die einstürzen, auf einen herabstürzen, einen einklemmen, einen platt drücken, einen unter ihrem Schutt begraben. Man stirbt vor sich hin.

Die aufschlagenden Granaten zeigten die Uhrzeit an.

Als Belessort an der Reihe war, die Wache zu übernehmen, ging ich mit ihm hinaus.

„Was ist heute los mit dir, Robert?"

„Frankreich ekelt mich an. Ich habe ein Gesuch geschrieben, damit man mich der kanadischen Armee zuteilt. Sei so nett und übergib es dem Hauptmann, und bittest ihn, das Schreiben mit seiner Empfehlung möglichst schnell weiterzuleiten. Es ist dringend. Ich halt's nicht mehr aus."

„Hast es dir gut überlegt?"

„Ich hab' alles überlegt. Ich hab's bis obenauf satt."

„Gut. Ich werd's weiterleiten. Obwohl ich der Meinung bin, dass du eine Dummheit machst."

„Dann eben. Ich halt's nicht mehr aus. Ich nehm' an, dass mein Vormund alle Hebel in Bewegung setzt, damit ich meine Schwester nicht besuche, wenn ich mit dem Urlaub an der Reihe bin. Er hat mir geschrieben. Er ist ausdrücklich dagegen. Also kann ich ebensogut nach Kanada zurück."

„Ja, aber warum brauchst du die Einwilligung deines Vormunds, um deine Schwester in Tours zu besuchen?"

„Das kannst du nicht wissen", antwortete Robert niedergeschlagen. „Es hat Schwierigkeiten gegeben zwischen uns. Mein Vormund ist eifersüchtig. Als er mich nach Amerika geschickt hat, hat er mir gedroht, mich verhaften und in eine Anstalt einweisen zu lassen, wenn ich jemals wieder den Fuss nach Frankreich setze, und heute droht er mir, meine arme kleine Schwester einsperren zu lassen, wenn ich sie in Tours besuche. Er hat's mir geschrieben."

„Zum Teufel, aber ihr seid doch volljährig, deine Schwester und du, also kann dein Vormund euch nicht verbieten, einander zu besuchen und sogar miteinander zu schlafen, wenn ihr Lust dazu habt. Ihr seid doch alt genug, um zu wissen, was ihr tut."

„Ja, aber du kennst meinen Onkel nicht. Er ist ein grässlicher Mensch. Er hat meiner Mutter nie verziehen, dass sie meinen Vater geheiratet hat. Er ist eifersüchtig. Er hat sie ihr Leben lang verfolgt und ihr einen Haufen Schwierigkeiten gemacht. Er hat meiner Mutter das Leben schwergemacht, hat ihr Erbteil erschlichen, und als meine Eltern gestorben sind, hat er von uns Besitz ergriffen, hat sich zum Vormund ernennen lassen, um uns zu quälen, meine Schwester und mich. Frag Ségouâna, ich hab' ihm alles erzählt. Er ist ein Ungeheuer."

„Ségouâna ist in deine Schwester verliebt, das sieht jeder, du hast ihm so viel von ihr erzählt! Doch was meint er zu deinem Gesuch? Dass du der kanadischen Armee zugeteilt werden willst? Er wird sich recht einsam fühlen, dein Kamerad, wenn du gehst."

„Ach, er ... natürlich will er nicht, dass ich gehe. Er hat gesagt, er wird die nötigen Vorkehrungen treffen, meinen Onkel aufsuchen und alles Drum und Dran, um während seines Urlaubs meine Schwester zu heiraten, und dann ziehen wir alle drei zusammen. Nach dem Krieg will er sich in Kanada niederlassen ... mit Claire. Aber ..."

„Aber?"

„Nichts", entgegnete Robert.

„Was aber?"

„Aber ich will nicht. Ich ... ich bin eifersüchtig?"

„Es wäre vielleicht ganz gut, wenn du Roberts Onkel in Creil aufsuchen würdest, es sieht nämlich ganz danach aus, als ob du als erster auf Urlaub gehst", sagte Ségouâna zu mir. „Du könntest mit ihm reden, Kapo. Ich sorge mich um Robert. Vor ein paar Tagen wollte er sich eine Kugel in den Kopf jagen. Er hält's nicht mehr aus."

Drei Monate waren vergangen, und Belessort hatte immer noch keine Antwort auf sein Gesuch, einer kanadischen Einheit zugeteilt zu werden. Er brütete einen Monstercafard. Auch ich befürchtete das Schlimmste, denn Robert war labil, ein spontan reagierender Junge, einer heroischen Geste oder einer Verzweiflungstat fähig.

Ségouâna und ich lagen im Hinterhalt in einem Granattrichter im Vorgelände, weit von unseren Linien entfernt, von wo aus wir in der Morgendämmerung einen in den Bäumen der Überlandstrasse versteckten Schurken angeschossen hatten, und nun warteten wir auf den Abend, um in der Dämmerung unsere Beute aufzulesen und den Gefangenen zurückzubringen. Der Tag war lang und heiss, wir hatten nichts zu trinken, die Julisonne hing wie eine höhnische, zu Weissglut erhitzte Medaille über der Landschaft. Ich hätte meinen bevorstehenden Urlaub für einen Kanister Rotwein gegeben. Von Zeit zu Zeit hob Ségouâna das Fernglas vor die Augen.

„Er ist immer noch da", sagte er. „Er rührt sich nicht. Hoffentlich ist er nicht tot. Ich möchte ihn gern reden hören, wissen, wer er ist. Es ist das erste Mal, dass ich kaltblütig auf einen Mann geschossen habe. Ich habe auf die Weichen gezielt, und du, Kapo?"

„Ich hab' ihn am Deltamuskel getroffen, damit er loslässt. Er hat sich beim Fall wahrscheinlich die Hachse gebrochen, daher rührt er sich nicht."

„Ich befürchte eher, er ist besoffen. Wäre mir lieber, ich würde ihn schreien hören, um Hilfe rufen. Ich ... ich ..."

„Reg dich nicht auf, Ségouâna, die verrecken bekanntlich nicht so schnell, die Fritz. Wenn es dunkel ist, schnappen wir ihn uns, und du hast deinen Urlaub in der Tasche. Wenn irgendwie möglich, geh'n wir zusammen, ja? Ich werde den Hauptmann darum bitten, und dann suchst du Belessorts Vormund auf. Du weisst ja Bescheid über ihren Zinnober."

„Ja. Es handelt sich um Familiengeschichten. Ist alles sehr kompliziert."

„Robert hat mir gesagt, dass du seine Schwester heiraten willst, stimmt das?"

„Hat er dir das gesagt, Kapo?"

„Wie steht's zwischen euch beiden? Hast du ihr geschrieben? Hat sie dir geantwortet?"

„Ich schreibe ihr, aber sie antwortet nur ihrem Bruder. Sie erwähnt mich nie. Ich glaube, sie ist in Robert verliebt. Ein seltsames Mädchen, aber schöne Brüste, die hat sie, ehrlich!"

„Hast du sie gesehen?"

„Ja ... nein ... das heisst, ein Foto. Ich ..."

„Psst! Ich glaube, er rührt sich. Gib mir den Feldstecher ..." Durch das Fernglas erkannte ich deutlich ein graues Häufchen am Fusse eines Baumes, einen Boche, der sich auf den Bauch drehte.

„Ich hab's dir doch gesagt, dass er nicht tot ist", sagte ich zu Ségouâna. „Wenn er über die Strasse kriecht, verpasse ich ihm einen Schuss. Er darf nicht abhauen."

Ségouâna legte an. Doch er verletzte Soldat kam nicht weit, denn er brach im Gras zusammen.

„Er muss sich die Hachse gebrochen haben", sagte ich nochmals zu Ségouâna. „Aber lass ihn nicht aus den Augen. Wäre zu dumm, wenn er durch den Graben verschwindet ...!"

Ich habe an einer anderen Stelle erzählt, wie gemütlich der Frontabschnitt Tilloloy war, es war nie etwas los. Mittags kaum eine Granatensalve auf Beuvraignes und nie ein Schuss. Die Männer hatten sich angewöhnt, im Gras Siesta zu halten, und ich verzog mich in meine Bretterhütte unter einer Rotbuche im Schlosspark, um ein Nickerchen zu machen. Ein Leben an der frischen Luft also. Doch seit einiger Zeit beschoss uns ein Hundsfott am hellichten Tag, und hin und wieder erwischte er einen von uns. Der einsame Schütze musste irgendwo hoch oben sitzen, denn in Tilloloy hielten wir den Hügel besetzt, und der Kerl musste flach feuern, um einen von uns zu treffen. Nur die Wipfel der Ulmen entlang der Überlandstrasse waren auf unserer Höhe; aber die Strasse führte tausend, tausendfünfhundert, zweitausend Meter entfernt an unseren Stellungen vorbei; wenn der Freizeitschütze auf einem der obersten Äste sass, musste er aus dem Aufsatzwinkel schiessen, auf gut Glück, oder, im Gegenteil, über eine Präzisionswaffe verfügen, einen Karabiner mit Zielfernrohr, wie man ihn für die Antilopenjagd benützt. Jedenfalls musste der Unbekannte den Teufel im Leib haben, um diesem Sport zu frönen – oder sich zu Tode langweilen wie wir. In Arras hatte ich einem deutschen Offizier ein *Zeiss*-Doppelfernrohr abgenommen. Eine Woche lang hatte ich, mit diesem Instrument bewaffnet, die Bäume einen nach dem andern abgesucht, doch vergeblich, derweil die Blindgänger oder Treffer des Hundsfotts mehr als einmal an meinen Ohren vorbeipfiffen.

Vor unseren Gräben breitete sich ein leicht abfallendes, in Samen geschossenes Rübenfeld aus, das weiter unten in eine sumpfige Weide überging. Fünfzig Meter vor der Überlandstrasse von Roye nach Péronne, die schräg die Ebene durchschnitt, war ein schmaler, im Zickzack verlaufender deutscher Stacheldrahtverhau. Auf der anderen Strassenseite, unterhalb der Böschung, befanden sich deutsche Stichgräben, die tagsüber nicht besetzt waren. Rechts, aber viel weiter weg, war das Gelände mit Gestrüpp bedeckt, und links sah man die kahlen Bäume und die verkohlten Stümpfe unseres kleinen Postens La Croix, den wir nur nachts besetzten und der auf eine kleine Schlucht hinausging. Die Boches waren weit weg, irgendwo vor Roye, und besetzten, ebenfalls nur nachts, ein Gehölz auf der gegenüberliegenden

Seite der Schlucht; von dort aus zogen die Patrouillen los, die jede dritte Nacht unseren kleinen Posten rekognoszieren kamen. Tagsüber war alles leer und verlassen.

Das *no-man's land* schlechthin.

Vom Wachposten aus konnte man leicht den deutschen Stacheldrahtverhau entlang schleichen, um sich in der Nähe der Überlandstrasse in einem der wenigen Granattrichter, die die Ebene sprenkelten, in den Hinterhalt zu legen. Genau das hatte ich vor, um den unbekannten Schützen zu erwischen. Ich hatte Ségouâna gebeten, mich zu begleiten. Er war der beste Schütze in der Kompanie. Ségouâna war nicht mutig, doch er war tapfer. Und so kam es, dass wir in einem Granattrichter hockten, von wo aus wir in der Morgendämmerung unseren Mann, als er es sich auf seinem Baum bequem machen wollte, mit einem Doppelschuss getroffen hatten, und wir warteten nun, bis es Nacht wurde, um ihn zu schnappen und in unsere Stellung zurückzukehren. Wir hatten niemanden von unserem Vorhaben in Kenntnis gesetzt, also hätte man auf uns geschossen, hätten wir uns gerührt, und zwar sowohl unsere Leute als auch die feindlichen Wachen, die bestimmt mehr oder weniger nah in Deckung lagen. Wer weiss, vielleicht sassen noch andere Schützen in den Bäumen. Die Boches lauern immer irgendwo. Sie mögen das und führen den Krieg en gros und en détail. Ich mochte den Kleinkrieg im grossen Krieg, den wir in meiner Kompanie führten.

Der Tag war strahlend. Die Sonne brannte unbarmherzig. Wir hatten nichts zu trinken in unserem Loch. Ich hätte für eine Gluckerpfanne Rotwein meinen bevorstehenden Urlaub gegeben. Um Ségouâna bei Laune zu halten, unterhielten wir uns über Belessorts Schwester. Ich spürte seine wachsende Nervosität. Vom endlosen Warten und auch, weil er seinen ersten Mann getroffen hatte. Zwischendurch warf ich einen Blick auf unser Opfer, sagte mir, dass es nicht reichte, ihn erwischt zu haben, und das Schwierigste uns noch bevorstand: ihn tatsächlich gefangennehmen, den Verletzten auflesen und zurückbringen. Wir waren noch nicht ausser Gefahr. Das Ganze konnte jeden Moment eine gefährliche Wendung nehmen.

„Weisst du, ich glaube, du hast deinen Urlaub in der Tasche. Was ziehst du vor? Das Kriegsverdienstkreuz oder einen Trail?" fragte ich Ségouâna.

„Was für eine Frage. Den Urlaub natürlich."

„Und was hast du vor? Nach Paris gehen?"

„Nein, nach Tours."

„Es ist dir also ernst?"

„Aber sicher."

„Ich habe geglaubt, du seist ein alter Abenteurer."

„Damit ist es wohl vorbei, Kapo. Nach dem Krieg sehnt man sich nach einem ruhigen Leben. Von Abenteuern habe ich die Nase voll."

„Das sagt man so."

„Nein, Kapo, im Ernst."

„Warum suchst du also nicht den Vormund der jungen Frau in Créil auf?"

„Ist mir lieber, wenn du gehst, Kapo. Du redest besser als ich. Man muss ihm sagen, wer ich bin, dass ich eine gute Situation habe, dass mein Geschäft gut läuft, dass ich sehr gut verdiene, dass ich eine betuchte Kundschaft habe, aber man muss für Robert eintreten."

„Was war zwischen Robert und seinem Onkel?"

„Ich weiss nicht genau. Es ist eine sehr komplizierte Geschichte. Familienangelegenheiten. Hinzu kommt, dass Robert seine Schwester zu sehr liebt. Sie sind Waisen. Sie sind zusammen aufgewachsen. Hat der Vormund ihm das übelgenommen? Robert behauptet, sein Onkel sei eifersüchtig. Nun, du weisst ja, wie Robert ist, immer gleich aufbrausend. Seine Schwester hat ihm wohl auch ganz schön zugesetzt. Kurz, beim Onkel klappte es gar nicht. Es gab heftige Szenen. Drohungen. Handgreiflichkeiten. Robert hat aufbegehrt. Also hat ihn der Vormund nach Kanada geschickt. Robert war siebzehn. Er ist abgehauen. Er hat sich in Kanada durchgeschlagen. Es ist nicht immer einfach gewesen. Der arme Kerl, er hat harte Zeiten durchgemacht. Schliesslich ist er zur Feuerwehr gegangen. Er hat das Hubrettungsfahrzeug der Stadt Montreal gefahren. Er hat es zu etwas gebracht und wurde von seinen Vorgesetzten geschätzt. Man hat ihn zum Staffelführer befördert. Seine Zukunft war gesichert, denn bei der Feuerwehr von Montreal bezieht man ein gutes Gehalt, und man hielt grosse Stücke auf ihn wegen seines mutigen Einsatzes bei einem Grossbrand. Er hätte sich nicht als Freiwilliger zu melden brauchen. Als Feuerwehrmann konnte er in Montreal mobilisiert werden. Doch Robert hat sich in Frankreich gestellt, und zwar als Ausländer, um seinen Onkel hereinzulegen und auf diese Weise wieder in der Nähe seiner kleinen Schwester zu sein, die er die ganze Zeit nicht vergessen hat. Aber kannst dir vorstellen, der Onkel droht ihm mit behördlichen Sanktionen, was weiss ich, falls Robert seine Schwester besucht. Findest du das in Ordnung? Du solltest den Vormund aufsuchen und ihm erklären, dass er kein Recht hat, einen Soldaten so zu behandeln, und selbst wenn Robert sich ein paar Jugendsünden hat zuschulden kommen lassen, ja sogar schweres Verschulden gegenüber seinem Onkel, hat der nicht das Recht, ihm zu verbieten, während des Urlaubs seine Familie zu besuchen. Es gibt unter uns doch Burschen, die geradewegs aus Biribi kommen, um sich an der Front zu rehabilitieren. Diebe, Kriminelle. Robert ist schliesslich kein Verbrecher. Du kennst ihn. Sag dem Onkel, dass ich bereit bin, Claire zu heiraten, und dass wir für immer nach Kanada gehen. Kanada ist das Land der Kürschner. Ich werde drüben ein elegantes Geschäft eröffnen. Ich werde die Pariser Mode lancieren. Claire und ich werden Robert mitnehmen. So hat er wieder ein Zuhause. Und er wird keine Dummheiten mehr anstellen ..."

Ségouâna war slawischer Abstammung. Ich glaube, er war Mähre. Er hatte wie viele Slawen das Bedürfnis, Liebesangelegenheiten besonders zu komplizieren, denn in der Liebe eines Slawen schwingt gegenüber seinesgleichen, ja gegenüber der Menschheit immer das Bedürfnis nach Opfer mit, nach Erlösung. Ich betrachtete meinen ins Schwärmen geratenen Erretter der Welt, war mit meinen Gedanken jedoch anderswo. Er berauschte sich an seinen Worten und hatte total vergessen, dass er eben auf einen Mann geschossen hatte. Er hatte sein Monokel unters Lid geklemmt, um besser palavern zu können.

„Weisst du", unterbrach ich ihn, „ich werde trotzdem dafür sorgen, dass du das Kriegsverdienstkreuz bekommst!"

„Warum das Kriegsverdienstkreuz?"

„Das wird dich nicht daran hindern, auf Urlaub zu gehen,

im Gegenteil, denn es ist viel klüger, wenn du in eigener Sache mit dem Onkel sprichst. Du redest wie ein Advokat."

„Aber ich will nicht gehen."

„Geh trotzdem. Und wenn du es nicht schaffst, den grässlichen Onkel zu überreden, hast du immer noch Zeit, nach Tours zu fahren und die Schöne zu entführen."

„Und Robert?"

„Danach einigst du dich mit ihm, mein alter Schwerenöter. Nein, ehrlich, du machst mich lachen."

„Warum?"

„Du redest und redest und hast ganz vergessen, wo du bist. Und wenn du von einem Blindgänger getroffen wirst? Kuh, Kalb, Schwein, Kücken ... alles ist hin, samt der Schwester Belessort mit ihren hübschen kleinen Titten. Nein, alter Freund. Komm, ich glaube, es ist Zeit. Wir müssen hinüber ..."

Und es war Zeit. Die Schatten wurden länger. Die Deutschen blinzelten wohl schon in die Abendsonne. Bei uns war es Zeit für die Suppe, und selbst die Wachsoldaten sind dann nicht bei der Sache. Wir konnten uns bis zum Baum vorwagen und den armen Kerl schnappen, der darunter lag. Ich hatte eine Drahtschere mitgenommen, damit wir uns eine Lücke durch den Drahtverhau schneiden konnten. Ich hiess Ségouâna warten, ich übergab ihm mein Gewehr und schärfte ihm ein, drauflos zu schiessen, wenn Boches auftauchen sollten, und unseren Vogel ja nicht aus den Augen zu lassen. Er brauche sich nicht um mich kümmern. Er solle im Granattrichter einfach auf mich warten und allein nach Hause gehen, wenn ich bei Einbruch der Nacht nicht zurück war. Ich gab ihm noch ein paar Orientierungshinweise. Ich nahm noch einen letzten Zug aus meiner Zigarette und warf sie weg. Mann, hatte ich einen Durst! Und ich kroch mit äusserster Vorsicht aus dem Trichter, in jeder Hand eine Granate, die Drahtschere an meinem Koppel befestigt.

Der Drahtzaun war einfach zu durchqueren. Er war schmal. Behelfsmässig. Trotzdem wartete ich einen Moment. Man weiss ja nie: Ein Draht kann eine Alarmglocke betätigen oder einen Knallkörper zum Explodieren bringen, eine Mine. Nichts. Alles war ruhig. Ich kroch auf den Knien vorwärts, dann richtete ich mich gebückt auf. Der Abend war mild. Lerchen flitzten vom Himmel.

Ich rief meinem Boche halblaut zu: „He, Fritz, rühr dich nicht von der Stelle, sonst schmeiss' ich dir eine Granate hinüber!" Er sass zusammengesunken dort und blickte in panischer Angst zu mir hinüber.

„Hände hoch!" schrie ich ihm zu.

Er hob die linke Hand.

„Auch die rechte, du Schuft!"

„Ich kann nicht", rief er zurück. „Ich bin verletzt."

Doch ich hatte mich bereits auf ihn geworfen. Es war ein blutjunger Bursche. Er hatte eine Kugel im rechten Oberarm, am Schultermuskel, genau an der Stelle, auf die ich gezielt hatte. Wir hatten gleichzeitig geschossen. Auch Ségouâna hatte ihn nicht verfehlt. In seinem Bauch steckte eine zweite Kugel; er hatte viel Blut verloren. Sein Gesicht war aschfahl und mit Schweiss und Dreck verschmiert.

„Ich hab' Durst", sagte er.

„Und ich erst", antwortete ich. „Hast uns ganz schön getriezt, weisst du? Wir haben seit heute morgen nichts getrunken ..." Ich hob seine Waffe auf, einen prächtigen *Hollande*-Selbstlader mit Zielfernrohr.

„Du Schuft", sagte ich zu ihm, „damit beschiesst du uns also ... Glaubst wohl, seist auf Grosswildjagd."

Ich durchsuchte ihn.

„Hast keine anderen Waffen?"

„Nein ... nein ..."

„Keine Kanone? Keine Granate?"

„Nein ... nein ..."

Er war ein *Gefreiter** wie ich, das heisst ein Oberschnäpser. Ich sprach Deutsch mit ihm. „Steh auf", befahl ich ihm, „und versuch, aufrecht zu gehen! Verschwinden wir von hier."

„Ich kann nicht aufstehen", sagte er. „Hab' wahrscheinlich das Bein gebrochen."

„Kein Wunder", antwortete ich und schaute hinauf, um die Höhe zu messen, von der er gefallen war. „Ein schöner Gleitflug. Wärst lieber unten geblieben, mein Freund."

Scheisse, jetzt musste ich den Herrn auch noch huckepack schleppen. Ich hievte ihn schlecht und recht auf den Rücken. Und wir zogen los. Ein merkwürdiges Gespann, der eine den anderen tragend, das Lasttier weit vornüber gebeugt, der Verletzte schwer wie ein schlapper Toter, keuchend, lästernd, fluchend, stolpernd, auf die Knie fallend, sich in den Maulwurfslöchern verfangend, wieder aufstehend. Nie werde ich jenes Abenteuer mit dem verdammten Boche auf dem Rücken vergessen, dessen warmes, süssliches, klebriges,

---

* Im Original deutsch, wie alle folgenden im Text kursiv gesetzten deutschen oder fremdsprachigen Wörter (Anm. d. Ü.)

ekliges Blut über meinen Nacken lief. Diesmal hatte ich weit mehr Mühe, den Stacheldrahtzaun zu durchqueren. Ich musste meinen Verletzten absetzen und mir mit der Drahtschere einen neuen Weg schneiden, ihn wieder aufladen und schleunigst weitergehen, denn ich hatte viel Lärm gemacht, und ich konnte einfach nicht glauben, dass weder im einen noch im anderen Lager jemand unser Hin und Her bemerkt hatte. Endlich schwang ich ihn in unseren Granattrichter. Ich war schweissgebadet. Er war ein hartgesottener Bursche. Er hatte den ganzen Weg die Zähne zusammengebissen und kein einziges Mal gestöhnt.

„Wer ist es?" fragte mich Ségouâna, sich über den im Trichter liegenden Verletzten beugend.

„Kannst ihn selber fragen. Jedenfalls ist es dein Mann. In seinem Bauch steckt deine Kugel. Wir legen ihm zuerst einen Verband an, und sobald es dunkel wird, nehmen wir ihn mit. Bereite eine Trage aus unseren Gewehren vor, ich schaue ihn mir mal an."

Die Bauchwunde war tief, ich stopfte sie mit einem Tampon. Danach verband ich die Schulter. „Keine Sorge, alter Junge, ist nicht weiter schlimm. Wir sind bald im Lager, und du kommst schleunigst ins Krankenhaus, du Glückspilz. Tue ich dir weh, nein? Wie heisst du?"

Er hiess Schwanenlaut. Seinen Vornamen habe ich vergessen. Er kam aus Hamburg. Er arbeitete bei einer Bank. Er war in England gewesen, um Englisch zu lernen. Also unterhielten wir uns auf englisch.

„Und Sie, was machen Sie im Zivilleben?" fragte er mich.

„Ich bin Schriftsteller."

„Und Ihr Kamerad?"

„Er? Er ist Damenschneider. Er ist's gewesen, der Ihnen den Bauch aufgetrennt hat."

„Sind Sie aus Paris? Ich kenne Paris."

„Wirklich?"

„Ja, ich bin im Urlaub hingefahren, an Ostern."

„In geheimer Mission natürlich, Spionage, was?"

„Ich bin kein Spion. Ich bin ein Freiwilliger."

„Auch wir sind Freiwillige, aber wir sind nicht so gut bewaffnet wie ihr. Sag mal, Ségouâna, du kennst dich doch aus, hast du gesehen, womit dieser Bursche auf uns geschossen hat? Mit einem Jagdgewehr. Das ist keine Kriegswaffe. Jetzt wird's ihm wahrscheinlich an den Kragen gehen, was?"

„Lass ihn in Frieden", meinte Ségouâna. „Die Trage ist fertig. Geh'n wir?"

Der Verband war fertig angelegt. Wir hoben unseren Mann auf die Tragbahre, gaben uns alle Mühe, seine gebrochene Hachse zu stützen – es war eine Oberschenkelfraktur –, damit er nicht unnötig litt.

„Vorsicht, Alter, vorsicht ..."

Und weil es dunkel wurde, setzten wir uns langsam in Bewegung, Richtung La Croix.

Da begann der Boche zu brüllen.

*„Halt d' Schnurre!"** sagte ich zu ihm. „Hörst du diesen Schuft, Ségouâna? Er brüllt, um seine Leute zu warnen. Los, schnell!"

„Hast du das Erkennungswort?" fragte mich Ségouâna.

„Kümmere dich nicht um das Erkennungswort. Ich kenne den Frontabschnitt. Beeilen wir uns. Starten wir ei-

---

* Schweizerdeutsch: Halt's Maul (Anm. d. Ü.)

nen 300-Meter-Hürdenlauf?" Und wir begannen zu laufen, ohne uns weiter über das Geschrei unseres Verletzten zu kümmern, der im übrigen nach fünfundzwanzig Schritten verstummte.

„Zu trinken!" rief ich und sprang als erster in unseren kleinen Posten, unseren Keller. „Achtung, Kameraden, wir haben einen Gefangenen, er ist verletzt. Gebt ihm zu trinken ..."

Und ich übergab den Deutschen unserem Krankenpfleger David, der Jude war. „Bring ihn ins Krankenrevier hinunter", hiess ich ihn. „Ich gehe dem Major Rapport erstatten."

Dann wandte ich mich, meinen randvoll mit Wein gefüllten Blechbecher in der Hand, Ségouâna zu: „Auf dein Wohl, Freund, auf deine Lieben und auf deinen Urlaub."

Doch Ségouâna hatte keinen Durst.

Er war am Ende.

Stumm stieg er in seinen Unterstand hinunter, wo Robert auf ihn wartete.

Er hatte ihm eine ganze Menge zu erzählen, und, *primo*, wie ich ihn fünfzig Meter vor unseren Schützengräben hatte stehenlassen, damit er ganz allein mit dem Deutschen zu Rande kam.

Dies im Hinblick auf das Kriegsverdienstkreuz.

Ich konnte das den Kameraden nicht sagen.

Die Ehre gebührte ihm.

Doch Ségouâna hatte mich durchschaut.

Ich trank einen zweiten überfliessenden Blechbecher in einem Zug aus.

Der Wein tat gut, und ich hatte Durst, Gott, was für einen Durst!

„Auf dein Wohl ... Auf euer Wohl ..."

An der Front gab's Neues. Etwas hatte sich geändert in der Kriegsführung. Riesige Truppenbewegungen fanden statt. Auch wir waren mehrmals verlegt worden, bevor wir schliesslich in Tilloloy stationiert worden waren, und jedesmal, wenn wir zur Truppenunterkunft hinuntergingen, verlas man uns beim Appell Bekanntmachungen, die bestimmten Kategorien Freiwilliger gestatteten, ihren Anspruch auf Versetzung geltend zu machen, um den regulären Regimentern zugeteilt zu werden oder, für die Bürger einer alliierten Nation, den Einheiten ihres Landes. Nun sind aber die Wehrmänner an der Front wie Krankenhauspatienten: Sie leiden unter einer Obsession. Sie wollen weg. Die Umgebung wechseln. Wenn man schon nicht nach Hause zurückkehren kann, dann ist es anderswo bestimmt besser. Man kann sich die Aufregung vorstellen, die diese verlesenen Bekanntmachungen bei den Männer auslösten. Hinzu kam die verworrene Frage der Urlaube, auf die man immer dringender hoffte, und das Warten war um so schmerzlicher.

Die ersten, die uns verliessen, waren die Elsass-Lothringer, die sich alle zusammen in die französischen Regimenter versetzen liessen. Sie hatten das Recht, die Waffengattung zu wählen. Die meisten entschieden sich für die schwere Artillerie, was bedeutete, dass sie für ein paar Monate in ein Ausbildungslager weit im Hinterland geschickt wurden und ihnen somit erspart wurde, an die Front zurückzukehren. Dann war die Reihe an den Italienern, sich *in corpore* zu verabschieden. Da Italien kürzlich Deutschland den Krieg erklärt hatte, ersuchten dreiviertel von ihnen, der unter dem Kommando von Peppino Garibaldi stehenden Italienischen Legion zugeteilt zu werden. Dann folgten die bei uns sehr zahlreichen Russen, die verlangten, eine autonome Legion bilden zu können. Graf Ignatieff, der zaristische Militärattaché in Paris, der Bonvivant, Geliebter der Napierkowska (die später, 1933 glaube ich, ihre Dienste den Sowjets zur Verfügung stellte), misstraute ihnen, waren doch die meisten der russischen Freiwilligen linke Sozialrevolutionäre. Sie konnten sich also nicht durchsetzen, was nicht dazu angetan war, die Moral der Russen zu heben. Ein paar wenige Engländer verliessen uns, um sich der britischen Armee anzuschliessen; wer zurückblieb, stand mit der Justiz seines Landes auf Kriegsfuss, oder es handelte sich um Originale wie Griffith, den Kanalreiniger aus London. Die Amerikaner schlossen sich der Flugstaffel La Fayettes an, in der sie sich auszeichneten, wie zum Beispiel Chapman (in Verdun gefallen) und J.-W. Stillwell (zur Zeit, 1944, Luftwaffengeneral in China). Die Japaner kehrten nach Japan zurück. Die Juden behaupteten, Polen zu sein, doch die Polen wollten von ihnen nichts wissen. Also kungelten sie im Hintergrund, um den inneren Diensten zugeteilt zu werden, und wer keine Beziehungen hatte, dachte sich alle möglichen Mauscheleien aus, um sich ausmustern zu lassen, so wie der Nyktalope, von dem ich schon berichtet habe. Die Truppen schmolzen merklich zusammen. Es ging das Gerücht, unser Regiment würde aufgelöst. Das Depot in Lyon schickte uns Verstärkung, viele Spanier, Tschechen, immer mehr Deutschschweizer, polnische Arbeiter, die aus den

Bergwerken Pennsylvaniens oder aus den Fabriken von Pittsburgh kamen, wo die Anwerber unter den breiten Volksmassen der USA die Trommel rührten. Und dann folgte die Invasion, der Ansturm der alten Afrika-Legionäre. Man fand sich nicht mehr zurecht. Der Korpsgeist war nicht mehr der gleiche. Die paar Kameraden aus der ersten Zeit, die noch in der Truppe geblieben waren, hielten zusammen, hatten aber den Cafard, und Belessort regte sich masslos auf, weil er immer noch keine offizielle Antwort auf sein Gesuch bekommen hatte. Er schrieb rachsüchtige Briefe an seinen Onkel, den er verdächtigte, im Hintergrund zu intrigieren, und dass dieser der Grund für die Rechtsverweigerung seitens der französischen und kanadischen Militärbehörden war. Ségouâna erzählte mir, Robert schreibe seiner kleinen Schwester verzweifelte Briefe.

Im Laufe des Monats Juli ging ich endlich auf Urlaub. Ich gehörte zum ersten Schub. Ich werde in einem nächsten Buch von diesem unwahrscheinlichen Abenteuer erzählen. Kneipereien und Besäufnisse. Und ein 14-Juillet im *Chabanais!* Die vier Tage auf Trail (Hin- und Rückfahrt inbegriffen) dauerten fast einen Monat. Ich hatte also keine Zeit, Roberts Vormund aufzusuchen, wie ich es vorgehabt hatte. Doch als ich durch den Bahnhof von Creil fuhr, sah ich vom Zug aus die grosse Drahtzieherei, wo Belessorts Onkel (ein ehemaliger Schiffsmaschinist) Direktor war, und ich spuckte ihn verfluchend aus der Wagentür.

Bei meiner Rückkehr ins Regiment (ich stiess in Sainte-Marie-les-Mines, Haute-Saône, dazu) war Robert nicht mehr da. Er war versetzt worden. Der berühmte Versetzungsbefehl war während meiner Abwesenheit endlich eingetroffen, und Robert befand sich zur Zeit in einem Ausbildungslager in England. Als Staffelführer bei der Feuerwehr von Montreal war er wieder in seinen Rang eingesetzt worden, und weil er Freiwilliger in der französischen Armee gewesen war, hatte man ihn zum Gruppenführer befördert. Belessort war der Panzerabwehr zugeteilt worden. Ségouâna zeigte mir einen Brief Roberts. Der Junge war offenbar sehr stolz. Er war glücklich. Seine Schwester erwähnte er nicht.

„Und die Kleine, hast du sie besucht?" fragte ich Ségouâna, der in der Zwischenzeit ebenfalls auf Urlaub gewesen war.

„Wir haben uns verlobt", vertraute mir Ségouâna verlegen an.

„Mein Glückwunsch, alter Freund. Hat dir dein Kriegsverdienstkreuz dazu verholfen?"

„Nein, ein Kuss."

„Bravo. Das muss begossen werden!"

Wir sausten zu Mutter Siegrist, die den besten Kirsch von ganz Sainte-Marie-les-Mines ausschenkte.

„Und Robert? Weiss er's?"

„Nein", antwortete Ségouâna. „Claire hat mich schwören lassen, dass ich ihm nichts sage. Sie wird es ihm zu einem späteren Zeitpunkt schreiben."

Einen Monat später, Ende September, fiel Ségouâna beim Angriff auf die Ferme Navarin, wo ich meinen Arm verlor.

Sobald ich dazu in der Lage war, schrieb ich an Mademoiselle Claire Belessort, Konfiseurin in Tours. Ja, es war sogar einer meiner ersten Briefe, die ich mit der linken Hand schrieb.

Ich erhielt keine Antwort.

Ich war noch im Krankenhaus, als ich durch einen Brief von der Front erfuhr, dass Robert bei einem Nachtmanöver irgendwo in England unter seinen Panzer geraten und von seinem Tank überfahren worden war.

Ich schrieb an Mademoiselle Claire Belessort, Konfiseurin in Tours. Ich erhielt keine Antwort.

Nachdem ich wegen Dienstunfähigkeit entlassen worden war, ging ich irgendwann nach Tours, um die Schwester, die Braut meiner Kameraden zu besuchen. Ich hatte keinerlei Mühe, die Konfiserie zu finden, von der ich wusste, dass sie sich auf dem Platz vor der Kathedrale befand. Ich betrat das Geschäft, das wirklich üppig bestückt war. Eine stattliche Frau ganz in Schwarz, eine Brosche mit dem Bild eines unbekannten Soldaten am üppigen Busen, kam mir entgegen.

„Fräulein Belessort?"

„Fräulein Belessort ist nicht mehr hier. Ich habe ihre Nachfolge angetreten."

„Oh, das ist wirklich ärgerlich! Ich bin eigens aus Paris hergefahren. Ich bin der Gefreite ihres Bruders. Können Sie mir vielleicht ihre Adresse geben? Hat sie Tours verlassen? Ich möchte sie sehr gern besuchen."

„Wie? Sie wissen nichts davon? Setzen Sie sich ..."

Es war noch nicht Teezeit. Wir waren allein im Laden. Und während sie mir Pralinen zum Kosten, Petits fours zum Knabbern und ein Glas Sherry zu degustieren gab, erzählte mir die neue Konfiseurin, die Kriegswitwe war, mit vielen, vielen Einzelheiten, die sich alle auf ihre Situation bezogen, dass Claire sich in der Backstube erhängt hatte, als sie durch eine offizielle Mitteilung aus England vom grauenhaften Tod ihres Bruders erfuhr.

In Paris zurück, richtete ich einen langen Schmähbrief an den Vormund, diesen miesen, mit Orden ausgezeichneten Spiesser, dessen Fabrik Tag und Nacht für den Krieg arbeitete.

Auch er hat mir nie geantwortet.

Goy (beim Posten La Croix in Gefangenschaft geraten – als verschollen gemeldet)

In derselben Nacht, als eine Granate Rossi aufschlitzte, etwa eine Stunde später, als wir uns noch um den armen Teufel bemühten, nahm die gleiche deutsche Patrouille, die irgendwo hinter uns, längs des im Zickzack verlaufenden Verbindungsgrabens, in Deckung gelegen hatte, Goy gefangen, der im Latrinengraben sein Geschäft verrichtete. Es ging ganz schnell, ohne Kampf, ohne Geschrei, eine mustergültige Aktion; zuerst blieb die Entführung unbemerkt, erst als Goy die Wache hätte übernehmen müssen, stellten wir fest, dass unser Kamerad fehlte. Wir suchten überall, schliesslich fand jemand am frühen Morgen im Latrinengraben Goys Brieftasche, die er wahrscheinlich im Handgemenge verloren hatte. Unnötig also, die Gegend weiter abzuklopfen. Die deutsche Patrouille, die uns in der Nacht diesen bösen Streich gespielt hatte, war nicht, wie ich angenommen hatte, ins Gehölz ausgewichen, aus dem sie getreten war und wo ich ihr eine Falle gelegt hatte, denn ihre Spur entfernte sich schnell von unserem kleinen Posten La

Croix und verlor sich in der von Rübenstengeln überwucherten Ebene. Den Kerlen mangelte es weder an Listigkeit noch an Mut. Ich befahl meinen Männern, ins Quartier zurückzukehren, und als wir den warmen Kaffee mit einem Schluck Schnaps getrunken hatten (zum Frühstück Schnaps zu trinken gehörte in La Croix zu unseren Privilegien), marschierten wir in Richtung Hinterland, die Jungs trugen abwechslungsweise Rossis mächtigen Körper, der immer schwerer und sperriger wurde, in unserem Laufgraben, der den kleinen vorgeschobenen Posten mit Tilloloy verband und durch den Gemüsegarten des Schlosses führte, wo wir unsere eigenen Rabatten hatten: den Friedhof der Fremdenlegion. Dort begruben wir Rossi an der hinteren Mauer, am Fusse eines Birnenspaliers, das ihm die Arme entgegenstreckte.

(Ich habe diesen Ort im Dezember 1939 wieder besucht, als ich mit Hauptmann Hartman vom britischen G.H.Q. im Schloss speiste, einem Cousin von Gräfin Thérèse d'Hinnisdal. Die Gräfin hatte das niedergebrannte Schloss wieder aufbauen, hatte die verfallene Schlosskapelle restaurieren lassen, in der unser Maschinengewehrstand war, hatte die Diensträume und die Pferdeställe nach den alten Plänen wieder erstellen, hatte den von den Schützengräben durchgepflügten Park neu anlegen und Bäume pflanzen lassen. Nach dem Kaffee, den Likören und den Zigarren begleitete ich die Herren zum Friedhof der Legion. Ich war fünfundzwanzig Jahre nicht mehr in die Gegend zurückgekehrt, aber ich konnte mich leicht orientieren, denn „meine" Rotbuche, unter der ich meine Bretterhütte aufgestellt hatte, in der der Kanalreiniger aus London gestorben war, nachdem er mir bruchstückweise sein Geheimnis verraten hatte, stand noch immer da, rot leuchtender denn je an dem schönen Wintertag. Der Gemüsegarten hingegen war kahl und vom Nachtfrost verwüstet. Die Grabhügel waren eingeebnet, aber die Kreuze der Legionäre waren längs der Mauer aufgereiht; und auch wenn die Inschriften grösstenteils verwischt waren, fand ich die von Rossi, umschlungen von den Armen des Birnenspaliers, und ich war ebenso stolz auf Rossis Holzkreuz wie zuvor die Gräfin, als sie uns das Schlafgemach zeigte, in dem Ludwig XIV. geschlafen hatte und das sie in seiner früheren Pracht hatte restaurieren lassen, mit den gleichen Möbeln und den Tapisserien, die im August 1914 der Raffgier und im September 1914 der zerstörerischen Wut der Deutschen entgangen waren. Was ist im Juni 1940 aus dem schlichten Kreuz und dem königlichen Schlafgemach geworden? Ich weiss es nicht, hege aber grosse Befürchtungen und auch um das Los der teuren Thérèse, der Erbin von Tilloloy, der ich, bevor sie mich von einem Engländer zu sich ins Schloss hatte einladen lassen, bereits bei Guillaume Apollinaire begegnet war. Die Erinnerung, was für ein Friedhof! Ob nah oder fern, die Gräber vervielfachen sich, und in einer Zeit wie der unsren spielen die Toten Bockspringen und kehren, vom Himmel herabstürzend, zurück! Der Pilot des Todes. Das ist kein Film, sondern der Prototyp eines neuen Mittelalters. Was für ein Fresko!)

Goys Brieftasche enthielt einen Briefumschlag mit zwei Haarsträhnen, braune Locken und blonde Locken, und das Foto einer sehr hübschen Frau mit einem Baby auf den Knien. Die Frau und die Tochter Goys! Wäre es nicht wegen der Liebe jenes Jungen für seine Frau und seine Tochter, würde ich heute nicht von ihm erzählen, denn es gibt über ihn nicht viel zu sagen, ausser das zu wiederholen, was ich in *Histoires vraies** geschrieben habe: „... Goy, Werkmeister bei Gaveau, der bestaussehende Mann der Kompanie, fröhlich, aufgeweckt, einsatzfreudig, tagsüber immer trällernd, immer pfeifend, und der sich nicht zu sorgen schien, war Schlafwandler, was dazu führte, dass er in Vollmondnächten durch das *no-man's land* lief, vor den Stacheldrahtverhauen herumhüpfte, Handgranaten in die Wasserlachen schmiss, in denen sich das nächtliche Gestirn spiegelte, und die Sterne mit Gewehrkugeln durchlöcherte ..."

Goy, ein sanftes Herz. Er sah gut aus, gewiss, aber er hatte nicht die männliche Schönheit eines Lang, sondern er war von einer dekadenten, morbiden, raffinierten byzantinischen Schönheit, und wenn er den ganzen Tag trällerte und pfiff, so war das nicht für ein Publikum bestimmt wie bei Lang, es waren auch keine beliebten oder mehr oder weniger vergessenen Romanzen, sondern er sang für sich selbst, Reminiszenzen der Werke grosser klassischer Meister, die er bei Gaveau Gelegenheit gehabt hatte kennenzulernen, Mozart-Arien, Themen aus Beethovens Symphonien oder Scarlattis Tonleitern, diese oder jene Fuge von Bach. Ich weiss nicht mehr genau, aus welcher dissidenten Nationalität er stammte. Er war österreichischer Staatsangehöriger, in Dalmatien geboren, Bürger von Zara, Ragusa oder Split. Er hatte jedoch eine Pariserin aus Batignolles geheiratet und war unendlich stolz, Vater zu sein! Er trug das Foto seiner Frau und seiner Tochter nicht nur in einem Fach seiner

---

* Deutsch: *Wahre Geschichten,* Zürich 1979 (Anm. d. Ü.)

Brieftasche auf sich, sondern hatte es auch an die Wand seines Unterstands gepinnt, er trug es in einem Medaillon um den Hals, im Gehäuse seiner Uhr und selbst in seinem Gewehrkolben eingelegt, damit er sie in den Stunden der Gefahr in der Hand halten konnte, die geliebten Gesichter, seine Frau, seine Tochter. Etliche Feldwebel machten sich für immer unbeliebt bei der Truppe, weil sie Goy eingebuchtet hatten mit der Begründung: Beschädigung von Kriegsmaterial, Eigentum des Staates. Ein Gewehrkolben trägt eine Kennummer, und man verwandelt ihn nicht in ein Reliquiar. Er ist sakrosankt. Hat man schon so etwas gesehen in der Armee!

„Und das Reglement, du Sohn von Hungerschluckern, was ist damit? Wäre ja noch schöner, wenn jeder in der französischen Armee es dir gleichtun würde."

Doch eben, nicht jeder tat es ihm gleich. Der Fall war schön, weil einmalig.

„Reg dich nicht auf", sagte ich zu Goy. „Du brauchst bloss zwei Gewehre zu haben, eines für die Deinen, eines für den Feldwebel. An Gewehren herrscht kein Mangel in diesem Scheisskrieg. Und nicht jedermann kann über einen 420er verfügen."

Coquoz

Selbst ein Coquoz – den ich zu seinen Eltern zurückschicken liess, weil er noch nicht alt genug war, um Soldat zu sein – wurde von der Obsession Frau nicht verschont. Man hatte ihn Ungeheuerlichkeiten erzählen lassen: wie die kleinen

Pagen der Pariser Grandhotels sich nachts in den ausgestorbenen Korridoren Wettrennen auf vier Beinen lieferten, eine Kerze im Hinterteil und unter dem unerschütterlichen Blick der Oberkellner und der Zimmerkellner; aber der arme Junge kam heimlich zu mir, damit ich ihm die Briefe korrigierte, die er einer Brotverkäuferin schrieb, bei der ich, sagte er zu mir, ofenfrische Croissants essen könne, wenn ich auf Urlaub ging. Der Zufall wollte es, dass die Bäckerei, in der die Verkäuferin angestellt, die Bäckerei im *Samaritaine* war, eine Bäckerei mit der grössten Auswahl in Paris und nicht nur an ofenfrischen Croissants, sondern auch an Madeleines, Brioches, Apfeltaschen, Kräpfchen und Cremetorten, und als mich das Krankenhaus hinausgeschmissen hatte und ich ohne einen Sou auf dem Strassenpflaster von Paris stand, nachdem ich für einen Sou Hungersold im Tag im Krieg gewesen war und ich nun über Nacht mittellos dastand, im nackten Elend und zum erstenmal in meinem Leben mit nur einer Hand, der linken Hand, der ich mich noch nicht bedienen konnte, und ich zwar auf Schritt und Tritt Typen begegnete, die dem Krüppel zu trinken spendierten, mich aber nie zum Essen einluden, versorgte jenes Mädchen mich mit Lebensmitteln. Sie hiess Sophie. Sie war eine kräftige Rothaarige und sehr feurig in der Liebe. Sie hatte keine Nachrichten mehr von ihrem kleinen Coquoz. Der „kleine Himmelsstürmer", wie wir ihn nannten, der Kindsoldat, war nach Le Châtelard in seinem heimatlichen Schweizer Tal zurück.

Madame Kupka

Wäre seine Frau nicht gewesen, gäbe es auch von Kupka nicht viel zu erzählen. Er war Tscheche und gut ein Vierteljahrhundert älter als wir anderen. Er war von Beruf Kunstmaler. Ich erinnere mich, bei Bernheim kubistische Bilder und in ausländischen Avantgardezeitschriften Reproduktionen von ihm gesehen zu haben. Er war ein würdiger Soldat, ruhig und sanftmütig. Ein Schweigsamer. Sein von ungewöhnlich leuchtenden, verschmitzt blickenden Augen überstrahltes Gesicht war leicht blatternarbig. Seine Stirn war furchig. Das Haar war graumeliert. Der Bart weiss. Er war grossgewachsen und kräftig. Aber, *hélas,* er war nicht mehr im Alter, Soldat zu sein, und trotz seines Heldenmuts, seiner Ausdauer, seines Durchhaltevermögens, seiner Beharrlichkeit war er oft krank: Leberbeschwerden, Gallenkoliken, die ihn zwangen, im Bett zu bleiben, doch er liess sich davon nicht unterkriegen. Kupka meldete sich kein einziges Mal krank und wollte nie zur ärztlichen Untersuchung. Er wurde wegen erfrorener Füsse verlegt und schliesslich ausgemustert. Ich erinnere mich, dass er der erste von uns war, dem in den Schützengräben bei Frise die Füsse erfroren waren, wo wir die Nacht bis zum Bauch im Wasser verbrachten und dies bei Temperaturen von null Grad, von minus zwei Grad. Andere, viele andere, würden folgen. Ich bedaure, diesen schlichten, gutmütigen Mann aus den Augen verloren zu haben. Ich weiss nicht, warum er sich freiwillig gemeldet hatte, doch ich vermute, auf Drängen seiner Frau, einer tapferen, eine glühenden Patriotin, einer resoluten Person, was man auf russisch eine *boie-baba* nennt, die allein imstande war, die ganze Armee in Marsch zu setzen. Ich erinnere mich, dass an dem Tag, als wir Paris verliessen, um an die Front einzurücken, und wir die Stadt über die äusseren Boulevards verliessen, um nicht vom Jubel der Bevölkerung begleitet durch die Strassen defilieren zu müssen (das war eine Phobie des Obersts), und, beim Rond-Point an der Défense angekommen, Madame Kupka, die ganz in der Nähe im Impasse de la Révolte wohnte, von einer Vorahnung getrieben, auf ihren Mann wartend, dort stand. Sie packte Tornister und Gewehr ihres Ehemannes und marschierte neben der Kolonne die ganze Strecke bis nach Écouen. Am folgenden Tag wollte sie weitermarschieren, aber der Oberst liess sie von den Gendarmen festnehmen und, ob sie wollte oder nicht, in den nächsten Zug nach Paris setzen.

Der Oberst! Er war ein alter, seniler Schwachkopf, der uns vom geographischen Dienst der Armee zugeteilt worden war, ein Stabsoffizier mit Lorgnon und vorsintflutlichen Vorstellungen. Um uns zu drillen (als ob uns nicht die ganze Misere des Krieges bevorstünde, um uns zu drillen!), war er auf den unseligen Gedanken gekommen, uns die ganze Strecke von Paris nach Rosières (Somme) zu Fuss zurücklegen und uns in den Schützengräben übernachten zu lassen, während die für unseren Transport vorgesehenen Züge uns Etappe für Etappe leer eskortierten, die Eisenbahnlinie versperrten, die Bahnhöfe verstopften, und das mitten im „Wettlauf zum Meer", wie die Zeitungen jenes geniale, Foch zugeschriebene Manöver nannten, das den rechten Flügel, den Infanterieflügel, der deutschen Armee umfassen und die rückwärtigen Verbindungen bedrohen sollte. Wenn man das erlebt hat, glaubt man nicht mehr an die Slogans der

Strategen. Man weiss Bescheid. Die Kriegskunst ist Sache der Kommissköpfe. Eine schweinische Routine. *Marschiere oder krepiere.*

Und wir marschierten.

Und wir krepierten.

Das Band der Strasse entrollte sich vor uns. Das Ende sah man nicht. Écouen. Luzarches. Chantilly (wo die Strassen mit Stroh bedeckt waren, um den Lärm der tausend und abertausend an die Front ziehenden Botten zu dämpfen und Joffre bei seinem Nachdenken nicht zu stören), Creil (wo mir Belessort im Vorübergehen die Drahtzieherei seines Onkels zeigte). Clermont. Saint-Just-en-Chaussée. Maignelay. Montdidier. Hangest-en-Santerre. Die Männer schleppten sich vorwärts, Blasen an den Füssen, vom Sturmgepäck erdrückt, liessen sie sich schliesslich am Strassenrand auf die Erde fallen, weigerten sich weiterzugehen, während die Lokführer in den leeren Zügen, die uns von Bahnhof zu Bahnhof einholten, im Vorüberfahren ironisch die Dampfpfeife ihrer Lokomotive ertönen liessen. Worauf der Alte eine andere Idee hatte: Er liess die Tornister kontrollieren und alle reglementwidrigen Kleidungsstücke wegwerfen. Nun aber stand der Winter kurz bevor. Patriotische Vereine hatten an die Grosszügigkeit der Franzosen appelliert. Die Mütter, die Schwestern, die Bräute, die Ehefrauen, die Mätressen der Soldaten, die alten Jungfern, alle Frauen hatten gestrickt. Die Tornister der Männer waren mit warmen Sachen vollgestopft, mit Wollsocken, Handschuhen, Halbhandschuhen, Fäustlingen, Halstüchern, Wollschals, Ohrenmützen, Nierenwärmern, Pullovern, Unterhemden, Brustwärmern aus Kamelhaar. Weil das alles reglementwidrig war, wurde es kurzerhand konfisziert, weggeworfen, am Strassenrand gestapelt, mit Benzin übergossen und verbrannt. Was uns in unsere Uniformen gesteckte Zivilisten in sprachloses Erstaunen versetzte, für die Berufssoldaten aber offenbar ganz normal war, und die feschen Feldwebel, die diese absurde Arbeit erledigen, lachten sich krumm. Der Vorfall war typisch für den Geist der Militärs und für ihren realistischen, vorausschauenden Verstand. Wenn man sie hört, ist alles fix und fertig und geschniegelt. Kein Gamaschenknopf fehlt. (Man hat es ja gesehen im Mai 1940!)

Nach vier, fünf Tagen kamen wir erschöpft in Rosières an, wo wir vorwiegend stehend ausruhten, so wie in den folgenden Wochen und Monaten auch in Frise, in Dompierre, am Bois de la Vache und in den Schützengräben vieler anderer Frontabschnitte. Seltsamer Drill, dieser lange, drillende Marsch, und der Oberst wusste vom Krieg im allgemeinen und vom Stellungskrieg im besonderen ebensowenig wie wir, wie es am gleichen Abend unser unglaubliches Einrücken an die Front bewies.

Wir waren bei Einbruch der Nacht in Rosières eingetroffen. Es regnete. Die Gewehre wurden in einem Hof zusammengestellt, unter den Apfelbäumen wurden Feuer angezündet und Lebensmittel verteilt. Jede Kompanie musste selber kochen, denn die Feldküchen waren noch nicht eingetroffen. (Warum?) Der Alte hatte seine Offiziere vor dem Rathaus versammelt und zog aus einem Hut die Nummern der Kompanien, die auf die verschiedenen Frontabschnitte verteilt wurden. Die Verbindungsleute des Regiments, das wir ablösen sollten, wurden ungeduldig. „Der Alte spinnt", sagten sie zu uns. „Er versteht nichts. Es wird spät. Macht eure Feuer aus, verdammt, die Boches werden euch deckeln, wartet's ab ..." Und es musste ja so kommen. Es war dunkel geworden. Ein Granathagel ... und wir zählten die ersten Toten. Genial, was? Und prompt folgte der nächste Hagel, und wir zählten weitere Tote. War das also die berühmte Feuertaufe? Nein, noch nicht. Geduld. Und es ging weiter. Vier Granaten aufs Mal in mehr oder weniger kurzen Abständen. Ein Kugelgesprenkel. Währenddes brüllten die Verletzten. Die Männer zerstreuten sich. Andere traten die Feuer aus. Wir waren schön dumm dran mit unserem zähen rohen Fleisch. Keine Suppe. Keine Befehle. Beim ersten Kanonenschlag waren die Feldwebel verschwunden. Und der alte Pedant fuhr, von seinen Offizieren umringt, damit fort, im Licht einer Sturmlampe, die sein Radlersoldat ihm mit ausgestrecktem Arm hinhielt, seine Nummern zu ziehen. „Er spinnt, der Kerl", sagten die Verbindungsleute des anderen Regiments. „Wer ist das?" fragten sie. Doch niemand kannte den Namen unseres Obersts, der nur gerade auf den Plan getreten war, um uns an die Front zu führen. „Es ist ein Geograph", antwortete jemand.

„Scheisse", sagte einer der Verbindungsmänner, der eine Zigarette mit mir rauchte. „Er kennt die Karte Frankreichs? Na gut, soll er heute nacht eine zeichnen, wenn er den Frontabschnitt sieht. Es ist zum In-die-Hose-Scheissen, diese hinterfotzige Gegend. Wir haben eine ganze Menge Männer verloren. Es gibt nichts zu lachen ..."

Ein Pfiff ertönte. Das Regiment stellte sich längs der Häuserzeile auf. Die Munition wurde verteilt, 250 Patronen je Mann, und ... vorwärts ... marsch! Wir setzten uns in Zweierreihen auf einer infernalischen, unbefestigten

Abkürzung hinter dem Dorfweiher in Bewegung; die 6. Armee, unsere, führte die Kolonne an. Wir hatten die falsche Zahl gezogen.

Es regnete.

„Ich führe euch zum Kalkofen", sagte der Verbindungsmann, der neben mir ging. „Kommt ihr aus Afrika?"

„Nein, aus Panama."

„Stimmt's, dass ihr zu Fuss gekommen seid?"

„Ja und? Ist doch klar."

„Nicht zu fassen", sagte der Mann. „Immerhin, es ist unter aller Kanone, Soldaten zu Fuss von Paris antanzen zu lassen, um sie am gleichen Abend an die Front zu spedieren. Nützt nicht viel, zur Fremdenlegion zu gehören, ich beneid' euch nicht ..."

Und der Mann entfernte sich. „Ich will dem Oberleutnant den Stolleneingang zeigen ..." Und er verschwand in der Dunkelheit und wurde nicht mehr gesehen!

Fünfhundert Meter hinter dem Dorf versperrte eine Anhöhe den aufgeweichten Weg. Die Radspuren führten zu einer Art Steinbruch oder zum Tor eines Kalkofens. Der Oberleutnant wusste nicht, wo es weiterging. Er glaubte, sich verirrt zu haben. Er riss ein Streichholz nach dem andern an und versuchte, sich anhand einer ungenauen Geländeskizze zu orientieren. Hinter uns watete die Kolonne im Schlamm. Man hörte Aufeinanderprallen und Stimmengewirr. Die Kolonne setzte sich ruckweise in Bewegung. Die letzten Reihen hatten wahrscheinlich das Dorf noch nicht verlassen, auf das immer noch die Granaten zu viert und in mehr oder weniger langen Abständen niedergingen. Man konnte sich das Durcheinander vorstellen. „Vorwärts", schrien

Stimmen. „Herrgottnochmal, vorwärts. Was treibt ihr denn?"
Wir aber waren am Ende der Sackgasse angelangt. Wir kamen keinen Schritt mehr weiter.

„Das Verbindungskommando! Das Verbindungskommando!" schallte es von allen Seiten.

Doch so wie der erste waren auch die übrigen Verbindungsmänner des anderen Regiments verschwunden. Sie hatten sich anscheinend untereinander abgesprochen und hatten uns einfach stehenlassen, um nicht nochmals in die Gräben hinunterzumüssen.

„Es muss doch in dieser Richtung sein", sagte der Oberleutnant, der keine Streichhölzer mehr hatte. „Hat jemand ein Feuerzeug? Feldwebel, sucht den Stolleneingang!"

„Erster Zug, auf mein Kommando!" brüllte Feldwebel Giudicelli, als befinde er sich in einem Kasernenhof.

Zuhinterst im Kalkbruch angelangt, dämpfte er seinen Hochmut. „Sag mal, Gefreiter, du weisst doch alles, wie sieht der Grabeneingang aus?"

„Ich vermute, Sie stehen direkt davor, Herr Korporal", antwortete ich und zeigte auf ein schwarzes Loch in der Böschung zu unserer Rechten.

„Das dort? Das ... das soll der Eingang zu den Schützengräben sein?" fragte der Korporal mit rollendem Akzent, denn Giudicelli war Korse.

„Wir könnten zumindest mal nachsehen, Herr Korporal. Sie haben doch wohl nicht erwartet, den Triumphbogen vorzufinden, oder? Vielleicht ist es der Eingang zu den Latrinen, mal sehen ..."

Und wir schlüpften in einen engen, steil ansteigenden Graben, der sehr glitschig war, nach etwa zwanzig Metern aber flach geradeaus führte, breiter wurde und sich gabelte. An der Gabelung stand ein Wegweiser mit zwei Pfeilen, auf dem einen stand A, C, D, E, F, G, auf dem anderen B.

„Ich glaube, wir sind da", sagte Giudicelli. „Geh'n Sie es dem Oberleutnant melden."

„Sie können selber gehen", antwortete ich. „Wir bleiben da, denn auch wir sind angekommen."

Der Feldwebel verschwand, kehrte kurz darauf mit dem Oberleutnant zurück.

„Wir gehen in der richtigen Richtung", sagte der Oberleutnant. „Wir belegen Sektor A. Folgt mir."

Und wir stapften weiter.

Wir Ärmsten! Wir glaubten, angekommen zu sein, wo doch der Alptraum erst begann. Wir wateten bis zu den Knöcheln im Schlamm, feuchte Klumpen, die sich von den Grabenrändern lösten, wenn man die Wand streifte, klebten im Nacken. Wir waren wie in einem Alptraum gefangen. Die Lebel des einen legte sich quer über den Gang, die Brotbeutel des anderen verfingen sich in einem Splitterschutz. Die Splitterschutze versperrten einem alle zehn Meter den Weg. Man konnte sie in der Finsternis nicht erkennen. Man stolperte darüber. Die Männer stürzten, prallten gegeneinander, glitten aus, man hörte Gefluche und das Scheppern des Blechzeuges und der aneinanderschlagenden Essgeschirre. Man kam nur stossweise vorwärts. Die Männer schimpften. „Ruhe!" rief der Oberleutnant, der an der Spitze ging. „Die Deutschen sind ganz in der Nähe. Rauchen verboten! Ausmachen! Ruhe!" Und der Befehl wurde von Mund zu Mund weitergegeben. „Ruhe, wir sind bei den Boches! Macht die Zigaretten aus! Ruhe, verdammt noch mal. Hört ihr diesen Schreihals? Hat ständig etwas zu motzen. Schon wieder Rossi." Und wir gingen weiter, schleppten die vom langen Marsch auf dem harten Asphalt der Überlandstrasse wunden Füsse hinter uns her, und wir spürten mit Wonne, wie sie im eiskalten weichen Dreck versanken, der wie ein Saugnapf an den Sohlen klebte, und es wurde einem ganz mulmig. Andere wiederum blieben alle zehn Meter stehen, um zu pissen. Die Kolonne brach auseinander, schrumpfte. Bei jeder neuen, mit einem Pfeil und einem Buchstaben markierten Gabelung löste sich eine Kompanie, eine Abteilung vom Hauptfeld, bog nach links in die neue Abzweigung ein. Man wusste nicht mehr, wo man war. Der Oberleutnant stürmte, immer nach rechts haltend, wie ein Tauber durch die Nacht. Er hatte es eilig anzukommen. „Aufschliessen! Aufschliessen!" brüllte er. Er verlor die Ruhe, wie übrigens auch die Nachzügler, die mit einem kurzen Spurt versuchten, die Spitze einzuholen und der Länge nach hinfielen, und man hörte sie hinter uns fluchen, lästern, um Hilfe rufen, plärren wie Waschlappen. Doch das Schlimmste war, dass wir nicht ankamen. Es regnete immer noch. Wir kämpften uns schon seit zwei Stunden durch diesen Höllengraben, der kein Ende nahm und nirgendwohin führte. Manch einer hatte an den gefährlichen Stellen ein Schlammbad genommen, und als wir an eine Stelle kamen, wo der verfluchte Gang mit Geröll aufgefüllt war und Kopf und Rumpf aus der Tiefe auftauchten, hörte man das Branden einer von Norden anrollenden Flutwelle, doch das war der ferne Kanonendonner, und der Wind wehte einen undefinierbaren Geruch von Chemie und Aas herüber. Die Nacht war undurchdringlich. „Ein Halt!

Ein Halt!" riefen die zu Tode erschöpften Männer. „Ein Halt!" Der Oberleutnant blieb hinter einem mächtigen Splitterschutz mit einem spanischen Reiter darüber stehen.

„Ich versteh' das nicht", erklärte er. „Wir müssten schon längst angekommen sein. Ich glaube, wir haben uns verirrt."

„Abschnallen!" sagte ich zu meinen Männern. „Ruht euch aus ..." Und steckte eine Zigarette an.

Worauf sich eine homerische Auseinandersetzung mit dem Feldwebel entspann, der mir befahl, die Zigarette wegzuwerfen. Giudicelli hatte die Beherrschung verloren. Der lange Marsch, die finstre Nacht, der gewundene Hindernisgraben, das Wasser, der Morast, die Schlammlöcher, die sich auflösende Kompanie, das in der Finsternis verschwundene Regiment und, seit wir hinter dem mächtigen Splitterschutz angehalten hatten, die *Blindgänger, die über unsere Köpfe hinwegzischten,* das alles stand derart im Gegensatz zu dem, was er sich Glorreiches in seinem korsischen Überschwang hatte vorstellen mögen, und entsprach in keiner Weise dem, was man ihm in der militärischen Ausbildung hatte eintrichtern und seinem Korporalschädel einhämmern mögen, so dass er mit seinen Nerven eindeutig am Ende war und er für diese Pagaye unbedingt einen Schuldigen brauchte, um diesen auf der Stelle einzubuchten, sonst würde er weder sein Gleichgewicht noch sein Selbstvertrauen, noch seine Autorität zurückerlangen. Er war bereit, mich vor das Kriegsgericht zu stellen und in das Af Bat'* zu schicken, weil ich die Zigarette nicht wegwerfen wollte, die ihm Angst einjagte, und er mir zum drittenmal befahl, sie

---

* Afrika-Bataillon, franz. Strafkompanie; auch Biribi (Anm. d. Ü.)

auszulöschen. Um ihm Gerechtigkeit widerfahren zu lassen, billigen wir ihm zu, dass in seinem Fall auch die Erschöpfung eine Rolle spielte, denn Giudicelli musste sein Sturmgepäck selber tragen, und auch er war zu Fuss von Paris gekommen. Doch mein Verhalten und meine Ironie waren genau das richtige, ihn in Wut zu bringen, und er verzieh mir überdies nicht, dass ich die Initiative übernommen und meinen Männern befohlen hatte, das Sturmgepäck abzuschnallen. Ich weiss nicht, wie das Ganze geendet hätte, hätte nicht mitten in unserem Wortwechsel ein Getrampel uns aufgeschreckt und uns, uns beide, verstummen und die Männer aufschnellen lassen.

Es kam von der anderen Seite des Splitterschutzes.

Ein Stampfen, lautes Stiefelgetrampel, das geradewegs auf uns zukam. Stimmen. Gepolter. Und kurz darauf tauchten Männer auf, die, uns zur Seite stossend, an uns vorbeirannten. Nein, es waren nicht die Deutschen! „Lasst uns durch, blöde Bande", riefen sie und drücken uns an die Wand, schwenkten ihre Schiessprügel, ihre Zeltpflöcke, ihre Schaufelstiele vor unseren Gesichtern. „Seid ihr die Ablösung? Wir warten seit über zwei Stunden auf euch. Los, wir hauen ab. Seht zu, wir ihr zurechtkommt …" Und die Kerle verschwanden wie Gespenster, eingewickelt in ihre Zeltplanen, an denen der Regen hinunterlief, und traten uns auf die Flossen. Es waren ungefähr ihrer vierzig. Unser Oberleutnant wollte den vorüberhastenden Oberleutnant am Ende der Schar anhalten, doch der andere beschimpfte ihn bloss und entfernte sich, ohne sich umzuwenden: „Nur mit der Ruhe, Herr Oberleutnant, ich werde dem General Rapport erstatten …"

Das kommt davon! Unser Oberleutnant war ganz klein geworden. Wir ebenfalls. Giudicelli hatte sich plötzlich beruhigt. Und wir bogen um den grossen Splitterschutz herum, und wir krochen wie Schnecken blindlings weiter, denn hinter dem grossen Splitterschutz war kein Graben mehr, sondern aufgewühltes, mit Sappen und Granattrichtern übersätes Gelände, mit eingestürzten Unterständen, zerschossenen Brustwehren, verstreuten aufgeschlitzten Sandsäcken, verwickelten Drahtwalzen, und da und dort ein schlickriger, ekelerregender Schützengrabenabschnitt. Wo waren wir? Es roch entsetzlich nach Scheisse. Wir gingen hundert Meter, wir gingen zweihundert Meter einer Art Erdwall entlang; schliesslich befahl uns der Oberleutnant, uns nicht von der Stelle zu rühren, sagte, er gehe rekognoszieren, er werde gleich zurückkehren ... und verschwand in einem Verbindungsgraben, der sich rechterseits auftat, kurz darauf folgte der Feldwebel seinem Beispiel, verschwand in der gleichen Richtung unter dem Vorwand, den Oberleutnant suchen zu gehen, der wahrscheinlich in den Kommandostand des Obersts gegangen sei. Also befahl ich den Männern wiederum, ihr Sturmgepäck abzuschnallen, und sagte, sie sollen ruhig Blut bewahren und wie ich die Landschaft bewundern.

Der ununterbrochene von Norden herüberdringende Kanonendonner hatte tatsächlich die Lautstärke, das gleichmässige Grollen, den ewigen, ständig erneuerten Rhythmus, den Atem des Ozeans. Es war grossartig und gewaltig, wie der Ausdruck einer Naturgewalt. Leider war der Himmel bedeckt, und der prasselnde Regen zwang uns, den Kopf einzuziehen. Der Wall bildete wohl eine Art Sporn, denn in einem Hufeisenbogen um uns herum stiegen in Intervallen und in mehr oder weniger grosser Entfernung Leuchtraketen auf, deren langsam zur Erde schwebende Fallschirme beim Öffnen eine weissliche, gleissende Beleuchtung auslösten und etwa zehn Meter tiefer zu unseren Füssen erloschen, und man erkannte sekundenschnell, wie in einem Blitzlicht, dichte Stacheldrahtverhaue, das Gewirr kreidiger Gräben, einen Laufgrabenabschnitt, der sich in einer Zickzacklinie über das Feld zog, einen Flecken Gras, eine Wegbiegung, ein Stück Wald, merkwürdig nahe und filigrane Baumwipfel. Das Ganze hatte etwas von einer Oper und von Zauberei. Von Zauberei wegen der schnellen Abfolge der Bilder und von einer Oper wegen der Orchesterbegleitung, denn jede Rakete wurde vom Tacken eines Maschinengewehrs begleitet, von mehr oder weniger schnell aufeinanderfolgenden und mehr oder weniger lang anhaltenden Schüssen, vom zischenden Krepieren der Handgranaten oder der *Minen,* und wenn das Licht erlosch, vom Schlussakkord einer explodierenden Kugelspritze oder einer detonierenden Zeitzünderbombe. Im Vergleich zu den gleissend weissen Raketen wirkten die vereinzelt aufsteigenden grünen oder orangenen Leuchtraketen verloren am Horizont, und diese optische Verschiebung verstärkte sich noch, weil auf das Signal einer dieser farbigen Leuchtraketen hin ein gewaltiges Leuchten wie ein Hitzeblitz flach über den schwarzen Himmel zuckte, die opake Nacht erschütterte, und gleich darauf hagelte es Granaten, die zu unseren Füssen über den Kampfgräben zerplatzten oder heulend hoch über unsere Köpfe hinwegschossen. Nach den zornigen oder krachenden Explosionen widerhallte das Echo des Abschusses mehr oder weniger nah oder fern. „Eins, zwei, drei, vier, fünf, sechs ...", zählte ich laut, um die Entfernung der Geschützstellungen zu schätzen. Das Ganze wirkte nicht überstürzt, schien sorgfältig geplant zu sein, es war kein besonders dramatisches, aber ein packendes Schauspiel. Man konnte den Blick nicht davon abwenden und folgte dem Geschehen mit dem Gehör. Es war unwirklich, und von der Höhe des Walls aus betrachtet war es wohl schon immer unwirklich gewesen. Ein spannendes, wenn auch absurdes Schauspiel. Doch warum hatte man uns ins Theater geführt?

„Hinlegen", befahl ich meinen Männern.

Tatsächlich, die Blindgänger kamen in Schwärmen geflogen. Sie summten wie Wespen und rammten sich aufs Geratewohl mit einem leisen „Flop" in den Schlamm! Man hatte Mühe zu glauben, dass die Dinger tödlich sein konnten. Die Männer fanden sie eher lustig, und einige versuchten, sie mit ihrem Képi* einzufangen und machten Jagd auf die kleinen phosphoreszierenden Splitter, die phosphoreszierende Schleifen durch die Nacht zogen wie Leuchtkäfer. Doch was uns wirklich auf den Geist ging, war, dass wir nicht wussten, wo wir waren, und auch nicht, was wir hier verloren hatten, und zudem setzte uns der, echte, Geruch von Scheisse zu, in der wir versanken und die uns übertünchte.

„Du bist gut, Kapo. Wir sitzen doch mitten in der Scheisse!"

„Das bringt Glück. Hinlegen!"

---

* hohe, steife Schildmütze der Offiziere und der Unteroffiziere der franz. Infanterie, der Fremdenlegionäre und der Gendarmen (Anm. d. Ü.)

Wie viele waren wir? Schwierig zu sagen. Ich hatte den Eindruck, dass viele aus unserer Kompanie fehlten, dafür hatten sich aber Männer aus anderen Abteilungen unter meine Männer gemischt. Ich ging auf und ab. Die Männer richteten sich so gut wie möglich ein. Das Sturmgepäck wurde aufgeschnürt. Einer nahm einen Imbiss zu sich. Ein anderer wickelte sich in seine Zeltplane. Viele schnarchten bereits. Wer nicht schlief, schimpfte, lästerte, fluchte, verfluchte dieses beschissene Leben, denn das schönste Schauspiel, selbst wenn es unentgeltlich ist, langweilt einen auf die Dauer, und der uns durchnässende Regen deprimierte auch den Tapfersten. Die lange Abwesenheit des Oberleutnants kam uns sonderbar vor; die Männer wurden langsam unruhig. Sie fühlten sich im Stich gelassen. Sie wurden nervös. Ein paar redeten von Abhauen. Wie viele waren nicht schon im Hinterland untergetaucht?

„Chaude-Pisse", sagte ich zu Garnéro, der, zufrieden seine Pfeife rauchend, in einem Granattrichter sass, den er mit Sandsäcken bequem gepolstert hatte. „geh doch mal nachschauen, was aus dem Oberleutnant und dem Feldwebel geworden ist. Ich weiss nicht, ich könnte mir vorstellen, dass die beiden einen hübschen Druckposten gefunden haben. Und mache mir im übrigen Sorgen. Wir können nicht hier bleiben. Man braucht sich bloss das Gelände anzusehen. In einem schönen Zustand, was? Die Gegend ist unter Artilleriebeschuss genommen worden. Und es kann jeden Moment wieder losgehen. Steh auf, beeil dich."

Garnéro, Chaude-Pisse genannt, weil er den Tripper hatte – und was für ein Gepiss –, ein Macker, der sein Hauptquartier im grossen Bistro Ecke Avenue de Clichy, Avenue de Saint-Ouen, im berüchtigten Ganovendreieck La Fourche, aufgeschlagen hatte, war der gewitzteste und couragierteste in der Kompanie. Er hätte vor dem Teufel persönlich nicht Schiss gekriegt. Ich konnte mich auf ihn verlassen. Ich begleitete ihn bis zum Grabeneingang, durch den der Oberleutnant, dann der Feldwebel verschwunden waren, und wünschte ihm viel Glück.

Eine halbe Stunde später war Garnéro zurück, doch während dieser halben Stunde hatte sich die Situation verschärft.

Man hatte begonnen, auf uns zu schiessen. Nicht die Deutschen. Die Franzosen! Sie beschossen uns von hinten. Salvenfeuer. Die Kameraden. Die unsren. Die hinter uns gestaffelten Einheiten, die halben Abteilungen, die ganzen Abteilungen, die Regimentsbataillone, wahrscheinlich in einer ebenso schwierigen Situation wie wir, bekamen es mit der Angst zu tun, sie drehten durch. Es hatte mit sporadischen Salven angefangen, doch schon bald war der ganze Frontabschnitt links von uns in Brand geraten. Pausenloses Knattern drang zu uns herüber Die Scheisskerle ballerten blindwütig drauflos, und weil wir, von der vom Regiment gehaltenen Stellung aus betrachtet, in vorderster Linie waren, bekamen wir Tausende und Abertausende Kugeln ab ... Ripostierten die Boches? Nein. Das Panorama zu unseren Füssen war unverändert. Das Leuchtraketenfeuerwerk der Boches ging weiter. Das Ganze galt nicht uns. Plötzlich dämmerte mir, dass wir uns in der zweiten Linie befanden! Und dann? Ja, dann musste man unbedingt diese Wahnsinnigen, die uns von hinten beschossen, dazu bewegen, das Feuer einzustellen.

„Bleibt liegen und schiesst nicht!" schrie ich den aufgeschreckten Männern zu, von denen viele bereits angelegt hatten und in die Dunkelheit ballerten. „Auf wen schiesst ihr? Ihr seht doch nichts. Ich sag' euch doch, dass keine Gefahr droht. Legt euch wieder hin. Überflüssig, sich von diesen Tölpeln anrotzen zu lassen. Wir bleiben im übrigen nicht länger hier. Ich brauche zwei Männer, die die Verbindung mit den rückwärtigen Linien herstellen und denen dort sagen, sie sollen aufhören, uns zu beschiessen. Und ich brauche einen Mann, der das Stabshauptquartier des Obersts aufsucht und ihn auffordert, sofort das Feuer einstellen zu lassen. Was für eine Pagaye!"

Faval, Coquoz zogen los, um die rückwärtige Verbindung herzustellen. Ich sollte sie in jener Nacht nicht wiedersehen. Sawo ging den Oberst suchen, der ihn bis zur Ablösung in seinen persönlichen Dienst nahm. Und die tausend und abertausend französischen Kugeln hagelten fröhlich weiter auf uns nieder.

Inzwischen kehrte Garnéro zurück, der den verlassenen Sektor A entdeckt hatte, unsere eigentliche Stellung.

„Wir müssen dislozieren, Kapo. Es ist prima dort. Gedeckte Gräben mit Schulterwehren und Schiessscharten mit Schiebeläden. Tiefe Unterstände mit Herden, Öfen, Kohle und Stroh. Jeglicher moderner Komfort. Es gibt sogar einen Balkon. Wir müssen dislozieren, Kapo. Es wartet auf uns ..."

„Und der Oberst und der Feldwebel, hast du sie gesehen?"

„Ach, die Halunken!"

„Was sagen sie? Was machen sie?"

„Die? Nichts. Sie wärmen sich zuhinterst in einem Unterstand vor einem schönen Feuer die Eier ..."

„Hast du mit ihnen gesprochen?"

„Wofür hältst du mich, Kapo? Ich hätte ihnen am liebsten einen Knallfrosch ins ..."

„Los, Jungs", sagte ich zu den Kameraden, „wir dislozieren. Wir haben, scheint's, einen gemütlichen Frontabschnitt erwischt. Chaude-Pisse führt euch hin. Beeilt euch, schön der Reihe nach, und Vorsicht."

Und ich befahl den Rückzug nach vorn, verliess das Gelände, Zielscheibe der Salvenfeuer, die das ausser Rand und Band geratene Regiment weiterhin ins Leere entlud. Wir überstanden das Ganze ohne einen einzigen Toten und sogar ohne Verletzte. Es grenzte an ein Wunder.

Der Frontabschnitt, den Garnéro für uns ausfindig gemacht hatte, war tatsächlich gar nicht übel. Er erinnerte an ein Logis im Bug eines Schiffes. Von einem ziemlich tiefen Mittelgraben führten Seitenarme zu klug angelegten, abgetrennten, auskragenden Zwischenwerken. Die mit Schiebeläden versehen Schiessscharten glichen Schiffspforten. Man gelangte über zwei, drei Stufen hinauf, die als Schützenauftritt dienten. Doch es war nicht eine dieser erhöhten Schanzen, die Garnéro für einen „Balkon" gehalten hatte. In der Achse unserer Stellung, zuäusserst auf der von mir vermuteten Spore, die sich bei Tageslicht als eine Art Mergelhügel entpuppte, als eine grosse Falte, erstarrte Erdkruste etwa zehn Meter über einer mit kreidigen Gräben und dichten, schwarzen Stacheldrahtverhauen durchzogenen Ebene, die uns von allen Seiten umschlossen, in der Achse unserer Stellung war eine Klüse, in die man über eine Leiter hinunterstieg, die tatsächlich zu einem nach vorn ausgerichteten Balkon führte, eine raffiniert angelegte, gut getarnte Plattform, die als Postenstand diente. Das kleine Fort war ganz mit Rundhölzern gedeckt und mit Baumstämmen solide abgespreizt. Sehr tiefe Unterstände waren darin angelegt. Ich wies den Männern ihre Unterstände zu, postierte zwei Späher auf dem Balkon, eine Wache im Hauptgang, zwei Wachposten an der äusseren Poterne, stellte die Wachablösungen sicher und sagte meinen Leuten, sie sollten pennen gehen und sich keine Sorgen mehr machen, jetzt, da sie an der Wärme und in Sicherheit waren, und ich begab mich, von Garnéro hingeführt, zum Unterstand, in den sich der Oberleutnant und der Feldwebel geflüchtet hatten.

Garnéro hatte nicht gelogen. Die zwei Widerlinge befanden sich dort und wärmten sich an einem schönen Feuer. Sie sassen stumm da. Der Feldwebel paffte an seinem Glimmholz. Der Oberleutnant rauchte nicht. Sie hielten den Kopf in die Hände gestützt.

„Du bleibst hier, Chaude-Pisse", flüsterte ich, „und hältst unauffällig Wache, verstanden? Wenn sie abhauen wollen, gibst du ihnen unmissverständlich zu verstehen, dass sie unsere Gefangenen sind, und wenn sie meckern, schiesst du. Im übrigen brauchst du mich nur zu rufen, ich bin ganz in der Nähe."

„Und wohin gehst du, Kapo?"

„Ich schau' mich um. Gehe hinauf. Mal schauen, was draussen los ist ..."

Draussen war immer noch der Teufel los. Die Wahnsinnigen schossen Tausende von Kugeln ins Leere. Der Regen hingegen liess nach, um sich, wie dies in der trostlosen

Gegend der Picardie im Morgengrauen üblich, in einen kaum sichtbaren, aber eisigen Nieselregen zu verwandeln. Die Raketen der Deutschen verloschen. Das Morgenlicht riss den Himmel auf, die niedrigen Wolken zeigten, wie unsorgfältig geheftete, auf einem Schneidertisch ausgebreitete Schossteile, die Vorder- und die Rückseite, das Tuch, das Futter, die Watteline und das Rosshaar für das Zwischenfutter. Ich betrachtete fassungslos das aschfahle Morgenlicht und seine alte, im Dreck verstreute Klamotte. Nichts war greifbar in dieser triefenden, elenden, verwüsteten, zerlumpten Landschaft, und ich selber fühlte mich wie ein Bettler an der Schwelle der Welt, durchnässt, verschleimt und von Kopf bis Fuss mit Scheisse überzogen, zynischerweise glücklich, dort zu sein und das alles mit eigenen Augen zu sehen.

Man verstehe mich nicht falsch, nein, der Krieg ist nichts Schönes, und vor allem ist das, was man als darin verwickelter Befehlsempfänger sieht, ein in den Mannschaften verlorener Mann, eine Kennummer inmitten Millionen anderer, zutiefst sinnlos und scheint keinem Ganzen zu gehorchen, sondern allein dem Zufall. Der Formel *marschiere oder krepiere* kann man dieses andere Axiom hinzufügen: *Geh, wohin ich dich schubse!* Genau das ist es, man geht, man schubst, man stürzt, man krepiert, man steht wieder auf, man marschiert und fängt wieder von vorn an. Von allen Schlachtszenen, die ich erlebt habe, habe ich nur ein Bild eines totalen Chaos zurückgebracht. Ich frage mich, wo die Kerle das herholen, wenn sie behaupten, historische oder hehre Momente erlebt zu haben. An Ort und Stelle und im Feuergefecht gibt man sich keine Rechenschaft darüber.

Man hat keine Distanz, um zu urteilen, und nicht die Zeit, sich eine Meinung zu bilden. Die Zeit drängt. Es geht um Minuten. *Schubsen, gehen!* Was hat das mit Kriegskunst zu tun? Vielleicht auf einer höheren Stufe, auf der höchsten Stufe, wenn sich alles in Kurven und Ziffern zusammenfassen lässt, in allgemeinen Weisungen, in minuziös abgefassten Befehlen, die in ihrer Präzision zweideutig sind, um dem Interpretationswahn als Gerüst zu dienen, vielleicht hat man daher den Eindruck, sich einer Kunst zu widmen. Doch ich zweifle. Das Waffenglück ist ein Hasardspiel. Und schliesslich werden alle grossen Feldherren, von Cäsar zu Napoleon, von Hannibal zu Hindenburg, von Niederlagen gekrönt, ganz zu schweigen vom damaligen Krieg oder von dem jüngsten, 1939–1945, und es ist noch nicht zu Ende, reihum wird jeder geschlagen werden. Wenn man mittendrin steckt, ist es keine Frage der Kunst mehr, der Vorbereitung, der Stärke, der Logik oder der Genialität, es ist nur noch eine Frage der Stunde. Der Schicksalsstunde. Und wenn die Stunde schlägt, stürzt alles zusammen. Zerstörung und Ruinen. Das ist alles, was von den Zivilisationen übrigbleibt. Die Geissel Gottes sucht sie alle heim, eine nach der anderen. Keiner, der nicht dem Krieg erliegt. Frage des menschlichen Genius. Perversität. Phänomen der menschlichen Natur. Der Mensch strebt die eigene Vernichtung an. Er gehorcht seinem Instinkt. Mit Pfählen, mit Steinen, mit Schleudern, mit Flammenwerfern und elektrischen Robotern, dieser letzten Inkarnation des letzten Eroberers. Danach wird es in den Steppen Zentralasiens vielleicht nicht einmal mehr Wildesel geben und auch keine Emus mehr in den Llanos Brasiliens.*

Ehrlich, was meine Augen vom Mergelhügel aus sahen, wo ich mich hingehockt hatte, lohnte die Mühe nicht. Man beschoss sich gegenseitig. Zu meinen Füssen. Von Kampfgraben zu Kampfgraben. Und jetzt, als das Trugbild der Leuchtraketen und ihrer Widerhalle und ihrer Lichtspiele, ohne die Komplizenschaft der Nacht, nicht mehr täuschte, war alles, was ich mit dem Auge ermessen konnte, klein, schäbig in der Nebellandschaft, verlassen mitten im Schlamm und entbehrte trotz der Kilometer und Kilometer von Schützengräben und Stacheldrahtverhauen jeglicher Grösse, als handelte es sich um einen Streit zwischen Nachbarn wegen einer mit schmutziger Wäsche behängten Leine und nicht um die Eroberung der Welt.

Zu meinen Füssen beschoss man sich von Kampfgraben zu Kampfgraben. Klägliche, zögernde Schüsse in der Kälte des Morgengrauens, dürftige Maschinengewehrsalven, die einander gackernd antworteten wie aus einem vergitterten Hühnerhof, und statt der fehlenden Hähne, was ungewöhnlich war an einem Morgen auf dem Land, hörte man das heisere metallische Kikeriki der Granaten, die in der wasserdurchtränkten Erde nicht detonierten.

Ich war enttäuscht.

Die deutsche Kanone war verstummt.

Abgesehen von den Memmen des Regiments, die weiter Tausende Schüsse ins Leere abgaben, und von den Zehntausenden Kugeln, die ich nicht mehr beachtete, mich aber vor

---

* Geschrieben vor dem Einsatz der „Atombombe", diese Erfindung kurz vor Torschluss, Todesurteil der Menschheit, Bombe, die ich im übrigen vorausgesehen und beschrieben habe, s. S. 161 und 162 in *Moravagine* (Grasset, Paris 1926)

ihnen zwischen zwei Sandsäcken hockend in Sicherheit brachte, war das, was ich sah, lächerlich: die zahllosen kleinen, aus der Erde ragenden Blechrohre, die schwarzen Rauch spuckten wie an einem Wintertag die Kamine der Elendsbehausungen der Lumpensammler in der Pariser Zone.

Eine riesige Elendsvorstadt! Um sie hier wegzuwerfen, hatte man die Elite der Jugend der Welt aufgerufen, und sie war dem Ruf gefolgt und hatte die schönsten Städte der Welt verlassen.

Ich sah, vor mir auf dem Gelände eingeritzt, den Bankrott der Militärakademien; die Deutschen hatten den Grabenkrieg nicht verhindern, und die Franzosen hatten ihn nicht vorhersehen können, die einen und die anderen schafften es nicht, sich aus dem Schlamassel zu befreien, obwohl Joffre am Tag vor der Schlacht an der Marne, das heisst vor dem 5. September 1914, bereits achtundzwanzig unfähige Generale abgesetzt hatte und das deutsche Generalstabsquartier, ebenfalls vor dem 5. September 1914, das heisst nach einem Monat Krieg, Generalfeldmarschall von Moltke abgesetzt hatte, den Generalissimus. Die Pagaye.

Die Pagaye! Keinerlei Kontakt. Keine Verbindung, weder mit der Front noch mit der Etappe. Coquoz und Faval kehrten nicht zurück. Sawo ebenfalls nicht. Ich rauchte eine Zigarette nach der anderen, besorgt, weil ich nicht wusste, ob ihnen etwas zugestossen war, es handelte sich immerhin um meine Männer, und mir wurde plötzlich bewusst, dass ich die Verantwortung für ihr Leben trug. Und die Irren in den Kampfgräben beruhigten sich nicht und beschossen mich weiter von hinten. Das würde ein böses Ende nehmen. Und in der Tat, es dauerte nicht lange, und die deutsche

Artillerie begann systematisch die ganze Stellung zu bombardieren.

Wir, im Sektor A, hatten Glück, denn wir besetzten den äussersten vorspringenden Teil eines Erdkammes, der auf drei Seiten von eng ineinander verschlungenen Feldbefestigungen umgeben war, so dass der Feind uns nicht beschiessen konnte, ohne Gefahr zu laufen, die eigenen Leute zu treffen; die vierte Seite jedoch, das Gelände, das ich in der vergangenen Nacht von meinen Männern hatte räumen lassen, wurde den ganzen Tag durchpflügt, und von diesem anliegenden Gelände aus wurden sämtliche vom Regiment besetzten rückwärtigen Stellungen in der zweiten und der dritten Linie unter Beschuss genommen. Die Verluste waren massiv.

Zu Beginn des Bombardements brachte mir Bikoff, ein wortkarger Bursche, der kein Wort Französisch sprach und mit dem ich mich auf russisch unterhielt, einen Becher heissen Kaffee. Das war nett von ihm. Etwas später begleitete ich ihn auf die Plattform, um ein paar Schüsse auf die weiter unten liegenden deutschen Infanteriegräben abzugeben. Bikoff war ein ausgezeichneter Schütze, den ich später immer wieder einsetzte. Dann ging ich nachsehen, ob meine drei Meldeläufer zurück waren. Zwischendurch kam Lang zu mir, um zu fragen, ob es stimmte, dass Garnéro von der Wache an der Schiessscharte oder im Graben befreit sei und ob ich ihn tatsächlich mit einer besonderen Mission betraut hätte. Doch der Eifersüchteler blieb nicht lange an meiner Seite, es war ihm zu gefährlich. Auf dem Höhepunkt des Bombardements sah ich Hauptmann Jacottet kommen, der stellvertretend den Rang des Bataillonchefs bekleidete, so wie ich, ein Gefreiter, den Rang des Zugführers übernommen hatte, und der, wie ich, neun Monate warten musste, bevor er befördert wurde. Wir wurden beide gleichzeitig befördert – er zum Major, ich zum Obergefreiten –, und zwar an dem Tag, als wir auf Urlaub gingen.

Er war ein Mann! Ein echter.

Ich bot ihm den Morgenkaffee an, worüber er sich sehr freute, denn er hatte seit vierundzwanzig Stunden nichts gegessen, weil der Verpflegungskonvoi immer noch nicht eingetroffen war. (Warum?)

Er teilte mir mit, dass wir in der folgenden Nacht abgelöst würden, nicht wegen der Verluste in der zweiten Linie, die absolut unverhältnismässig waren, sondern weil das Regiment seine Munition aufgebraucht hatte.

„Es ist immer das gleiche", erklärte er lachend. „Eine Truppe, die zum erstenmal im Einsatz steht, verliert den Kopf. Es war vorauszusehen. Doch die Jungs haben übertrieben. Wissen Sie, wie viele Patronen das Bataillon verfeuert hat?"

„Nein."

„250'000. Nein, die übertreiben wirklich."

Da erzählte ich ihm vom Oberleutnant und dem Feldwebel und bat ihn, uns die beiden vom Hals zu schaffen.

„Sie haben das Gesicht verloren, verstehen Sie?"

Hauptmann Jacottet verstand sehr wohl. Der Feldwebel wurde in ein anderes Bataillon versetzt, holte sich aber dafür einen Winkel, weil er bei der Gelegenheit zum Oberstabsfeldwebel befördert wurde. Feldwebel Giudicelli soll Anspruch darauf gehabt haben. Er war ein altgedienter Soldat. Was den Oberleutnant angeht, wir hörten nie mehr von ihm reden. Wahrscheinlich war er abkommandiert und einem anderen Regiment zugeteilt worden.

Wir wurden noch in der gleichen Nacht abgelöst.

Doch am übernächsten Tag mussten wir uns einiges anhören wegen der 250'000 verfeuerten Patronen!

Was uns scheissegal war.

Auch der Oberst wurde im Regiment nicht mehr gesehen.

Das war also unsere Feuertaufe.

In meiner Kompanie hatte es nur einen Toten gegeben. Saint-Glin-Glin, ein näselnder Deutschschweizer, ein Aargauer, dessen Name ich leider vergessen habe, er wurde in seinem Unterstand von einem Torpedo verschüttet, einer dieser dicken schwarzen Kugeln mit langem Kupferschwanz, die schaukelnd daherschweben und einen Höllenkrach machen, die aber meistens mehr Lärm machten als Schaden anrichteten und die wir „Kohlesäcke" nannten. Es war ein unglücklicher Treffer. Sankt-Nimmerlein hatte keine Chance.

Einen Monat später hatte die Kompanie Nachtwache am Eingang von Proyart. Der Posten war in einer Sägerei untergebracht, und die Männer schnarchten in den Spänen wie lauter Jesuskinder. Belessort und Ségouâna schoben vor der Türe Wache und hatten Befehl, die auf der Strasse Vorübergehenden anzuhalten, „ob zu Fuss, zu Pferd, auf dem Fahrrad, in einem Fahrzeug, und die Ausweispapiere zu kontrollieren", lautete der Befehl. Doch es würde schwerlich eine Gelegenheit geben, jemanden zu verhaften. Mitternacht war vorbei, und es herrschte ein Hundewetter. Ich sass gemütlich am Feuer und blätterte im Postenregister, zählte die lange Liste der Verdächtigen auf, die sich in der Gegend herumtrieben und die man seit dem ersten Kriegstag hätte verhaften müssen. Es war kein Kopfpreis auf sie ausgesetzt, aber man gab ihr Signalement:

„Grosse rothaarige Frau in einem von einem Schimmel gezogenen Tilburi. Ihre Papiere lauten auf den Namen Comtesse Adeline de Sainte-Beuve und sind von einer Militärbehörde ausgestellt, Paris, 2.9.14. Starker ausländischer Akzent. Ist bewaffnet ...

Bidault (Charles), Landwirt in Éclusier (Somme), verdächtigt ...

... der Fleischer aus Albert zirkuliert mit dem Fahrrad, ihn bei der Hinfahrt passieren lassen, ihn bei der Rückfahrt verhaften und telefonisch den Major der Gendarmeriebrigade in Montdidier benachrichtigen. Wird beschuldigt, die Linien zu überqueren und den Deutschen Nachrichten zu übermitteln.

Roux (Albert), aus Albert (Somme). Grösse: 1,60 m, korpulent. Gesicht: oval, bartlos, gerötet, grüne Augen. Besondere Merkmale: keine. Trägt Sammetanzug ...

Mademoiselle Claudinier und ihre Kinder (drei davon noch klein). Die Windeln beschlagnahmen ... Geheimtinte ... darf nicht benetzt und nicht ans Feuer gehalten werden ... Achtung: Sie soll eine Perücke tragen. Es könnte sich um einen Mann handeln. Im Falle einer Verhaftung Handschellen anlegen. Ist bereits geflüchtet ...

Ricou ...

Ein Korbflechter ...

Eine Limousine, Kennzeichen R 2.107 ..."

Und so fort. Es waren etwa vierzig Seiten. Viele Seiten waren herausgerissen worden, wahrscheinlich von den Soldaten im Posten, um damit die Pfeife anzuzünden. Alle übrigen Eintragungen, ob mit Tinte oder mit Bleistift, waren ebenso amorph, unbestimmt, wenig stichhaltig, es trat keine greifbare Silhouette, eine wirklich gefährliche Gestalt daraus hervor, ausser vielleicht dank der knappen Formulierung des zuletzt eingetragenen Steckbriefs, der vom Vortag datiert war:

„29.11.14. Unbekannter Pfarrer. Seinen schwarzen Hund nicht fliehen lassen. Ohne Aufforderung schiessen."

„An die Waffen!" rief Belessort in der Tür.

„Hopp! Vorwärts! Habt ihr die Losung? Nein? Zeigt mir eure Papiere", hörte ich Ségouâna stammeln und dabei, von seinem Gewehr behindert, um eine Frau herumgehen, die Belessort lachend auf die Tür zu stiess.

„Es ist nicht meine kleine Schwester, Kapo. Es ist eine komische Person, die ihren Mann besuchen kommt", erklärte Robert. „Lasse ich sie herein?"

„Nicht möglich, Sie sind's?" sagte ich zu der Frau, ihr meine Taschenlampe vors Gesicht haltend. „Nein, kommen Sie nicht herein. Entschuldigen Sie, dass ich Sie draussen im Regen stehen lasse. Sie müssen erschöpft sein. Doch was suchen Sie hier, Madame Kupka? Sie haben Glück, dass ich Dienst habe."

„Lassen Sie mich herein."

„Nein, besser nicht."

„Warum? Ich komme aus Paris, und das war ziemlich schwierig. Lassen Sie mich herein ..."

„Nein. Je weniger Leute wissen, dass Sie hier sind, desto

besser. Ich nehme an, Sie haben sich durch die Linien geschmuggelt."

„Was denn sonst? Sie stellen einem ja keine Passierscheine aus."

„Das habe ich vermutet. Also, folgen Sie mir. Und ihr beiden, kein Wort!" sagte ich zu Belessort und Ségouâna. „Kein Wort zu den Kameraden, verstanden? Das würde bloss Neid wecken."

Und ich begleitete Madame Kupka auf Umwegen durch Gemüsegärten und Obstgärten bis zum Speicher, der als Truppenunterkunft diente, wo ihr Mann in jener Nacht allein, mit einer heftigen Gallenkolik zurückgeblieben war.

„Rate mal, wen ich dir bringe", rief ich in die Dunkelheit. Kupka lag zuhinterst in einer Ecke, wo er sich mit dem Stroh der ganzen Kompanie ein Nest gemacht hatte, um schön an der Wärme zu sein, und in dem der alte Mann keusch ausgestreckt lag wie ein bärtiger Cherub. „Rate mal, wen ich dir bringe!"

„Mein Gott ... das ist ja Blanche! Ich habe eben an dich gedacht, du Liebste ...!"

„Mein Liebster!"

Und Madame Kupka fiel in die Arme ihres Mannes.

„Meine Liebste, Schönste!"

Und die zwei wälzten sich im Stroh.

„Ihr seid ja niedlich, ihr beiden, viel Spass. Aber Kupka, im Ernst, deine Frau muss morgen früh vor dem Weckruf verschwinden."

Doch Madame Kupka schaffte es irgendwie, einen oder zwei Tage länger zu bleiben, und als wir wieder an die Front einrückten, war der alte Soldat wacker zu Fuss.

In den ein, zwei Tagen war er zehn Jahre jünger geworden. Was die Liebe nicht alles bewirkt! Niemand hatte etwas erfahren, und alle beglückwünschten ihn.

Der gute Mann strahlte.

B.

Noch ein älterer Herr, der nicht mehr im Alter war, über die Schnur zu hauen; er war zwar guter Dinge, kränkelte aber ständig wie Kupka, einmal waren es Leberbeschwerden, ein andermal ein Gichtanfall, Rheumatismus oder eine zünftige Gallenkolik, und er wälzte sich in der Truppenunterkunft vor Schmerzen im Stroh und schrie wie ein gestochenes Schwein, das war B., der berühmte Filmregisseur, der Autor des ersten Films über Christoph Kolumbus aus der Stummfilmzeit, ein Witwer, der sich als Freiwilliger gemeldet hatte, um in der Nähe seines Sohnes zu sein, den er allein aufgezogen hatte und der ebenfalls als Freiwilliger unserer Einheit zugeteilt worden war. Bedauerlich für den Filius, hielt Papa Glucke nicht durch und wurde eine Woche nach unserem Eintreffen an der Front verlegt. B. stammte aus Neuilly und hätte eingebürgert werden müssen, hätte die Tatsache, in Neuilly zu wohnen, und die Sitten, die Angewohnheiten und das Auftreten der Bewohner dieses friedlichen, dieses betuchten Stadtviertels angenommen zu haben genügt, um eine Staatsbürgerschaft zu verleihen. Selbst mit den Botten an den Füssen und in die Uniform der Fremdenlegion gesteckt, die ihm wegen seines Bäuchleins nicht sass, sah B. aus wie ein behäbiger Bourgeois mit

Halbgamaschen und steifem hohem Kragen. Der Filius hingegen, immer wie aus dem Ei gepellt und ziemlich affektiert, hatte augenblicklich das besondere Gehabe der Legionäre angenommen, blasses Aussehen, schwingende Hüfte, rollende Schultern, verwegen in die Stirn geschobenes, zerknautschtes Képischild, finsterer Blick, schurkische Arroganz, Schlägerposen. Es war rührend zu sehen, wie der Papa sich über die Veränderung seines Sohnes Sorgen machte und ihn wo möglich unterstützte (einem Regisseur fällt es leicht, einem kapriziösen Star diese oder jene Kammerzofengefälligkeit zu erweisen) und uns nach unserer Meinung zu den martialischen Allüren von B. junior fragte. B. war kurzsichtig, und die väterliche Liebe machte ihn blind. Als der Alte verlegt worden war, dauerte es nicht lange, und es nahm ein böses Ende mit dem Jungen, das heisst, er verduftete ins Hinterland, wo seine dubiose Legionärseleganz Furore machte, nicht beim Film (Papa hätte das nicht zugelassen), sondern bei der Intendantur.

Bikoff (Kriegsblinder, hat sich das Leben genommen)

Jedesmal, wenn wir in einem neuen Frontabschnitt ankamen, suchte sich Bikoff, wie Rossi, eine Ecke für sich allein, doch nicht wie Rossi, um sich heimlich vollzufressen und die Pakete, die seine Frau ihm schickte, mit niemandem teilen zu müssen, sondern um ein noch unbesetztes Schützenloch zu finden, das ihm gestattete, aus einem günstigen Winkel Boches zu schiessen und seiner Strecke neue Beute hinzuzufügen. Bikoff bekam nie Pakete. Bikoff bekam nie Briefe. Nicht die kleinste Überweisung. Er kannte niemanden in Frankreich. Im übrigen sprach er kein Französisch. Er war ein Einzelgänger und wortkarg. Ich unterhielt mich auf russisch mit ihm, und alles, was ich aus ihm herausbekam, war, dass er in Russland Seminarist gewesen war, dass der Krieg ihn in der Schweiz überrascht hatte, wo er gerade seine Ferien verbrachte, dass er nach Frankreich gegangen war, um sich als Freiwilliger zu melden, dass er in Tula eine alte Grossmutter und eine kleine Schwester hatte, Lenoschka, die den besten Honig des Dorfes imkerte. Was Bienen angeht, bin ich unerschöpflich, und vor lauter über Bienenkörbe, Bienenzucht, Bienenkönigin (die der sonderbare junge Mann „die Mutter der Bienen" nannte, weil die Honigbienen in einer Republik leben und keine bourgeoisen Sitten haben), Bienenhochzeiten, Bienenschwärme, Arbeiterbienen, Larven, Brut, Zellen, Waben, Zucker, Seim, Kristallisation, Qualität, Aroma, den besonderen Duft der Erde Fachsimpeln hatte ich ihm schliesslich Vertrauen eingeflösst und seine Zuneigung gewonnen. Wir hatten noch eine gemeinsame Leidenschaft, die ebenfalls besonderes Können voraussetzt: das Kunstschiessen. Wir waren ein paar gute Schützen in der 6. Armee. Ich, dessen Vater Weltmeister im Pistolenschiessen gewesen war, der mich seit meiner frühsten Kindheit im Schnellfeuerschiessen und im Wurfscheibenschiessen trainiert hatte. Ségouâna, der das Taubenschiessen praktiziert hatte und dessen Treffsicherheit unfehlbar war, das Bocheschiessen aber nicht mochte und in dieser Disziplin ein Amateur blieb; der kleine Gauner Garnéro, der mit einem Lebel eine Katze aus zweihundert

Metern Entfernung mit einem perfekten Genickschuss tötete, sich aber Zeit nahm, lange zielte, das Knie aufsetzen, sich sicher aufstützen, es sich bequem machen musste und ja nichts ausser acht liess, denn er hatte ein Grauen vor der Improvisation, dem Unvorhersehbaren, und weil er so nervös war, wurde er immer wieder von einer Überraschung überrascht. Und Bikoff, der Kaltblütige, der Klarsichtige, der Methodische, der Wissenschaftliche, der Argumentierende, der ungewohnte Schusswinkel und Zielscheiben suchte und seine Meisterschüsse abgab, ohne ein Wort darüber zu verlieren. In Frise hatte er sich aus eigener Initiative im Kirchturm eingenistet, und dort hatte ich denn auch diesen Meisterschützen entdeckt, als ich eines Nachmittags hinaufgestiegen war, um einen Gesamtüberblick zu haben und eine Skizze der deutschen Stellungen anzufertigen, die sich auf einem sanft von den Ufern der Somme ansteigenden Gelände bis zur Festung zuoberst auf dem Kalvarienhügel hinaufzogen.

„Was machst du da?" hatte ich ihn verwundert gefragt.

„Ich vertreibe mir die Zeit", hatte der unerschütterliche Junge geantwortet.

„Ich dachte, du wärst im Unterstand."

„Nein, wenn ich keine Wache an der Schiessscharte habe, komme ich hierher."

„Und was machst du hier?"

„Ich vertreibe mir die Zeit. Schauen Sie ..."

Bikoff lag auf einer Matratze. Sein Gewehr lag neben ihm auf einem Gestell. Er entrollte ein Stück schwarzes Tuch, das von einem Balken hing und einen Schutzschirm hinter unseren Köpfen bildete.

Dann verschob er zwei Dachziegel und erklärte mir, auf die deutschen Gräben zeigend, die sich in die rechteckige Lücke einbeschrieben: „Folgen Sie dem Verbindungsgraben längs des Kanals. Dann hinauf bis auf halbe Höhe, bis zu jenem Schulterwehr, ja? Bis zur ersten Feldbefestigung, in die der Graben mündet, der vom Kalvarienhügel hinunterführt. Links, einen Fingerbreit vom Schulterwehr entfernt, sehen Sie nichts?"

„Nein ..."

„Schauen Sie genau hin, sehen Sie die Lücke ... Dort, genau vor meiner Fingerspitze ..."

„Ich sehe nichts ..."

„Schade ... Ich bin sicher, dort ist eine Lücke in der Grabenböschung. Kaum sichtbar, nur gerade eine kleine Vertiefung in der Erde, durch die man aber die Pickelhauben hin und her gehen sieht, eine Unvollkommenheit in der Brustwehr, die die Sicht auf Kopfhöhe freigibt, eine winzige Lücke ... Warten Sie, bis ein Boche vorbeigeht, Sie werden schon sehen!"

„Und dann?"

„Ja, dann, wenn einer vorbeigeht, brauche ich bloss abzudrücken. Mein Gewehr ist im Anschlag. Ich habe es genau auf jenen Punkt gerichtet. Daher habe ich die Auflage gebaut. Es bewegt sich keinen Grad. Ein Kind könnte mit geschlossenen Augen schiessen. Ich verfehle keinen einzigen."

„Hast du viele erschossen?"

„Einen, zwei, drei am Tag, seit wir hier sind."

„Alle durch einen Kopfschuss?"

„Durch einen Kopfschuss, *tak totschno,* genau."

„Verblüffend. Doch was soll das schwarze Tuch hinter dir?"

„Warum, Kapo? Damit mein Kopf sich nicht in der Lukarne abzeichnet, wenn ich zwei Schieferplatten verschiebe. Sie können sich bestimmt denken, dass die Boches Späher haben, und seit ich auf sie schiesse, beobachten sie wahrscheinlich den Kirchturm durch das Zielfernrohr!"

„Du musst gute Augen haben, Bikoff. Aber ich bringe dir ein Fernglas."

„Haben Sie eins, Kapo?"

„Nein, mein Freund, aber wenn ich das nächste Mal nach Éclusier hinuntergehe, klaue ich eins. Du weisst ja, dass ich hin und wieder zum Dolmetschen ins Hauptquartier muss, weil die Herren es für überflüssig gehalten haben, Deutsch zu lernen. Wenn man sich vorstellt, wie lange sie sich auf den Krieg vorbereitet haben, fragt man sich, gegen wen sie glaubten, eines Tages kämpfen zu müssen. Gegen die Chinesen? Wobei sie ebensowenig Chinesisch gelernt haben."

Nachdem ich Bikoff einen prächtigen Feldstecher mitgebracht hatte, ermittelte er alle gegenüberliegenden Schiessscharten, und wir waren zu dritt und zu viert nicht zu zahlreich, um von früh bis abends deutsche Wachen zu erschiessen – ausserhalb unserer regulären Wache und ohne Wissen unserer Vorgesetzten. Das dauerte bis zu dem Tag, an dem die Boches den Kirchturm von Frise in Trümmer schossen. Sie benötigten dazu nicht weniger als einhundertzweiundzwanzig Geschosse. Wie auch immer, die Kirche war jedenfalls dem Untergang geweiht, denn ein paar Tage später, bevor wir Mitte Februar den Frontabschnitt verliessen, zerstörten die Deutschen das Dorf mit Brandbomben.

Bikoff wurde am Bois de la Vache durch einen Kopfschuss verletzt. Der Bois de la Vache, ein unheimlicher Name, ein gruseliger Ort. Wir blieben volle zweiundsechzig Tage dort, und es ist das einzige Mal in meinem Leben, dass ich mich dreissig Tage nicht rasiert habe. Im ersten Monat rasierte ich mich mit Rotwein – trotz des Geschimpfes meiner Kameraden, die mich einen Verschwender hiessen –, denn wir hatten kein Wasser. Doch nach einem Monat widerten mich schliesslich das Einseifen mit Rotspon und der violette Schaum an, und ich liess mir wie die Kameraden einen verlausten Bart wachsen.

Im Bois de la Vache hatten wir an der Ecke des Waldes einen kleinen Beobachtungsposten bezogen, der vom kleinen deutschen Beobachtungsposten nur durch die Stärke von ein paar Sandsäcken getrennt war. Man hätte sich von Graben zu Graben gegenseitig aufspiessen können. Ein Gitternetz war als Schutz vor den Granaten über den kleinen Posten gespannt, damit sie nicht in den Löchern und Nischen explodierten, die uns als elende Unterstände dienten. Die Fritz waren ebenso schlecht dran wie wir. Wenn die Sachsen im Einsatz waren, herrschte ziemliche Ruhe; doch wenn sie von den Bayern abgelöst wurden, warnten die uns gleich, dass sie uns den Klabustermarsch orgeln würden; und in der Tat, die Bayern im Einsatz, und der Teufel war los, Granaten, *Minen,* Handstreiche, Granatenteppiche bügelten den armen, schnupftuchgrossen Wald flach, der uns Rückendeckung gab. Es war die Hölle. Der Nachschub traf nicht ein. Und wir waren erschöpft vom Schleppen der Rundhölzer, der Granaten, der Munition, vom Ausheben der Sappen, denn man hatte damit angefangen, den Frontabschnitt zu verminen; Stacheldrahtverhaue, spanische Reiter, Brustwehre mussten ständig ausgebessert und verstärkt, eine gepanzerte Maschiengewehrstellung musste gebaut werden. Es gab Schützengräben, die knapp einen Meter tief waren, und am Waldrand war einer, der aus lauter gestapelten Kadavern gebaut war. Eine Mumie baumelte in den Stacheldrahtverhauen, ein vertrockneter, verschrumpelter Kerl, in dessen Bauch sich Ratten eingenistet hatten und die Höhle hallen und widerhallen liessen wie ein Tamburin. Wir haben nie in Erfahrung bringen können, ob der arme Kerl ein Franzose oder ein Deutscher war. Er hing wahrscheinlich seit August 1914 dort. Es hatte heftige Kämpfe gegeben in der Gegend. Eine Kuh war von einer Granate durch die Luft geweht worden, ihr Gerippe verweste in der Luft, und wenn der Wind blies, zerfiel das Skelett in Brocken und Klumpen, der Kopf aber, die in einer Astgabel verfangenen Hörner blieben auf dem Wipfel eines Baumes hängen, daher der Name Bois de la Vache.

Im Bois de la Vache hatte der erfinderische Bikoff den diabolischen Gedanken gehabt, sich als Baum zu tarnen, und das etliche Jahre bevor Chaplins Film *Shoulder arms* in den Kinos der ganzen Welt lief. Er hatte einen alten Strunk ausgehöhlt, geschmirgelt, geschmeidig gemacht, den er wie einen Taucheranzug überstülpte, man reichte ihm einen Karabiner, und Bikoff verliess nachts die Stellung, um sich am Waldrand inmitten der anderen Strünke aufzustellen, und er verbrachte den ganzen Tag draussen und lauerte auf die Gelegenheit, einen gezielten Schuss abzugeben. Bei diesem „Spiel" wurde Bikoff durch einen Kopfschuss verwundet. Wir hatten alle Mühe, ihn zurückzubringen und vor allem ihn aus seiner Verpackung zu befreien. Die Kugel war unterhalb des rechten Ohrs eingedrungen, auf der anderen Seite herausgetreten und hatte links das Stirnbein zertrümmert. Die Verletzung bot einen grauenhaften Anblick. Doch Bikoff war nicht tot, und ich trug ihn selber ins Notlazarett, um sicher zu sein, dass er schnellstens evakuiert wurde.

Sechs Monate später erhielt ich in Tilloloy Nachrichten von Bikoff. Eine Krankenschwester aus dem Krankenhaus von Amiens, wo Bikoffs Verletzung behandelt wurde, schrieb mir, man habe zwar sein rechtes Auge retten können, Bikoff habe aber das linke Auge verloren, der Soldat werde ins Val-de-Grâce in Paris verlegt, wo die Kopfverletzungen behandelt würden. Bikoff bat mich um Nachrichten von der Truppe und fragte, ob wir uns hervortaten.

Ich antwortete ihm, alles stünde zum schlechtesten in der schlechtesten aller Welten, doch in Tilloloy ginge es uns gut, weil wir auf der faulen Haut lägen; die Truppe sei sichtlich zusammengeschmolzen, denjenigen aber, die geblieben seien, ginge es gut; wir würden ihn schon bald besuchen, falls der eine oder andere auf Urlaub ging.

Natürlich ging keiner Bikoff im Krankenhaus besuchen, denn man hat ganz andere Dinge zu tun, wenn man auf Trail in Paris ist, und sei es nur dieser verfluchten Weibsbilder wegen, die einen mit Beschlag belegen und nichts anderes im Kopf haben, als sich überall Arm in Arm mit einem Frontsoldaten zu zeigen, und natürlich hat man keine Zeit, einem verletzten Kameraden guten Tag zu sagen. Erst als ich selber in Bourg-la-Reine, im Hilfsspital im Lycée Lakanal, hospitalisiert war, konnte ich meine Krankenschwester bitten, im Val-de-Grâce vorbeizuschauen und sich nach Bikoff zu erkundigen. Fast ein Jahr war vergangen. Fräulein Marie V., meine Krankenschwester, meldete mir, dass Bikoff immer noch im Val-de-Grâce hospitalisiert sei, er sei aber blind, weil er bei einem Unfall am Boulevard du Montparnasse, zwei Schritte vom Krankenhaus entfernt, das zweite Auge verloren habe; der Krankenwagen, der ihn transportierte, sei mit einer Strassenbahn zusammengestossen, Bikoff sei beim Zusammenprall von seiner Trage kopfüber auf das Pflaster geschleudert worden.

Als ich 1917 Bikoff wieder traf, war er aus dem Krankenhaus entlassen. Gute Freunde kümmerten sich um den Blinden. Man hatte aus ihm einen Klavierstimmer gemacht. Man hatte ihm eine Mansarde in einem alten Haus am Boulevard du Montparnasse gemietet. Man hatte unter den im Stadtviertel wohnenden Amerikanern Kunden für ihn gefunden. Ein armes Ding, eine Russin namens Douscha, eine Art Dienstmagd, eine Schmutzliese mit einer Kartoffelnase, das Gesicht mit Sommersprossen übersät, strohblond, plump, grobschlächtig, die aber eine unglaublich melodiöse Stimme hatte und wie eine Sprehe lachte, führte ihn auf der Strasse, begleitete ihn zu seinen Kunden, kaufte für ihn ein und kochte für ihn. Ich glaube, man bezahlte ihr vierzig Sou im Tag. Bikoff verdiente ein Zwanzigfrancstück. Da die zwei schnell einmal ein Paar wurden, drängten die guten Seelen, die sich um das Schicksal des blinden Soldaten kümmerten, darauf, die wilde Ehe durch eine Eheschliessung zu legalisieren, so kam es, dass ich am Tag des Waffenstillstands, an 11. November 1919, nachdem ich Guillaume

Apollinaire auf den Friedhof Père-Lachaise begleitet hatte, auf dem Bezirksamt des 6. Arrondissements als Trauzeuge für Bikoff fungierte, wo auch ich am Tag vor meiner Abreise an die Front in aller Eile geheiratet hatte.

Bis dahin hatte Bikoff sein Pech ziemlich gleichmütig ertragen, doch nach seiner Heirat traten bei ihm die ersten Anzeichen einer zerebralen Störung auf.

„Ich weiss nicht, was mit ihm los ist", sagte die schlampige, kopflose Douscha zu mir. „Ich glaub', er schnappt über. Ich hab' die Angewohnheit, Selbstgespräche zu führen und vor mich hin zu lachen. Aber stell dir vor, er glaubt, ich hätt' einen Mann in der Küche. Er ist eifersüchtig. Er hat schon gedroht, mich umzubringen. Ich kann nicht in den Lebensmittelladen nebenan gehen, ohne dass er glaubt, ich geh' zu einem Liebhaber. Auf der Strasse macht er mir Eifersuchtsszenen und behauptet, ich würd' die Männer anmachen. Das Leben ist eine Hölle. Doch mir ist's egal, wenn er mich umbringt, weil ich ihn mag, den Ärmsten."

Und Douscha brach in ihr Starengekicher aus.

Das Drama erregte kein Aufsehen, und die Nachbarn merkten kaum etwas davon. Eines Nachts schoss Bikoff der schlafenden Douscha eine Kugel in den Kopf, dann ging er hinunter, verliess das Haus, setzte sich am Boulevard auf eine Bank vor dem Closerie des Lilas, wartete, bis die erste Strassenbahn vorbeifuhr, und warf sich unter den fahrenden Strassenbahnwagen.

Man hob ihn auf, tot, mit weit aufgesperrten Augen.

Garnéro (auf den Höhen bei Vimy gefallen, am gleichen Tag begraben und zehn Jahre später, auferstanden, wieder getroffen!)

Ich habe am Anfang dieser Chronik erzählt, wie ich am 9. Mai 1915, um 12.15 Uhr mittags, mit meiner Kompanie, zusammen mit ein paar tapferen, wie wir versprengten Burschen, alles in allem zwei- bis dreihundert Mann, vier Linien der deutschen Gräben überspringend, *ohne einen einzigen Schuss abzugeben,* die Höhen bei Vimy besetzt hatte – und die Front war durchbrochen.

Nun aber, ein Schuss, ein einziger, war trotzdem abgegeben worden, und das ganz zu Beginn der Operation, und Garnéro war's, der den Schuss abgegeben hatte, und zwar auf einen Hasen!

Garnéro hatte einen scharfen Blick. Er sah alles. Als das Trommelfeuer unserer Artillerie vorrückte und die deutschen Schützengräben zerstörte, hatte Garnéro einen von den Explosionen betäubten Hasen erspäht und ihn mit einem sauberen Kopfschuss erledigt, wie er es gewohnt war: sich auf einem Knie niederlassend, das Gewehr im Anschlag, sorgfältig zielend, bevor er schoss; dann war er sein Wild auflesen gelaufen.

Garnéro war ein geschickter Jäger und ein ausgezeichneter Koch. Er konnte keine flüchtende Katze sehen, ohne sie mit einem Genickschuss aus seinem Lebel zu erwischen, und er bereitete sie für uns als Wildpfeffer zu, nachdem er sie eine Nacht lang dem Frost ausgesetzt hatte. Es gab zwei-, dreimal wöchentlich Wildpfeffer. Alle Katzen, die in den verlassenen Ruinen der Frontdörfer umherirrten, landeten in

Garnéros Kochtopf, und wir liessen sie uns schmecken. Die Wildpfeffer unseres Aushilfskochs waren stark gewürzt, daher begossen wir sie mit Rotwein, bis wir durstfrei waren. Es war fabelhaft. Im übrigen verstand es niemand so gut wie er, ein Aalragout hinzukriegen, denn Garnéro, der von Natur aus neugierig war, hatte in den Sümpfen der Somme ein Reservat entdeckt, und wir leerten die Fischteiche des Dorfes, und auch das wurde wie immer mit Rotem begossen, bis wir durstfrei waren. Wir gönnten uns fröhliche Stunden in unserer Kompanie. Nur ein voller Magen kann einen die Grauen des Krieges vergessen lassen. Der Magen und die Kehle. Also stopften wir uns bis zum Kotzen voll. Was soll's. Wir waren unersättlich. Und bei jeder sich ergebenden Gelegenheit wurde von vorn angefangen. Man kann sich also den Applaus vorstellen, mit dem Garnéro empfangen wurde, als er, den Hasen an den Ohren schwenkend, seinen Platz in unserer Schützenlinie wieder einnahm und seine Beute an seinem Koppel befestigte. Ein Hase! Das verhiess ein leckeres Frikassee. Wir würden also immer noch nicht Hungers sterben. Währenddes fielen die Männer. Wir folgten mit dem Blick der Flugbahn der Geschosse, die uns sechzig Meter vorauseilten, und übersprangen fröhlich die erste, dann die zweite, dann die dritte, dann die vierte Linie der deutschen Schützengräben. Schliesslich gelangten wir, eine Handvoll Männer, auf die Anhöhe, und sofort nahm uns unsere eigene Artillerie unter Trommelfeuer.

Wir waren zu schnell vorgerückt.

Wir waren dem Zeitplan voraus.

Die Herren Artilleristen waren unzufrieden.

Man liess es uns spüren.

Vor uns war nichts mehr, nur die grosse Senke der flämischen Ebene, die sich wie im Gegenlicht vor uns ausbreitete, doch hinter uns war es die Pagaye der dezimierten Regimenter, der fliehenden Versprengten, der Verbindungsleute, die ihre sperrigen Signalgeräte wegwarfen; überall Tote, überall brüllende Verletzte, überall deutsche Schützengräben, die wir hinter uns gelassen hatten und in denen sich wieder Leben regte, denn die Boches quollen in geballten Ladungen aus ihren Unterständen, um das Schlachtfeld mit Maschinengewehrfeuer zu belegen, und es hagelte Kugeln, die Granaten krepierten. Explosionen. Das Ganze von den deutschen Panzerfäusten skandiert, die, alles zermalmend, wie donnernd in einen Bahnhof einfahrende Züge daherbrausten, widerlichen schwarzen, gelben, schokoladebraunen, rostroten Rauch ausstossend, mit einem wehenden Federbusch platzender Schrapnelle, begleitet vom wahnsinnigen Miauen der 75er, die wütend den von uns eroberten Höhenzug säubern und schleifen wollten. Ob wir nun ein weisses Tuchviereck auf den Rücken genäht hatten und Stander und Signalflaggen schwenkten, damit man das Feuer vorverlegte: das Getümmel, das Durcheinander waren unbeschreiblich, das Geschützfeuer wurde von Minute zu Minute heftiger, gezielter, und bald begannen die Boches in der letzten Linie, der vierten, die wir überquert hatten, uns einzeln aus dem Hinterhalt zu beschiessen. Wir gaben eine hübsche Zielscheibe ab mit unseren weissen Rechtecken auf dem Rücken!

Die Höhen konnten nicht gehalten werden.

Indessen organisierten wir die Stellung. Eine doppelte Brustwehr. Vorn und hinten. Im Hinblick auf einen deutschen Gegenangriff, der jede Sekunde ausgelöst werden konnte, und um die deutsche Verstärkung entsprechend zu empfangen, die jeden Moment, von Flandern her anrückend, eintreffen konnte.

Und die Kompanie machte kehrt, denn unsere Aufgabe war es, die Schützengräben zu säubern, und während die Übriggebliebenen der 6. Armee sich an die Arbeit machten, verstärkt durch kleine Gruppen von Männern, die sich knäuelten, mit Schaufel, mit Pickel und Gewehr hantierten, gingen wir hinaus, um die vierte deutsche Linie zu säubern, die Widerstandsnester zu vernichten, die Bunker zu sprengen, um die herum erbittert gekämpft wurde.

Wehe, die Verdammten!

Ich ging an der Spitze, trug in speziellen Munitionsbeuteln zwei fünf Kilogramm schwere Melinitbomben. Überdies war ich mit einer Parabellum und einem Stellmesser bewaffnet. Garnéro mit seinem Hasen am Koppel, Ségouâna, unsere besten Schützen, das Gewehr im Anschlag, mit einem Sack Granaten auf dem Bauch, eskortierten mich links und rechts. Etwas weiter entwickelten sich andere, wie ich bis an die Zähne bewaffnete Männer, ebenfalls von den besten Schützen eskortiert. Wir rückten vorsichtig vor, durchschnitten die Stacheldrahtverhaue mit der Drahtschere, warfen Granaten in jeden Unterstand, tauchten in die Geschosstrichter, krochen weiter, um eine Kasematte in die Luft zu jagen, eine Geschützstellung mit Feuer einzudecken, rückten einen Meter vor, einen weiteren Meter, drangen schnell in einen zerstörten Verbindungsgraben oder liefen fünfzig Meter ungedeckt, sprangen aus dem Stand in eine Feldbefestigung, tötend und nochmals Boches tötend, die Gefangenen vor uns her jagend, hechteten in eine Sappe, um sie zu säubern, stiegen wieder ans Tageslicht, verirrten uns, suchten rufend die Kameraden, trunken vor Freude und Raserei. Es war ein hübsches Massaker. Wir waren schwarz, dreckig, zerrissen, zerzaust, die meisten barhäuptig, zerschrammt und zerkratzt. Wir lachten. Auch die Boches waren überreizt, doch als wir unsere Gefangenen in die Etappe abschoben, liessen die es sich nicht zweimal sagen, zogen es vor, ohne Feuerschutz, ohne Deckung mit erhobenen Händen übers Schlachtfeld zu laufen, um nicht eine Minute länger in den Händen der Legionäre zu bleiben. *Die Fremdenlegion!* Wir jagten ihnen eine Höllenangst ein. Und in der Tat, wir boten keinen schönen Anblick.

Bei dieser Säuberung war's, dass ich einen Deutschen umbrachte, der bereits tot war. Er belauerte mich, hinter einem Splitterschutz versteckt, das Gewehr im Anschlag. Ich warf mich auf ihn und versetzte ihm einen Messerstich, der beinahe den Kopf vom Rumpf trennte, so dass er hintenüberfiel und seine Pickelhaube davonrollte. Da stellte ich fest, dass er bereits seit dem Morgen tot war, eine Granate hatte ihm den Bauch aufgeschlitzt. Er hatte sich entleert. Noch nie habe ich vor einem Menschen so Wahnsinnsangst gehabt. Doch ich schreibe dieses Kapitel nicht, um von meinen Heldentaten zu erzählen. Die sind später an der Reihe. Ich will auch nicht weitere Episoden dieser Schlacht erzählen. Ich kehre zu Garnéro zurück, der sich ausgetobt und seinen Hasen im Handgemenge nicht verloren hatte.

Nach dem Kampfgetümmel stiegen wir gerädert zu den Höhen hinauf, taub für die Hilferufe der Verletzten, weil die auf den Höhen Zurückgebliebenen uns mit Zeichen mitgeteilt hatten, die deutsche Verstärkung sei in Sicht und es sei Zeit zurückzukehren. Garnéro ging an der Spitze, blieb stehen, ging durchsuchend, durchstöbernd weiter, kroch in jeden eingestürzten Unterstand, sprang in jedes verlassene Schützenloch, durchkämmte jeden gesprengten Bunker, neugierig, vergnügt, dreist wie ein Pariser Strassenjunge, immer mit dem Mund vornweg, alles mögliche Zeugs auflesend und wieder wegwerfend, uns einholend und überholend, um wieder an der Spitze zu gehen, wieder stehenbleibend, schnüffelnd wie ein Hund, der den Weg zehnmal zurücklegt, vorauslaufend ... als wir ihn plötzlich in der Erde verschwinden sahen: Der Boden war unter ihm eingesackt.

Wir liefen ihm zu Hilfe, und ich rief ihm über das gähnende Loch gebeugt zu: „He, Chaude-Pisse! Alles in Ordnung? Nichts gebrochen?"

„Alles in Ordnung!" antwortete Garnéro aus der Tiefe. „Ich zähle meine Knochen ..."

„Und der Hase?" rief einer.

„Der ist immer noch da", antwortete Garnéro.

„Und wo bist du?" fragte ein dritter.

„Scheisse", antwortete Garnéro. „Ich muss in einem Keller gelandet sein, überall stehen Fässer herum."

Unverzüglich glitten zwei, drei Männer durch die Öffnung, um in der Tiefe Garnéro zu suchen.

„Scheisse", hörten wir sie rufen.

„Es stimmt, Kapo", rief Griffith von unten. „Es ist Münchner Bier. Achtung. Wir reichen die Fässer hinauf."

Drei, vier Fässer Bier wurden an die Oberfläche gehievt,

meine Männer nahmen sie in Empfang und rollten sie durchs Gras. „Schöne Munition, was?" lachten sie. „Das wird ein Gaudi ..."

„Beeilt euch", rief ich hinunter. „Man ruft uns ..."

In der Tat, die Zeichen wurden drängender, und schon pfiffen die ersten Kugeln über unsere Köpfe hinweg.

„Lasst sie liegen!" rief ich. „Wir holen sie in der Dunkelheit ..." Und wir liefen zum Gefecht.

Garnéro jedoch, der zurückgeblieben war, um ein Fass zu rollen, brüllte aus Leibeskräften hinter uns her: „Feige Bande! Ich ergattere zu trinken, und kein einziger hilft mir! Ihr könnt mich alle ..."

Eine Granate brachte ihn zum Verstummen. Ich wandte mich um. Garnéro lag in seinem zerschossenen Fass.

„Vorwärts", brüllte ich den Männern zu. „Dort oben knallt's." Und ob es knallte! Eine Hekatombe.

Es war drei Uhr nachmittags. Die deutsche Verstärkung traf mit Autobussen aus Lille ein. Sie waren so nahe, dass wir die Werbung auf den Fahrzeugen lesen konnten. Wir nahmen sie unter Beschuss, noch bevor sie aussteigen konnten, richteten die Salvenfeuer auf die Plattformen und auf die Fensterscheiben, nahmen der Reihe nach ein Fahrzeug nach dem andern ins Visier. Unsere Maschinengewehre tackten. Doch es waren zu viele. Und bis es dunkel wurde, trafen immer wieder neue ein. Das Gefecht dauerte die ganze Nacht, schwoll zu einem Crescendo an, begleitet von den Granaten, die wir kistenweise über die Angreifer ausschütteten. Ich habe es bereits erwähnt, unsere Verstärkung traf erst am Abend des nächsten Tages ein. Ich glaube, es war die 272. Territorialarmee, die uns ablöste, und wir stiegen von den Höhen hinab, sechsundachtzig Mann. Gleich zu Beginn des Gefechts hatten die zwei Artillerien in den Kampf eingegriffen; zwar hatten die Deutschen das Feuer vorverlegt, um die Ankunft der französischen Verstärkung zu verhindern, dennoch heizten uns die Scheiss-75er ein, und wie! Natürlich gab es keine rückwärtigen Verbindungen, weder durch optische Signale noch durch Telefon. Und die Meldegänger kehrten nicht zurück. Ich wusste nicht, was aus den Feldwebeln geworden war. Wahrscheinlich waren sie hinter die Linie zurückgekehrt, um ein Feuerchen anzuzünden. Ich erinnere mich auch nicht, einen einzigen unserer Offiziere gesehen zu haben. Doch als wir, sechsundachtzig Mann, hinabgestiegen waren, waren sie alle da im Schloss von Ham. Es sei denn, ich verwechsle das Ganze mit dem, was sich einen Monat später nördlich von Arras abspielte, als wir, zweiundsiebzig Mann, von der Schlacht um die Kapelle Notre-Dame de Lorette zurückkehrten. Wie auch immer, ich erinnere mich an das schmiedeeiserne Tor eines Schlosses. Ein General trat heraus, um uns zu beglückwünschen und aufs Geratewohl sieben Kriegsverdienstkreuze zu verteilen, sich entschuldigend, er habe leider nur sieben. Da war zwar noch ein Major, der rote Leuchtraketen abschoss, um Artilleriesperren anzufordern, doch niemand kannte ihn. Er gehörte nicht zu uns. Er war vom 101. Infanterieregiment.

„Herr Major", sagte ich zu ihm, „Sie verschiessen Pulver für die Spatzen. Lassen Sie Ihre Pistole hier, nehmen Sie ein Gewehr und schiessen Sie auf die Boches. Sie wimmeln nur so, und es treffen ständig neue ein."

Doch der Dilldapp fragte mich, was aus seinem Bataillon geworden war. Wie hatte der sich bei uns verirrt?

„Sie müssen irgendwo dort drüben sein, rechts ...", sagte er.

„Hier sind Sie der einzige vom 101.", sagte ich zu ihm.
„Da, nehmen Sie, ein Gewehr ...!"

Da begann er zu schiessen wie ein einfacher Landser.

Nachts wurden wir rechts und links von der Feuerlinie eingeschlossen. Wahrscheinlich waren neue Regimenter an die Front eingerückt. Vielleicht waren es auch die Boches, die versuchten, unseren Höhenzug einzukesseln. Wir wussten nichts Genaues. Immer noch keine Verbindung, weder rechts noch links. Und wir waren viel zu beschäftigt in unserem Frontabschnitt, um uns Sorgen zu machen über das, was weiter weg passierte. Unter uns rückten die Boches vor, wichen zurück. Der Gewehrverschluss glühte in unseren Händen, und die Arme schmerzten vom Granatenwerfen. Würde das nie ein Ende nehmen?

Auf dem Höhepunkt des Gefechts kam Griffith zu mir.
„Ich hab' dich gesucht, Kapo. Nimm, trink ..."
„Was ist das?"
„Bier, sackerlot, und es schmeckt."

Ich leerte den Becher in einem Zug.
„Woher hast du das Zeug?"
„Nun, ich hab' ein Fass geholt. Immerhin, wir lassen das Zeug doch nicht dort, oder? Willst noch einen Becher? Komm mit ..."

Und Griffith führte mich zum eingestürzten Schützengraben, wo man alle zehn Meter über ein zerschossenes Fass stolperte. Die Schlawiner hatten einen Pendeldienst eingerichtet und rollten abwechslungsweise ein Fass herbei. Vielleicht kämpften sie deswegen so gut. Solange es zu trinken gab, würden sie durchhalten; die Deutschen sollten ruhig versuchen, nach dem Bier zu schauen. Jede Schiessscharte spuckte Feuer. Doch was mich am meisten erstaunte, war, dass jeder meiner Männer eine Zigarre im Mundwinkel hatte, was unserem Fest in dieser dramatischen Nacht des Grauens, der Verletzten, der Toten und der Feuerhölle eine burleske Note verlieh.

„Was ist mit diesen Zigarren, Griffith?"

„Möchtest du eine, Kapo? Ich rauche nur Pfeife." Und Griffith hielt mir eine lange Zigarre hin.

Ein Hexer, dieser Garnéro. Nur er kann so was auftreiben. Er hat eine glückliche Hand gehabt. Hat die Nase ins richtige Loch gesteckt.

„Ein deutsches Lager. Es müssen mindestens hundert Fässer sein und jede Menge Zigarren, möchtest du welche, schau, hier, stapelweise, ganze Kisten. Weisst du, sie machen es sich gemütlich, die Boches. Brauchst keine Taschenlampe? Hier, nimm ..." Und Griffith reichte mir eine hübsche Taschenlampe und knipste sie an.

„Löschen", sagte ich zu ihm. „Und Garnéro? Hast du ihn gesehen?"

„Er liegt immer noch unter seinem Fass, wie wenn er blau wäre. Er rührt sich nicht."

„Ist er tot?"

„Er ist tot. Es hat ihm den Kopf weggerissen."

Etwas später nahm ich, eine Feuerpause nutzend, Rossi, Belessort und Ségouâna mit, und wir stiegen hinunter, um Chaude-Pisse zu begraben.

Garnéros Kopf war nicht weggerissen worden. Ein Geschoss hatte ihn skalpiert. Er lag da wie ein Kind, jedoch blutüberströmt. Ich setzte ihm den Skalp wieder auf den Schädel, und wir legten ihn in einen Granattrichter, deckten ihn mit ein paar Schaufeln Erde zu. Dann kehrten wir wieder zu unserer Stellung hinauf: Rossi, der Riese, zwei Tonnen Bier schleppend, Robert, Ségouâna und ich, jeder mit einer Kiste Zigarren unter dem Arm und einer Havanna im Schnabel. Und jeder nahm seinen Platz wieder ein.

Offizierszigarren.

Es hatte zu regnen begonnen.

Wir hatten Chaude-Pisse mitsamt seinem Hasen begraben.

Zehn Jahre später. Ich hatte die Nacht in Montmartre verbracht. Anstatt nach Hause zu gehen, hatte ich mich auf die Terrasse der Stehkneipe an der Ecke Boulevard des Batignolles/Rue du Mont-Dore gesetzt, um ein letztes Glas zu trinken. Ich dachte an nichts Besonderes. Wie immer nach einer langen Reise war ich glücklich, dort zu sitzen, in Paris zu sein. Ich war eben aus Brasilien zurückgekehrt und betrachtete gerührt die unverwechselbare pariserische Kulisse des Boulevard des Batignolles, denn wenn ich mich zu lange im Ausland aufhalte, sind es vor allem jene hässlichen, trostlosen Häuserzeilen, die schmutzigen Fassaden, die ich mir in Erinnerung rufe, und nicht das Paris der grossen Boulevards oder der eleganten Kaffeehäuser an den Champs-Élysées. Es wurde nur langsam hell. Der Schatten wurde allmählich blau. Ein Frühlingslüftchen wehte durch die kahlen Äste. Zu dieser unbestimmten Tageszeit schien der breite Boulevard ausgestorben zu sein. Vom Place Clichy drang das Geschepper der Müllwagen herüber, an der Station Rome quietschten die schleifenden Bremsen der ersten Metro. Plötzlich erregte ein schwarzes Fuhrwerk meine Aufmerksamkeit, das von einem Schimmel gezogen den ausgestorbenen Boulevard heraufkam. Das Pferd ging im Schritt. Das hintere Rad des Fuhrwerks streifte den Bordstein. Das Wasser in der Gosse spritzte unter den Hufen des Pferdes auf. Die morgendlichen Strassenkehrer machten sich an die Arbeit. Es war etwas Unwirkliches, etwas ungewöhnlich Poetisches an diesem aus der Dämmerung auftauchenden Gefährt mit der kreischenden Stimme, die aus der Tiefe des Kastens drang: „Sägemehl! Sägemehl!" Der Schimmel hielt gehorsam vor jedem Bistro an. „Sägemehl!" rief die Stimme. Man konnte den zwischen den Säcken sitzenden Mann nicht sehen. Das grosse Pferd trabte weiter. Man hörte die Hufe auf dem Holzpflaster hallen. Das hintere Rad knirschte am Bordstein. Ich konnte den Blick nicht von diesem seltsamen Gespann lösen, das langsam daherkam ... stehenblieb ... sich wieder in Bewegung setzte ... näherkam ... Es wurde etwas heller, und der grosse Schimmel wirkte noch grösser. Er schimmerte jetzt lilafarben. Seine Hufe patschten im irisierenden Schmutzwasser. Auf gleicher Höhe mit mir angelangt, blieb das Pferd stehen.

„Herrgottsackerment, Kapo!" rief die Stimme.

Und der Mann sprang von seinem Gefährt.

Er hatte nur ein Bein.

„Nein ... Chaude-Pisse!" rief ich aus.

Und nach sekundenlangem Zögern fielen wir einander in die Arme.

„Donnerwetter, Kapo. Hab' oft an dich gedacht ..."

„Und ich, Chaude-Pisse, ich hab' geglaubt, du seist tot."

„Eine schöne Bande von Feiglingen, du Schuft, du."
„Wieso denn, Chaude-Pisse?"
„Habt mich einfach zurückgelassen."

Es kam nicht in Frage, dass Garnéro an jenem Morgen seine Runde fortsetzte, und ebensowenig, dass ich schlafen ging. Wir setzten uns zuhinterst an einen Tisch, bestellten alten Marc, und Garnéro erzählte mir von seiner Wiederauferstehung, während der Schimmel vor der Tür im hellen Tageslicht eine normale Grösse annahm, seinen romantischen Zauber verlor und kläglich seinen Kopf eines unterernährten Tiers baumeln liess.

„Ja, habt euch wie eine Bande Feiglinge verhalten. Ich sehe mich, als sei das alles gestern passiert. Ich wollte mein Bierfass rollen, und ihr seid's abgehauen, habt mich einfach zurückgelassen, ihr Schufte, wo ich euch doch zu trinken besorgen wollte, ich hab' hinter euch her gebrüllt, und da hat mich die verdammte Granate die Stimme verschlucken lassen. Hat mich einfach umgeblasen. Das Bier ist an mir runtergelaufen, vor allem übers Gesicht, und ich konnt' nicht mehr brüllen, ich erstickte an meiner verschluckten Stimme. Hab' wohl um mich geschlagen. Dann ist's um mich herum schwarz geworden. Als ich wieder aufwachte, war's immer noch Tag. Ich konnt' zwar die Augen nicht aufmachen, aber ich wusst', dass es immer noch Tag war. Auf meinen Augen lag etwas Klebriges. Mann, war ich wütend. Ich konnt' mich nicht rühren, nicht mal den kleinen Finger bewegen. Und ich konnt' nicht rufen. Meine Stimme war ein Kloss im Hals. Ich konnt' nicht atmen. Es würgte mich. Herrgottsackerment, was war mit mir los? Ich würd' sterben. Meine Schädeldecke brannte, und mein Hirn glühte, sonst hat mir nichts weh getan. Alles war rot, nur rot. Irgendwas verklebte meine Lider, ich konnt' die Augen nicht auftun. Vor allem, ich konnt' nicht rufen. Siehst mich vor dir, was? Es war aber trotzdem komisch, denn ich konnt' alles hören um mich herum, den Lärm, das Geknalle, die Schiesserei, Leute kamen auf mich zu, entfernten sich wieder, und irgendwo hinter mir hat ein armer Kerl gewimmert und nach seiner Mama gerufen. Ich hätt' mich gern umgedreht und ihm ein für allemal Scheisse zugerufen, denn der Kerl hat stundenlang geweint und geflennt, bevor er endlich still war, aber ich konnt' mich immer noch nicht rühren, und meine Stimme war ein Kloss im Hals, als hätt' ich meine Zunge verschluckt. Mann, war ich wütend. Hab' wohl zwischendurch gedöst. Doch das Komischste war, als ihr gekommen seid. Hab' euch gleich erkannt. Hab' geglaubt, ihr nehmt mich mit, und hab' mich gefreut, und ich hätt' geweint, hätt' ich gekonnt. Aber ich konnt' nicht. Ich konnt' euch auch kein Zeichen geben. Belessort war dabei und sein Kamerad Ségouâna. Belessort war kribblig, und Ségouânas Stimme zitterte, kein Wunder, denn er ist sensibel, und ich war wohl ein grausliger Anblick. Da war auch Rossis laute Stimme, der Schuft, er hat gesagt, man muss die Fässer holen. Und du? Hast einfach gesagt, ,er ist tot', und, verdammt, ich konnt' nicht protestieren, denn auch die Kameraden, die vor euch Bier geholt hatten, haben das gesagt, und ich konnt' mich nicht aufrichten und ihnen sagen, ihr seid's Dummköpfe, ich bin nicht tot. Doch als du gesagt hast, dass ich tot bin, hätt' ich dir am liebsten eine in die Fresse gehauen. Was du dann gemacht hast, weiss ich nicht. Hast das klebrige Ding auf meinem Gesicht weggenommen und hast's mir auf den Schädel geklatscht, von hinten, so, und hast's festgepresst oder festgemacht, Mann, hat das weh getan, ich hätt' geheult wie in der Hölle, wär' meine Stimme herausgekommen. Aber meine Stimme hat noch immer fest im Hals gesteckt. Und der Kloss hat mich gewürgt. Ich konnt' nicht einmal atmen. Ich war steif wie ein Besenstiel. Und ihr habt's mich gepackt und einfach in den Granattrichter gelegt und begraben. Lustig, was? Bin ich wirklich tot gewesen, Kapo? Ich hab's jedenfalls geglaubt, als ihr Erde auf mein Gesicht geschaufelt habt und ich gehört habe, dass ihr euch entfernt. Ja, ich war also tot. Oder würd' bald endgültig verrecken, langsam, aber sicher, und ich weiss nichts mehr, bis ein stechender Schmerz mich geweckt hat, weil die verdammte Granate mein Bein weggerissen hat, sie hat mich ausgegraben und hundert Meter durch die Luft geschleudert. Da hab' ich angefangen zu schreien. Ein Wunder! Meine Stimme ist herausgekommen, und man hat mich aufgelesen. Doch hättet ihr Schufte mich nicht an eine andere Stelle gelegt, hätt' mich die zweite Granate niemals genau dort gefunden und mir das Bein weggerissen und die Stimme zurückgegeben, weisst du, reden tue ich lieber als rennen. Auf dein Wohl, Kapo! Hast es nicht absichtlich gemacht, aber hast mir immerhin das Leben gerettet!"

„Auf dein Wohl, alter Freund. Und der Hase?"

„Wie, erinnerst dich an den Hasen, Kapo?"

„Teufel, wir hatten dich samt ihm begraben!"

„Das, also, das war wirklich lieb von euch. Der Hase! Nun, die verdammten Krankenträger haben ihn mir geklaut und haben ihn gebraten!"

Mir fehlte ein Arm. Ihm fehlte ein Bein. Wir lächelten bei der Erinnerung an den Hasen. Nein, es waren nicht die guten alten Zeiten; doch die gute alte Zeit war, gelebt zu haben.

Garnéro hatte sich nicht verändert. An seinem Kopf war keine sichtbare Narbe. Er sah noch immer wie ein Gauner aus, die Kippe im Mundwinkel, mit seinem arroganten, lauernden Blick. Er stammte aus Cagna (Aostatal). Er war klein, dürr, dunkelhäutig und ungewöhnlich nervös und rachsüchtig, doch er hatte uns oft zum Lachen gebracht mit seinem Witz. Er beurteilte die Menschen auf den ersten Blick und fand einen treffenden Spitznamen.

„Sag mal, Chaude-Pisse, hast du keine Prothese?"

„Ich hab' sogar ein amerikanisches Bein, aber ich trag's bloss sonntags, wenn ich ins Kino geh'. Ich hab' meine Prothese im Wagen gelassen, der Stumpf tut mir weh."

„Genau wie ich, schau, mein Ärmel ist leer. Ich ertrage keinen Apparat, der Stumpf tut mir weh."

„Schöne Bescherung, was?"

„Und ob!"

„Weisst du was, Kapo? Komm doch Samstag abend zu uns. Meine Frau, weisst du, wird sich freuen, dich wiederzusehen. Ich hab' ihr oft von dir erzählt, alter Gauner!"

„Samstag abend? Einverstanden."

„Samstag, weil ich sonntags keine Runde mache. So haben wir Zeit, uns eine Menge Geschichten zu erzählen!"

„Gut. Samstag abend. Geht in Ordnung!"

„Sag mal, Kapo, nenn mich vor meiner Frau nicht Chaude-Pisse. Sie wird sonst stinksauer und macht ein Höllentheater ..."

„Bist du immer noch mit ..."

„Mit Lucie zusammen, ja. Was willst, sie ist mir unter die Haut gegangen."

„Und wie geht's sonst?"

„Man schlägt sich durch ... Ich hab' keinen Beruf. Lucie kann nicht mehr ... nun, du weisst schon ... wegen ihrer Krankheit. Und das Sägemehl bringt nichts ein. Mach dir keine Gedanken wegen Samstag, es wird schon was zu futtern geben. Ich schick' Lucie mit meinem amerikanischen Bein zum Pfandhaus. Es gibt Potaufeu und Lammgigot ..."

„Und ich bringe den Wein."

„Ein Engel des Himmels ist mein Geliebter, der mich mit seinen Flügeln einhüllt." Ich weiss nicht, warum ich im Taxi, das mich am Samstag abend zu Chaude-Pisse zuhinterst in die Rue Ordener fuhr, diese Stelle aus dem Offizium der heiligen Cäcilia vor mich hin murmelte. Ich wohnte damals in der Rue des Marroniers, im unteren Teil der Rue Raynouard, also musste ich ganz Paris durchqueren, um mich zu meinem Kameraden zu begeben. Ein Korb mit einer dem Anlass gebührenden Auswahl Flaschen schepperte vor mir auf dem Klappsitz. Ich hatte eine Magnum Champagner brut für uns beide hinzufügen lassen und eine Flasche grünen Chartreuse für Lucie. Ich brachte ihr auch für zwei Sou Mimosen.

Lucie. Ich erinnerte mich vage an sie. Sie war aus Nizza. Garnéro war am Tag seiner Ankunft beim Regiment berühmt geworden, weil er im Hof der Bastion 19, Porte de Pictus, wo wir damals im Quartier lagen, mit einer Schar leichter Mädchen aufgekreuzt war, Strichbienen und Fieselzaucke aus der Gegend um die Fourche, wo der junge Macker Hof hielt, darunter war seine Nutte, eine kleine, wasserstoffblonde Schwarzhaarige, mager, arrogant, bissig und rachsüchtig wie er. Der diensthabende Offizier hatte Garnéro einbuchten lassen, was einen Höllenspektakel auslöste, denn die Damen konnten es nicht fassen, dass man ihren Mann ins Kittchen führte, einen Freiwilligen, einen Ausländer, der sich für Frankreich opferte, der für Frankreich kämpfte! Aber die militärische Disziplin stellt Anforderungen, die die Frauen nicht verstehen. Der unerwartete Empfang kühlte Garnéros Begeisterung merklich ab, der von dem Tag an den Offizieren gegenüber bockig war. Er versuchte, sich zu drücken, und meldete sich gleich am nächsten Tag krank. „Hab' Besseres zu tun", sagte er zum Wachsoldaten, der ihn zur ärztlichen Untersuchung begleitete, „ich hab' das Gepiss." Der Arzt schrieb ihn krank, brummte ihm aber sechzig Tage Arrest auf. „Das wird dir eine Lehre sein. Solange wirst mindestens deinen Löffel nicht in das Puhlloch tauchen, das dir das angehängt hat. Solltest dich schämen." Garnéro schämte sich nicht. Sein Mädchen war ihm unter die Haut gegangen, wie er mir vor ein paar Tagen nochmals beteuert hatte. Bloss, das Arrestlokal passte ihm überhaupt nicht. Er sprang über die Mauer, um seine Puppe zu besuchen, die sich allein oder mit ihren Kolleginnen vor der Bastion herumtrieb, und die Wachen drückten ein Auge zu. „Sie ist schon wieder da. Los, geh!" sagten sie zu ihm. Und man half ihm auf die Mauer hinauf. Und Garnéro sprang auf der anderen Seite hinunter, um mit seiner Nutte und den anderen Frauen im Gras des Festungsgrabens die

Puppen tanzen zu lassen. Die Männer schauten ihm neidisch nach: „Verdammter Kerl!" Der Spitzname Chaude-Pisse aber, den er ihr, Lucie, verdankte, war ihm geblieben. Und es war trotz allem eine grosse Liebe.

Ich erinnerte mich vage an Lucie. Als ich ihr Logis zuhinterst in einem grossen Innenhof betrat, in dem Remisen und Pferdestallungen untergebracht waren und Elendswohnungen darüber, zu denen man über eine Aussentreppe gelangte, die auf einen Holzbalkon mit wackeligem Geländer führte, erinnerte mich nichts an der verbrauchten, verschrumpelten, verlebten, verkümmerten zahnlosen alten Frau mit der wie eine Vipernzunge gespaltenen Oberlippe, die mir die Tür öffnete, an das arrogante, rotzige Biest, das so viel Radau im Hof der Bastion gemacht hatte, als der Offizier ihren Freund eingebuchtet hatte und die Wachen hatten geholt werden müssen, um sie rauszuschmeissen, und sie hatte sich quirlig, zornig, mit Füssen und Händen und Fingernägeln gewehrt, den Offizier mit einem Schwall meridionaler Flüche überschüttend. Ein amorphes Wesen empfing mich, in Wolljäckchen gewickelt, mit vergoldeten Ketten und Brelocken über der flachen Brust, einem schmalen Hermelinkragen um den mageren Hals, baumelnden Kreolen an den abstehenden Ohren und Schuppen auf den Schultern. Die Hände waren gepflegt, die Fingernägel lakkiert. Die Füsse waren zierlich. Doch trotz ihres zu stark geschminkten Gesichts und des immer noch wasserstoffblonden Haars: Die Locken hatten ihren Glanz verloren, sie sahen aus, als seien sie aus Kapok, aus Kissenfüllung, und das Gesicht mit dem fiebrig glänzenden Blick in den tiefen Augenhöhlen glich einem Totenkopf. Die dunklen Lider waren schuppig. Notre-Dame de la Drogue, wahrscheinlich Koks, denn die Nase war zerfressen.

Das Abendessen schmeckte ausgezeichnet. Garnéro hatte sich grosse Mühe gegeben, er war tatsächlich ein ausgezeichneter Koch. Lucie hatte sich in Unkosten gestürzt. Die Weine trugen zur angeregten Stimmung des Abends bei. Wir tranken den Champagner, Lucie freute sich über den Chartreuse (ich hatte mich erinnert, dass sie ganz versessen darauf war, weil ich ihr zwei- oder dreimal einen spendiert hatte, wenn sie ihren Frontsoldaten in Saint-Cucufa bei Malmaison, in Rueil besuchte, wo wir eine Zeit lang in der Etappe lagen, bevor wir an die Front einrückten), und sie trank die Flasche ganz allein aus. Garnéro und ich plauderten, beschworen Kriegserinnerungen herauf, unterhielten uns über die Kameraden, denn Garnéro hatte wegen seines Empfangs beim Regiment immer noch eine Scheisswut auf die Offiziere.

„Sag mal, erinnerst du dich ... Und Plein-de-Soupe ..."

„Erinnerst du dich, als er mich vors Kriegsgericht stellen wollte, weil er behauptete, ich hätte in Frise die Häuser geplündert und ein Grammophon mitlaufen lassen?"

„Erinnerst dich, dass du zu mir gesagt hast, ich soll ihm eine Kugel vor den Latz knallen? Ohne ihn zu verletzen natürlich, nur damit er die Kugeln um die Ohren pfeifen hört; bloss um zu sehen, wie unser Fettmops reagiert ..."

„Ah-ah-ah!"

„Ha-ha-ha!"

Wir lachten.

Plein-de-Soupe (die mit Portepee)

Plein-de-Soupe war der Leutnant, der jenen ersetzt hatte, den ich nach unserer ersten Gefechtsberührung in den Schützengräben hatte feuern lassen. Wie sein Name besagt, war Plein-de-Soupe ein aufgedunsener Fettwanst, doch seine Hirnwindungen mussten reinste Blutwürste sein. Er war Reserveoffizier, während sein Vorgänger zur aktiven Truppe gehörte. Im zivilen Leben war Plein-de-Soupe Gerichtsvollzieher in einer grösseren Provinzstadt in der Normandie, und ich frage mich, was jener Dickwanst eigentlich bei uns wollte, als er sich der Fremdenlegion zuteilen liess. Er musste sich wohl für einen Helden gehalten haben. Er war in Frise zu uns gestossen. Er hatte nicht die geringste Ahnung von unserer Mentalität, wie übrigens die meisten unserer Offiziere, die ebenfalls keine Ahnung hatten. Doch Plein-de-Soupe war ein gefühlloser Dummkopf. Er kapierte nie, dass viele von uns empfindsam waren. Er versuchte nicht, sich durchzusetzen, nein. Er platzte vor Selbstgefälligkeit. Er glaubte sich immer noch in seiner Provinzstadt und meinte, dank seines Amtes und seines Titels eines Notars eine besondere Stellung innezuhaben. Er war von sich selbst eingenommen, selbstzufrieden, fett und schliesslich französischer Offizier, ein Spiesser an der Spitze einer Legionärstruppe, er hielt sich für etwas Besseres und uns wohl für einen Haufen Ganoven. Obendrein hatte er in keiner einzigen Situation seinen physischen Mut unter Beweis gestellt. Er war's, der uns eines Tages als erster als „Kaldaunenschlukker" bezeichnete, weil wir uns freiwillig gemeldet hatten – und machte sich dadurch äusserst unbeliebt. Weil diese verunglimpfende Bezeichnung beim Appell gefallen war, wurde sie von den Feldwebeln, unseren Erzfeinden, spontan übernommen und uns hinterher ständig an den Kopf geworfen. Nun gab es bei uns aber Ausländer, die sich nicht so sehr aus Hass gegen Deutschland, sondern vielmehr aus Liebe für Frankreich freiwillig gemeldet hatten, und zwar nicht nur Intellektuelle und Künstler, sondern auch Kaufleute und Händler, und sie hatten nicht nur ihr Geschäft und ihre Lebensgewohnheiten in Paris oder in der Provinz aufgegeben, um ihre Einbürgerung zu verdienen oder die Regelung ihrer politischen oder familiären Situation, sondern viele waren aus dem Ausland, ja aus Übersee gekommen, hatten Frau und Kind verlassen, denn nicht alle waren jung, und waren ohne jeglichen Abenteurergeist nach Frankreich gekommen, eine Verpflichtung für die Dauer des ganzen Krieges zu unterschreiben, um dann nach Ende des Krieges in ihre Herkunftsländer zurückkehren. Nicht alle hatten sich von gemeinen Beweggründen physischer Bedürfnisse oder niedriger Gesinnung leiten lassen, und alle waren tief gekränkt über die Anspielung des Feldwebels. Wir machten ihm also das Leben sauer. Plein-de-Soupe hat es nie begriffen. Er verachtete seine Männer. Er ritt die autoritäre Tour, beschimpfte uns als Dickschädel, ein weiteres beim Militär beliebtes Axiom. Der Krieg war erklärt. Schliesslich wurde Plein-de-Soupe wie viele der über Vierzigjährigen wegen Krankheit versetzt, und wir hörten nichts mehr von ihm.

Ich liebe das Geheimnis. Einer der grossen Reize der Legion ist, dass man sich unter falschem Namen melden kann und dass das Inkognito respektiert wird.

Am 29. Juli 1914, zwei Tage vor der Kriegserklärung, unterzeichnete ich mit Ricciotto Canudo, dem schwärmerischen, romantischen Jünger d'Annunzios, einen „Aufruf", der in allen Pariser Zeitungen erschien und riesigen Widerhall fand. Dieser Aufruf, der erste, der hundertfach in allen Zeitungen des Landes und von allen nationalen Komitees der freiwilligen Ausländer aufgenommen wurde, die sich in den folgenden Tagen aufgrund unseres ersten Aufrufes konstituierten, dieser Aufruf richtete sich an alle Freunde Frankreichs und forderte sie auf, sich freiwillig in der französischen Armee für die Dauer des Krieges zu verpflichten. Der Aufruf war erfolgreich, denn von der ersten Stunde an meldeten sich Tausende, und Ende des Jahres 1914 waren 88'000 freiwillige Ausländer gekommen, die Ränge der französischen Armee zu verstärken, und dies trotz der Niederlage zu Beginn des Krieges.*

Ich hätte es dabei bewenden lassen können und mich, wie manche andere, mit hohen Tieren und Ehrungen umgeben. Aber am 3. September, dem ersten offiziellen Tag bei der Armee – es hatte eines vollen Monats Verhandlungen mit

---

* Es geht mir nicht um die historischen Tatsachen. Der Leser, der etwas über die Chronologie erfahren möchte, über die Entwicklung, das Ausmass, die Einzelheiten dieser mächtigen Welle der Solidarität in den Augusttagen 1914, die Tausende und Abertausende Ausländer, Freunde Frankreichs, dazu bewegte, sich in der schwersten Stunde des Landes der französischen Armee anzuschliessen – nach Charleroi und vor der Marne –, wird mit Interesse F. C. Poinsots Broschüre, *Les Engagés volontaires étrangers dans l'armée française* (Berger-Levrault, éditeurs, Paris 1919), lesen. Er findet darin auch den Text des ersten „Aufrufs", den ich mit Canudo verfasst habe. Zwar ist mein Name „Blaise Gendrars" geschrieben. Es handelt sich um einen Druckfehler.

dem Kriegsministerium bedurft, bis es diese riesige Masse Männer guten Willens akzeptierte und die Kommandos überzeugte, dass diese Armee ausländischer Freiwilliger in der Welt die beste Propaganda für die Sache Frankreichs sei (die Boches hatten gleich begriffen; sie waren wütend, uns nicht zu haben; man denke bloss an die 1940 in Frankreich gebildete *Propaganda-Staffel*) –, am 3. September also, gleich nach Öffnung der Kommandostelle, wurde ich als „diensttauglich" befunden und unterzeichnete in den *Invalides* meine Verpflichtung. Eine Stunde später war ich in der Kaserne von Reuilly, wo man mich einkleidete, mich zum Gefreiten ernannte und mir das Amt eines Zugführers übertrug, weil die Unteroffiziere fehlten, um die herbeiströmenden Männer zu sammeln. Die Pagaye begann.

Ich hatte das Manifest mit meinem Dichternamen unterzeichnet, hatte aber meine Verpflichtung mit einem falschen englischen Namen unterschrieben. Im Regiment blieb ich unerkannt. Niemand wusste, dass ich Schriftsteller war. Und ich gehöre heute (1946) immer noch nicht zu den „ehemaligen Frontkämpfer-Schriftstellern". An der Front war ich Soldat. Ich habe geschossen. Ich habe nicht geschrieben. Ich überliess das meinen Männern, die nicht aufhörten zu schreiben, zu schreiben, zu schreiben, an ihre Frauen zu schreiben: Mutter, Ehefrau, Schwester, Verlobte, Freundin, Mätresse, Flirt, Nachbarin, Kollegin, zufällige Bekanntschaft, Ladenfräulein oder Servierin, und an die letzte, die neu Dazugekommene, die Kriegspatin, jene schöne, aus dem Cafard hervorgegangene Lüge – die ihn, vielleicht, ausgelöst hatte.

Als ich die *Invalides* verliess, machte ich mich mit einem Kanadier auf den Weg, einem baumlangen, klapperdürren Kanadier, der Siebenmeilenschritte machte wie ein Waldläufer, an einer gebogenen Pfeife zog, die über sein Kinn hing, und mit zusammengekniffenen Lippen seine schlechte Laune ausatmete und der mir, ohne je die Pfeife aus dem Mund zu nehmen, mit dem merkwürdigen Akzent, der vermuten lässt, dass die Kanadier Französisch sprechen, seine Abenteuer erzählte und in dem empörten Zustand, in dem er sich befand, das Glas Wein ablehnte, zu dem ich ihn einladen wollte, bevor wir uns gemeinsam in Reuilly in der Kaserne meldeten. Es handelte sich um meinem alten Freund Colon, der trotz seiner Erscheinung (er trug die Kleidung der Präriereiter: Lederhose, Wildledermokassins, genietete Ärmelstulpen, kariertes Halstuch, breitrandigen Hut) nicht Lederstrumpf war, sondern der reichste Drogist (im Ruhestand) der friedlichen Stadt Winnipeg, er hatte drei heiratsfähige Töchter (Colon war dreiundfünfzig), eine reizende Frau (wie die reiferen Kanadierinnen oft sind, die in ihrem Leben keine grösseren Sorgen gehabt haben, weil das Leben in den riesigen Weizenfeldern im Süden Kanadas ruhig dahinfliesst wie ein breiter Strom), besass grosse Grundstücke (mein Freund war Gentlemanfarmer, und das letzte Mal, als wir uns gesehen hatten, drei Jahre waren es her, hatte ich ein paar Wochen jagend, fischend, reitend, Auto fahrend auf seinem Landgut verbracht, und nun waren wir uns zufällig in den *Invalides* begegnet), und der gekommen war, um für Frankreich zu kämpfen („Einfach so", erklärte er mir, „und auch, weil ich zu alt bin, mich in Kanada als Freiwilliger zu melden, die Kerle in Winnipeg hätten mich ausgelacht."), und der in der Champagne ein Bein verloren hat.

Meinem leichtsinnigen Don Quichotte war in Paris folgendes widerfahren (Colon hatte einen ganz kleinen Vogelschädel):

Er hatte am Tag vor der Kriegserklärung das letzte Schiff genommen, hatte aber nicht mit leeren Händen in Paris ankommen wollen, um so mehr, als er befürchtete, in Anbetracht seines Alters nicht als diensttauglich anerkannt zu werden. Er schiffte sich also in Halifax mit dreihundert Pferden ein, die er aus eigener Tasche bezahlt hatte. Die Atlantiküberquerung verlief ohne Zwischenfälle, doch bei der Ankunft in Le Havre fingen die Schwierigkeiten an, wo er mit seinen dreihundert Pferden und seinen sechs Cowboys in einem von den englischen Behörden besetzten Hafen aus allen Wolken fiel, in einer von belgischen Flüchtlingen wimmelnden Stadt und in einem von den ersten Rückschlägen des Krieges und der feindlichen Invasion gelähmten Frankreich. Die Boches standen vor den Toren von Paris. Niemand kümmerte sich um diesen Narr, der den Atlantik überquert hatte, um sich mit seinen Hirten als Freiwilliger zu melden, und dem Mutterland dreihundert halbwilde Pferde schenken wollte. Nichtsdestotrotz, einmal den Zoll entrichtet und nach endlosen Streitigkeiten mit dem Veterinärbeamten im Hafen, liess sich der Dickschädel nicht beirren und machte sich an der Spitze seiner Herde unerschrocken auf den Weg nach Paris, begleitet von seinen sechs Cowboys, die die Kavalkade peitschenknallend eskortierten, flankierten, mit kehligen Lauten antrieben, sich durch die an die Front einrückenden Militärkolonnen schlängelten und durch den noch dichteren Strom der verschreckten Flüchtlinge, die ungeordnet in die Gegenrichtung zogen: Frauen, Greise, Kinder, auf Fuhrwerken zwischen Möbeln und Matratzen und von alten Gäulen gezogen. Ich gehe nicht näher auf die Zwischenfälle unterwegs und die Missverständnisse mit der Gendarmerie ein, die meinen Freund, seine Männer, seine Pferde für einen Wanderzirkus oder für pferdestehlende Zigeuner hielten, und auch nicht auf das kleine Vermögen, das Colon auf seinem Marsch für das Futter und die Unterkunft seiner Karawane ausgeben, und die Entschädigungen, die er in jedem durchquerten Dorf für das zertrampelte und geweidete Gras bezahlen musste, denn das richtige Abenteuer begann erst in Paris und in den verschiedenen Amtsstellen, von denen keine einzige befugt war, ein derartiges Geschenk anzunehmen.

Colon war gleich ins Kriegsministerium gegangen, wo man ihn nach vielem Hin und Her schliesslich an die Kavallerieabteilung weiterleitete. Dort aber lachte man ihm ins Gesicht und verwies ihn ans Artilleriegestüt, wo man ihn ans Nachschubbüro überwies. Das Nachschubbüro schickte ihn nach Lirumlarum, riet ihm, sich an den Beschaffungsausschuss zu wenden, der ihn wiederum an den Veterinärsdienst weiterreichte. Die Veterinäre rieten ihm, die Intendantur aufzusuchen, wo man ihm sagte, er solle sich ans Sozialamt wenden, das befugt war, hatte man ihm versichert, Geschenke für die Truppen anzunehmen. Doch der betreffende Schalter nahm nur Geldspenden und keine Naturalien an, und, du meine Güte!, wohin mit dreihundert Pferden, ich bitte Sie? Er musste also ein Gesuch einreichen, ein Formular ausfüllen, damit man ihm von Amtes wegen ein requiriertes Gestüt zuwies, musste das Dokument notariell beglaubigen und eine entsprechende Urkunde ausstellen lassen und sich wieder bei der Kavallerieabteilung melden, Treppe B, 3. Stock, Seitentrakt Süd, Tür 101, die ..."

„Und was hast du schliesslich gemacht?"

„Weil ich das Herumlaufen satt hatte, habe ich einen Pferdestall bei einem Juden gemietet, einem Pferdehändler in der Avenue Daumesnil, hinter dem Gare de Lyon, der hat mir ein Vermögen für meine Pferde geboten. Ich hätte tausend Prozent Gewinn gemacht."

„Und dann?"

„Und dann habe ich heute morgen, als ich meine Verpflichtung unterschreiben ging, meine Pferde mitgenommen, um einen letzten Versuch zu unternehmen."

„Und? Hat man sie endlich angenommen?"

„Überhaupt nicht!" rief Colon heftig aus. „Stell dir vor, als man mich für diensttauglich befunden und mich meine Verpflichtung entsprechend hat unterzeichnen lassen, habe ich ein weiteres Mal mein Gesuch dem Aushebungsoffizier unterbreitet, und der ist wütend geworden. ‚Was ist das für eine verdammte Geschichte mit diesen Pferden?' hat er mich angebrüllt. ‚Machen Sie sich vielleicht über mich lustig? Raus mit Ihnen, marsch, sonst buchte ich Sie ein, und vergessen Sie nicht, dass Sie von jetzt an zur Armee gehören.' Und um mich besser mit seinem Blick durchbohren zu können, hielt der alte Herr mit der einen Hand seinen Zwicker fest, der ihm immer wieder über die Nase rutschte, und mit der anderen zeigte er auf die Tür. Ich glaube, er hat mich für verrückt gehalten. Was sagst du zu diesem Empfang?"

„Nichts. Was willst du, es ist eine einzige Pagaye. Und was ist mit deinen Pferden?"

„Die Pferde? Ich habe sie im Innenhof der *Invalides* zurückgelassen. Ich nehme an, die Armee wird sie beschlagnahmen, da sie sie nicht unentgeltlich annehmen wollte."

„Da bin ich mir gar nicht sicher, alter Freund. Vielleicht hat man sie ins Tierasyl der Polizeipräfektur gebracht, wo man sie vergasen wird wie herrenlose Tiere. Und wahrscheinlich wird niemand auf den Gedanken kommen, sie in die Schlachthäuser zu schicken, weil sich niemand einen Deut um solche Dinge schert. Ich sag' dir ja, es ist eine einzige Pagaye."

„Was meinst du mit diesem Wort, das du dauernd im Mund führst, lieber Cendrars?"

„Pagaye? Wenn in einem zivilisierten Staat, der nichts dem Zufall überlassen hat, die Ereignisse die erlassenen Vorschriften sprengen, dann bricht die Pagaye aus. Die Boches vor den Toren von Paris und du, Bruderherz, der am Boulevard Saint-Germain mit dreihundert kanadischen Pferden beim Kriegsministerium aufkreuzt, ihr löst die Pagaye aus, ihr seid nicht vorhergesehen. Doch warte, ich setze eine Zeitung darauf an."

Also betraten wir trotzdem ein Bistro, und ich konnte Colon ein Glas Wein spendieren. „Trink, es wird dich beruhigen nach all den Scherereien!"

Ich rief beim *Intransigeant* an, um sie auf die Geschichte mit den Pferden hinzuweisen und ihnen zu sagen, sie sollen einen Redakteur in die *Invalides* schicken. Doch beim *Intran* herrschte ebenfalls eine einzige Pagaye. Sie widmeten dem Vorfall einen pittoresken Bericht, gingen der Sache aber nicht weiter nach, so dass mein Freund Colon nie erfahren sollte, was aus seinen Pferden schliesslich geworden war.

Doch das war nicht alles: Was war mit seinen Hirten passiert, die seine Ranch verlassen hatten, um sich mit ihm freiwillig zu melden? Drei der Cowboys waren Indianer, die drei anderen gebürtige Franzosen. Die Franzosen wurden stracks als Deserteure verhaftet, und die drei Rothäute gingen im Gedränge in den *Invalides* unter. Trotz intensiven Nachforschungen hatte man keine Spur von ihnen finden können. Und der arme Colon machte sich grosse Sorge.

Unser Regiment war das 3. Infanterieregiment des Heerlagers Paris. Unsere Kennmarken trugen ausser der Kennnummer den Vermerk *Freiwilliger Ausländer*. Wir hatten uns tatsächlich als Ausländer verpflichtet – es gab keinen Gesetzesnachtrag, der das zugelassen hätte –, doch es konnte niemals die Rede davon sein, dass man uns zwangsläufig der Fremdenlegion zuteilte; das hatten uns zumindest bedeutende Persönlichkeiten aus politischen, künstlerischen und literarischen Kreisen angedeutet und formell versprochen, die Canudo und ich zur Unterstützung unseres Aufrufs mobilisiert hatten, damit sie sich beim Ministerium und im Élysée für uns einsetzten. Im übrigen hatten wir uns nicht für fünf Jahre verpflichtet wie die Legionäre, sondern lediglich für die Dauer des Krieges. Wir trugen überdies auch nicht die Uniform des Afrikaschützenregiments. Wir hatten das Képi in Empfang genommen, den berühmten „Blumentopf", und trugen den Soldatenmantel der Feldinfanterie. Die Intendantur war nicht vorbereitet, und wir hatten die Uniformröcke der Feuerwehr der Stadt Paris und die blauen Hosen mit den breiten roten Seitenstreifen der Artillerie gefasst. Diese Hosen waren dazu angetan, General Castelnau auf die Palme zu bringen, als wir an die Front einrückten. Von der Höhe eines Schotterhaufens aus, von geschniegelten Stabsoffizieren umringt, verfolgte der kleingewachsene Mann hinter der Abbiegung am Fusse des Kreidefelsens von Montdidier unseren Vorbeimarsch.

„Was ist das für ein Regiment?" hörten wir ihn unseren Oberst fragen, der vor ihm die Hacken zusammenschlug. Ist das die Festungsinfanterie? Was soll diese Uniform? Ich habe angenommen, man schickt mir ein Legionärsregiment. Und was ist diese 3 am Kragen? Das ist vorschriftswidrig. Ich kenne nur das 1. und das 2. Ausländerregiment. Ich gebe Ihnen acht Tage, um Ihre Männer anständig einzukleiden. Wegtreten!"

Kaum hatten wir also Rosières hinter uns gelassen, wo wir doch ein glänzendes Debüt gegeben hatten, hiess man uns unsere Hosen auftrennen und die breiten roten, der Artillerie vorbehaltenen Streifen wegreissen. Nun waren aber die Hosen aus erstklassigem Tuch und tadellos geschneidert, wie das früher der Fall war; die in die Seitennaht genähten, breiten roten Streifen waren auch auf der Innenseite mit einem ebenso breiten Saum versehen. Man musste alles auftrennen und auseinanderreissen, und weil die meisten Männer nicht nähen konnten (ich selber habe nie gelernt, mit einer Nadel umzugehen), war das Resultat dieser schönen Arbeit, dass wir den Winter in Fetzen verbrachten, mit gähnenden oder geplatzten Nähten, durch die die nackte Haut blitzte, mit Sicherheitsnadeln und Drahtklammern zusammengehaltenen Ziehharmonikahosen, die an den Knien beulten, und zerrissenem Hosenboden. Im Dezember fassten wir krapprote Hosen und dann, eine Woche später, blaue Leinen-„Schabracken", um das gar zu auffällige Rot zu tarnen. Ja und dann fassten wir in den folgenden Monaten alle zwei Wochen sämtliche Uniformmodelle, die sich die Schneider der Intendantur für das Ministerium in Paris ausdachten, um das Aussehen des französischen Frontsoldaten der Zeit anzupassen, um ein den Anforderungen des Krieges angemessenes Modell zu kreieren und dazu passende Tarnfarben vom schmutzigen Neapelgelb bis zum kreidigen Weiss über alle ausgeblichenen oder rostigen Reseda- und Khakinuancen, bis man sich schliesslich auf Horizontblau einigte. Nie haben sich so viele hohe Offiziere mit uns beschäftigt. Ich weiss nicht, warum ausgerechnet unser Regiment – und insbesondere unsere 6. Armee – für diese kreativen Bekleidungsexperimente ausgesucht worden war. Doch weil die neuen Ausrüstungen nur in kleinen Sendungen eintrafen, trugen nie mehr als zwei Frontsoldaten gleichzeitig die gleiche Uniform, so dass wir auffielen wie bunte Hunde und das Chamäleonregiment wie ein bunter Mummenschanz auf der Landstrasse marschierte. Ich weiss nicht, was General Castelnau von uns gehalten hätte, hätte er uns gesehen. Doch wir begegneten diesem Kommiskopf hinter keiner Wegbiegung mehr; vielleicht war es dem General auch egal, und der cholerische Zwerg hatte das Ganze schon längst vergessen. Bei jedem Uniformwechsel wurde die vorhergehende verbrannt, selbst wenn sie bloss acht Tage getragen worden war, und als Ende Frühling das ganze Regiment einheitlich horizontblau eingekleidet war, wurde das Regiment der Fremdenlegion zugeteilt, und wir fassten die khakifarbene Uniform der Afrikaschützen (der marokkanischen Division), und die horizontblaue Uniform, die das Regiment eben erst gefasst hatte, wurde ebenfalls verbrannt, obwohl sie funkelnagelneu war. Das war in Tilloloy, am Tag, bevor wir auf Urlaub gingen. Ich verbrachte also meinen Trail in Paris als Legionär verkleidet, und in dieser legendären, ruhmreichen Uniform wurde ich im *Chabanais* begeistert empfangen. Die Uniform sass gut, mit dem zwei Spannen breiten blauen Gürtel, den man fünfundzwanzigmal um die Taille wickelt und über dem Soldatenmantel unter dem Koppel trägt. Doch ich hatte den ganzen Winter in der schwarzen Hose eines Pfarrers gekämpft, die ich im Pfarrhaus von Frise zwischen einem zusammengerollten Korsett, ausgetretenen Frauenstiefelchen, einer leeren Champagnerflasche, Orangenschalen und einer Schachtel zerkrümelter Marrons glacés entdeckt hatte, als ich einen Schrank durchsuchte. Ich war nicht wählerisch, die altmodische ekklesiastische Hose aus solidem Tuch hielt mich schön warm.

Die Fremdenlegion! Seit unserem Abmarsch in Paris war davon die Rede, und es war General Castelnau, der diesen Namen – wie ein auf seinem Schotterhaufen hockendes, unheilverkündendes Orakel – zum erstenmal offiziell aussprach. Als die Angelegenheit acht Monate später wieder aufs Tapet kam, weil das 3. Infanterieregiment der Pariser Garnison (das „3. Fahrende" nannten wir es, weil wir als Lückenbüsser in den schlimmsten Gegenden der Nordfront gedient hatten) aufgelöst wurde, um dem 1. Afrikaschützenregiment zugeteilt zu werden, waren wir alle erbittert, vor allem die aus den drei Amerika gekommenen Freiwilligen, denn der Ruf der Legion war verheerend in Übersee, und ich kenne mehr als einen Amerikaner, der sich bis dahin tapfer verhalten hatte, nun aber insgeheim am liebsten desertiert wäre. Es war übrigens zu jenem Zeitpunkt, als bei uns die ersten (allerdings ungewöhnlichen) Desertionen verzeichnet wurden. Die ersten jedoch, die mit dem schlechten Beispiel vorangingen, waren unsere Offiziere und unsere Feldis, denn es gibt verschiedene Beurteilungen der Desertion, und ich bin der Ansicht, dass ein Vorgesetzter, der in der Stunde der Gefahr seine Truppe im Stich lässt, um sich in eine andere, weniger exponierte Truppe versetzen zu lassen, und mag er auch vorschriftsgemäss handeln und vom Reglement gedeckt, dass ein solcher Vorgesetzter in Wirklichkeit desertiert; man kann ihn mit einem Prozessführenden vergleichen, der etwas auf dem Kerbholz hat und sich in das Dickicht der Gerichtsverfahren flüchtet. Bei unseren Offizieren war dies sehr häufig der Fall, und nur ganz wenige sind bis zum Schluss bei uns geblieben.

Am Anfang kamen alle Feldis unseres Kaders aus dem Pariser Feuerwehrbataillon. Es waren doppelt Verpflichtete. Weil sich alle als Instruktoren unserer Truppe zuteilen liessen, waren sie samt und sonders zu Feldwebeln ernannt worden, und als sie in die Gefechtszone einrückten oder nach einem kurzen Aufenthalt an der Front, wurden die meisten befördert. Für diese einfachen Männer war dies eine unerwartete Aufstiegsmöglichkeit. Sie waren geschickte Turner und nahmen es mit dem Reglement sehr genau. Sie beherrschten die Handhabung der Waffen, den Drill im Kasernenhof und achteten strengstens auf Haltung und äussere Respektbezeigungen. Doch wenn es darum ging, uns für den Kampf zu begeistern, taugten sie nichts, denn zwischen Theorie und Praxis liegen Welten. Verwöhnt, wie die Pariser Feuerwehrleute sind, neigten sie zu Müssiggang und Frauengeschichten, und sie guckten komisch drein, als sich bestätigte, dass wir die Pariser Garnison verlassen und an die Front einrücken würden. Hatten sie erst einmal die Kaserne verlassen, wurden sie ganz klein. Das hatte nichts mit ihrem Mut zu tun, sondern mit der Routine, in der sie erstarrt waren, und mit ihrer hergebrachten Art, vor allen Dingen ihre Zukunft und ihren Ruhestand im Auge zu haben.

Jedermann weiss, wie diese tapferen Männer sich selbstlos einsetzen und immer bereit sind, bei einem Brand ihr Leben aufs Spiel zu setzen, doch keiner von ihnen hatte Lust, sich mit uns an der Front abknallen zu lassen. Sie fühlten sich verlassen in unserer Mitte, verstanden nichts von unserer Mentalität freiwillig verpflichteter Ausländer: Wir waren für sie schlicht ein Haufen „Kaldaunenschlucker"; sie behandelten uns schlecht, beschimpften uns und schikanierten diejenigen unter uns, die bei Kasse waren, sie hielten sie für Herrensöhnchen oder, vor allem die älteren aus Übersee wie Colon, für arme Irre. Dass alle die Typen gekommen waren, um freiwillig zu kämpfen, überstieg ihr Begriffsvermögen; sie konnten es einfach nicht glauben, und wenn es sie dennoch beeindruckte, suchten sie niedrige Beweggründe und niederträchtige Erklärungen und waren nicht weit davon entfernt, uns als Kriminelle anzusehen. Sie bildeten eine geschlossene Front und waren höflich verhasst. Als jedoch von der Fremdenlegion die Rede war, waren sie wie vor den Kopf geschlagen. Von Amtes wegen in diese Truppe eingegliedert zu werden war für die alten Soldaten aus der Hauptstadt eine unverdiente Schmach, und sie machten unisono und erst recht und jeder einzeln ihre Rechte oder ihre Erfahrung im Feuerwehrkorps geltend, um zu ihrem ursprünglichen Bataillon zurückzukehren. Die bei uns erworbenen Winkel waren natürlich gesichert, und die Zeit an der Front zählte für den Ruhestand doppelt. Sie hatten sich alles reiflich überlegt. Von zwei oder drei Ausnahmen abgesehen – Feldwebel Chrétien (auf den Höhen bei Vimy gefallen), Oberstabsfeldwebel Angéli (in der Champagne gefallen) und Feldwebel Jean (im Elsass gefallen) –, liessen sie uns, einer nach dem andern, im Stich; wenn ich mich richtig erinnere, war kein einziger Instruktor aus den ersten Kriegsmonaten, kein einziger der Männer, die uns ein Beispiel hätten sein sollen, noch bei uns, als das „Fahrende" aufgelöst wurde, um dem 1. Ausländerbataillon in Tilloloy zugeteilt zu werden.

Mit unseren Offizieren war es das gleiche. Sie türmten alle, bloss, dass sie es eleganter anstellten als die Unteroffiziere, weil sie bessere Vorwände und höher gestellte Beziehungen und noch viel mehr gute Gründe ins Feld führen konnten, Spezialisierung, Sachkenntnis, Fortbildungskurse, Praktika in Spezialtruppen, und – vor allem nach den ersten Niederlagen – verabschiedete sich einer nach dem andern, um an die Militärschule zurückzukehren, ins Ministerium, in einen Führungsstab oder in eine reguläre Einheit der französischen Armee, weil allen ebenfalls graute vor der Legion. Sie waren weder Haudegen noch Draufgänger. Sechs Monate bei der Fremdenlegion reichte diesen Karrieristen, also machten sie ihre Rechte geltend. Kurz, sie verachteten uns! Sie hatten keinerlei Kontakt mit uns. Im Schützengrabenalltag waren sie inexistent. Im Gefecht glänzten sie durch Abwesenheit oder zeichneten sich durch Unfähigkeit aus. Ich mag mein Gedächtnis noch so anstrengen, es gelingt mir nicht, diesen oder jenen Oberleutnant in den ersten Linien zu plazieren, und auch nicht, mich zu erinnern, was für eine Rolle dieser oder jener im Gefecht gespielt hat. Ich bin nicht voreingenommen, überhaupt nicht. Ich habe während der ersten Kriegsmonate so viele dieser grossmäuligen Offiziere aus allen Waffengattungen und in den verschiedensten prächtigen Uniformen kommen und gehen sehen – vom Feldjäger bis zum Spahi –, so dass ich bis auf eine oder zwei Ausnahmen, Hauptmann Jacottet zum Beispiel (der uns selbst in der Fremdenlegion treu blieb) oder Oberleutnant Varière (der wegen seiner Tapferkeit im Feld zum Hauptmann befördert wurde, uns aber drei Monate später verliess), keinen Namen zu nennen vermag, mich dafür aber an manche Gemeinheit erinnere. Hätten sie sich wirklich hervorgetan in ihrer ursprünglichen Waffengattung, wäre keiner dieser kurzlebigen Offiziere zu uns gekommen! Sie kamen durch Intrige und verschwanden presto-presto wieder, um anderswo ihre Intrigantenkarriere weiterzuverfolgen, denn keinem fehlte das richtige Gesangsbuch. Joffres Strategie damals, sein berühmtes „Schnuppern", begünstigte im übrigen diesen Wechseltanz. Man wechselte zur Fremdenlegion, weil das für die Dienstlaufbahnbescheinigung zählte, blieb zwei, drei Wochen, nur gerade solange, um einen Handstreich zu befehlen und sich wenn möglich eine ehrenvolle Erwähnung im Tagesbefehl zu holen. Ich möchte nicht verallgemeinern. Ich spreche nur von dem, was ich gesehen habe, und der Horizont des Soldaten ist beschränkt und reicht kaum über die Grenze seiner Kompanie, seiner Abteilung, seiner Truppe hinaus. Ausser an den Tagen festlichen Gepränges grenzt der Begriff Armee bereits an Fiktion: Truppenvorbeimarsch, Heerschau, Siegesparade. So wie man sich auch des Korpsgeists nur an den freien Abenden bewusst wird, im Ausgang, bei wüsten Gelagen. Es ist also nicht der persönliche Mut jedes einzelnen dieser Offiziere, den ich in Frage stelle, ich streiche lediglich einen gemeinsamen Charakterzug hervor, eine Berufskrankheit gewissermassen, die dazu führt, dass die Herren Offiziere gar zu sehr dazu neigen, sich auf die Seite des Starken zu stellen. Vielleicht verlangt ihre Stellung dies, denn das Ziel ihrer Karriere ist nicht, ein Held zu sein, sondern Stabschef, Oberkommandierender zu werden. Die Generäle sterben in ihrem Bett, sagt ein kanadisches Sprichwort. Vielleicht waren wir es, die Ausländer, die überempfindlich waren gegenüber diesem schamlosen Verhalten, die verletzt waren, weil unsere Offiziere uns fallenliessen. Wir fühlten uns versetzt, unser Schicksal interessierte niemanden, und man konnte sich mit Fug und Recht die Frage stellen, ob wir fürs Hauptquartier nur gerade als Kanonenfleisch tauglich waren. Ich jedenfalls stellte mir diese Frage, obwohl es mir schnurzegal war, ob ich bei der Legion war oder nicht. Ich war noch nie Soldat gewesen. In meiner Naivität glaubte ich, der Oberst sei, wie man so schön sagt, „der Vater des Regiments". Doch auch die Obersten kamen und gingen hopphopp bei uns, und ich übertreibe nicht, wenn ich feststelle, dass wir in weniger als einem Jahr ein gutes halbes Dutzend verschiedene erlebt haben. Das erscheint mir symptomatisch. Für die höheren Offiziere zählt einzig und allein die Karriere. Andere Überlegungen gibt es nicht.

Ob Legion oder nicht: Persönlich war mir das absolut gleichgültig. Ich begnüge mich nicht mit leeren Worten. Ich hatte mich verpflichtet, und ich war, wie schon so oft in meinem Leben, bereit, bis zum Ende meines Handelns zu gehen. Doch was ich nicht wusste, war, dass die Fremdenlegion mich diesen bitteren Kelch bis zur Neige austrinken lassen würde und dass diese Bitternis mich berauschen würde und ich mich mit zynischer Lust herabwürdigen und mich erniedrigen sollte (wie mit der Madame im *Chabanais,* die mich während meines Urlaubs in Paris in die Arme nahm und mich ihren „kleinen Herzenslegionär" nannte und es genoss, mir zu erzählen, sie sei die einzige Tochter eines Obersts im Generalstab, Absolvent einer Militärakademie, die stolz war, sich mit einem einfachen Soldaten zu prostituieren und sich dabei diabolisch besessen fühlte); ich würde mich schliesslich von allem befreien, um wieder ein freier Mann zu sein. Sein! Ein Mensch sein! Und die Einsamkeit entdecken. Das ist es, was ich der Legion und den hartgesottenen Burschen aus Afrika verdanke, Soldaten, Unteroffizieren, Offizieren, die uns ihrem Kader unterstellten, die uns als Kameraden begegneten, Desperados, Überlebenden von Gott weiss was für kolonialen Abenteuern. Aber sie waren Männer! Alle! Es war es wert, den Tod zu riskieren, um sie kennenzulernen, diese Verdammten, die nach Galeere stanken und tätowiert waren. Keiner von ihnen hat uns je im Stich gelassen, und jeder von ihnen war bereit, seinen Mann zu stehen, nicht aus Ehrgeiz, sondern aus Grossmäuligkeit, aus Versoffenheit, aus Provokation, um etwas zu lachen zu haben, um Himmel und Hölle in Bewegung zu setzen. Und dass es knallt und dass er steht! Denn jeder hatte Pech gehabt im Leben, hatte Schläge einstecken müssen, war Amok gelaufen oder war unter dem Einfluss von Drogen, von Alkohol, des Cafards oder der Liebe ein- oder zweimal abgesägt worden. Und alle hatten alles überlebt.

Dennoch, sie waren abgebrüht, und ihre Disziplin war eisern. Sie waren Berufssoldaten, und der Beruf des Soldaten ist ein abscheuliches Handwerk und voller Narben wie die Poesie.

Man hat welche oder man hat keine.

Es gibt kein Mogeln, denn nichts nutzt die Seele mehr ab und zeichnet das Gesicht (und heimlich das Herz) des Menschen mit Stigmen und ist sinnloser als das Töten, als damit wieder von vorn beginnen.

Und vivat! Das ist das Leben.

„Also, was soll ich dem Minister bestellen, dass du nicht zur Luftwaffe willst?"

„Das hab' ich nicht gesagt, Herr Oberst. Bestellen Sie dem Minister, dass, wenn er möchte, dass ich zur Luftwaffe gehe, ich im Gegenzug verlange, alle meine Kameraden mitnehmen zu dürfen. Es gibt keinen Grund ..."

„Sag mal, wer bist du, um Bedingungen zu stellen? Bist nicht einmal Gefreiter!"

„Ich bin überhaupt nichts, Herr Oberst, und ich stelle keine Bedingungen."

„Los, schnüre deinen Tornister, heute nacht fährst du mit dem Regimentswagen weg."

„Gestatten Sie, Herr Oberst. Nicht heute nacht."
„Und warum nicht?"
„Es ist Heiligabend."
„Ja und?"
„Ja und! Ich will meine Kameraden nicht verlassen."
„Ist das dein letztes Wort?"
„Herr Oberst, ja."
„Bist du dir im klaren, dass eine Depesche aus dem Ministerium dich hier aufgestöbert hat? Das passiert nicht ein zweites Mal. Es ist deine einzige Chance."
„Meine Chance oder mein Pech, Herr Oberst."

Ich war ungeduldig. Ich hatte es eilig, zu meinen Kameraden zurückzukehren. Sawo, Garnéro, Griffith warteten bei der Ferme Ancelle auf mich, wir hatten uns vorgenommen, den Boches eine schöne Weihnachtsbescherung zu bereiten. Wir hatten das Ganze unter höchster Geheimhaltung geplant, und nun kam die ärgerliche ministerielle Depesche dazwischen, die mich ins Hauptquartier beordert hatte und drohte, unser Vorhaben zu vereiteln oder zumindest mich um das Feuerwerk zu bringen, wenn der Oberst mich noch lange aufhielt. Von Cappy-les-Fontaines-sur-Somme bis Frise waren es sechs Kilometer auf dem Treidelpfad und zwei weitere durch einen aufgeweichten Verbindungsgraben, der zur Ferme Ancelle am Fusse des Kalvarienhügels führte. Ich hatte den Weg an jenem Nachmittag eben gerade in der einen Richtung zurückgelegt, als der Oberst seinen Radlerkurier geschickt hatte, um mich wegen einer äusserst dringenden Nachricht zu holen. Sechs und sechs macht zwölf und zwei macht vierzehn und zwei macht sechzehn, ich würde also sechzehn tüchtige Kilometer zurückgelegt haben, wenn ich nachts kriechend die Ferme Ancelle verliess, um unser Grammophon in den Stacheldrahtverhauen am Kalvarienhügel zu plazieren. Der Oberst dachte nicht an die Kilometer; er war nicht wie sein Radlerkurier, der nicht aufgehört hatte, zu fluchen und mich zu beschimpfen, weil er mich an der Front hatte suchen müssen, wohin er sich das erste Mal vorgewagt hatte, per pedes, versteht sich, denn er konnte auf seinem Drahtesel nicht durch den vereisten Schlamm des Treidelpfades fahren, ohne Gefahr zu laufen, in den Kanal zu fallen, was zwei- oder dreimal Soldaten passiert war, als wir total erschöpft von der Front zurückkehrten und die Männer im Gehen schliefen, eine unglaubliche Gabe, die mich immer erstaunt hat. Wie war das möglich? Der letzte, der ertrunken war, war Dingsda, der Elsässer, die Ordonnanz der Unteroffiziere, der Rapporte über die Kompanie schrieb und der Vater und Mutter verraten hätte, um zum Gefreiten befördert zu werden. Der Fiesling ist bei der letzten Ablösung trotzdem für Frankreich gestorben, einfach so, läppisch, ist im Kanal der Somme ertrunken, weil er sich angewöhnt hatte, im Gehen zu schlafen.

„Weisst du, was im Telegramm steht?" hatte ich den Radlerkurier des Obersts gefragt, als wir den Kanal entlang stapften.

„Keine Ahnung", hatte der Radlerkurier stinksauer geantwortet.

„Hast du's nicht gelesen?"

„Doch."

„Ja und?"

„Geht mich nichts an. Du weisst es ja doch."

„Ich schwöre dir, nein."

„Aber es ist doch vom Minister! Du willst mir doch nicht weismachen, dass du nicht weisst, worum es geht?"

Es war unmöglich, ihm die Würmer aus der Nase zu ziehen. Der Fahrradkurier war vergnatzt. „Du hast mir das Weihnachtsessen versaut", knurrte er.

Ich erging mich in Mutmassungen. Und nun hatte der Oberst mir soeben mitgeteilt, dass die Luftwaffe nach mir rief! So was! Ich konnte es nicht fassen. Wer ... wer mochte im Ministerium interveniert haben? Und zu meinen Gunsten?

Ich entschuldige mich, dass ich mich nicht mehr an den Namen unseres Obersts erinnere. Es war unser zweiter oder dritter. Ich habe ihn nur jenes einzige Mal gesehen, denn kurz darauf wurde er durch einen anderen ersetzt, eine Art Bourbaki, brummig, schmerbäuchig, pausbäckig und bärtig. Er hingegen war hochgewachsen, distinguiert und ziemlich väterlich.

„Verflixter Dickschädel, komm schon. Hauptmann Jacottet hat mich gewarnt. Es heisst, du seist der beste Soldat in der Kompanie und der härteste Schädel des Regiments. Was warst du im Zivilleben?"

„Ich bin Dichter."

Ich biss mir auf die Zunge, weil ich mich verplappert hatte.

„Was hat die Poesie mit der Fliegerei zu tun?"

„Ich war zudem Generalsekretär der *Alouettes de France.*"

„Was soll das denn sein?"

„Der erste zivile Zusammenschluss der jungen Piloten der französischen Luftfahrt."

„Bist du Pilot?"

„Nein, Herr Oberst."

„Hast du den Flugzeugführerschein?"

„Nein, Herr Oberst."

„Warum verlangt denn der Minister nach dir?"

„Ich weiss es nicht. Ich habe nichts verlangt."

„Nun, du hast dich also mit der Fliegerei befasst?"

„Ja, Herr Oberst."

„Wo das?«

„In Chartres."

„In welcher Eigenschaft?"

„Ich war Konstrukteur, in einer Gruppe."

„Kannst du fliegen?"

„Aber sicher doch. Bruchlandungen waren unsere Spezialität."

„Also, was antworte ich dem Minister? Ja oder nein?"

„Antworten Sie ihm, was ich Ihnen gesagt habe. Ich geh' ganz gern weg von hier, aber mit meinen Männern."

„Dann also nein?"

„In diesem Fall, nein."

„Gut. Ich werde es übermitteln. Du kannst gehen."

Ich schlug grüssend die Hacken zusammen, machte kehrt und ging schnell hinaus.

Draussen war es Nacht. Ich lief bis zum Kanal. Ich hatte Angst, der Oberst könnte sich anders besinnen und mich zurückrufen lassen. Ich fühlte mich erst in Sicherheit, als mir die Querschläger vom anderen Ufer der Somme, von Curlu her, um die Ohren pfiffen und wie lautlose Furze oder Luftblasen in der Luft platzten.

Ich hatte die Abkürzungen genommen und war über das offene Gelände gelaufen, um schneller zurück zu sein, und als ich erschöpft bei der Ferme Ancelle anlangte, war ich zwar erledigt, aber glücklich: Ich war zur Zeit, die Jungs waren nicht ohne mich aufgebrochen.

„Alles bereit?" erkundigte ich mich. „Zu trinken bitte, ich sterbe vor Durst, der Alte hat mir nichts zu trinken angeboten."

Garnéro hantierte am Grammophon herum. Sawo spleisste die Zündschnüre. Griffith zog an seinem Glimmholz, liess dabei zwei Melinitbomben und vier grosse Kugelspritzen nicht aus den Augen. Zwei kurze Spaten und vier mit Granaten gefüllte Munitionsbeutel waren neben ihm auf der Bankette aufgereiht.

Garnéro hob den Kopf: „Ich glaube, es sollte klappen", sagte er und steckte den Schraubenzieher in die Werkzeugtasche. „Nein, siehst du diesen Idioten? Raucht doch tatsächlich seine Pfeife über dem Melinit. Sag, willst du uns in die Luft jagen?"

Griffith protestierte ausnahmsweise nicht, bückte sich und klopfte den Pfeifenkopf mit kurzen Schlägen an seinem Absatz aus.

„Spinnst du? Jetzt zündet er uns auch noch an!"

Und Garnéro trampelte auf dem Stroh herum, mit dem der Boden unseres Grabenpostens ausgelegt war. Griffith grinste höhnisch.

„Was wollte der Alte von dir?" fragte mich Sawo, der mit dem Spleissen fertig war.

„Ach, nichts, alles Nervensägen."

Der kleine Posten, den wir nun alle vier verlassen würden, um den Boches auf unsere Art frohe Weihnacht zu wünschen, lag zwischen zwei Strohballen etwas unterhalb der

Ferme Ancelle, einer Meierei, deren Namen ich behalten habe, weil Ancelle auch der Name des Notars von Generalin Aupick, Baudelaires Mutter, war und ich damals Baudelaire glühend verehrte. Das Anwesen bestand aus rechteckig um einen Hof angelegten Gebäuden am Fusse des Kalvarienhügels. Von ihrem darüberliegenden Fort aus blickten die Boches direkt in den Hof, und sie bestrichen mit ihrer kleinen Maxim-Kanone den ganzen Frontabschnitt, von der Ferme Ancelle bis zur Kirche von Frise. Sie hatten uns seit zwei Monaten ganz schön getriezt, und nur wenige Männer wagten es, bei Tag die Laufgräben zu benützen, denn man wusste nie, ob man gesehen wurde oder nicht, denn die Boches hatten Späher und sehr geschickte Schützen aufgestellt. Bloss Bikoff gelang es von der Höhe seines Kirchturms aus, ab und zu einen zu erwischen. Es war eine brenzlige Ecke.

Wir hatten beschlossen – Sawo, Garnéro, Griffith und ich –, nein, nicht das Fort in die Luft zu jagen, das wäre eine grössere Operation gewesen, für die wir nicht ausgerüstet waren, sie überstieg die Möglichkeiten vier einzelner Männer und hätte der Unterstützung der Artillerie bedurft, nun aber konnte das Regiment in Frise nicht mit der Unterstützung der Artillerie rechnen, weil die in den Sümpfen den Feind einkesselte, wir wären also im Fall eines Angriffs auf Albert in die eigene Falle gelaufen, hätten wir den Engpass benützt, durch den die Legion sich den Kanal entlangschlich, um ihre Stellungen zu erreichen; weil wir vor Albert keinen Kilometer Gelände besetzten, hatten wir, wir vier, beschlossen, den Weihnachtsabend nutzend, uns einen Scherz zu leisten und uns ein bisschen die Beine zu vertreten, wenn die Deutschen ihre Weihnachtslieder sangen und auch ihre Wachen von *Sehnsucht,* ihrem berühmten Heimweh, gepackt wurden, und zu versuchen, zum Kalvarienhügel hinaufzusteigen. Ich hatte im verlassenen Dorf ein Grammophon gefunden. Garnéro, der ein geborener Bastler war, hatte die Feder ausgewechselt, damit es länger lief, ohne aufgezogen werden zu müssen, er hatte eine geniale Vorrichtung eingebaut, eine einfache archimedische Schraube, glaub' ich, an die am Ende die Nadel stiess und automatisch wieder in die Ausgangsstellung glitt und ein zweites, ein drittes Mal ablief. Wir hatten vor, das Grammo in den deutschen Stacheldrahtverhauen aufzustellen, die den Kalvarienhügel sehr eng umschlossen. Um das Ganze etwas spannender zu gestalten, würden wir die zwei Bomben unter das Gerät plazieren und die vier Kugelspritzen darum herum. Sawo war es, der Zigeuner, ein Heimatloser, der als erster die Idee zu dieser Höllenmaschine gehabt hatte; Garnéro hatte die Verantwortung für das reibungslose Funktionieren des Geräts übernommen, ich hatte die Schallplatte ausgesucht, und Griffith, der zynische, der skeptische, der gefühlskalte Engländer, war ganz begeistert, sich an unserem Streich beteiligen zu dürfen, von dem er sich eine aufregende Abwechslung versprach, denn er hatte den Cafard. Das Geheimnis war gut gehütet worden, niemand vermutete etwas.

Etwa vierhundert Meter Strohballen lagen vor dem Stacheldrahtverhau rund um den Kalvarienhügel. Der Mond schien. Die Nacht war klar. Die Erde war gefroren. Man hörte die Schreie der Wasservögel in den Sümpfen, das Brummen der Nachschubkolonnen hinter dem gegenüberliegenden Hügelzug, das ferne, von Norden herüberdringende Kanonengrollen, das Zischen der Leuchtraketen, ein paar Schüsse und das ersterbende Klack der Querschläger, die irgendwo einschlugen. Auf dem Bauch liegend und jeder mit seiner hinderlichen Ausrüstung beladen, warteten wir vor dem Unterstand, bis es Zeit war.

In Frise zeigten die Fridolins die Uhrzeit an. Methodisch, wie sie nun einmal sind, hatten sie irgendwo in den Linien ein Gewehr auf den Kirchturm des zerschossenen Dorfes gerichtet, und um die Stunde, die Viertelstunde, die halbe Stunde zu schlagen, gab ein Wachsoldat die entsprechende Zahl Schüsse auf die Glocke ab, deren Bronze ergriffen vibrierte. Wir hatten uns schwarz geärgert über diesen verfluchten Schützen, den weder Bikoff noch ich je ausmachen konnten, nicht einmal mit dem Feldstecher! Alles, was ich ganz sicher wusste, war, dass die Schüsse nicht vom Kalvarienhügel aus abgegeben wurden, was für uns vier wichtig war in jener Nacht, denn der diensthabende Maniker liess sich vermutlich von nichts ablenken, nicht einmal von den frommen Liedern unter dem Weihnachtsbaum, blieb doch die Zeit nicht stehen wie der Stern von Bethlehem, und er hatte Befehl, die Uhrzeit zu schlagen. Für die vierhundert Meter, die zwischen uns und dem Kalvarienhügel lagen, und um das Grammophon aufzustellen und unsere Vorkehrungen zu treffen, würden wir zwei Stunden brauchen, schätzte ich. Ich wollte die Schallplatte um Punkt Mitternacht abspielen. Wir mussten also um 22 Uhr aufbrechen, und ich wartete mit verständlicher Ungeduld, bis der Teufelsuhrwerker seine zehn Schüsse abgab. Endlich widerhallten sie, und wir robbten, einer hinter dem anderen, los.

Ich ging an der Spitze. Ich hatte den Weg in allen Einzelheiten festgelegt. Wir mussten auf der rechten Seite schräg bis zu einem Gebüsch am Rand des Hohlwegs kriechen, dessen dunkler Schatten mir auf halber Höhe als Geländepunkt diente. Den Hohlweg konnten wir unmöglich benützen. Er führte in einer geraden Linie vom Dorf zum Kalvarienhügel hinauf, das letzte Stück stieg steil an. Er wurde jedoch von den Raketen hell beleuchtet und zwischendurch von Maschinengewehrsalven bestrichen; unterhalb des Steilhangs hatten die Boches eine Barrikade aus landwirtschaftlichen Geräten aufgebaut (Dibbelmaschine, Pflug, Ackerwalze, Erntewagen, Karrenpflug, Bollerwagen). Vom Gehölz aus, das wir nach einer halben Stunde Kriechen erreichten, musste man links schräg aufwärts; wenn man einem Stück Brachland folgte, das vom Kirchturm aus wie ein rechteckiger Flicken am Hang aussah, war der Aufstieg viel steiler. Ein Fallgitter an der oberen Ecke des Rechtecks diente mir als zweiter Geländepunkt.

Das Fallgitter war direkt vor dem Stacheldrahtverhau des Kalvarienhügels angebracht, etwa fünfzehn Meter vom höchsten Punkt entfernt. Links davon erkannte man eine Erdaufschüttung, wahrscheinlich ein grosser Unterstand oder ein Maschinengewehrstand, der Laufgraben, hinter dem Bikoff eine Lücke in der feindlichen Brustwehr entdeckt hatte, was ihm ermöglichte, so viele deutsche Schipper zu erschiessen, denn die Stelle war sehr begangen; ein paar Tage zuvor hatte er mir berichtet, er habe einen Tannenbaum hinaufkommen sehen, den Weihnachtsbaum der Garnison am Kalvarienhügel; rechterseits hatte ich am Hang frisch aufgeworfene Erde entdeckt, wahrscheinlich ein offener Durchgang unter dem

Stacheldrahtverhau, den das Fallgitter bei einem Angriff versperren würde. Was für ein Gaudi, wenn wir unser Grammo genau an dieser Nahtstelle aufgestellt und wenn möglich das Ganze in die Luft gejagt hätten, wenn die Boches herbeistürzt wären, um beim Erklingen der Musik nachzusehen, was los war; doch diesen Punkt zu erreichen war wegen des nahen Postens gefährlich, zudem hielt sich dort wahrscheinlich ständig ein Späher auf.

Wir stiegen Meter um Meter geräuschlos robbend wie Raupen, den Atem anhaltend hinauf. Griffith kam zuhinterst, mit dem Werkzeug und vier Kugelspritzen bewaffnet, die Nase an Sawos Ferse, der vor ihm ging; Sawo, die langen Zündschnüre um den Leib gewickelt, einen Karabiner in der Hand, die Nase an Garnéros Ferse; Garnéro dicht an meinen Fersen, mit den Bomben und dem Grammophon beladen; ich, eine Granate in jeder Hand, für die richtige Richtung verantwortlich, alle zehn Zentimeter anhaltend, um mich zu orientieren, zu lauschen, zu lauern, zu schauen, zu hören, die Gefahr zu schnuppern, auf dem Quivive, mit angespannten Sinnen und wild klopfendem Herzen. Wir krochen Fussbreit um Fussbreit vorwärts, flach auf dem Bauch liegend, vom hellen Mondschein beschienen, der das Unkraut silbern überzog und hinter jedem Erdklumpen beunruhigende Schatten zeichnete, die übermenschliche Formen annahmen und sich vor uns riesig abzeichneten, denn Nase voran durch die Furche robbend, sahen wir sie nacheinander von unten und von oben und hatten den Eindruck, nicht nur von Millionen Sternen gesehen zu werden, die uns vom Firmament aus betrachteten und uns mit ihren funkelnden Strahlen durchbohrten, sondern von sämtlichen Augen der zwei im Halbkreis um uns herum aufgestellten Armeen; und in der Mitte war die Zielscheibe, auf die wir wie hypnotisiert zukrochen, vom feindlichen Auge durchbohrt, das uns plötzlich entdeckte, einem einzigen Auge mitten auf der Stirn der anonymen Front der Nacht, einem roten Auge, das uns wie das Auge eines Zyklopen aus nächster Nähe erschlug. Ich musste immer wieder anhalten, weil meine Handgelenke schmerzten und mir schwarz wurde vor den Augen vor lauter Anspannung. Alles war allzu wirklich, und ich glaube, ich wäre erstickt, hätte das Ganze eine Sekunde länger gedauert. Doch plötzlich waren wir angelangt, mit klopfendem Herzen, vor Angst schweissüberströmt, auf dem Bauch in dem frisch aufgeworfenen Erdband liegend, das sich von der Höhe des Kalvarienhügels hinabzog; wir drückten mit unserem Gewicht die hartgefrorenen Erdbrocken flach, die unseren Bauch kneteten, vor uns erhob sich der Stacheldrahtverhau, keinen Meter vor dem hochgezogenen Fallgitter entfernt, das mit seinen schwarzen Gitterstäben und seinen vom Mond blankgeriebenen Zähnen dem Eingang eines gespenstischen Käfigs glich, in dem keine exotischen Vögel waren und, in dieser Weihnachtsnacht, auch keine schwebenden Engel, die den Menschen guten Willens Frieden verkündeten, sondern Stiefelgetrampel und heiseres Lachen und, anstelle eines seltenen Vogels, das glänzend polierte Rohr eines Maschinengewehrlaufs.

Männer lachen und scherzen zu hören, die Schritte einer auf dem vereisten Boden auf und ab gehenden Wache zu hören beruhigte unsere Sinne, und wir machten uns stumm und mit einer wunderbaren Leichtigkeit an die Arbeit, denn auch die Kräfte des Bösen sind schwebende Engel. Garnéro legte seine Bomben, Griffith seine Kugelspritzen, Sawo verknüpfte seine Zündschnüre zu einer einzigen, die er hinter sich her abrollte, während das Trio sich in der Erdfurche entfernte, durch die wir gekommen waren, abwärts kroch und sich in Sicherheit brachte. Ich war jetzt mit dem Grammophon allein, wartete, bis es Mitternacht schlug, um die Nadel aufzusetzen. Ich hatte keine Angst mehr, und das Warten kam mir nicht mehr lang vor.

Ich hörte, nur ein paar Schritte von mir entfernt, die deutsche Wache im Laufgraben die Absätze gegeneinanderschlagen und auf und ab gehen. „Karl! Karl! Komm mal!" Ich horchte angespannt. Plötzlich stieg von der Höhe des Kalvarienhügels eine Rakete auf und beleuchtete die Landschaft taghell, die mir unendlich gross vorkam, dann zu einem winzig kleinen Relief zusammenschrumpfte. Hatte man uns entdeckt? Nein, denn kaum war die erste Rakete verloschen, stiegen weitere hoch, fünf, zehn, zwanzig gleichzeitig, die ihre leuchtende Bahn zogen, während eine Ziehharmonika zu spielen begann und die Männer im Fort im Chor das berühmte, allen Söhnen Deutschlands teure Weihnachtslied anstimmten:

O Tannenbaum ...

Es war Mitternacht. Man sah wie am hellichten Tag. Ich hatte die Stunde nicht schlagen hören. Die Wache war zum Eingang des Laufgrabens gegangen, wahrscheinlich der Mitternachtsablösung entgegen, die in einer solchen Nacht auf sich warten liess, weil der Wachsoldat beim Anzünden des Weihnachtsbaums dabeisein und ein Glas Schnaps trinken wollte. Ich drückte auf die Feder des Grammophons. Ich richtete mich auf und warf eine Granate in die Schiessluke des Maschinengewehrstandes und eine zweite in Richtung der Wache, und als die Stimme der *Marseillaise* widerhallte, lief ich wie ein Hase zu meinen Kameraden hinunter, passte aber auf, dass ich mich nicht in den Zündschnüren verfing und sie entschärfte.

Ein letzter Sprung, und ich liess mich etwas unterhalb meiner Kameraden flach auf die Erde fallen. Griffith und Garnéro hatten sich hingekniet, jeder eine Granate wurfbereit in der rechten Hand. Etwas weiter oben im Gras liegend, schlug Sawo im Schutz seines Képi das Feuerzeug. Ich kroch schnell zu ihnen hinüber: „Hinlegen!" befahl ich Griffith und Garnéro. „Warte noch einen Moment", flüsterte ich Sawo zu. „Warte auf die zweite Strophe. Sie kommen vielleicht heraus, um nachzusehen, was los ist. Lass dir Zeit."

Unser Grammophon war ein Salongerät und kein Bistrogrammophon mit grossem Schalltrichter und mit kreischendem Ton, trotzdem kam es mir vor, als hörte ich nichts anderes.

Aux armes, citoyens ...
grölte es, *an die Waffen, Brüder,* derweil sich über unseren Köpfen der Kalvarienhügel in einen aus allen Schiessscharten feuerspuckenden Vulkan verwandelte, Schüsse, Maxim-Kanone und das Kaffeemühlengeknatter der Maschinengewehre und das pausenlose Zischen der aufsteigenden Leuchtraketen. Alarm! Alarm! Die Boches glaubten, eine Übermacht hätte sie angegriffen. Man hörte sie rennen, rufen. Sie waren in Panik. Sie waren überfallen worden, und weil sie den Feind nicht sahen, traf ihr Feuer ins Leere. Doch wie immer in solchen Situationen rief das schöne Charivari unsere Linien auf den Plan, und das Feuer griff um sich und

breitete sich aus, und die Schüsse und die Maschinengewehrsalven knatterten, und die Kugeln aus den Gräben pfiffen uns zu Tausenden um die Ohren. Unsere Lage war alles andere als lustig. Wir mussten schleunigst verschwinden. „Los", sagte ich zu Sawo, als die Deutschen ihre Taktik änderten und die Granaten immer zahlreicher um uns herum explodierten. „Achtung, ihr da, wir laufen hundert Meter in Richtung der Meierei. Wir müssen hier verschwinden. Und zwar schnell."

Sawo hielt das brennende Feuerzeug an die Zündschnur. Ein Flämmchen zuckte durch das Gras. Das Grammo sang immer noch. Eine gewaltige Explosion widerhallte, zumindest kam sie uns gewaltig vor auf unserer wilden Flucht, die uns fünfzig Meter tiefer kopfüber in ein Rübenfeld katapultierte. Unmöglich, weiterzurennen. Wir waren am Ende. Atemlos. Die Reaktion trat ein. Die Beine trugen uns nicht mehr. Das Herz schlug uns bis zum Hals. Die Hände zitterten. Der Schweiss lief uns in Strömen über den Rücken. Die Schulterblätter, die Lenden waren feucht. Die Knochen weich. Wir hielten uns nicht mehr auf den Beinen. Wir sanken also in die Ackerfurchen, glücklich und überwältigt, eng aneinandergeschmiegt. Im übrigen wären wir nicht viel weiter gekommen, weil das französische Sperrfeuer anhaltender wurde und das deutsche immer dichter. Warten, es blieb uns nichts anderes übrig, jetzt, wo wir da waren, und es war an sich schon gut, dass wir alle vier da waren.

Griffith begann an seiner leeren Pfeife zu saugen. Garnéro, der erregteste von uns vier, freute sich. „Ist nicht schlecht gelaufen, was?" sagte er händereibend. „Haben Schwein gehabt, was?"

Sawo stellte fest: „Bist so still, Kapo." Dann fragte er mich: „Glaubst du, ich hab' viele von diesen Schuften erwischt?"

Ich konnte nicht sprechen. Ein Grinsen verzerrte meine Lippen. Ich war nervös. Doch im Innersten war ich glücklich. Ich drückte Sawo die Hand. Im Innersten lachten wir alle vier.

Wir mussten warten. Uns verkriechen und lachen. Sechzig Meter von den Boches entfernt. Wir konnten nichts anderes tun. Warten. Wir waren zwischen zwei Feuern gefangen.

Über uns erreichte das Höllenspektakel seinen Höhepunkt, die Unseren ballerten wild drauflos, denn niemand in den zwei Lagern wusste, was eigentlich los war. Es dauerte nicht lange, und die deutsche Artillerie griff ein, deckte das Dorf mit einem Geschosshagel ein, unsere Strohballen fingen Feuer und die Flammen schlugen prasselnd hoch. Man sah uns bestimmt von allen Seiten. Wir rührten uns nicht, pressten uns mit unserem ganzen Gewicht in die Erde, um mit den Schollen zu verschmelzen, in sie einzudringen. Doch es war die Kälte, die mit uns verschmolz. Wir waren steif. Auf die Länge war es schmerzhaft und kaum mehr auszuhalten, denn wir mussten bis zum frühen Morgen reglos dort liegen, um eine Feuerpause abzuwarten und einen neuen Fünfzig-Meter-Lauf zu riskieren, der uns hinter ein Rübensilo führte, in das wir hineinschlüpften und den ganzen Tag pennten und wie Steine schliefen. Erst am folgenden Abend konnten wir heil und ganz hinter unsere Linien zurückkehren und in der Küche der Ferme Ancelle etwas zu essen kriegen.

Ich weiss nicht, wie gross der Schaden war, den wir der feindlichen Garnison am Kalvarienhügel zugefügt hatten, das Fallgitter war jedenfalls verschwunden. Der Käfig stand offen. Die Engel waren wohl mit verschleiertem Gesicht davongeflogen. Geblieben waren nur die bösen Teufel und die Maschinengewehre, diese Phönixvögel mit der Feuerstimme, die immer wieder, endlos, aus ihrer Asche wiederauferstehen. Werden die Menschen ihrer nie Herr werden?

Das war unsere Weihnacht 1914.

Wegen des Grammophons hatte es den Vorfall mit Plein-de-Soupe gegeben, auf den ich am Ende des bei Garnéro in der Rue Ordener verbrachten Abends angespielt hatte und bei dessen Erinnerung wir lachten, Chaude-Pisse und ich, während Lucie, die schon ziemlich besäuselt war, weiter süffelte und zärtlich auf die Flasche mit dem grünen Chartreuse schielte, dessen Pegel immer weiter sank.

Folgendes war nämlich geschehen:

In Frise gab es ein Haus, das ich das „Haus des Sammlers" getauft hatte, weil es dort ein paar schöne Möbelstücke gab, ein paar alte Bilder, Drucke und kleine Heiligenstatuen, ein altes Spinnrad, Kupfergefässe und eine ziemlich gutbestückte Bibliothek. Es war ein gutbürgerliches Haus am Hauptplatz vor der Kirche, aber es war von einer Granate getroffen worden, und das Dach lag auf der Erde. Man gelangte von der Strasse aus durch eine enge Lukarne hinein. Als ich das erste Mal durch die Öffnung kroch, war ich von einem zornigen Tier angegriffen worden und konnte mich nur mit Mühe und Not vor den Schnabelhieben eines seit Gott weiss wie lange schon dort eingesperrten Huhns schützen, das von der Einsamkeit eindeutig verrückt oder vom Hunger rasend geworden war und das sich mit gesträubten Federn und mit Klauen und Schnabel angreifend auf mich stürzte wie ein Serpentarius auf eine Klapperschlange. Ich befand mich in einem dämmrigen Raum, das wohl das Wohnzimmer gewesen war. Ich packte ein langstieliges kupfernes Kohlenbecken, und ich musste tüchtig kämpfen, um den gackernden, epileptischen Federknäuel zu bezwingen, der wie wahnsinnig umherflatterte. Schliesslich landete das Federvieh doch noch in Garnéros Kochtopf, wozu es ohnehin bestimmt gewesen war, doch ich hätte nie geglaubt, dass ein schlichtes Federvieh gefährlich sein konnte wie ein Raubvogel.

Am frühen Morgen, wenn ich vom Patrouillengang zurückkehrte und bevor ich zur Grenouillère ging, wo wir im Laufe der Zeit mit den Baumaterialien und den Möbeln des Dorfes luxuriöse Unterstände gebaut hatten – wir schliefen an der Front auf Matratzen und hatten sogar ein Klavier in unseren Erdwall am Ufer geschleppt –, machte ich gewöhnlich eine Runde durch das „Haus des Sammlers", um ein bisschen in den Büchern zu schmökern und diese oder jene Kleinigkeit mitzunehmen, eine Kaffeemühle, einen Feuerhaken, Dinge, die wir gut gebrauchen konnten, ich durchsuchte die zertrümmerten Schränke, die Wandkästen, suchte nicht eigentlich nach Wäsche und Kleidern, die wir zwar dringend benötigten, sondern vielmehr nach unverhofften Lebensmitteln, der Obsession des Soldaten. Überflüssig, leider, mich im Keller umzusehen. Der war schon lange geleert, vielleicht schon seit August und von den Deutschen. Doch wie auch immer, die Befehle sind formell: Plündern verboten! Wer beim Plündern erwischt wird, hat das Kriegsgericht zu gewärtigen und sogar an Ort und Stelle erschossen zu werden – was nie einen Soldaten in keiner Armee der Welt daran gehindert hat, seinen Unterstand etwas gemütlicher zu machen, sich den Bauch vollzuschlagen, wenn sich ihm die Gelegenheit bietet, ja nicht einmal daran gehindert, ein kleines Souvenir mitlaufen zu lassen. Das ist menschlich. Warum also diese Strenge? Als ob die Städte und die Dörfer an der Front nicht ohnehin der Zerstörung geweiht sind, vor allem in einem modernen Krieg. Frise entging seinem Schicksal nicht. Und viele Dinge, Haushaltsgeräte, Geschirr, Möbel, Bettzeug, das wir aus den zerstörten Häusern gezogen hatten, waren uns nützlich oder machten uns ganz einfach Spass, wie zum Beispiel das Klavier, ein Lüster, der sich gut machte in der Landschaft, eine Brautkrone unter einer Glasglocke, die ein Landser in seinem Unterstand aufgestellt hatte, Fotos, Stiche, Seiten aus Illustrierten, die den ganzen Frontabschnitt schmückten.

Eines Morgens hatte mich die Lektüre von Rabelais' *Tiers Livre* aufgehalten. Es war bereits heller Tag. Zeit aufzubrechen. Als ich eben das Haus verlassen wollte, fiel mein Blick auf ein Grammophon und ein Schallplattenalbum. Die Kameraden würden sich darüber freuen. Ich schob das Grammophon und die Schallplatten durch die ebenerdige Lukarne, zog sie auf der anderen Seite heraus, denn die Öffnung war etwas eng, dann klappte ich das Fenster zu, das durch ein Wunder noch ganz war. Ich brauchte nur den Kirchplatz zu überqueren und in den Verbindungsgraben zu springen, der zur Grenouillère führte. Der Graben verlief zwanzig Meter vom Haus entfernt. Doch die Umgebung der Kirche wurde von den deutschen Spähern auf dem Kalvarienhügel oben streng überwacht, die es nie unterliessen, mit einer Feuersalve jede Silhouette zu begrüssen, die sich auf einer Hauswand abzeichnete. Ich zögerte kurz, lief dann schnell über den Platz und sprang aus dem Stand in den Graben, das Grammophon und die Schallplatten fest an die Brust gepresst. Ich fiel geradewegs Plein-de-Soupe in die Arme. Was hatte dieser Dummkopf hier verloren? Es war das erste Mal, dass man den Leutnant in der Gegend sah.

„Soso, ich hab' dich erwischt, du Dieb! Was hast du da?"

„Sie sehen es doch, Herr Leutnant, ein Grammophon und Schallplatten."

„Warte nur, Bürschchen! Name? Kennummer?"

Und Plein-de-Soupe zückte Notizbuch und Bleistift.

„Sie kennen mich doch, Herr Leutnant, ich bin der Gefreite des Freikorps."

„Keine Erklärung. Schweig. Ich frage dich nach deinem Namen, nach deiner Kennummer. Ich nehme ein Protokoll auf. Ich habe dich in flagranti erwischt. Jetzt bist du dran. Kriegsgericht. Biribi. Afrika. Die Steinhaufen. Ich warte schon über eine Stunde auf dich. Ich habe gesehen, wie du dich wie ein Dieb ins Haus geschlichen hast. Dein …!"

„Aber Herr Leutnant …"

„Keine Widerrede. Still! Dein Name? Deine Kennummer? Du willst nicht antworten? Wie du willst, in diesem Fall habe ich das Recht, dich wie einen Hund niederzuknallen."

Und Plein-de-Soupe ging hinaus und lud seinen Ordonnanzrevolver, eine Waffe, die ich zutiefst verabscheue und die er ungeschickt handhabte.

Also knöpfte ich meinen Soldatenmantel auf, meinen Waffenrock, mein Hemd und bot dem Leutnant meine nackte Brust dar: „Wenn Sie ein Mann sind, Plein-de-Soupe, töten Sie mich! Beweisen Sie mir, dass Sie Mut haben. Los, machen Sie schon. Wir sind allein. Es gibt keine Zeugen. Doch wenn Sie mich nicht treffen, schlage ich Ihnen die Fresse ein."

Und ich ging auf ihn zu.

Der Leutnant wich kurz zurück. Er trocknete sich die Stirn. „Du bist bloss ein Feigling", sagte er, „ein mieser Feigling. Den eigenen Leutnant beleidigen ..."

Er steckte seinen Revolver ein. „Ich geh' lieber", stammelte er. „Sonst gibt's noch ein Unglück. Doch ich komme wieder, du hörst von mir. Wie auch immer, jetzt bist du dran."

„Prima", sagte ich, „wir wünschen uns nichts anderes. Wir sind vollzählig versammelt in der Grenouillère, und es ist tatsächlich das erste Mal, dass wir unseren Leutnant dort sehen! Ich werde Sie willkommen heissen und Ihnen den Frontabschnitt zeigen, und Sie können einen Rapport schreiben und ein Inventar erstellen. So einen schönen Rapport haben Sie noch nie geschrieben ..."

Mit dem Grammo unter dem Arm in der Grenouillère zurück – das einzige, was in dieser lächerlichen Geschichte zählte –, berichtete ich Garnéro und Sawo von dem Vorfall.

„Du, Chaude-Pisse, versteckst dich am Ausgang des Laufgrabens, und sobald du das Képi des Leutnants auftauchen siehst, hast du Befehl, auf ihn zu schiessen. Du, Sawo, du stellst dich am zweiten oder dritten Seitengraben auf, du lässt den Leutnant vorbeigehen, und wenn er ein Stück weit gegangen ist, schiesst du von hinten auf ihn. Doch verletzt ihn mir ja nicht! Ich glaube übrigens nicht, dass er hier aufkreuzt. Er hat den Mut nicht. Es würde mich wundern, doch eine kalte Dusche gehört ihm."

Um zur Grenouillère zu gelangen, die auf der gegenüberliegenden Seite des Kanals lag, musste man durch den Laufgraben, der an der Kirche vorbei und am Dorfausgang durch das Schilf die Sümpfe entlangführte. Die letzten fünfhundert Meter standen immer bis auf halbe Höhe unter Wasser. Wir hatten zwei, drei Entwässerungsrinnen gegraben, doch das hatte wenig genützt, und nach jeder Schlechtwetterperiode flossen die Sümpfe in den Graben über. Man watete bis zu den Knien im Schlamm. Ich war sozusagen sicher, dass Plein-de-Soupe sich nicht hierher wagen würde, was ich bedauerte, denn ich hätte ihm gern eine Lektion erteilt, bevor das Schwein in seinem Notargehirn etwas gegen mich anzettelte, und da ich riskierte, für die Angelegenheit teuer bezahlen zu müssen, wollte ich mich lieber im voraus rächen.

Doch Plein-de-Soupe kam, und meine zwei Männer bereiteten ihm einen Empfang, an den der Leutnant sich wohl heute noch erinnert, wenn er in der Zwischenzeit nicht gestorben ist, und er wird sich heute noch im *Café du Commerce* seines Provinzkaffs in der Normandie damit rühmen, wo er vielleicht – ja, der Gedanke gefällt mir – Bürgermeister geworden ist.

Der Morgen verging, wir hatten eben unsere Suppe gegessen, als Garnéro seine ersten Schüsse abgab. Ach, die zwei Schelme, ich lachte mich halbtot. Garnéro gab wie gewohnt in grösseren Abständen drei Schüsse auf das sich nähernde Képi ab, und dahinter hörte man die Stimme des Pariser Strassenbengels Sawo: „Herr Leutnant, hinlegen! Der Graben ist ermittelt. Hinlegen, hinlegen!" Ach, die zwei Scheinheiligen, die perfekten Komödianten! Garnéro gab noch zwei, drei Schüsse ab, dann stürzte er ebenfalls dem Leutnant zu Hilfe, und die zwei Schlitzohren, die sich vor Lachen krümmten und hinter Plein-de-Soupes Rücken Grimassen zogen, brachten uns einen lehmigen, schlammigen, klebrigen, triefenden Plein-de-Soupe, den sie in den Achselhöhlen stützten und den sie zweihundert Meter auf dem Bauch durch die Kloake hatten kriechen und den Graben scheuern lassen.

Ich stürzte meinerseits spöttisch grinsend herbei.

„Herr Leutnant! In was für einem Zustand! Kommen Sie, kommen Sie herein! Sie sind ja patschnass! Trocknen Sie sich an unserem Feuer. Dieser Graben ist sehr gefährlich. Ich hätte Sie warnen sollen. So kommen Sie doch herein! Erholen Sie sich. Wir machen etwas Musik, ja? Und trinken einen warmen Grog."

Wir schenkten ihm einen Schnaps ein, woran es in der Grenouillère nie mangelte.

Die Angelegenheit war damit ein für allemal erledigt.

Plein-de-Soupe jedoch war fest davon überzeugt, einer tödlichen Gefahr entronnen zu sein.

Tatsächlich! Das kann man wohl sagen, er hat die Kugeln pfeifen hören und sogar aus nächster Nähe und vielleicht noch näher, als er glaubt.

Gott ist abwesend

Gott ist abwesend auf den Schlachtfeldern, und die Toten der ersten Kriegsmonate, jene armen, im Gras vergessenen namenlosen Frontsoldaten in krapproten Hosen, bildeten ebenso viele rote Kleckse, jedoch kaum grösser als Kuhfladen im Gras.

Ein herzzerreissender Anblick.

In Frise, bevor wir unsere Unterstände am Wasser bezogen, die zumindest eine gute Lage an der Sonne hatten wie die Höhlen der Troglodyten, hatten wir elende, untiefe Gräben hinter der Zuckerfabrik besetzt. Nun lagen wir in einer schlammigen, vergammelten Sohle; es war das Ende der Welt, und wir wussten nicht genau, wo unsere Linien endeten und wo die deutschen Linien anfingen, denn die zwei Trassen verloren sich in sumpfigem Weideland, das mit verkümmerten, kränkelnden, sich gelb verfärbenden Pappeln bestanden war und sich bis zu den Sümpfen hinzog, wo die Linien zwangsläufig endeten, um auf der anderen Seite des überschwemmten Tales und der verworrenen Flusswindungen, am anderen Ufer der Somme, am höher gelegenen Curlu vorbei und dahinter weiterführten. Das Weideland war über und über mit kleinen roten Klecksen bestreut; es waren die Septembertoten; und am äussersten Ende, rund um einen mit geköpften Weiden gesäumten Entwässerungsgraben, waren sie zu einem grossen Haufen gestapelt. Die armen Teufel waren von den Maschinengewehren niedergemäht worden. Durch das Zielfernrohr sah man, dass sie in einen Stacheldrahtverhau gelaufen waren, den man mit blossem Auge nicht erkennen konnte, weil er dicht über dem Erdboden einen weissen Streifen entlangführte, der auf die Entfernung aussah wie eine Sandgrube. Man sah auch die Reste eines Schuppens. Und manche unserer Männer konnten nicht umhin, immer wieder den Blick über die Weide schweifen zu lassen, weil der Anblick der vergessenen Toten grauenvoll war, wie sie dort unter freiem Himmel in der grünen Weite verwesten, von den Herbstregen gewaschen, verwaschen und von Tag zu Tag schrumpelnd; ihre einzige Bekleidung, die krapprote Hose, blähte sich inmitten der Löwenzahnlachen und der Herbstzeitlosensprenkel von verpestetem Wasser auf; und wir rätselten hin und her, ob die Sandgrube noch immer besetzt war. Doch weil von jenem gottverlassenen Winkel nie ein Schuss herüberdrang, sagten wir uns schliesslich, dass die Boches nicht mehr dort oder nur nachts dort waren.

Eines Tages blieb auch Hauptmann Jacottet, der Wert darauf legte, den Frontabschnitt seines Bataillons abzuschreiten, nicht um ihn zu inspizieren, sondern um sich zu informieren, und der immer für jeden von uns ein freundliches Wort übrig hatte, an der Brustwehr stehen und liess den Blick nachdenklich über das Weideland schweifen.

„Ein Elend", sagte er. „Man müsste etwas unternehmen. Ich habe beim Generalstab nachgefragt. Man weiss nicht einmal, wer angegriffen hat. Bereits eine alte Geschichte. Doch man sollte nachsehen gehen. Wenn mir nur jemand die Erkennungsmarken und die Ausweise der armen Teufel brächte, könnte ich wenigstens die Angehörigen benachrichtigen …"

Keiner sagte etwas.

„Alles klar, geh'n wir, Kapo?" fragte mich Sawo.

„Wenn ihr das tut, Jungs, habt ihr einen Trail nach Paris frei", wandte sich der Hauptmann an uns.

„Auf nach Panama!" rief Sawo.

Er kletterte über die Böschung. Ich folgte ihm stumm.

Wir hörten hinter uns den Hauptmann etwas rufen, aber auf der anderen Seite der Böschung waren wir sozusagen auf der anderen Seite der Welt, wir stapften zwischen dem unter unseren Füssen nachgebenden Boden und einem bleiernen, schwammigen Himmel, aus dem von unten her stumpfe Strahlen spritzten. Es war bereits später Nachmittag. Man musste aufpassen, wo man die Füsse hinsetzte. Unsere Fussabdrücke füllten sich mit Wasser. Es würde bald regnen. Die Sache wurde riskant. Nach ein, zwei vergeblichen Versuchen, durch Entwässerungsgräben oder Seitenkanäle die Mitte des Weidelandes zu erreichen, sagte ich mir, dass es klüger wäre aufzugeben.

„Wir kommen nicht durch."

„Sie sind aber hinübergekommen, die Jungs", antwortete Sawo. „Es muss einen Weg geben."

„Das war im Sommer, mein Lieber. Der Boden war ausgetrocknet, da war's kein Problem, aber seither und mit diesen Regenfällen. Schau, die Weide läuft über, und demnächst schüttet es wieder."

„Scheisse", meinte Sawo. „Ich geh' weiter."

Wir machten noch ein halbes Dutzend erfolglose Versuche. Wir gingen in die entgegengesetzte Richtung, weg von den Gräben, doch ohne viel weiterzukommen auf dem schwankenden Weideland, zwischen den schwimmenden Gräsern und dem immer höher stehenden Wasser. Eine dicke schwarze Wolke verdunkelte den Himmel. Die

Abenddämmerung ertrank im Regen. Es würde bald dunkel sein. Wir waren viel weiter, als wir dachten, in Richtung der ebenfalls in die überfluteten Weiden mündenden feindlichen Linie vorgestossen.

„Ich weiss was", sagte Sawo, „wir gehen aussen herum, vielleicht gelangen wir den Weiden entlang zur Sandgrube. Der Boden ist dort bestimmt viel fester, das hier ist ja die reinste Torfgrube."

„Richtig. Und die Boches?"

„Genau deswegen. Ich will's wissen. Ob sie nachts kommen oder ob sie nicht kommen. Was meinst du? Ich jedenfalls versuch's. Ich will mir meinen Trail verdienen."

Wir stapften weiter. Ich war nicht in Form. Ich fand das Ganze läppisch: sich um die Toten der anderen bekümmern, als hätte man nicht genug Plackerei mit den eigenen. Und dann dieses Sauwetter! Es hatte angefangen Bindfäden zu regnen, die Böen fegten über das Weideland, so dass der Regen uns von allen Seiten peitschte, auf den Rücken und ins Gesicht. Und als ob das nicht reichte, wateten wir auch noch in immer tieferem Wasser.

„Kannst du schwimmen?" fragte ich Sawo.

„Hast du Schiss?" antwortete er.

„Nein, aber mir langt's. Es hat keinen Sinn."

„Und was ist mit Paris? Sagt dir das nichts?"

„Paris ist eine Messe wert, hat der König gesagt."

Sawo, der vorausging, blieb stehen: „Der König von was?" rief er durch den Wind.

Ich holte ihn ein. „Ein König von Frankreich hat das gesagt. Paris ist eine Messe wert. Doch nicht die Taufe, und erst noch mit Wasser! Hast du einen Schluck Roten?"

„Ich habe meine Gluckerpfanne nicht mit."

„Ich auch nicht. Weisst du was? Wir sitzen ganz schön in der Klemme ..."

Sawo war weitergegangen. Zum Glück hatten wir beide unseren Schiessprügel mit und vielleicht auch ein paar Patronen in unserer Patronentasche. Ja, wir sassen ganz schön im Dreck. Wir waren losgezogen wie zwei arme Irre.

Ich weiss nicht, wie wir es trotzdem schafften, bis zu den Weiden zu gelangen, und von dort aus brauchten wir bloss über einen gefährlichen Graben zu springen – und wir befanden uns auf einem Schotterweg, der uns geradewegs zur Sandgrube führte. Wir spürten tatsächlich festen Boden unter den Füssen!

„Geh'n wir, Kapo?"

„Geh'n wir, es bleibt uns wohl nichts anderes übrig. Wir werden eben die Nacht im Schuppen verbringen. Doch pass auf die Boches auf. Hast du Patronen?"

Ich hatte drei mit. Meine Patronentaschen waren mit Zigaretten vollgestopft. Sawo reichte mir ein Päckchen Patronen. Ich hatte das brennende Bedürfnis zu rauchen. Wir luden unsere Gewehre und gingen weiter.

Ich sagte zu Sawo: „Geh den Wegrand entlang. Dann stellst du dich vor dem Schuppen hinter eine Weide, und ich sehe nach, ob jemand drin ist!"

Es war stockfinster. Man sah die Hand nicht vor den Augen. Um nichts in der Welt hätte ich die Mitte des holperigen Schotterweges verlassen, der meinen Sohlen Halt gab.

Ich war eiskalt bis ins Herz. Ich rannte los und stürmte mit erhobenem Gewehr in den Schuppen.

Der Schuppen war leer.

Um so besser.

Ich war nervös. Ich hätte am liebsten drauflosgeballert.

Ich wollte eine Zigarette anzünden, aber meine Streichholzschachtel war leer.

Im Schuppen roch es seltsam süsslich.

Ich ging hinaus, um nachzusehen, wo Sawo steckte.

Es war stockdunkel. Jetzt goss es wie aus Kübeln. Die Windböen rüttelten an den Pappeln, und hinter mir knackte das Röhricht, es klang wie das gedämpfte Klappern von Kastagnetten. Man hörte vereinzelte ferne Schüsse, und anhand der schlappen deutschen Raketen, die in Intervallen in dieser Sintflut aufstiegen, konnte ich mir vage ein Bild über den Verlauf der feindlichen Linien machen. Alles um mich herum war von der Finsternis verschluckt. Nur der eisige Atem der nahen Sümpfe und die dicken Wassertropfen, die vom Dachgesims fielen, waren wirklich. Ich erschauerte. Die Einsamkeit war grenzenlos. Doch wo zum Teufel steckte Sawo? Ich konnte in der Dunkelheit nichts sehen. Ich hörte ihn nicht. Ich erkannte, zwei Schritte weiter vorn, den dunklen, verschwommenen Schatten einer Weide. Undurchdringlich wie ein Rätsel. Nichts rührte sich.

„Sawo!" rief ich leise und ging einen Schritt auf den Baum zu. „Sawo! Komm, es ist niemand hier ..."

In dem Moment hörte ich einen dumpfen Aufprall, einen Fluch und hörte Sawo, der in dem mit Wasser gefüllten Graben um sich schlug. Er war am Schuppen vorbeigegangen, ohne ihn zu sehen, hatte sich im dicht über der Erde verlaufenden Stacheldrahtverhau verheddert und war in den Graben gestürzt. Zu den Toten.

„Scheisse", schimpfte er. „Ich habe beim Sturz das Gewehr verloren und kann es nicht finden."

„Macht nichts", sagte ich zu ihm. „Komm. Du kannst kommen. Keine lebende Seele weit und breit, sogar der liebe Gott würde sich nicht hierher verirren. Unglaublich. Wir sind tatsächlich am Ende der Welt ..."

Sawo schüttelte sich in der Tür des Schuppens.

„Komm herein", sagte ich zu ihm. „Es ist niemand da. Funktioniert dein Feuerzeug?"

Sawo schlug das Feuerzeug.

Wir wichen zurück!

Im Schuppen befanden sich drei Boches, drei Tote, nein, drei über einem Maschinengewehr zusammengebrochene Skelette in Uniform. Der Kanonier war weit vornübergebeugt, seine Pickelhaube war vor seine Füsse gerollt. Die zwei anderen trugen eine Kopfbedeckung auf dem Schädel, der eine einen Helm, der andere eine Feldmütze. Alle drei bleckten die Zähne, und man konnte ihre Fingerknochen zählen.

„Scheisse", sagte Sawo. „Ich finde das überhaupt nicht lustig. Mann, bin ich erschrocken!"

„Ich schwöre dir, ich hab's nicht gewusst", beteuerte ich. „Ich bin hineingegangen. Ich habe nichts gesehen. Meine Streichhölzer gingen nicht an. Gib mir dein Feuerzeug, ich muss eine rauchen." Und ich steckte eine Zigarette an.

„Was machen wir jetzt?" fragte Sawo. „Bleiben wir hier?"

„Und wo willst du hin, mein Junge? Wir bleiben hier, und morgen früh suchen wir wenn möglich einen anderen Weg, um nicht durch das Weideland zurückzumüssen. Bist du immer noch scharf auf deine Toten?"

„Jetzt erst recht, wo ich da bin", entgegnete Sawo. „Und Panama? Was ist damit? Und der Hauptmann? Was, meinst du, wird er sagen, wenn wir mit leeren Händen zurückkehren?"

„Der Hauptmann wird sich mit dem Maschinengewehr zufriedengeben. Ein deutsches Maschinengewehr, Mann! Das ist einen Trail wert!"

Wir machten in einer Ecke des Schuppens ein mickriges Feuer und schickten uns an, das Maschinengewehr zu bergen. Es war ein Modell mit dickem Kühlrohr auf einer zusammenklappbaren Lafette, was erlaubte, das Geschütz zu zweit zu tragen wie eine Bahre. Ein zur Hälfte verschossenes Zuführungsband steckte in der rostigen Külasse, funktionierte aber noch. Die Kerle waren auf ihrem Posten getötet worden, vor ihrem Totenhaufen. Sie hatten ganze Arbeit geleistet. Der eine war ein *Feldwebel*. Ich sammelte die Brieftaschen der drei ein. Briefe und Fotos von Frauen und von Kindern glitten heraus. Es war scheusslich.

„Nun, du wirst deinen Spass haben morgen beim Durchsuchen der Taschen der armen Teufel vor der Tür draussen. Was für ein Beruf!"

„Ja", antwortete Sawo, „ein verdammt mieser Beruf. Das Letzte!" Und er schlug mit dem Absatz ein herumliegendes Brett in Stücke, um das Feuer zu unterhalten.

Wir verbrachten die Nacht stumm, Holzspäne und Reisig nachlegend, und wärmten Füsse und Hände am Feuer. Ich rauchte eine Zigarette nach der anderen, durchdrungen vom Gefühl, in Sicherheit zu sein. Wenn bis jetzt niemand die Toten einsammeln gekommen war, würde niemand bis hierher kommen. Man hatte sie vergessen. Wir vergassen den Krieg. Sawo schwieg. Ich ebenfalls. Es hörte nicht auf zu regnen. Und in jener Nacht ist unsere langjährige Freundschaft entstanden, dauert sie doch heute, 1945, noch an, obwohl Sawo, nachdem ihm die Tapferkeitsmedaille verliehen wurde („... hat ein feindliches Maschinengewehr in unsere Linie zurückgebracht ...", lautete die ehrenvolle Erwähnung), ein Gangster geworden ist, nachdem er in Tilloloy als fahnenflüchtig gemeldet wurde (zu jenem Zeitpunkt war Sawo noch nicht ganz zwanzig, er war einer der wenigen Soldaten in meiner Kompanie, der nie Briefe schrieb und auch nie welche erhielt; kannte er überhaupt seine Familie, das Nomadenkind? Und dennoch war er desertiert, weil er nicht länger auf seinen berühmten Urlaub warten und auf Trail nach Paris gehen wollte), und ich dieses Buch schreibe.

Ich habe vergessen zu sagen, dass alle jene Toten Ackerschnecken in den Augenhöhlen hatten.

Einen Gefangenen machen

Ich hatte Streit mit Bourbaki, unserem neuen Oberst (dem dritten oder vierten).

Ich hatte mir ein Boot angeeignet, was zu einem solchen Umlauf zwischen den verschiedenen Stabsabteilungen des Frontabschnitts führte und eine solche Aufregung auslöste, dass ich tatsächlich glaubte, die Angelegenheit würde mit einem Ultimatum zwischen der Rue Saint-Dominique, dem Kriegsministerium, dem ich in letzter Instanz unterstellt war, und der Rue Royale, dem Marineministerium, enden, dessen Befehlsgewalt sich offenbar sogar auf ein halbes Dutzend Fährkähne ausdehnte, die in einer Kanalhaltung hinter der Kirche von Frise vor sich hin faulten und die von tagelang über dem unglückseligen Dorf platzenden deutschen Schrapnellen durchlöchert wurden wie Schaumlöffel.

Es war Garnéro gewesen, der mir von den Kähnen erzählt hatte.

„Klau'n wir eins, Kapo? Wäre Klasse. Ich hab' nämlich ein Aalreservat entdeckt. Wir zieh'n die Fischkästen und die Reusen heraus, und ich könnt' euch jeden Tag ein Aalragout auftischen."

Ich mochte den Kleinkrieg im grossen Krieg, den wir in meiner Kompanie führten. Von diesem Standpunkt aus betrachtet, war Frise ein grossartiger Frontabschnitt. Da wir uns am Ende der Welt befanden, an der Endstation der Schützengräben sozusagen, am einzigen Punkt an der Front, wo die Linien auf einer Breite von ungefähr fünfzehn Kilometern von den Sümpfen und Windungen der Somme unterbrochen wurden, gingen wir nachts zweimal auf Patrouille, um die Verbindung zwischen dem Infanterieregiment aufrechtzuerhalten, das Curlu am gegenüberliegenden Ufer besetzte (nach dem Krieg habe ich erfahren, dass Georges Braque, der geniale Meister der Kubisten, Leutnant in jenem Regiment gewesen war, dessen Nummer ich vergessen habe. Hätte ich das gewusst, wäre ich meinem guten alten Freund Braque guten Tag sagen gegangen!), was uns viel Freiheit liess. Tagsüber lagen wir auf der faulen Haut. Wir schoben keine Wache. Wir waren keinem Sonderdienst zugeteilt. Wir entzogen uns der militärischen Routine, die an der Front noch schwerer zu ertragen ist als in der Kaserne. Wir waren nicht von der Feldküche abhängig. Wir hatten das Privileg, unser Essen selber kochen zu dürfen (und Garnéro sorgte für unser Wohlergehen, und wie!). Wir bezogen die doppelte Portion Wein und die dreifache Ration Rum. Doch auch wenn wir tagsüber faulenzten und es uns gutgehen liessen, nachts musste man Mut und Initiative beweisen. Das war ganz nach meinem Geschmack, und obwohl die nächtlichen Patrouillen nicht immer ein Gaudi waren im Regen, in den Sümpfen, wo man Gefahr lief, im Schlamm einzusinken, in einem Wasserloch steckenzubleiben oder sich zu verlaufen und für immer in einem Torfmoor zu versinken, war dieser Dienst dennoch viel aufregender, als sich mit erfrorenen Füssen an einer Schiessscharte die Beine in den Arsch zu stehen, Pickel und Schaufel häufiger zu handhaben als das Gewehr, erschöpfende Malochen auf sich nehmen zu müssen, sich ständig der Fuchtel der Feldwebel und ihrer absurden Befehle fügen zu müssen, wie dies bei den anderen Einheiten des Regiments der Fall war. Wir waren so frei, wie man es in der Armee nur sein kann, und führten einen Indianerkleinkrieg innerhalb des grossen Industriekriegs. Und als wir die Grenouillère, unsere Froschaue an der Somme, bezogen und unsere prächtigen Unterstände mit allem Komfort ausstatteten, den wir uns aus dem Dorf beschafften, galten wir allgemein als Glückspilze. Als Patrouillenroutiniers und Handstreichexperten waren wir zum Kern des Freikorps geworden, und es meldeten sich viele, die uns zugeteilt werden wollten, wegen der doppelten Portion Wein und der dreifachen Ration Rum, wohlverstanden, aber auch, weil ich auf unseren Patrouillengängen immer Glück, viel Glück gehabt habe und keiner meiner Männer je verletzt wurde oder nicht mehr zurückkehrte. „Auf Patrouille gehen" nannte man bei uns „nach Paris!" gehen, und „Nach Paris!" war auch unsere Losung und unser Erkennungswort und unser Sammelruf nachts in den Sümpfen, denn wenn wir Erfolg hatten und einen Gefangenen zurückbrachten, hatten wir Anspruch auf achtundvierzig Stunden Urlaub – zumindest hatte Hauptmann Jacottet uns das versprochen –, und darauf wartend, dass der Oberst sie uns gewährte und die Führungsstäbe der Brigade oder der Division oder der Armee sie genehmigten, rechnete sie der Hauptmann uns auf und sagte, wir hätten einen Trail-Bonus, wenn das Urlaubsreglement festgelegt und eingeführt sein würde, eine Angelegenheit, die im Hauptquartier geprüft werde, wie es hiess.

„Für dich leider nicht, armer Freund", sagte der Hauptmann zu mir. „Du musst immer noch dreissig Tage Gefängnis absitzen. Ich habe dich für die Beförderung zum Gefreiten vorgeschlagen, aber der neue Oberst will nichts davon wissen wegen dieser alten Geschichte mit den Fotos vom Christus von Dompierre. Du bist ihm ein Dorn im Auge. Du machst kein Hehl aus deiner Meinung. Du bist zu unerschrocken. Du nimmst kein Blatt vor den Mund. Die Feldwebel schreiben Rapporte. Ich will nicht wissen, was du machst, und auch nicht, wie du es anstellst, alle Unteroffiziere gegen dich aufzubringen, doch präge dir diesen Grundsatz ein: Lass dich nicht erwischen! Das ist im Regiment der erste Schritt zur Vernunft, also, ich will nicht mehr von dir reden hören. Keine Geschichten mehr, was? Und versuche zu parieren. Ein Glück, dass ich da bin", fügte er lächelnd hinzu.

Meine Situation war absolut reglementwidrig. Ich war Gefreiter, bekleidete aber von Anfang an den Rang eines Obergefreiten, und seit wir die Grenouillère bezogen hatten, war ich Zugführer geworden und war nur dem Bataillonschef untergeordnet. Doch Jacottet vertraute mir. Ich hatte keine Streifen; das Freikorps hatte keine besonderen Abzeichen. Seit wir an die Front eingerückt waren, hatte sich diese Situation von Tag zu Tag ganz einfach und zwangsläufig ergeben.

„Jetzt, da ihr offiziell ein Spähtrupp seid, macht mir Gefangene", hatte uns Hauptmann Jacottet eingeschärft.

Einen Gefangenen machen! Leichter gesagt als getan. Ich habe gegen die hundert Patrouillen gemacht, und nur fünf oder sechs Mal ist es mir gelungen, einen Gefangenen zu machen, damit meine ich, einen Wachsoldaten in den deutschen Linien zu schnappen.

Die Deutschen hatten nicht mehr Glück als wir, obwohl ihre Patrouillen besser ausgerüstet waren und viel forscher vorgingen als unsere. Das Lebelgewehr ist eine ausgezeichnete Waffe, aber in den Schützengräben ungeeignet. Der Schlamm, ein Sandkorn können Ladehemmungen verursachen, überdies ist es viel zu sperrig. Auf Patrouille zog ich es vor, mich mit einem Karabiner zu bewaffnen. Wir verfügten über zwei, drei Karabiner mit Magazin, geklaute Kavallerieflinten, denn was blieb uns anderes übrig, als uns mit allen möglichen Kniffen zu behelfen? Wir verfügten auch über ein paar Revolver, die wir dem Feind abgenommen hatten. Ich selber besass eine prächtige Parabellum, meine bevorzugte Waffe. Später rüstete man uns mit einem langen

Springmesser aus, dem klassischen Mördernicker; in den ersten Kriegsmonaten jedoch benützten wir auf Patrouille oder für einen Handstreich deutsche Granaten, die wir ebenfalls dem Feind abgenommen hatten wie auch die Blinkleuchten, die Totschläger-Stablampen, die Gummiknüppel und die Leuchtraketen, womit die deutschen Patrouillen reichlich ausgestattet waren. Wir aber mussten wie arme Schlucker auf Streife, mit unseren mickrigen Einzelladern und dem lächerlichen metallenen Bajonettfutteral, das einen ständig behindert, sich beim Klettern zwischen den Beinen verklemmt, blechert wie eine Schelle, wenn es einen Stein streift, und einen bei jedem Schritt verrät. Wie kommt es, dass die Deutschen immer einen Schritt voraus sind und ihre Ausrüstung ausgeklügelt und bis in die kleinste Einzelheit durchdacht ist? Ihr Arsenal aus schweren und leichten Waffen war ebenso erstaunlich wie erfinderisch, und wenn wir zwischen den Linien im Unkraut oder den Rübenstengeln lagen, konnten wir nicht umhin festzustellen, dass die deutsche Front von Leuchtraketen hell beleuchtet war, dass Waffen aller Kaliber und in den verschiedensten Tonarten knatterten, dass aber die französische Front hinter uns mangels Munition und geeigneter Waffen finster und stumm war. Auf die Dauer war dieser Gegensatz beeindruckend, und ich habe mir oft überlegt, dass die Deutschen vermutlich nicht an unsere Dürftigkeit glaubten, sondern an eine List von unserer Seite, an eine Kriegslist, die sie einfach nicht durchschauten, was sie wütend machte, und sie waren auf dem Quivive, daher ihr nächtlicher Munitionsverschleiss und der Einsatz immer perfekterer Waffen, um zu versuchen, hinter das Geheimnis der Dunkelheit und der beunruhigenden Stille zu kommen: Was machen die Franzosen? Was hecken sie nachts aus? Sie hatten Angst, überrascht zu werden. Dieser Zustand dauerte Monate und Monate. Sie konnten einfach nicht glauben, dass wir tatsächlich so ohnmächtig waren und dass wir, vor allem in Frise, keine Artillerie besassen, keine Haubitzen, keine Mörser, die uns begleiteten, ja nicht einmal französische Granaten für einen Handstreich. Im Januar richteten sie Scheinwerfer auf das Dorf, Ende Februar zerstörten sie es mit Sprenggranaten, weil ihnen das unglückselige Nest zuviel Kopfzerbrechen bereitete. Die Geschichte mit dem weihnächtlichen Vorfall am Kalvarienhügel hatte ihnen einen gehörigen Schrecken eingejagt.

Kaum eine Woche nach der Geschichte mit dem Kalvarienhügel, die den ganzen Frontabschnitt in grosse Aufregung versetzt hatte und für alle rätselhaft geblieben war („Da steckt die 1. Kompanie dahinter!" hatte Hauptmann Jacottet gesagt, der mich zitierte, um mich über diese Geschichte zu verhören, doch ich hatte nichts gestanden und nichts geleugnet), kaum eine Woche später also machten wir, Garnéro, Sawo, Griffith und ich, eine Kahnfahrt, die alte Mannschaft, in die ich allerdings, weil er von Beruf Schiffer war und ich ihn, auf dem Wasser allerdings, zum Kapitän ernannt hatte, einen Belgier aufgenommen hatte, einen Flamen namens Jean Opphopf, von dessen Nachnamen, von der Schreibweise seines Namens, ich begeistert war. Er war ein kleiner Dicker und nicht besonders hell, oder wenn er es war, so langsam überlegte, redete, reagierte, dass man ihn für dumm hielt. Doch er beherrschte sein Handwerk, und am

Wriggriemen oder an der Stake war er flink wie eine Forelle. An Land war er ein Saufaus, der literweise Roten schmettern konnte und den nichts, nicht einmal die Donnerstimme Gottvaters in Oberstabsfeldwebeluniform, zum Austrinken bringen konnte, mochte der ihn noch so anherrschen, Haltung anzunehmen, ihm die schlimmsten Strafen androhen, ihm drohen, er werde ihn vors Kriegsgericht bringen mit der Begründung: „Gehorsamsverweigerung, Beleidigung eines Vorgesetzten, Handgreiflichkeiten, Schlägereien und Körperverletzung ...", denn diese Dispute in den unsäglichen Kneipen der Truppenunterkünfte in der Etappe endeten meistens mit Prügeleien, ob in Morcourt oder in Méricourt, wo unser Mann sich vollaufen liess unter dem Vorwand, der Frau oder der Tochter des Schofels an die Hand zu gehen, die in der Wohnstube Trockenwürste und Camemberts verkauften, denn Opphopf tankte sich vor der Nase der Feldis, ohne zu bezahlen, mit Krätzer voll, die Feldis wiederum vertranken ihren Sold, aber sie bekamen den schlechten Wein, was sie zutiefst wurmte. Sie waren neidisch, weil sie in den unsäglichen Kneipen der Truppenunterkünfte in der Etappe zusehen mussten, wie „die Kaldaunenschlucker" *Sniff*-Flakons entstöpselten (wenn es welchen gab), während sie sich mit billigem Rotwein begnügen mussten, denn auch wenn Griffith, Sawo, ich und viele andere nur über unseren Hungersold verfügten, das heisst einen Sou im Tag, gab es in unserer Kompanie ein paar Krösusse – den Polen von Przybyszewski zum Beispiel, den adeligen Chevalier, der Plantagenbesitzer auf Tahiti gewesen war; den Amerikaner Chapman, Sohn eines Königs von Chicago, Reifen oder Medikamente, was weiss ich, der eine mit Louisdor gefüllte

Geldkatze um den Bauch trug, die er jedesmal am Brunnen vergass, wenn er sich mit blossem Oberkörper wusch, denn er war kurzsichtig und zerstreut; Freund Colon, Privatier und Gentlemanfarmer; Ségouâna, der Kürschner aus der Rue de Babylone –, die sich nicht absonderten und die uns freihielten, eine Kameradschaft, die den Feldis gar nicht gefiel und sie zur Weissglut brachte, wenn wir ironisch unser Glas auf ihr Wohl erhoben und die teuren Weine in einem Zug austranken.

Wenn es Zeit für die Ausgangssperre war, verwandelten sich die Pinten blitzartig in ein Schlachtfeld, denn sieben von zehn Mal hüllte beim ersten Ansatz des Signalhorns ein Faustschlag in die Hängelampe alles in Dunkelheit, und in der Dunkelheit wurde alles, Männer und Einrichtung, demoliert, wobei die Feldis unweigerlich unterlagen, letztlich aber doch als Sieger hervorgingen, denn nach der Keilerei hielten sie spornstreichs in den Scheunen der Truppenunterkünfte einen, zwei, drei Nachappelle, um die Abwesenden zu ermitteln, die Betrunkenen oder diejenigen, die sich in der Nacht verkrümelt hatten, gingen in der verfluchten Budike zu sechst oder zu acht zwischen den umgestürzten Tischen und Bänken den reglosen Säufer schnappen, der sich während der Schlägerei nicht gerührt hatte, der zwischen zerquetschen Camemberts und zertretenen Trockenwürsten thronte, ungerührt im Licht eines Wachsstocks oder einer rauchenden Talgkerze eine der umherrollenden Flaschen nach der anderen kippte, die beschwipste Tochter des Hauses oder die vollbusige Wirtin zwischen den Knien, derweil der Kneipier das Geld in der Kasse zählte; und die Feldwebel stürzten sich auf Opphopf, schüttelten ihn, zerrten ihn hoch, beschimpften ihn, um ihn dann ins Wachlokal abzuführen, dabei vorsichtshalber seinen fuchtelnden Pranken auswichen, die gefährlich waren wie der Schlag eines Bootshakens, wenn der Klotz endlich anfing, um sich zu schlagen, und jeden unsanften Rippenstoss mit einem kräftigen Fluch begleitete, und der Oberstabsfeldwebel kumulierte die Klagen gegen den armen Kerl, fügte seinem Rapport neue Begründungen hinzu: „... mutwillige Beschädigung, Fluchtversuch, offensichtliche Trunkenheit, nächtliche Ruhestörung ...", und drohte ihm, ihn nach Biribi zu schicken, ihn an die Wand stellen, ihn erschiessen zu lassen ... und mir, mich kaltzumachen!

Denn der dicke Hund folgte noch: Am nächsten Morgen kreuzte ich auf dem Wachposten auf, um meinen Mann herauszuverlangen, und ich wich nicht von der Stelle, bevor man ihn mir auslieferte. Was nicht immer einfach war, denn für die diensthabenden Feldis war meine Anwesenheit eine Provokation, weil sie mich auf den Tod nicht ausstehen konnten. Sie hatten es auf mich abgesehen. Sie verbargen es nicht. Sie versprachen mir das Kriegsgericht. Die wortlaute Auseinandersetzung war ernstgemeint. Ich diskutierte mit dem Oberstabsfeldwebel über die Anschuldigungen in seinem Rapport, sagte ihm, er sei ein Anfänger, sämtliche erhobenen Anschuldigungen seien sinnlos, sie widersprächen einander, erwiesene Trunkenheit sei nach dem Gesetz nicht nur kein Verbrechen, sondern ein mildernder Umstand, und ich würde mit grösstem Vergnügen den Beweis dafür erbringen und ihn – ja, ihn! – vor dem Kriegsgericht lächerlich machen; er werde es im übrigen nie schaffen, einen meiner Männer vors Kriegsgericht zu bringen, zuerst käme er – ja, er! – dran, ob Oberstabsfeldwebel oder nicht, ich würde ihn anklagen, ja, ich würde ihn der Dienstpflichtverletzung beschuldigen, der Feigheit, der Disziplinlosigkeit, der Ignoranz, des Verrats, genau, des Verrats, weil er sich zu trinken spendieren liess, jawohl, von betuchten Obergefreiten zu trinken spendieren liess, und dies nach der Sperrstunde, nach der Ausgangssperre, nach dem Stubenappell, was, ehrlich gesagt, ein Skandal sei, ein gemeiner Machtmissbrauch, und man würde ihn absägen, ich hätte meine Zeugen, und das Kriegsgericht würde dies zu würdigen wissen; im übrigen gebe es keinen Unschuldigeren als unseren Saufaus, der nie jemandem etwas zuleide getan habe, was das ganze Regiment bezeugen könne und die Feldwebel, alle Genannten, die nicht unter Eid aussagen konnten, wer, wer sie in der Dunkelheit verwamst hatte.

Die Abrechnung hätte noch lange dauern können, doch ich machte einen derartigen Krakeel, dass der Bataillonschef verärgert aus seinem Büro kam.

„Was? Du schon wieder?" rief Jacottet aus. „Ich hab' dir doch gesagt, dass ich keine Geschichten mehr hören will. Verschwinde, und zwar dalli, und nimm deinen Mann mit!"

„Aber, Herr Hauptmann", plädierte ich weiter, während die wachhabenden Feldwebel Opphopf holen gingen und ihn, verschlafen und hinterhältig vergnügt, brachten, denn man hatte ihn mir tüchtig versohlt, „Herr Hauptmann, es ist, wie Lépine dem Präsidenten der Republik gesagt hat oder dem Senatsausschuss oder ich weiss nicht mehr wem: ‚Ich kann nicht mit Erzbischöfen auf Patrouille gehen.' Das verstehen Sie bestimmt, Herr Hauptmann."

„Schweig!" brüllte Jacottet.

Und er liess Opphopf strammstehen, schurigelte ihn und hielt ihm eine gehörige Standpauke. Dann schmiss er uns hinaus.

„Bringt mir Gefangene, und ihr bekommt das Kriegsverdienstkreuz", rief er uns nach.

Ich wandte mich um: „Uns ist der Rote lieber als das Kriegsverdienstkreuz, nicht wahr, Opphopf?"

„Ja, Käpten", antwortete mein Matrose mit todernstem Gesicht.

Der Hauptmann grüsste lachend mit erhobener Hand. (Er war schwer in Ordnung, Hauptmann Jacottet, und hatte Sinn für Humor.)

Der Oberstabsfeldwebel war baff.

Wir zwei machten, dass wir wegkamen. (Es war viel gemütlicher in unserem Kahn in der Grenouillère.)

Und eines Tages habe ich trotzdem dafür gesorgt, dass mein braver Dummkopf zu seinem Kriegsverdienstkreuz kam.

(Ende Januar 1939, als ich am Quai du Javel die Seine entlangflanierte, winkte mir der Wächter des dort festgemachten schwimmenden Waschhauses zu. Es war mein Frontsoldat Opphopf!

„Alter Freund, was machst du denn hier? Komm, geh'n wir etwas trinken …"

„Kann nicht, Kapo, kann hier nicht weg, bin Gefangener an Bord. Sie hat nicht nur den Steg untergestellt, sondern hat auch noch mein Holzbein und die Krücken mitgenommen, die Nini. An einem heiligen Sonntag! Ich kann nicht einmal trinken gehen und mich besaufen …"

Es war tatsächlich Sonntag. Der Kai war ausgestorben, die Anlegestelle war leergefegt, und zwar nicht vom wehenden Nordostwind. Ausser den Halteleinen, die sich knarrend über der in den Wirbeln und der Strömung schaukelnden Tonnenbake spannten und lockerten, gab es nichts, was den Anlegeponton mit dem Kai verband, nicht einmal ein armseliges Brett, alles war in einem Schuppen in der Nähe untergestellt und eingeschlossen. Die Nini musste eine energische Frau sein oder seine Mätresse oder ganz einfach die Besitzerin des schwimmenden Waschhauses, die den Invaliden als Wächter eingestellt hatte, und es stimmte, der arme Alte stand auf einem Bein an der Reling wie ein gerupfter, grämlicher Fischreiher (das andere Bein war knapp unterhalb des Oberschenkels amputiert) und betrachtete traurig das vorüberfliessende tiefe Wasser der Seine. Er konnte nicht an Land gehen. Und ich, der ihn schon lange tot und in der Champagne begraben geglaubt hatte! Zusammen mit Sawo, Coquoz, unserem Etagenkellner-Gefreiten im Hotel *Meurice,* Garnéro, Freund Colon in Kanada und mir waren wir jetzt sechs Überlebende aus unserer Kompanie, ja sieben mit diesem Krummstiefel von einem Raphael Vieil, dem Mandolinenspieler, und ich hatte zwanzig Jahre gebraucht, um alle sieben zu zählen.

„Hast du Tabak?"

„Ja, warum?"

„Gut, dann warte auf mich. Rauch eine Pfeife und rühr dich nicht von der Stelle und bereite inzwischen ein Seil mit einer Schlinge vor, wirst sehen, wie viele Flaschen wir darüber sausen lassen können. Ich gehe jetzt für dich etwas zu trinken holen, etwas Anständiges ..."

„... die wird Augen machen, der Drachen, wenn sie heute abend nach Hause kommt!"
„Wirst du ihr Paroli bieten, was?"
„Auf dein Wohl, Alter, auf dein Wohl!"
„Und es lebe die Legion! Und grüss die Nini!")

Wir rojten also mit unserem Nachen durch die Sümpfe, zuerst vorsichtig und nur in der Abenddämmerung; am frühen Morgen beschränkte sich Garnéro darauf, die Reusen und Fischkästen im Aalweiher, den er entdeckt hatte, zu kontrollieren und herauszuziehen, und er kehrte verstohlen mit vollen Beuteln zurück, um uns zum zweiten Frühstück, das heisst gegen zehn Uhr vormittags, ein Aalragout in Wein vorzusetzen; doch nach kurzer Zeit begleitete ihn Sawo, der nicht stillhalten konnte und den das pausenlose Geschnatter der Wildenten, der Knäkenten und der Wasserhühner in den Sümpfen erregte und der seine Instinkte eines räuberischen, wildernden Zigeuners nicht mehr zu unterdrücken vermochte und neidisch war auf den wundersamen Fischzug seines Kameraden, also schloss er sich Garnéro an, und unsere zwei Schlitzohren gingen im Morgengrauen gemeinsam auf die Jagd, Garnéro mit dem Lebel und Sawo mit einer Doppelflinte, die er sich ich weiss nicht woher beschafft hatte, und die beiden wagten sich weit und bis spät in die Sümpfe vor, kehrten nach einer zünftigen Knallerei erst nachts mit Federwild beladen zurück; und die Kompanie schlemmte in Garnéros Küche, die unser Hansdampf im Haus eines Metzgers eingerichtet hatte, einem abgelegenen Haus, dem einzigen gemauerten Haus in unserem Pfahldorf in der Grenouillère. Wir schmauchten bis obenauf satt unsere Pfeife an der Wärme, mit vollem Bauch und trockenen Füssen, und der Rotspon floss uns aus den Ohren, doch dann, nach dem Kaffee, dem Verdauungsschnaps, dem Likör und einem letzten Schnäpschen, hatten wir etliche Mühe, uns vom Tisch zu erheben, und wir fanden es ungerecht, dass wir uns ausrüsten und bewaffnen mussten, um auf Patrouille zu gehen, wenn es Zeit war, unseren Unterstand zu verlassen und durch Nacht und Kälte zu waten, um mit dem kleinen Posten von Braques Regiment weit weg, auf der anderen Seite der Sümpfe, Verbindung aufzunehmen, und darum war ich auf den Gedanken gekommen, unseren Kahn als Transportmittel zu benützen, um das Binnenmeer zwischen Frise und Curlu zu überqueren.

Nun aber zeigte sich, dass der versuchsweise Einsatz dieses Transportmittels bedeutete, sich daran zu gewöhnen, und so kam es, dass wir nun auf unseren zwei Nachtpatrouillen zu Schiff ins offene Gewässer vordrangen. Doch weil die auf dem Wasser zurückgelegte Strecke viel kürzer war als die zu Fuss über Wege und Pfade und Wasserlöcher, auf Umwegen durch die Torfmoore, die Schleusen, die Brettersege, die Schlammzungen, die zu überquerenden Wasserläufe, die zu umgehenden Fallen, und wir jede Menge Zeit hatten und doch rechtzeitig in Curlu ankamen, fingen wir an, unser neues Gebiet auszukundschaften, zuerst in der Hauptachse unserer Patrouillenroute, dann neben den Linien und nach und nach und auf gut Glück und bis hinter die feindlichen Linien, wo wir ein oder zwei Mal gefährliche Vorstösse in Richtung Hem-Monacu am linken Ufer und in Richtung Bescourt am rechten Ufer unternahmen, immer Péronne entgegen, das uns magisch anzog …

Wir fühlten uns unendlich in unserem Kahn! Es gab Nächte so wunderbar, so rein, so verzaubert, dass man am liebsten eine Barkarole für die Sterne angestimmt hätte. Doch Opphopf hatte uns gleich am Anfang vor der Ausbreitung des Schalls gewarnt, der weit trägt und auf dem Wasser widerhallt. Opphopf steuerte den Kahn mit der Stake. Er war in seinem Element. Er war ein gewiefter Schiffer, wachsam und misstrauisch. Er hatte in Belgien auf der Leie und der Schelde viel Ware geschmuggelt, er fuhr nicht auf gut Glück, sondern hielt den Nachen gedeckt und in der Schattenzone. Nichts kümmerte uns. Wir liessen uns geräuschlos von der Strömung tragen. Wir glitten dahin, wir schlängelten uns durch das Röhricht. Wir legten an einer Insel an, und alle sprangen an Land, um eine Pfeife anzuzünden. Wir hatten Zeit. Die in Curlu drüben erwarteten uns noch nicht. Es war noch nicht Zeit. Wir waren zu früh. Wir tarnten das Boot mit Schilf (eine gute Idee von Opphopf). Wir gondelten noch etwas umher. Wir verliessen die Binsendeckung. Das Wasser spiegelte. Der flache Boden des Kahnes überfuhr knirschend hohe Gräser und Büschel, deren Halme davonschwebten. Wir liessen uns von der Strömung treiben. Nirgends lauerte Gefahr. Wir waren allein in der riesigen Wasserebene. Es war wunderbar. Doch Opphopf war vorsichtig und liess sich auf kein Risiko ein. Man konnte sich auf ihn verlassen.

Die Boches waren auf dem Festland. Man sah an beiden Ufern ihre Leuchtraketen aufsteigen. Man hörte das gewohnte Knattern der nächtlichen Schiesserei und das Takken der im Kreis in Stellung gebrachten Maschinengewehre. Die Wasservögel, die sich überall im Röhricht und im

Pflanzendickicht regten, waren wohl auch an das Geschützgrollen gewöhnt, das von Norden herüberdrang, von Bapaume, je zorniger anschwellend, je länger die Tage, die Wochen, die Monate vergingen und je näher der Winter rückte, und in gewissen Nächten, besonders in Frostnächten, nahm der Widerhall des Tosens ein derartiges Ausmass an Heftigkeit, an Verzweiflung an, dass man gar nicht mehr darauf hörte und sich sagte, dass nun die Sturmflut den Höhepunkt erreicht hatte und der Krieg aufhören werde, denn die Wasservögel schnatterten weiter und piepten im Rohr, als ob nichts wäre, und nur das Nahen unseres Kahnes scheuchte sie auf, und es war ein einziges Aufflattern vor unserer Nase, ein lärmendes Flügelflattern, dass wir jedesmal erschrocken zusammenfuhren, ein aufgeregtes Erschauern in der Finsternis, das uns beeindruckte und uns gefährlicher erschien als die von beiden Ufern gehässig daherpfeifenden Blindgänger, die hart aufschlugen wie Hagelkörner und beim Aufprall auf dem Wasser zu explodieren schienen.

Diese Abenteuerfahrten härteten uns ab, ohne dass wir uns dessen bewusst waren.

Denn hinzu kamen, uns irrezumachen und gleichzeitig zur Ordnung zu rufen, überwältigende Nebelspiele; ein Rollen und Entrollen der Dunstschwaden auf dem Wasser, Wolkenschatten und verhüllte Lichtstrahlen, das plötzliche Auftauchen und Verschwinden des Mondes im aufreissenden Gewölk und in den Kulissen des Himmels und auf dem vom Widerschein und den zerfliessenden Schatten schillernden Wasserspiegel; und die Inszenierung über der Landschaft und dem Wasser − toter Baum, schwimmende Büschel, treibende Grasknäuel, der anthropomorphe Schattenriss einer gekappten Weide, Knacken im Schilf und in den Binsen, Seidenknistern, rauschende Wipfel, geheimnisvolle Zeichen, verrenkte Äste, im Wind flatternde Ärmel, durchs Röhricht fegende Böen, gestikulierende Äste und Zweige und sich einrollende und entrollende Stengel, deren spärliche, nahe, ganz nahe Blätter sich uns entgegenstreckten, um, wie feuchte Hände mit eisigen Fingern, unsere Gesichter zu berühren und uns zu warnen, zu erschrecken und unseren Übermut zu dämpfen, uns an die Gefahr zu erinnern, bis uns der Atem stockte, der jähe Sprung eines Tieres im Wasser, grosse Ratte, Fischotter, dessen Angstschrei wir hörten, die hastige Flucht im Morast, der heisere, fiebrige Atem des in Panik geratenen Tieres, den wir auf unseren Gesichtern zu spüren glaubten.

Wir kehrten oft von der Natur seltsam ergriffen zurück, doch – gerade wegen der absurden Rolle, die wir darin spielten – ohne jemals den Kopf zu verlieren.

Daher legten wir immer ein paar hundert Meter vor dem kleinen Posten in Curlu an, um unsere nächtlichen Bootsfahrten geheimzuhalten und die anderen nicht auf den Gedanken zu bringen, ebenfalls ein Boot zu benützen.

Wir wollten unser Wasseruniversum für uns allein behalten.

Bei starkem Nebel oder in Sturmnächten legten wir direkt an einer uns vertrauten Stelle an, denn wir hatten unsere Schlupfwinkel in den Nebenarmen der Sümpfe, jetzt, da wir alle Biegungen, Wehre, Kanäle, Abzugsgräben, unheimlichen oder heimtückischen Strömungen, Überläufe, Weiher, stehenden Wasser kannten, und wir schlüpften in einer Fischerhütte oder einem Ansitz unter und warteten, bis es Zeit war, uns in Curlu zu melden.

Und wir fragten uns, wie es denn möglich war, dass die Boches noch nicht auf den Gedanken gekommen waren, in diesem überschwemmten Gebiet, das sich vorzüglich dazu eignete, Bootspatrouillen durchzuführen, mit Aussenbordmotoren, Gleitbooten, Unterseebooten – nicht mit Fährkähnen natürlich! –, und für einmal waren wir stolz, als erste auf den Gedanken gekommen zu sein.

Doch Griffith, dieser Spielverderber, mit seinem angeborenen Widerspruchsgeist und der keine Gelegenheit ausliess, sich über unsere Begeisterung lustig zu machen, prophezeite uns spöttisch: „Zeid doch plemplem, ihr Frenchy. Ich lach' mich krumm. Goddam! Zeid ihr bei der Legion, ja? Oder, shit, bei der Marine? Habt's vergessen? Glaubt, that wird noch lange dauern mit euren Bootsfahrten? Zeid nicht square für Strolchenfahrten. O mother, diese boys, kennen noch nicht the offmars und die big Bonzen der Generalstaff-majormuches! Wird 'ne verdammte Scheisse absetzen, wenn's auskommt und schon very soon. Wetten? Lachen uns bucklig!"

Weil der zynische Kanalreiniger aus London schon lange neurasthenisch war und das Leben satt hatte, begleitete er uns auf allen Patrouillenfahrten und hätte seinen Platz für alles Geld der Bank von England nicht abgetreten, wobei er wahrscheinlich bedauerte, sie damals nicht ausgeraubt zu haben, als er ein einziges Mal in seinem Leben die Chance und Gelegenheit gehabt hatte, es zu tun und alles zusammenzuraffen.*

Man blieb vier Tage an der Front, ging vier Tage in die Etappe, rückte wieder vier Tage in die vorderste Linie ein und so weiter bis zum Ende – sollte diese traurige Geschichte jemals ein Ende nehmen. Die Soldaten waren entmutigt. Dieses Hin und Her war wohl die grösste Infamie dieses Krieges und die demoralisierendste, und es fehlte nur noch eine Sirene am Eingang zu den Laufgräben – eine Sirene und eine Stechuhr, die ihnen eine Kontrollkarte aushändigt, und ein enges, automatisch schliessendes Eisentor –, um die armen Teufel an ihre Arbeit in der Fabrik zu erinnern, ganz zu schweigen von den Verletzten, die glaubten, davongekommen zu sein, und die wieder einrückten, und alles fing wieder von vorn an in der Fabrik des Todes, einmal, zweimal, dreimal, vier Tage an der Feuerfront, vier Tage in den Truppenunterkünften in der Etappe.

Die Truppenunterkünfte waren die zweite grosse Infamie dieses Krieges. Wer da nicht den Cafard kriegte! Man wurde in halb verfallenen Scheunen untergebracht. Man schlief auf verfaultem Stroh, in das die Männer nicht ihre armen, erschöpften Knochen betteten, sondern die sogenannten Chicago-Würste, die bestialisch stanken und die wir „elektrisches Fleisch" nannten, denn kaum hatte man sie zu Munde geführt, musste man sich auf der Stelle übergeben, dafür taten sich die Ratten daran gütlich wie an leckerer Scheisse. Doch noch dreckiger als die Ratten, die unsere

---

* Griffith war alles in allem mit Lord so-and-so einen schlechten Deal eingegangen, muss ich heute sagen, und den enttäuschten Cockney quälte die Reue, dass er sich hatte einwickeln lassen (vgl. *L'égoutier de Londres*, S. 361, Band III der vorliegenden [französischen] Gesamtausgabe).

Unterkünfte verpesteten, waren unsere Unteroffiziere im Hinterland. Sie wimmelten nur so!

Wir wären bis zum Ende des Krieges in der gemütlich eingerichteten Grenouillère geblieben; doch wenn wir in die Etappe gingen, wusste wir nie, ob wir wieder an die Front einrücken würden, und das war die weitaus grösste Infamie dieses Krieges: nie zu wissen, ob wir das ruhige Plätzchen wiedersehen würden, das wir uns schlecht und recht eingerichtet hatten und im umtobtesten Frontabschnitt, die Unterstände, die wir mit so viel Mühe ausgebaut hatten, das bisschen Annehmlichkeit, das wir uns unter Lebensgefahr beschafft hatten, den Schützengraben, den wir mit so viel Arbeit, Mut, Ausdauer, erschöpfender Beharrlichkeit instand gesetzt hatten, denn wir hatten Hunderte, Tausende Male von vorn anfangen müssen, wir hatten Rundhölzer geschleppt, Stacheldrahtwalzen, Balken, Panzerplatten oder Wellbleche, waren von der Munitionsmaloche, von allen möglichen Lasten erdrückt worden, und wir hatten unsere Stellung öfter mit dem Spaten, mit der Kreuzhacke verteidigt als mit Schüssen. Leiden, die jeglicher menschlichen Grösse entbehrten. Alles war ohne Glorie. Doch ich habe mehr als einen gekannt, der schliesslich seine Schiessscharte liebte, selbst wenn er dort den ganzen Winter im Wasser stand, und zwar bis zum Bauch, denn es war der einzige Ort der geliebten Erde Frankreichs, den er jemals zu eigen besitzen würde und den zu verteidigen er gekommen war, dieses enge Schützenloch, das schliesslich seine Umrisse angenommen hatte vom vielen Aufstützen, vom vielen Anlehnen und Sich-vorn-und-hinten-daran-Reiben in den endlosen, erschöpfenden, durchwachten Cafard-Nächten, und selbst wenn tagsüber sein Horizont von der grinsenden Fratze eines Kadavers verdeckt war oder von der gegenüberliegenden Schiessscharte, dieses Schützenloch, das einstürzte und den Soldaten mit einer Dreckuniform überzog und in dem bei jeder Ablösung der eine oder der andere begraben zurückblieb wie in einer Latrine ohne Ausgang. *Doulce France,* o mein schönes Grab.

Wir waren wieder an die Front eingerückt, vor Herbécourt, in den Schützengraben Clara, wo das ganze Heldentum darin bestand, vier Tage dem Sog des Schlamms zu widerstehen, der einen von unten her ansaugte. Der Schützengraben Clara war eine deutsche Stellung, die im vorangehenden Monat ich weiss nicht wie oft erobert und zurückerobert worden war, und auch wenn wir ihn jetzt besetzten, war es vielleicht bloss für kurze Zeit. Ein scheusslicher Ort, ein mehr als scheusslicher Ort, ein Pampesee, aus dem Dreckhaufen ragten, runde, krustige, blasige Pusteln, die von den Granaten aufgestochen wurden und aus denen Geysire aufspritzten, die Einschläge füllten sich langsam, aber unweigerlich mit zähflüssigem, kreidigem Wasser. Die Männer glitten in diesem Magma aus, stelzten, schwammen, waren öfter auf dem Rücken oder auf dem Bauch als auf den Füssen und liefen wie in einer Lagune gestrandete Schiffbrüchige mit einem langem Stock oder einem Prügel herum, wateten, stolperten, verloren den Boden unter den Füssen, tauchten bis zum Kinn in die Brühe, klammerten sich an Pfähle oder an Bretterreste, die zwischen zwei blubbernden Buckeln steckengeblieben oder quer in die glitschigen Wände eingerammt waren wie die Tritte einer zerbrochenen Leiter, deren untere Holme im Schlamm versunken waren, und die Männer waren am Ende und klammerten sich an ihre prekäre Stütze, über einem Abgrund hängend, der einen verschluckte, wenn man hinunterfiel, und auch wenn die dreckige Pampe nicht bis zu ihnen anstieg, um sie zum Loslassen zu zwingen, sah man das Grauen und die Verzweiflung in ihren Augen aufsteigen, je mehr sie sich ihrer Lage bewusst wurden und in dem Masse, wie ihre Kräfte nachliessen.

Weil die an sich schon reduzierten Truppenverbände infolge der immer zahlreicheren Abtransporte von Tag zu Tag zusammenschmolzen, wegen erfrorenen Füssen, Bronchitiden, Lungenentzündungen, Rheumatismen, Bindehautentzündungen, Zahnschmerzen und anderen Folgen dieses ersten Kriegswinters, waren wir mit berittenen Jägern in einem Truppenverband zusammengezogen worden; die Berittenen hatten mangels Reittieren absitzen müssen und waren als Verstärkung mit uns in den Graben Clara eingerückt, wo ich sah, wie einer der unbeholfenen Reiter, der vom hohen Tschako, von den Sporen, dem langen Säbel, dem Kavalleriemantel mit Umhang und langen Schössen behindert, langsam angesogen und in die Tiefe gezogen wurde, ohne dass wir ihn herausholen konnten, obwohl wir zu zehnt um ihn herum standen, ihm die Hand, Stangen, unsere Gewehre hinhielten, ihm gute Ratschläge gaben, ihm zuriefen, er solle sich ja nicht bewegen, denn bei jeder Bewegung würde er tiefer versinken, ihm Holzprügel unter die Arme schoben auf die Gefahr hin, ihm die Brust einzudrücken oder die Rippen zu brechen, versuchten, ihn mit einer Eisenstange anzuheben, jedoch vergeblich, denn in unserer Ratlosigkeit gingen wir ungeschickt ans Werk, seine Gamaschen verstärkten die Sogwirkung, und der infame Saugnapf war stärker als wir.

Der Unglückselige!

Am dritten Tag liess mich Jacottet rufen: „Was treibt ihr eigentlich dort oben? Man hört so nichts von euch."

„..."

„Ich hab' euch gesagt, ihr sollt Gefangene machen. Also, wo sind sie?"

„Aber Herr Hauptmann ..."

„Ihr habt den Bammel, was?"

„Wir haben keinen Schiss, aber wir sind wie Heringe im Heringsfass. Man kann sich nicht rühren. Die reinste Kloake!"

„Ich weiss, armer Freund", sagte Jacottet, „aber das reicht nicht. Ich brauche Gefangene, und zwar spätestens heute nacht, kapiert? Ich habe einen Bericht vom Generalstab bekommen. Sie brauchen unbedingt einen Gefangenen, um ihn zu verhören. Die Boches sollen eine polnische Fahne in ihrem Drahtverhau gehisst haben. Die Information stimmt. Ich habe heute mit dem Fernrohr die Gegend rekognosziert. Also fragt man sich, was das bedeutet. Wir brauchen unbedingt einen Gefangenen, noch diese Nacht oder spätestens morgen abend vor der Ablösung. Ich möchte nicht mit leeren Händen ins Hauptquartier zurückkehren, schliesslich hat sich der Generalstab an mich persönlich gewandt. Das Prestige der 6. Armee steht auf dem Spiel. Ich möchte diese Ehre nicht anderen überlassen."

„Einen Gefangenen ... Das ist leichter gesagt als getan, Herr Hauptmann, aber ..."

„Papperlapapp ... Was erzählst du mir da? Ich ..."

„Die Männer sind ..."

„Was ist, habt ihr die Hosen voll?"

„Nein, Herr Hauptmann!"

„Und ich, der so stolz war auf mein Freikorps, das erste ..."

„Aber ..."

„Hör mir gut zu. Hier, schau dir diese Karte an. Da, siehst du diesen kleinen X-förmigen Stacheldrahtverhau? Hier haben die Boches ihre verdammte Fahne eingepflanzt, hundert Meter vom Graben Clara entfernt, links von der Strasse nach Herbécourt ... Schau, hier ist ein kleines Gehölz hinter der Befestigung, ja? Merk dir diesen Orientierungspunkt. Es ist eine kleine, unscheinbare Befestigung längs der Strasse. Hier. Um dorthin gelangen, muss man bloss die Böschung entlang, ihr müsst einfach die Landstrasse nehmen, sapperlot, dort habt ihr festen Boden unter den Flüssen. Das Ganze lässt sich problemlos bewerkstelligen. Wovor hast du Angst? Ich habe heute nachmittag das Gelände mit dem Zielfernrohr rekognosziert. Es lässt sich machen."

„Sie mögen recht haben, Hauptmann, aber die Männer sind ..."

„Die Männer sind was? Wenn die Boches eine polnische Fahne aufgezogen haben, ist anzunehmen, dass Polen unter ihnen sind. Wir möchten Gewissheit haben ... Über die Zusammensetzung der neuen Truppe ... Rekruten vielleicht ... Also, hast du kapiert? Eine einmalige Gelegenheit, Gefangene zu machen ..."

„Mag sein, Herr Hauptmann."

„... und Deserteure abzufangen."

„Deserteure, Herr Hauptmann?"

„Deserteure! Als der General mich angerufen hat, habe ich gleich an dich gedacht. Du sprichst Russisch. Nimm drei oder vier Männer mit, und ihr geht folgendermassen vor: Ihr versteckt euch in der Nähe des X-förmigen Stacheldrahtverhaus. Ihr späht die Situation aus. Ihr wartet. Und du fängst an, eine Balalaikamelodie zu summen, und sie kriegen den Cafard, mit anderen Worten, sie bekommen Heimweh. Wir sind mit Polen nicht im Krieg, und wenn sie wissen, dass Polen bei uns sind, sind sie bestimmt glücklich. Und du wirst sehen, sie kommen alle herausgelaufen. Es gibt nichts Einfältigeres als die polnischen Bauern, du wirst sehen, die kommen, wenn man sie ruft."

„Schön und gut, Herr Hauptmann, aber ich spreche kein Polnisch."

„Wie, du sprichst kein Polnisch?"

„Nein. Ich kann Russisch!"

„Herrgott, ist das nicht das gleiche?"

„Aber nein, Herr Hauptmann. Polnisch und Russisch unterscheiden sich voneinander wie Französisch und Spanisch."

„Du enttäuschst mich. Ich habe mich für dich beim General verbürgt. Ich habe geglaubt, dass du alle Sprachen sprichst. Du bist doch überall in der Welt herumgekommen? Könntest du nicht ein polnisches Liedchen singen?"

„Gewiss, Herr Hauptmann, ein kleines Liedchen. Aber ich habe nicht den richtigen Akzent, und das merken sie sofort."

„Ärgerlich", meinte Jacottet. „Und du hast niemanden sonst in der Kompanie?"

„Doch, ein paar polnische Juden. Aber auch sie haben nicht den richtigen Akzent, oder vielmehr, sie haben einen waschechten polnischen Akzent, der alle gleich in die Flucht jagt."

„Und du siehst niemand anders?"

Seine Idee war absurd. Weil Jacottet ein prima Kerl war und der Hauptmann wirklich verärgert zu sein schien, sagte ich schliesslich: „Ich habe vielleicht den richtigen Mann, den Monokolski."

„Was? Przybyszewski, diesen jungen Laffen? Unmöglich, einen solchen Schisshasen ..."

„Ich glaube nicht, Herr Hauptmann. Lassen Sie ihn rufen. Und dann sehen wir weiter. Doch ich stelle eine Bedingung."

„Was für eine?"

„Dass Sie ihn zum Gefreiten befördern, wenn er es schafft."

„Einverstanden. Kannst du mir aber sagen, warum?"

„Um die Feldwebel zu ärgern, Herr Hauptmann. Auch er gehört zu ihren auserwählten Sündenböcken, sie können ihn auf den Tod nicht riechen."

„Hör endlich mit deinen Feldwebelgeschichten auf! Es wird langsam zu einer Obsession. Ehrlich, du leidest an Verfolgungswahn."

„Nein, Herr Hauptmann, ich werde von ihnen verfolgt."

„Und seit wann bitte?"

„Sie wissen es genau, Herr Hauptmann, seit wir an der Front sind. Erinnern Sie sich an den ersten Feldwebel?"

„Natürlich. Aber ich schätze dich. Mach dir nichts draus."

„Ich weiss, Herr Hauptmann."

„Und du glaubst, dass Przybyszewski es hinkriegt? Ich bin nicht überzeugt, dass er der richtige Mann ist."

„Warum nicht, Herr Hauptmann? Er ist ein adeliger Pole, also hat er bestimmt einen gewissen Stolz ..."

Der schlammtriefende Monokolski betrat den Unterstand. Ein Verbindungsmann hatte ihn geholt. Wir beugten uns alle drei über die Landkarte.

„Sie begleiten uns nicht, Herr Hauptmann? Es wird nicht besonders lustig werden ..."

„Ich möchte schon", antwortete Jacottet, als er uns zum Eingang seines Unterstandes begleitete und mir und meinem Soldaten die Hand schüttelte, „ich möchte schon, aber ich bin nicht befugt, meinen Gefechtsstand zu verlassen."

Wir hatten den Handstreich in allen Einzelheiten besprochen, bloss die Sache mit dem Liedchen passte mir nicht. Ich fand die Idee läppisch und hatte es auch gesagt.

Auch Przybyszewski glaubte nicht an die Wirksamkeit, beteuerte jedoch, er brauchte sich bloss ein Viertelstündchen mit den Polen von gegenüber zu unterhalten, um sie zu überreden. „Die Polen sind in erster Linie Patrioten ...", erklärte er. Doch Jacottet beharrte auf seinem Plan, der – ich erriet es an seiner eloquenten Art, darauf zu beharren – nicht von ihm stammte, sondern wahrscheinlich vom Generalstab über die spezielle Leitung telefonisch übermittelt worden war.

„Ein ganz prima Kerl, der Hauptmann. Doch was machen wir jetzt?" fragte der Monokolski, als wir zum Graben Clara zurückkehrten.

„Wir sehen, alter Freund, mal sehen, wie sich das Ganze anlässt. Weisst du, auf Patrouille darf man nicht zuviel denken. Ich mag im voraus festgelegte Pläne nicht besonders, und mit dem Plan des Hauptmanns kann ich überhaupt nichts anfangen. Es sind zu viele darin involviert. Na ja, wir werden unser möglichstes tun ..."

Ich war stehengeblieben, um meine Pfeife anzuzünden. „Ob Jacottet ein prima Kerl ist, wird sich zeigen", fügte ich hinzu.

„Hast du nicht bemerkt, dass er ziemlich nervös war, als wir gegangen sind? Ich dachte, er ruft uns zurück, weil er genau weiss, dass dieser Einsatz sinnlos ist. Ich glaube ..."

„Aber nein, alter Freund, zerbrich dir nicht den Kopf", fiel ich ihm ins Wort. „Das ist nun mal unsere Arbeit. Dazu sind wir da."

Würde der Bursche die Nerven verlieren?

Es war das erstemal, dass Przybyszewski mich bei einem Handstreich begleitete.

Er war noch nicht lange bei uns.

„Zerbrich dir nicht den Kopf!" sagte ich nochmals.

Bis zum Einbruch der Nacht war es ein einziges Kommen und Gehen in unserem Frontabschnitt. Feldwebel Chrétien, der Oberschütze, der wirklich ein schneidiger Kerl war, teilte mir mit, Jacottet habe ihm befohlen, zwei Geschütze im Vorfeld in Stellung zu bringen, um, sollte es Schwierigkeiten geben, die Strasse nach Herbécourt zu bestreichen, und er schärfte mir ein, immer links zu halten, um nicht in seine Schusslinie zu geraten. Das liess sich ja vielversprechend an! Das Gelände hinter dem Erdwall an der linken Strassenseite, wo ich sechs Männer zur Verstärkung aufstellen musste, die unsere Ablösung gewährleisteten, war ein einziges Sumpfloch. Man wollte uns offensichtlich ertränken! Ich war sauer. Sagte aber nichts. Dann kam der Unteroffizier der berittenen Feldjäger, der uns auf der rechten Strassenseite Deckung geben musste, und wollte wissen, zu welcher Uhrzeit wir aufbrechen wollten. Ich sagte ihm, ich wisse es selber nicht (je weniger man in solchen Situationen weiss, desto besser), doch da er schon da war, fragte ich ihn, ob er uns nicht zwei Karabiner borgen könnte, und schickte Sawo, mit ihm die Waffen zu holen (ich würde mir doch eine so gute Gelegenheit, zwei Karabiner mit Magazin zu klauen, nicht entgehen lassen). Dann übergab ich Colon eine violette Rakete, die Jacottet mir ausgehändigt hatte und die Colon um 22 Uhr abschiessen sollte, um uns das Zeichen zur Umkehr zu geben, denn Hauptmann Jacottet hatte die Dauer unseres Einsatzes mit der Stoppuhr geplant. (Mein Gott, was für Aufhebens!) Wenn man uns bis dann nicht hatte kommen sehen, hatten alle Befehl, um Mitternacht hinter die Linien zurückzukehren – wenn man die einstürzende Stellung Clara und ihre zerfliessende Umgebung Linien nennen konnte. Und um mich vollends zu entnerven, schickte Jacottet, während Przybyszewski und ich uns bereitmachten, alle fünf Minuten einen Verbindungsmann, um zu sehen, ob wir bereit waren. Als es schliesslich Nacht geworden war und wir uns gerade auf den Weg machen wollten, wir beide, kreuzte der Hauptmann höchstpersönlich auf. Er glich einem alten Keiler, der aus seiner Suhle taucht, denn auch er hatte ein Schlammbad genommen. Jacottet teilte mir mit, er habe einen Anruf vom Generalstab bekommen und dass der Generalstab dem Resultat unserer Mission allerhöchste! Bedeutung beimesse.

„Beeilt euch", rief er uns nach, als wir die Brustwehr hinunterrutschten.

Chrétien war diesseits der Gasse auf seinem Posten, seine zwei Geschütze nahmen die Strasse unter Längsbeschuss.

„Beeilt euch", rief auch er uns nach. „Ihr seid bereits verspätet, und hier ist es auch nicht besonders lustig. Man sinkt ein, und es stinkt bestialisch."

Przybyszewski und ich schritten in der Mitte der Strasse. Das Wetter war regnerisch. Es war finster. Wir rückten Schritt für Schritt vor. Ich hielt meine Parabellum in der Hand, alle meine Taschen waren mit Magazinen vollgestopft, und in meinem Koppel steckte eine Stielgranate. Przybyszewski folgte mit einem geschulterten Karabiner und einem Beutel Granaten um den Hals. Weder er noch ich hatten unser Bajonett mitgenommen, das einen beim Kriechen nur behindert. Alle zehn Meter hiess ich den Monokolski warten, um mich zu vergewissern, ob meine Männer auf ihrem Posten waren, und ich erkannte anhand der Losung jeden einzelnen: Garnéro, den Spassvogel, den murrenden Griffith, Belessort und Ségouâna, die eng nebeneinanderstanden und den vorgeschriebenen Abstand nicht einhielten, den grossen Lang, der sich ganz kleinmachte, und den letzten, den vordersten in der Kette, Sawo, der eifersüchtig war, weil ich nicht ihn für diesen Einsatz ausgewählt hatte, jeder hatte sich ein Schützenloch in der Böschung gegraben, das Gewehr im Anschlag und Patronenpäckchen in Reichweite. Doch jedesmal, wenn ich auf den Strassendamm zurückkehrte, traf ich den Monokolski mitten auf der Strasse im Dreck liegend an. „Hast recht", flüsterte ich ihm ins Ohr. „Mach ein Auge auf, das richtige."

Nachdem ich an Sawo vorbeigegangen war, schritten wir noch ungefähr fünfzehn Meter auf der Strasse weiter, hielten nach links, überquerten, was von dem an dieser Stelle einsackenden Erddamm übriggeblieben war, und begannen, Seite an Seite durch den Schlamm auf das kleine Gehölz zuzurobben, das man auf etwa vierzig Meter Entfernung gut erkennen konnte und das sich dunkel gegen den finsteren, von einem flauen Licht durchdrungenen Himmel abzeichnete.

Mich auf die Ellbogen stützend und die Gegend absuchend, entdeckte ich schliesslich einen fahlen Fleck auf dem flachen Gelände. Es war die kleine deutsche Stellung, die der Hauptmann erwähnt hatte. „Die polnische Fahne", hatte Jacottet gesagt, also stellte ich mir eine Standarte vor. Weit und breit war davon nichts zu sehen, und es gelang mir auch nicht, den X-förmigen Stacheldrahtverhau ausfindig zu machen.

Wir krochen noch etwa fünfzehn Meter weiter.

Wir wateten im Nass.

Was tun?

Ich war fest entschlossen, die Zeit verstreichen zu lassen und auf Colons Rakete zu warten, bevor ich handelte. Ich persönlich ziehe die im Morgengrauen verübten Handstreiche vor, wenn die feindlichen Wachen vom langen nächtlichen Postenstehen erschöpft sind und sie sich täuschen lassen und ihre Gedanken auf die Ablösung und den warmen Kaffee gerichtet sind. Meiner Ansicht nach hatten wir das Ganze falsch angepackt. Es war kaum acht Uhr abends. Was tun? Wir würden doch nicht die ganze Nacht dort bleiben?

Warten. Lauern. Sich gedulden. Kaltes Blut bewahren. Warten, bis der Feind sich bemerkbar macht, um ihn lokalisieren zu können, warten, bis er hustet, bis er sich bewegt, bis sein Gewehr oder sein Futteral scheppert, damit man ihn hört, damit man weiss, ob sie zu zweit sind, warten, bis sie miteinander flüstern oder einer eine Unvorsichtigkeit begeht, wenn es mehrere sind, bis vielleicht einer kichert oder, was man nicht zu hoffen wagt, weil es allzu schön wäre, die feindliche Wache die Schiessscharte verlässt, um sich im Graben hinzuhocken und sich die Pfeife anzuzünden, und dann, die Gelegenheit und die Unvorsichtigkeit nutzend, aufzuspringen und sich auf den Mann zu stürzen, und man drischt auf ihn ein und verprügelt ihn, und man flüchtet mit dem an beiden Armen gepackten Gefangenen, und man kehrt, so schnell die Beine einen tragen, hinter die Linien zurück, den Mann watschend und stossend, und steckt die von allen Seiten hagelnden Schüsse ein, bevor grosser Alarm ausgelöst wird und die Geschütze präziser feuern, und man flüchtet, falls man noch Zeit hat.

Doch das Ganze liess sich nicht gut an. Man sah nichts. Ich konnte mich an keinem einzigen menschlichen Zeichen orientieren. Man konnte den Späher gegenüber nicht erkennen. Keinerlei Indiz. Der Sektor war mir unbekannt. Kein einziges Geräusch drang von der deutschen Stellung herüber, und ich konnte die Augen so weit aufsperren, wie ich wollte: nicht der Schatten einer Fahne in der Dunkelheit. Kein flatternder Stoffetzen. Keinerlei Umrisse. Wir konnten nichts anderes tun als warten, warten, warten und nochmals warten. Da musste ich plötzlich tief in mir lachen, als ich an die Nervosität im Generalstab dachte, der wohl alle paar Minuten Jacottet anrief und den Hauptmann zur Verzweiflung brachte.

Warten. Lauern. Sich gedulden. Kaltes Blut bewahren. Warten, bis der Feind sich zeigt. Kein einziges Geräusch drang von der kleinen gegenüberliegenden Stellung herüber. Und die Zeit verging langsam und ging vorüber ohne auch nur das Echo eines Zuges oder des dumpfen Rollens der Nachschubkolonnen weit hinter den Linien, wie man es nachts oft hört; Nebel stieg von der Erde auf und erstickte alles, und mir kam es vor, als stehe die Kriegsmaschinerie still und alles hänge nur noch von uns zwei ab, die wir hier auf der Lauer lagen.

„Pst!"

„Still!"

Der Himmel ist finster. Man erstickt vor innerer Spannung. Die Nacht wird dunkler. Und als Kontrast beschwöre ich die sanften, kristallklaren Klänge, die reinen, oft arpeggierten oder in der Verlängerung durch das Pedal feierlich ernsten Noten von Chopins *Nocturnes* herauf.

Alles schien tot zu sein – ausser der Zeit. Das Hämmern ...

Endlos!

Ich wartete.

Nichts drang vom gegenüberliegenden blinden, tauben, stummen Graben herüber.

Stille.

Nichts.

Und was war mit dem Monokolski, döste er?

Nein, Przybyszewski döste nicht. Er weinte. Stumm. Der Bursche weinte. Das war neu. Er weinte vor Ergriffenheit.

Er verlor seine Unschuld, und – so wie die Osterglockenzwiebeln, auf denen wir wahrscheinlich lagen und die unter der Erde keimend ihre übereinanderliegenden Hüllen sprengten wie diejenigen, die wir manchmal beim Ausbuddeln unserer Schützengräben und beim Aufwühlen der toten Erde der Stellung Clara freilegten und die bereits Knospen und Würzelchen hatten mitten im Winter – mitten in dieser unsäglichen Nacht wurde der Monokolski ein anderer, ein Soldat, seine Tränen waren die eines Abgebrühten, seine Ergriffenheit kündigte sein Wachsen an, vom jungen Gekken wandelte er sich zum Mann, es würde nicht mehr lange dauern.

Ich legte ihm den Arm um den Hals. „Komm, weine", flüsterte ich ihm ins Ohr. „Doch mach keinen Lärm. Pst, sag nichts ..."

Wir lagen eng nebeneinander. Wir lagen reglos dort. Doch weil der Boden schwammig war und sich längs unserer Körper eine Wasserlache bildete, stiess ich von Zeit zu Zeit meinen Kameraden an, und wir robbten zehn Zentimeter weiter.

Und so kam es, dass wir, im Wasser kriechend und ohne uns richtig gewahr zu werden wegen dieses Dummkopfs, der weinte, eben in dem Moment von der violetten Rakete Colons aufgeschreckt wurden, als wir mit der Nase auf die deutschen Stacheldrahtverhaue stiessen.

Bereits zehn Uhr!

Die violette Beleuchtung war unheimlich, und mein Kumpel hätte vor Schreck aufgeschrien, hätte ich ihm nicht die Hand auf den Mund gelegt. Das Zischen der hinter uns platzenden Rakete hatte uns einen Schreck eingejagt.

Wir warteten reglos, mit klopfendem Herzen, doch nichts drang vom feindlichen Schützengraben herüber, kein Atemzug, kein Seufzer, und als ich aufzuschauen wagte, sah ich keine lebende Seele, keine Gestalt, keinen Schatten – ausser der polnischen Flagge, nicht grösser als ein Taschentuch, die im künstlichen Licht flatterte, und mir wurde blitzartig klar, dass die kleine deutsche Stellung unbesetzt war.

„Los, lauf", sagte ich, auf die Füsse springend, zu Przybyszewski. „Los, beeil dich! Zwei Schnitte, und du bist dort!"

„Soll ich singen?"

„Quatsch, es ist niemand dort. Hol die Fahne deines Vaterlandes und übergib sie dann dem Hauptmann."

Mir reichte es.

Wir kehrten auf der Strasse zurück.

Riefen im Vorbeigehen jedem die Losung zu, und Sawo, Lang, Ségouâna, Belessort, Griffith, Garnéro kletterten aus ihrem Schützenloch und trabten stumm hinter uns her.

Alle kehrten zufrieden zurück.

Die Schützen standen am Ausfallgitter neben ihren Geschützen.

Sie blickten uns stumm nach, als wir vorbeigingen.

Es war teuflisch. Wenn man von einer solchen Expedition zurückkehrt, und selbst wenn man keinen Erfolg gehabt hat, schauen die Posten und die Wachen einen an, als sei man ein Gespenst. Sie beneiden dich nicht. Sie betrachten dich. Trotz ihrer kameradschaftlichen oder bewundernden Gesten, wenn man erfolgreich zurückkehrt, schauen sie dich mit heimlichem Grauen, ja mit Abscheu und grossem Staunen an, wenn man vorbeigeht. Und du fühlst dich geächtet, ausgestossen, als ein Unberührbarer. Wie auch immer, man ist gerädert. Es ist die nervöse Reaktion, die totale Erschöpfung, und daher vergleiche ich diese Art von Unterfangen, egal, ob von militärischem Nutzen, mit den Auswirkungen von Drogen auf das Bewusstsein. Eine Patrouille ist eine Überdosis. Man ist abgestumpft. Und dazu kommt die Gewöhnung. Man verlässt die Stellung und kehrt zurück, und wenn man zurückkehrt, ist man nicht mehr der gleiche. Man ist verwelkt. Aber man will wieder von vorn anfangen, und man rückt wieder aus. Angeberei oder Zynismus. Der *desperado* ist ein vom Spiel mit der Gefahr verbrauchter Mensch, daher die immer gefährlichere Wiederholung. Er ist nicht nur ein verzweifelter, er ist ein verlorener Mann. Doch jene verlorenen Kinder, die *conquistadores,* suchten das Abenteuer in einem neuen Kontinent, während wir ...

Zu was für einem dreckigen Handwerk man uns zwang!

„Ihr habt euch Zeit gelassen", begrüsste mich Feldwebel Chrétien. „Habt ihr einen Gefangenen?"

Ich war wütend. Ich antwortete nicht. Ich begann, die glitschige Brustwehr des Grabens Clara hinaufzuklettern. Meine Männer schoben mich hinauf. Zuoberst erwartete mich der Hauptmann in Begleitung von Colon. Was mich nicht weiter erstaunte. Schon einmal, als wir eine ganze Nacht weg gewesen waren, Sawo und ich, und ein deutsches Maschinengewehr zurückgebracht hatten, war uns Jacottet, halb wahnsinnig vor Sorge, entgegengekommen. Doch seither war auch er abgehärtet, und heute sorgte er sich nicht unseretwegen, sondern wegen des Telefonanrufs. Was würde er dem Generalstab rapportieren können?

„Ihr habt euch Zeit gelassen", begrüsste mich der Hauptmann. „Habt ihr einen Gefangenen?"

„Przybyszewski", sagte ich zu meinem Kameraden, „übergib die Fahne dem Hauptmann und erklär ihm, was los war. Ich für meinen Teil habe nichts zu rapportieren, nichts zu melden. Gute Nacht. Ich bin erledigt."

Und ich lief in meinen Unterstand, um alle viere von mir zu strecken.

Ich war am Ende und wollte niemanden mehr sehen.

Die Hundsfotte!

Ich hätte am liebsten geheult.

Aber warum machst du dies alles mit, Blaise? Aus Überdruss? Ganz einfach: Weil ich das alles zum erstenmal entdeckte und man bis zum bitteren Ende gehen muss, um zu wissen, wozu die Menschen fähig sind, an Gutem, an Bösem, an Überlegtem, an Unüberlegtem, und dass, wie auch immer, ob man triumphiert oder unterliegt, der Tod am Ende steht.

Es ist absurd.

Es ist gemein.

Doch es ist so. Und da hilft keine Ausrede.

Die Hundsfotte.

Jemand zerrte mich an den Füssen.

Ich war noch keine Stunde in meinen Unterstand zurückgekehrt.

„Was? Was ist? Was ist los?"

Es war der Unteroffizier der berittenen Feldjäger.

Der Ärmste. Er war entgeistert, mich hier zu sehen. Ich dachte, er würde wegen der Karabiner Krach schlagen und käme, um sie zurückzuverlangen, ich wollte schon zu einem scharfen Anpfiff ansetzen, wie es sich gehört, wenn man im

Unrecht ist. Doch nein. Er war mit seinen Männern ausgerückt, um mir notfalls Deckung zu geben, wie man es ihm befohlen hatte – und was war passiert? Man hatte ihn vergessen! Niemand hatte ihm gesagt, dass ich zurückgekehrt war und dass die Patrouille beendet war. Seine Männer waren immer noch draussen, rechts von der Strasse nach Herbécourt, in einer Bodensenke rund sechzig Meter vom Graben Clara entfernt …!

„Was ist? Hast deine Männer im Stich gelassen?"

„Nein, nein. Keineswegs. Ich bin gekommen … Ich bin zurückgekommen, um mich nach dem Stand der Operation zu erkundigen … und vielleicht Verstärkung zu holen … Doch ich glaub', ich seh' Gespenster … Ich habe geglaubt, du bist im Loch unten … und jetzt finde ich dich hier in der Klappe … ausgerechnet du …!"

„Ich versteh' nicht … Was ist los? Komm … trink einen Schluck … Setz dich … Rauch eine Pfeife … Und jetzt versuche, Ordnung in deinem Schädel zu machen … Erzähl! Was ist passiert?"

„Ich weiss es nicht", antwortete der Unteroffizier. „Wir sind solche Übungen nicht gewohnt. Wir sind zum erstenmal in den Schützengräben … Ich versteh' nicht …"

„Was verstehst du nicht? Los, Kleiner. Raus mit der Sprache."

„Also gut, wir waren schon ziemlich lange dort, am Rand jener grossen, kreisförmigen Grube … Kennst du den Frontabschnitt?"

„Nein."

„Was, du kennst den Frontabschnitt nicht? Nun, es ist eine Art Bodensenke, die ganz mit Gebüsch überwachsen ist. Wie eine grosse Arena, könnte man sagen. Ganz dunkel. Es sei das Küchenloch, hat mir euer Hauptmann gesagt. Die deutschen Küchenbullen waren offenbar dort, als die Boches den Clara besetzt hielten. Ein unheimlicher Ort ..."

„Das glaub' ich sofort. Und dann?"

„Und dann? Ich wollte meine Männer darin verstecken, aber niemand wollte hinunter, wegen des Gestrüpps ... Es sah gräulich aus in der Dunkelheit ... und es stank entsetzlich! Also haben wir uns darum herum postiert, haben uns schlecht und recht getarnt und haben gewartet, wie man uns befohlen hatte, aber bereit, sofort einzugreifen, wenn es auf deiner Seite knallen sollte ..."

„Danke, alter Freund. Ich wusste, dass du dort warst, rechts von der Strasse, und dass ich auf deine Reiter zählen konnte, falls es zu einem Trafalgar kommen sollte. Und weiter? Erzähl! Was habt ihr gemacht, als die Rakete aufgestiegen ist? Habt ihr euch nichts dabei gedacht? Warum seid ihr nicht zurückgekehrt?"

„Eben, genau das wollte ich dir erklären, deswegen bin ich ja gekommen. Natürlich haben wir die blaue Rakete gesehen. Ich weiss genau, dass es das Signal zur Rückkehr war. Euer Hauptmann hat es uns gesagt. Aber eben, wir konnten nicht!"

„Ihr konntet nicht? Und warum?"

„Wir hatten nicht den geringsten Verdacht. Und plötzlich bewegte es sich im Loch. Es war jemand unten."

„Ein Fuchs?"

„Denkste. Ein Mann!"

„Ein Boche? Bist du sicher?"

„Wir wissen's nicht. Ich habe gedacht, dass du es bist."

„Ich?"

„Entschuldige. Natürlich hab' ich mich getäuscht, wo du doch da bist. Aber als die Rakete aufgestiegen ist und es Zeit war zurückzukehren, hab' ich geglaubt, du würdest uns holen kommen. Und da haben wir dich gerufen, und da keine Antwort kam, haben die Männer begriffen, dass es vielleicht wirklich die Boches waren, also bin ich Verstärkung holen gekommen ..."

„Halt mal, halt mal ... Ist es einer, oder sind es mehrere?"

„Ich weiss nicht. Alle meine Männer haben sie gehört, aber vielleicht ist es nur einer, der im Kreis herumläuft. Es regt sich im Gestrüpp, und man hörte die Zweige knacken, als ob jemand sich im Gebüsch verstecken will. Aber er kann nicht abhauen. Auch wenn er sich im Loch unten versteckt. Ich habe meine Männer darum herum aufgestellt. Komm, du musst selber nachschauen."

„Vielleicht ist es bloss ein Dachs?"

„Das glaubst du ja selber nicht. Ich komme aus dem Berry. Mich täuscht man nicht. Ich kann sehr wohl ein Tier von einem Menschen unterscheiden. Sie bewegen sich nicht auf die gleiche Art und Weise. Ich sage dir, es ist ein Mann! Vielleicht zwei."

„Komm schon, vielleicht ist es ein Wildschwein, ein alter Keiler, der sich im Dreck suhlt."

„Ein Wildschwein? Sag, wofür hältst du mich? Haben Wildschweine vielleicht eine Taschenlampe?"

„Eine Taschenlampe? Hättest es gleich sagen können."

„Ja, ein kleines Licht, das an- und ausgeht. Als gäbe jemand Zeichen."

„Aber wenn in der Grube unten Leute sind, die Zeichen geben, können diese Zeichen ja nur euch gelten."

„Uns?"

„Ja, euch, wenn doch deine Männer das Küchenloch rundherum besetzen."

„Aber wer ist unten? Wer kann es sein?"

„Ich weiss nicht. Deserteure ... Polen ..."

„Polen?"

„Ja. Es soll welche geben bei den Boches. Wir werden ja sehen. Vielleicht ist es am Ende nur ein armer Kerl, der sich dort versteckt hat und nicht den Mut hat, sich zu zeigen. Er hat Angst vor euch ..."

„Angst? Vor uns?"

„Ja. Wie viele seid ihr?"

„Ich habe zwölf Männer. Mit mir sind wir dreizehn."

„Und mit mir vierzehn. Das reicht. Geh'n wir. Los!"

Das Rätsel war schnell gelöst.

Die Berittenen des Unteroffiziers hatten alle das kleine Licht gesehen, hatten gehört, dass sich etwas bewegte, doch gesehen hatte niemand etwas. Ich gab also mit meiner Taschenlampe Zeichen. Vergeblich. Da begann ich die polnische Landeshymne zu pfeifen. Dann eine Mazurka. Dann ein Volkslied. Worauf ich ein Stück weit hinabkletterte und mit eindringlicher Stimme *„Panie! Panie!"* rief, *„Proszę pana!"* wie die Fiakerkutscher vor dem Bahnhof in Warschau, um die Kunden anzulocken, was „Mein Herr! Mein Herr! Bitte, mein Herr!" bedeutet. Und ein paar Flüche hinterherschickte wie *„Sukensyn!"*, was Bastard, und *„Psiakrew!"*, was „läufige Hündin" bedeutet. Das war mein ganzes Polnisch. Doch nichts geschah. Da wurde ich wütend und stieg ganz hinunter und begann auf deutsch zu brüllen: „Komm raus, du Saukerl, oder wir schiessen!" Und die Berittenen liessen die Külasse ihres Karabiners klicken.

Diese erste Aufforderung genügte: Ein Mann trat aus dem Gestrüpp. Er war allein. Ich sprang ihm an die Gurgel. Der Kerl wehrte sich und biss mir dabei in den Handrücken. Die Berittenen eilten mir zu Hilfe.

„Er ist nicht allein. Wir müssen türmen, schnell!" sagte ich zu den Jungs. „Wir haben Lärm gemacht, und die Boches sind bestimmt nicht weit. Hauen wir ab. Wir müssen zurück."

Wir zogen im Gänsemarsch los, unseren Gefangenen zwischen dem Feldi und mir. Er war ein langes Elend und mit einem Maennlicher bewaffnet. Er trug eine Feldmütze und Stiefel. Er hatte eine zusammengerollte Wolldecke unter den Arm geklemmt, und zwei, drei pralle Beutel baumelten über seinem Hintern. Er marschierte, ohne zu mucken. Meiner Ansicht nach war der Kerl übergelaufen.

„Du kommst mit mir", sagte ich zum Unteroffizier, „wir übergeben ihn dem Hauptmann. Der wird sich freuen! Doch vorher durchsuchen wir ihn. Das ist so Brauch."

Als die Berittenen in ihrem Graben angekommen waren, der, wie der unsere, aus einem Dreckhügel bestand, begann ich den Kerl zu durchsuchen. Er hatte keine anderen Waffen als sein Gewehr auf sich, keine Papiere, keinen Wehrpass, keine Uhr, ein wenig Geld, ein schönes Taschenmesser, die Brotbeutel jedoch waren mit Wurstwaren, mit Konserven und mit Tabak vollgestopft. Ich verteilte alles an die Berittenen und schenkte das Feuerzeug und die Pfeife dem Unteroffizier, ein schönes Feuerzeug aus Nickel und eine schöne Porzellanpfeife mit einer Familienszene drauf: ein Grossvater mit seinen Enkeln, die in einer gekachelten Küche Krieg spielen, der Alte dirigiert das Spiel mit einer langen Pfeife, die, wie ein Marschallstab, mit dem Eisernen Kreuz geschmückt war, ein grellfarbiges, sentimentales, gepaustes Motiv nach deutschem Geschmack, Ramsch aus Schwaben, *Made in Germany,* wie ich ihn in China in Mengen verkauft hatte, vor zehn Jahren.

„Für dich, Kamerad, als Erinnerung. Und jetzt gehen wir zusammen zum Hauptlefti."

Doch weil die Feldflasche des Kerls ordentlich gefüllt war, genehmigten wir uns reihum einen Schluck echten Schnaps.

Ich möchte nicht behaupten, dass wir im Gefechtsstand des Bataillons die Champagnerkorken knallen liessen, doch es war genauso wie. Als ich den Unterstand des Hauptmanns betrat, thronte eine Flasche Weinbrand auf dem Tisch, und darum herum unser Patriot Monokolski zwischen Jacottet und einem mir unbekannten Kavallerieleutnant, der ebenfalls ein Monokel trug, alle drei das Glas in der Hand und schallend lachend. Sie begossen die polnische Fahne, und der Monokolski erzählte eine seiner schlüpfrigen Geschichten, zotige Hospodar-Geschichten, wie nur er es konnte. Jacottets Bursche war gerade dabei, einen wollenen Streifen, das Schnäpser-Emblem, auf Przybyszewskis Ärmel zu nähen.

„Herr Hauptmann", sagte ich, den Mann vor mir her schiebend und dem Unteroffizier bedeutend, heranzutreten und mit mir strammzustehen, „wir bringen Ihnen einen Gefangenen. Es ist aber kein Pole. Es ist ein Boche. Der Feldzeugmeister wird Ihnen erklären, wie wir ..."

„Du bringst ihn auf der Stelle nach Éclusier", rief Jacottet aus. „Mann, was für ein Glück!"

Und er stürzte zum Telefon, rief den General an, teilte ihm mit, er habe einen Gefangenen, und sagte ihm, ich brächte ihn zum Verhör nach Éclusier, ich sei schon unterwegs, „... ja, Herr General, der Gefreite, von dem ich Ihnen schon erzählt habe. Er spricht Deutsch. Ja, er wird für Sie dolmetschen. Wie? Nein, Sie brauchen niemanden aufzubieten, es wird spät ... Danke, Herr General. Zu Befehl, Herr General ..."

Der Hauptmann strahlte übers ganze Gesicht.

Inzwischen liess sich der Kavallerieleutnant von seinem Feldzeugmeister rapportieren, beglückwünschte ihn, schenkte ihm zu trinken ein und versprach ihm das Kriegsverdienstkreuz samt einer schönen ehrenvollen Erwähnung.

Und ich war wieder draussen, mit einem Boche, der zweimal grösser und doppelt so kräftig war wie ich, hatte dessen Flinte geschultert und eskortierte ihn nach Éclusier, ein Fussmarsch von etwa sechs Kilometern, ein Spaziergang durch den verdammten Verbindungsgraben, wo man bei jedem Schritt einzusinken drohte.

Scheisse, Scheisse, Scheisse! Was für ein Beruf!

Schon wieder ich.

Für jede Maloche gut.

Die Hundsfotte!

Man hatte mir nicht einmal einen Schluck angeboten.

Die konnten mich alle. Es mochte zwei Uhr morgens sein. Wir hatten noch kein Wort miteinander gewechselt. Die breite Schulter des Boche hätte mich mit einem kurzen Stoss in den Kanal schubsen können. Wir gingen jetzt Seite an

Seite. Das Schlimmste hatten wir überstanden. Wir hatten das Ufer des Somme-Kanals erreicht und schlugen den Treidelpfad ein, der in Éclusier endete, wo der Generalstab sich im Haus des Fährmanns einquartiert hatte, einem ziemlich komfortablen Gebäude, jedoch sehr abgelegen, auf der gegenüberliegenden Seite des Kanals, wo nie jemand vorbeikam, direkt am Überlaufbecken. Ich blieb unter einer Espe stehen. Wir hatten noch zwei knappe Kilometer vor uns. Ich steckte eine Zigarette an. Moorhühner und Samtenten schnatterten im Röhricht. Vereinzelte, nicht lokalisierbare Schüsse peitschten über die weite Sumpfebene und schlugen in der Erde ein. Dem Boche war offensichtlich nicht ganz geheuer.

„*Rauchen verboten!*" sagte er zu mir.

„Wie bitte?"

„Bei uns in der deutschen Armee raucht man nachts nicht."

„Mag sein. Bei uns schert man sich einen Dreck darum. Willst eine?"

„Vielen Dank", sagte der Boche. „Möchten Sie eine Zigarre?"

„Hast welche?"

„Ja", sagte der Boche nach kurzem Zögern. „Offizierszigarren."

Der Mistkerl. Und dabei hatte ich ihn doch höchstpersönlich durchsucht! Er machte sich über mich lustig, was?

„Aufgepasst! Keine Scherze, ja? Vergiss nicht, dass du Gefangener der Legion bist. Wir scherzen nicht, wir! *Die Fremdenlegion!* Verstanden?"

Der Boche stand stramm, schlug die Hacken zusammen,

grüsste, dann kauerte er sich hin und entrollte rasch die Wolldecke, die er immer noch unter dem Arm getragen hatte. Er zog ein Zigarrenkistchen hervor, das er mir hinhielt.

„Offizierszigarren", wiederholte er.

Ich steckte es in eine der Taschen meines Soldatenmantels, in eine der tiefen, dazu prädestinierten.

Der Schlawiner! Das würde mich lehren, ein nächstes Mal besser aufzupassen.

„Vorwärts!" sagte ich zu ihm. „Wir sind noch nicht am Ziel."

Nach zwanzig Schritten meinte der Boche: „Wissen Sie ... Sie müssen nicht glauben ... Ich hab' mich verirrt ..."

„Halt's Maul", fiel ich ihm barsch ins Wort.

Nach weiteren zehn Schritten: „Nicht wahr, Sie glauben mir nicht?"

Und da ich nicht antwortete, blieb er brüsk stehen, um mir klar und deutlich zu erklären: „Ich versichere Ihnen, ich habe mich ganz einfach verirrt. Ich war auf der Suche nach meinem Leutnant, Ehrenwort! Ich ..."

„Ich frag' dich doch gar nichts! Gehst mir auf den Zahn. Los, weiter!"

Er machte drei Schritte und blieb erneut stehen: „Ich sehe schon, Sie halten mich für einen Deserteur. Aber ich schwöre Ihnen auf den Kopf meiner Kinder! Ich war auf der Suche nach meinem Leutnant, um ihm seine Decke zu bringen. Schauen Sie, eine Offiziersdecke."

„Wie die Zigarren, was?

„Ja, auch die Zigarren, Offizierszigarren."

„Und die Beutel, was ist damit? Waren die auch für

deinen Leutnant? Lebensmittel für mindestens zwei Wochen, du Gauner. Los, vorwärts!"

Er trabte etwa fünfzig Meter stumm neben mir her, meinte dann in einem anderen Ton: „Ist nicht lustig, der Krieg ..."

„Wem sagst du das, du Arsch!"

„Ich bin kein Soldat ..."

„Nicht? Dann erkläre mir, was du dort oben gesucht hast."

Er blieb wieder stehen, um folgende Erklärung abzugeben: „Wissen Sie, ich bin kein Preusse. Ich bin Bayer ..."

„Sieh einer an, wie bist du darauf gekommen?"

„Ja, ich komme aus München ..."

„Das ist mir schnurzegal. Ihr seid noch schlimmer als die Boches. Habt uns ganz schön getriezt am Bois de la Vache, ihr Bayern! Kennst den Bois de la Vache nicht? Warst nicht zufällig dort?"

„Ich weiss nicht, wo der Bois de la Vache ist, aber ..."

„Ist ja klar, ihr nennt ihn bestimmt anders. Doch sag, kannst du nicht im Gehen reden? Musst du unbedingt jedesmal stehenbleiben? Musst du vielleicht pissen? Los, dalli, wir sind noch nicht angekommen, weiter ..."

„Und wohin führen Sie mich?" fragte er mich im Weitergehen.

„Zum General."

„Zum General?" Der Boche blieb wie angewurzelt stehen.

„He, weiter, du Rülps. Hast was auf dem Gewissen? Machst in die Hose?"

„Aber warum zum General?"

Wir stapften fünfhundert Meter stumm weiter, und er sagte, diesmal ohne stehenzubleiben, aber auch ohne mich anzublicken: „Ich verstehe die französische Armee nicht. Ihr seid untergebracht wie Hunde, und wenn ihr einen Gefangenen macht, belästigt ihr einen General."

„Sag mal! Schnauze! Gibst auch noch an, was? Du Arschgeige. Geht's euch dort oben vielleicht besser als uns? Sitzen wir etwa nicht im gleichen Boot?"

„An der Front schon. Aber in den Schützengräben in Herbécourt, in unserer Winterstellung, haben wir Strom, Zentralheizung und Flechtwerkverkleidungen, wir liegen nicht im Schlamm. Unsere Offiziere ..."

„Prima, und wir leben in der Scheisse, ätsch! Da staunst du, was? Aber so ist es. Hättest nicht nachzusehen brauchen, Fritz. Übrigens, wie heisst du?"

„Hans Pfannkuchen."

„Pfannkuchen?"

Diesmal war ich es, der stehenblieb. „Was für ein Zufall! Ich kenne einen anderen Pfannkuchen, der wie du aus München ist. Wart mal, er heisst mit Vornamen Ernst ... Nein, Otto ... Ich hab' ihn in Montparnasse kennengelernt ... *Herr Doktor Otto Pfann...*"

„Nein, ich bin Metzger."

„Donnerwetter, hätt' ich das gewusst!"

„Was?"

„Dann hätt' ich nicht alles an die Berittenen verteilt. Waren es Wurstwaren von zu Hause?"

„Ja, es war Presskopf dabei, Trockenwürste, Sauerkraut mit Speck und Wurst, Gänsepastete ... Meine Frau hat sie mir geschickt."

„Bist du verheiratet?"

„Ja, meine Frau führt den Laden während meiner Abwesenheit."

„Hast du Kinder?"

„Ja, sechs Kinder."

„Keine Sorge, Freund. Deine Frau wird dir während deiner Abwesenheit noch eines oder zwei machen. Es wird dir schon nichts passieren. Man wird dich in den Süden Frankreichs schicken. Du wirst Zeit haben, dich an die Gegend zu gewöhnen."

„Glaubst du, der Krieg dauert noch lange?"

„Keine Ahnung. Los, weiter ..."

Der Nebel hatte sich etwas gelichtet. Ein ungewohnter Widerschein flammte das Wasser des Kanals. Die Espen schüttelten erschauernd die Tropfen ab. Wir schritten auf der Schattenseite den schmalen Uferpfad entlang. Éclusier war nicht mehr weit, doch man sah das Haus der Fährmanns am anderen Ufer noch nicht. Wir gingen fünf Meter stumm weiter. Man hörte das lebhafte Geschnatter in den Sümpfen. Die Weiher waren milchig. Zwischendurch hörte man fernen Geschützdonner, spürte ein diskontinuierliches Zittern, das letzte Aufbäumen. Wenn es nur wahr sein könnte, wenn es das Ende war, das Ende des Krieges, von dem die Soldaten träumen ...

„Sag mal, schreibt sie dir nie, deine Frau?" fragte ich ihn.

„Warum?"

„Du hast keinen einzigen Ausweis auf dir! Keine Brieftasche. Nichts in den Taschen. Keinen einzigen Brief."

„Hab' eben alles verbrannt."

„Bist also doch desertiert?"

„Stimmt", sagte er.

Und der Mann blieb stehen. Fragte mich dann: „Was wird er zu mir sagen, der General?"

„Er wird dich wahrscheinlich anbrüllen."

„Wird er mir nichts antun?"

„Warum? Hast du Angst?"

„Ein wenig ..."

„Er wird dich schon nicht fressen."

„Wird er mich nicht erschiessen lassen?"

„Kaum."

„Und Sie werden's ihm nicht sagen?"

„Was?"

„Dass ich desertiert bin."

„Ich brauch' ihm das nicht zu sagen, das sieht jeder. Los, weiter!"

Doch Pfannkuchen packte mich am Ärmel: „Ich hab' grosse Angst", flüsterte er.

„Wovor?" fragte ich.

„Vor dem General."

„Hast noch nie einen gesehen?"

„Nein."

„Los, weiter!"

„Aber warum führt man mich zu einem General? Ich hab' nichts angestellt."

„Halt's Maul. Wir sind da."

Wir gingen auf das Gebäude zu. Der Ort war grossartig und unheimlich zugleich. Ein überschwemmter Damm, mit dicken, prächtigen alten Bäumen bestanden, riesigen Silberpappeln; die von den Granaten und einer Explosion, die die Schleuse halb zerstört hatte, zerschossenen Baumkronen lagen, unentwirrbar, auf der aufgewühlten Erde herum, die Rinde zerfetzt, das Splintholz von den Maschinengewehren zerhackt, das welke Laub modrig riechend, und die flockigen Fasern, die beim kleinsten Windhauch aus den Schoten schwebten, brachten einen zum Niesen. Der Weg sah wie gesteppt aus.

Ich kannte das Haus des Fährmanns am gegenüberliegenden Ufer, weil ich dort schon öfter Gefangene verhört oder befragt hatte. Man gelangte auf einem wackeligen Steg über der Kanalhaltung, dann auf einer kleinen, sehr buckeligen Steinbrücke über dem schmalen Überlaufkanal der zerstörten Schleuse zum Haus. Dort stand meistens ein Wachsoldat vor dem Eingang des Generalhauptquartiers. Das letzte Mal, als ich nach Éclusier gekommen war, hatte einer aus dem Kolonialkorps Wache gehabt, und der General hatte mich sehr freundlich empfangen und hatte meine Gluckerpfanne nachfüllen lassen. Jetzt patrouillierte niemand auf der kleinen Brücke, und ich war erstaunt über die Einsamkeit und die Verwahrlosung des Hauses am Ufer der Überlaufbecken, deren Wasser den Hof überschwemmte.

Wir wateten durch die Wasserlachen, und ein Schatten, vom Geräusch gewarnt, tauchte unter der Freitreppe auf und verlangte die Losung. Ich rief das Kennwort. Es war der Wachsoldat. Diesmal ein Artillerist.

„Schau einer an, ein Ari! Es stimmt also, dass schwere Geschütze aufgefahren worden sind? Man redet seit einer Ewigkeit davon; ich glaubte, es handle sich bloss um ein Gerücht!"

„Wir sind da, wie du siehst!"

„Es war an der Zeit."

„Und du?"

„Legion."

„Und dein Kamerad?"

„Mein Kamerad?"

„Ja, nun ... der andere da, der den Mund nicht aufmacht ... ist es ... ist es ..."

„Erkennst ihn nicht?"

„Nein, ehrlich ... Scheisse! Tatsächlich? Bring ihn her, damit ich ihn mir aus der Nähe ansehen kann. Es ist der erste, musst du wissen!"

„Es reicht, es reicht. Melde dem Alten, dass ich da bin, dass ich ihm seinen Gefangenen bringe."

„Dem General? Aber der schläft doch. Man darf ihn nicht einfach stören."

„Keine Sorge. Er ist benachrichtigt. Lass ihn wecken. Es ist dringend. Doch sag, wer ist es? Schon wieder ein neuer? Ist er von den Unsren? Oder ein Artillerist?"

„Natürlich ist er Artillerist. Es ist unser Oberst. Er heisst Dubois. Ein anständiger Kerl. Er vertritt den General und befehligt den ganzen Frontabschnitt. Wir sind seit zwei Tagen hier. Es wird knallen, Mann."

Und zu meiner grossen Verblüffung ging die Wache die Treppe hoch und verschwand im Innern des Hauses, wo alle friedlich zu schlafen schienen.

Seltsames Generalstabsquartier! Es stimmt, dass der Korpsgeist sehr ausgeprägt ist bei den Artilleristen, die sich alle für Napoleone halten und verächtlich auf die Fusslatscher – lauter Kanonenfutter – herabsehen. Während ich wartete und die einsame Gegend betrachtete, sagte ich mir: „Sie schlafen, sie wiegen sich in Sicherheit, weil sie weit hinter den Linien sind, und scheinen sich keine Gedanken darüber zu machen, dass sie in diesem abgelegenen Haus schutzlos einem Handstreich aus den Sümpfen ausgeliefert sind. Ich muss die Kameraden darauf aufmerksam machen."

Hätten die Boches eines Kahn gehabt, hätte ich keinen Sou für das Leben des Generals gegeben.

„He, Sandhasen, ihr könnt hinaufkommen. Der General hat gesagt, ich soll euch hereinlassen."

Die Wache führte uns in das Büro des Generals, zündete zwei Petroleumlampen an, fachte das Feuer im Kamin an, und dieser Angeber von einem Artilleristen liess uns stehen, um draussen seinen Posten wieder zu beziehen, ohne sich Gedanken zu machen, dass er eines Nachts gefährlich werden konnte. Doch wozu ihn warnen? Er hätte mich bloss ausgelacht, vor allem, er hätte mir nicht geglaubt. „Die Boches? Glaubst du wirklich? Du übertreibst. Sie sind mehr als sechs Kilometer von hier entfernt!"

Das Büro des Generals war möbliert wie alle Hauptquartiere im Feld, in denen man kein Herrenleben führt: mit einem Tintenfass, einem über zwei Böcke gelegten, tintenklecksigen Brett, zwei, drei nicht zusammenpassenden Stühlen, aus den offenen Offizierskisten quollen Aktenordner und Papiere, die sich über den ganzen Raum ergossen, mit blauen und roten Farbstiftlinien bedeckte Landkarten des Frontabschnitts waren an die Wände gepinnt.

Das Feuer flackerte.

Es war schön warm.

Wir warteten eine endlose Viertelstunde.

Es gab nichts zu klauen, auf dem Tisch lag weder ein Päckchen Tabak noch eine Streichholzschachtel oder ein

Zigarettenpapierheftchen herum, und am Kleiderständer hing kein vergessener Feldstecher, nicht einmal eine Feldmütze. Ein Oberstképi war über die Sprechmuschel des Telefons gestülpt.

Der Boche zitterte unübersehbar.

„Der General, Augen geradeaus!" rief ich, als die Verbindungstür aufging.

„Was für ein schneidiger Soldat!" Der bewundernde Ausruf richtete sich nicht an mich armes Frontschwein, das in seiner Pfarrerröhre, dem schlammstarrenden Soldatenmantel mit den von den Stacheldrahtverhauen zerrissenen Schössen, dem schief aufgesetzten Képi keine besondere Figur machte, und obwohl ich das Gewehr des Boche präsentierte, konnte ich ein Lachen nicht unterdrücken, ich zählte nichts neben diesem *gedrillten!* Barbaren von einem Pfannkuchen, der einen Kopf grösser war als ich, in tadellos strammer Haltung nach deutscher Art vor dem General stand, die Brust herausgestreckt, das Kinn erhoben, den kleinen Finger an der Hosennaht, und wie ein Automat die Hacken zusammenschlug, wie es das Reglement vorschreibt beim Erscheinen eines Generals, dem das Kompliment unwillkürlich entschlüpft war. Kein Irrtum war möglich: Es galt eindeutig nicht mir. Im übrigen brauchte ich nicht beleidigt zu sein, denn beim Anblick des Generals hatte ich alle Mühe, ernst zu bleiben. Auch der würde Frankreich nicht retten!

Cervantes, der unsterbliche Schöpfer Don Quichottes, aber auch der Autor von *El gallardo español**, dem es in diesem Theaterstück, das inmitten der modischen Höflichkeiten der spanischen und sarazenischen Prinzen und Prinzessinnen spielt, in dem die Liebe, die Maske, die Intrigen der Protagonisten abwechslungsweise das Lager wechseln und wütende Schwerthiebe, Komplimente, Schwüre und geistlose Quiproquos austauschen, gelungen ist, den Archetypus des Infanteristen lebendig darzustellen, dem namenlosen, aber in der ganzen spanischen Armee berühmten, unvergesslichen tapferen Soldaten ein Denkmal zu setzen, den der Beichtvater des Generalissimus vom Freitagsfasten entbindet, damit sein Mut nicht darunter leidet und aus Furcht, das Fasten könnte diesem beherzten Sohn des Volkes die Kraft rauben – genau so, wie das Frontschwein „Typus 14" den Krieg ohne Rotwein nicht gewonnen hätte! –, der geniale Cervantes selber hätte keine passendere Uniform für einen die Front inspizierenden General erdenken können als die des beherzten Artilleurs Oberst Dubois. Wir hatten an der Front bereits Poincaré erlebt, der einen kleinen Abstecher bei uns gemacht hatte, laut den Bildern in den Zeitungen in der „Uniform eines herrschaftlichen Chauffeurs" (und durchaus verständlich, dass die *Humanité* die Leser auf die Anwesenheit des „Mannes, der auf den Friedhöfen lacht"**, aufmerksam machte).

* übersetzt von Han Ryner, 1. Band, Nr. 11 in der *Bibliothèque de l'Anarchie,* Paris 1909 [*Der schneidige Spanier, Zwischenspiele* in *Spanisches Theater,* Frankfurt 1845]
** *Dans l'intimité de Marianne,* das Charles Daniélou bei den Éditions Musy veröffentlicht hat, verrät uns, warum Monsieur Raymond Poincaré am Tag der Friedhofseinweihung zur grossen Freude einer damals kriegsgegnerischen Zeitung lacht: Reporter und Fotografen liefen rücklings vor ihm her und verhedderten sich dabei in einem Draht und stolperten ... Daher Monsieur Poincarés nervöses Lachen. Soviel zum Thema Geschichte.

Kurz darauf machte auch Clemenceau einen Abstecher an die Front: mit seinem berühmten „zerknitterten Hütchen", genauso, wie man ihn auf den Champs-Élysées sehen kann; genauso, wie 1944/45 Marlene Dietrich und Josephine Baker (eine Deutsche und eine Negerin), wie vor ihnen Sarah Bernhardt, Cécile Sorel, Marthe Chenal (eine Jüdin mit einer goldenen Stimme, eine „lächerliche Preziöse", eine schöne Nutte) die Front besuchten und sich filmen liessen, wie sie die 75er-Kanone feuerten oder die *Marseillaise* sangen und

... *font trois petits tours*
et puis s'en vont ...
Ja, *drei kleine Abstecher und verschwinden dann* ...

Dennoch (und selbst wenn er erkältet war), Oberst Dubois, der stellvertretend den Rang des kommandierenden Generals des Frontabschnitts Frise bekleidete, übertrieb. (Heute, 1945, erinnern mich etliche „Eingemottete" an jenen braven Artilleristen, dem ich es – wie man im nächsten Kapitel sehen wird – wahrscheinlich zu verdanken habe, dass ich nicht nach Biribi geschickt wurde.)

Die Füsse des Generals steckten in Pantoffeln. Er trug einen weiten Morgenmantel und einen dicken Wollschal um den Hals gewickelt. Er war grossgewachsen und kräftig. Ja sogar mächtig. Er hatte ein schönes, ausgeruhtes Gesicht mit buschigem weissem Schnauzbart, ein schönes, sehr antiquiertes Knattermime-Gesicht, das bestimmt sehr distinguiert wirkte, ja imponierte, wenn er die Paradeuniform trug. Mit dem in den Kordelgürtel seines Morgenmantels gesteckten Ordonnanzrevolver über dem Bauch, einem Stick aus Flusspferdleder in der Hand und dem schräg auf dem linken Ohr sitzenden Schiffchen sah er schlicht aus wie ein gütiger Opa.

„Es ist kein Pole, es ist ein Deutscher", sagte ich zu dem General.

„Warum ein Pole?" fragte er mich, seine sklerektasischen Glupschaugen auf mich richtend.

„Nun, ich meine nur so. Ich habe sagen hören ..."

„Verhöre ihn und lausche nicht mehr an den Türen", schnitt der General mir das Wort ab, seine Lottokugelaugen verdrehend. „Das ist ein Geheimnis ..."

Natürlich sprach auch der General kein Wort Deutsch, wie übrigens die meisten hohen Offiziere, die sich zwar ernsthaft auf den Krieg vorbereitet hatten, aber sich zweifelsohne vorstellten, eines Tages auf dem Mond kämpfen zu müssen (ganz nach dem Vorbild Jules Vernes, denn die meisten hohen Offiziere der französischen Armee, deren Namen in die Annalen des Grossen Krieges von 1914–1918 eingegangen sind, waren keine Absolventen der Militärakademie, sondern vielmehr ehemalige Offiziere der Kolonialtruppen, die in Afrika Karriere gemacht hatten, und es ist bekannt, wie sehr die Erinnerungen an eine Kindheitslektüre eine ganze Generation mit dem Mal des Abenteuers zeichnen können!), und ich musste nach dem Patrouillengang zum x-tenmal als Dolmetscher fungieren.

Nach den üblichen Preliminarien, Name, Vorname, Geburtsort und Geburtsdatum, Jahrgang, Waffengattung, Wehrstammnummer, Armee, vom General persönlich mit gestochener Handschrift eingetragen, ging das Verhör wie folgt weiter: „Frage diesen schneidigen Soldaten", hiess mich der General, „ob in diesem Frontabschnitt Artillerie stationiert ist, wie viele und was für Regimenter, und ob er den genauen Standort der vorgeschobensten Batterien kennt."

„Also, Pfannkuchen", wandte ich mich an den Boche, „der Alte möchte wissen, ob ihr in diesem Frontabschnitt Artillerie eingesetzt habt. Der ist kein bisschen von der anderen Feldpostnummer ... Was braucht es für ihn noch? Als bekämen wir nicht jeden Tag den Laden vollgerotzt! Du kannst ihm ruhig sagen, wo die 77er-Batterien aufgestellt sind, die Frise mit Feuer belegen. Was riskierst du? Jeder weiss, dass sie im Petit Bois sind, mach ihm die Freude!"

„Ich weiss es nicht", antwortete Pfannkuchen. „Ich gehöre zur Infanterie, ich bin nicht bei der Artillerie. Ich weiss nicht, wo die Batterien in Stellung sind. Ich bin kein Artillerist ..."

„Machst du dich über mich lustig oder was?" sagte ich zu Pfannkuchen. „Geht ihr etwa nicht an mir vorbei, wenn ihr an die Front einrückt? Brauchst mich nicht für dumm zu verkaufen, weisst du? Euer Laufgraben endet genau links vom Petit Bois ..."

„Ich weiss nichts", fiel Pfannkuchen mir ins Wort. „Ich kenne den Frontabschnitt nicht. Ich weiss es nicht. Wir rücken durch den Kanal an die Front ein und nehmen den Stichgraben."

„Den Stichgraben, der dem Kamm folgt und zur Kapelle hinaufführt? Du lügst, Schwachkopf, du bist nicht von dieser Richtung gekommen. Wir haben dich im Küchenloch erwischt. Und hast selber erzählt, zu wievielt ihr in den Schützengräben bei Herbécourt wart."

„Das gilt nur für heute. Ich war auf der Suche nach meinem Leutnant. Aber ich kenne den Frontabschnitt nicht.

Darum habe ich mich verirrt", erklärte mir Pfannkuchen kläglich, um mich hereinzulegen. „Für gewöhnlich rücken wir auf ..."

„Auf dem Kalvarienhügel?" präzisierte ich.

„Nein, nein, wir steigen nicht hinauf", wehrte sich Pfannkuchen.

„Ihr bleibt also unten?" fragte ich.

„Genau", pflichtete mir Pfannkuchen hastig bei.

„Wo genau? In Feuillères?" beharrte ich.

„Nein, nein", widersprach mir Pfannkuchen heftig. „Nicht in Feuillères. Wir liegen auf halbem Weg zwischen Feuillères und der Kapelle. Auf halber Höhe."

„Du hast natürlich Feuillères nie betreten! Auch in Feuillères sind schwere Geschütze aufgestellt. Und was für welche. Österreichische. Howitzer-Kanonen. Die Haubitzen, die Albert bombardieren. Man sollte uns immerhin nicht für Trottel halten, was, du Esel ..."

„Was sagt er?" fragte mich der General.

„Dieser Esel will nichts sagen, Herr General. Er sagt bloss, er sei Infanterist, er verstehe nichts von der Artillerie und er habe nie eine Kanone gesehen. Bei uns könnte das vielleicht sogar stimmen, denn wir haben tatsächlich nie eine gesehen. Die Boches aber, die uns schon so lange unter Artilleriebeschuss nehmen? Er macht sich über uns lustig, Herr General."

„Frage diesen schneidigen Soldaten", hiess mich der General, der sich an Pfannkuchen nicht satt sehen konnte, „frage ihn, ob sie in diesem Frontabschnitt Artillerie eingesetzt haben. Sag ihm, uns seien grosse Truppenbewegungen auf den Strassen gemeldet worden. Sag ihm, unsere Späher hätten Artilleriekonvois geortet. Sag ihm, dass ich ihn nicht nach den Regimentsnummern frage, wir kennen sie nämlich. Sag ihm, dass ich von ihm keinen Verrat verlange, sondern dass ich einfach meine Information bestätigt haben möchte, und dass er nur mit Ja oder mit Nein zu antworten braucht. Ich verlange nichts anderes von ihm."

„Also gut, sag mal, Pfannkuchen", wandte ich mich wieder an den Boche, „der Alte möchte wissen, ob ihr in diesem Frontabschnitt Artillerie eingesetzt habt. Dass er von der anderen Feldpostnummer ist, habe ich dir schon gesagt. Aber er tut niemand etwas zuleide. Du gefällst ihm offensichtlich. Reg dich also nicht auf. Mach ihm eine Freude. Antworte mit Ja oder Nein. Habt ihr kürzlich an der Feuerlinie Artillerie aufgefahren, ja oder nein? Was für Artillerie? Und gib mir die Nummern. Nur zur Kontrolle, denn wir kennen sie bereits. Du siehst, er meint es gut mit dir. Er sagt, dass er dich nachher in Ruhe lässt und dich nichts mehr fragt."

„Sagen Sie dem General", antwortete Pfannkuchen, „sagen Sie ihm, ich sei ein Infanterist und verstünde nichts von der Artillerie."

„Das habe ich ihm bereits gesagt."

„Sagen Sie ihm, dass ich neu bin in diesem Frontabschnitt und dass ich die Frontlinie nicht kenne und ihm keine Informationen über den Standort der Batterien geben kann."

„Wer verlangt denn von dir Informationen über den Standort der Batterien?"

„Vorhin haben Sie mich danach gefragt."

„Vorhin ja. Aber der General mag dich nun einmal. Du gefällst ihm. Er will nicht mehr von dir wissen. Sag uns bloss, ob ihr beim Einrücken an die Front Artilleriekonvois begegnet seid!"

„Ja, es finden viele Truppenbewegungen statt. Doch das ist nicht neu, das ist seit dem ersten Kriegstag so. Als wir München verlassen haben, waren die Landstrassen bereits verstopft mit ..."

„Versuche nicht abzulenken, Pfannkuchen. Der General will dir wohl. Was weisst du über diese Konvois?"

„Och, sind eben Konvois. Nachts sieht man ja nicht, was es sein könnte."

„Los, raus mit der Sprache. Ist es Artillerie, ja oder nein?"

„Schwer zu sagen. Mit Planen zugedeckte LKWs."

„Natürlich sind sie mit Planen zugedeckt. Aber sind Pontonierleichter oder Lafetten dabei? Stell dich nicht dumm."

„Ich weiss es nicht", sagte Pfannkuchen.

„Du willst nicht reden? Ja oder nein, sind es schwere Geschütze?"

„Ich weiss es nicht."

Und Pfannkuchen lächelte dümmlich und deutete mit einer an den General gerichteten Geste seine Ahnungslosigkeit an.

„Was sagt er?" fragte mich der General.

„Er ist ein dreckiger Boche, Herr General. Er will nichts sagen."

„Weil du es nicht richtig anstellst", sagte der General zu mir. „Warte, ich rede mit ihm." Und der General ging auf Pfannkuchen zu: „Mein Junge ..."

Doch der Deutsche war bereits einen Schritt vorgetreten und hatte sich dem General zu Füssen geworfen: „Herr

Schenerall, Herr Schenerall ...", stammelte er, die linke Hand dem General unter die Augen haltend und mit dem Zeigefinger der rechten auf den goldenen Ring an seinem Finger zeigend.

„Was sagt er?" fragte der General erstaunt.

„Er spielt Theater, Herr General. Er will Ihr Mitleid wecken. Er sagt, er sei verheiratet ..."

„Ja, ja", nickte der Boche eifrig. *„Sechs Kinder,* Herr Schenerall, *sechs Kinder ..."*

„Was sagt er?" fragte mich der General.

„Er sagt, er habe zu Hause sechs Kinder, sechs kleine Kinder."

„Ja, ja", nickte der Boche eifrig. „Es ist wahr. *Sechs kleine Kinder ... Nicht schiessen ..."*

„Was sagt er?" fragte mich der General.

„Er sagt, dass es stimmt, dass er zu Hause eine Frau und sechs Kinder hat. Er sagt, er wolle nicht erschossen werden."

„... mich nicht erschiessen lassen ...", flehte der Boche.

„Sag ihm, er soll aufstehen", sagte der General zu mir. Und, die Hände auf dem Rücken verschränkt, vor dem Kaminfeuer auf und ab gehend, hielt uns der General einen langen Vortrag über die menschliche Würde, die zivilisatorische Rolle Frankreichs, die Grundsätze von Freiheit und Fortschritt und der Achtung der Kriegsgesetze, für deren Verteidigung die Alliierten den gerechten Krieg kämpften, während Pfannkuchen wieder strammstand und ich mich, erschöpfter denn je, denn plötzlich befiel mich nach der erschöpfenden Nacht grenzenlose Müdigkeit, mit beiden Händen auf das Gewehr des Boche stützte. „Sag diesem Quadratschädel, dass er nichts zu befürchten hat. Wir erschiessen unsere Gefangenen nicht. Das ist falsche Propaganda, wie das so üblich ist seitens unserer Feinde. Bei uns respektiert man die Genfer Konvention. Frankreich ..."

„Der Alte sagt, dass du ein Blödhammel bist!" übersetzte ich für Pfannkuchen. „Und dass du nichts zu befürchten hast, der General wird dich nicht erschiessen lassen ..."

Der Boche schlug sofort einen anderen Ton an, einen arroganten, rachsüchtigen: „Herr Schenerall, Herr Schenerall!" begann er in beschwörendem Ton zu plärren, in dem eine falsche wehleidige Note mitschwang: „Herr Schenerall ..." Und er warf mir einen triumphierenden, hinterhältigen Blick zu, und diese *Schadenfreude,* diese boshafte Freude über das Unglück des andern in seinem Gesicht, eines der wenigen Zeichen der Disziplinlosigkeit, das unter dem deutschen Dünkel durchscheint, ist ein fundamentaler Charakterzug, der einem dieses Volk so unsympathisch macht: „Sagen Sie dem General", sagte er zu mir, „sagen Sie ihm, dass man bei uns die Gefangenen nicht ausplündert. Sagen Sie ihm, dass man mir alles gestohlen hat, mein Feuerzeug, meine Pfeife, ja sogar meinen Tabak. Man hat mir die Taschen bis auf den letzten Kupferpfennig geleert. Sagen Sie ihm, das sei eine Schande!"

„Was sagt er?" fragte mich der General.

„Halt's Maul", sagte ich zum Boche und übersetzte für den General: „Der Fridolin beklagt sich, dass man ihm die Taschen durchsucht und ihm sogar den Tabak gefilzt hat. Ich sage Ihnen lieber gleich, Herr General, dass wir es gewesen sind und dass wir ihm tatsächlich alles geklaut haben. Ich bin es gewesen, der ihn durchsucht hat. Ich habe Übung darin."

„Ihr hättet das nicht tun dürfen", sagte der General zu mir, seine Glupschaugen rollend. „Das ist eine Schande ..."

„... nein, nein, kein Tabak, kein Tabak ...", jammerte Pfannkuchen und kehrte seine Taschen um, um sie dem General zu zeigen, und kam auf mich zu, als wolle er sich mit mir anlegen.

„Du, halt's Maul", sagte ich zu ihm, „und nimm erst einmal Haltung an."

„Ihr hättet das nicht tun dürfen", wiederholte der General. „Sag ihm, dass ich ihm Tabak schenken werde."

Und der General verliess den Raum.

„Dreckskerl", sagte ich zu Pfannkuchen. „Soll ich ihm von den Offizierszigarren erzählen?"

Der Boche schaute betreten drein. Doch der General kam bereits mit einem blauen Tabakpäckchen zurück, und Pfannkuchen erstarrte in tadelloser Haltung.

„Sag ihm", sagte der General zu mir, „dass ich ihm nicht Offizierstabak schenke, um ihn zum Reden zu bringen, sondern damit er zu Hause in Deutschland nicht herumerzählt, die Franzosen seien Diebe."

„Danke schön!" sagte der Deutsche, als ich ihm das Tabakpäckchen reichte, und schlug die Hacken zusammen und salutierte.

„Aber man hat mir auch meine Pfeife gestohlen."

„Was sagt er?" fragte mich der General.

„Er sagt, man habe ihm auch die Pfeife gestohlen."

„Stimmt das?"

„Es stimmt, Herr General."

„Aber warum habt ihr das getan? Wisst ihr nicht, dass es verboten ist?"

„Mein Gott, Herr General, es war eine schöne Pfeife, ein hübsches Kriegssouvenir."

„Gib ihm seine Pfeife zurück", sagte der General zu mir.

„Aber ich hab' sie doch nicht, Herr General."

„Wie, du hast seine Pfeife nicht?"

„Nein, Herr General."

„Ja, was hast du damit gemacht?"

„Ich hab' sie verschenkt, Herr General."

„Du hast sie verschenkt? Wem denn?"

„Dem Feldzeugmeister, der mit mir zusammen diesen Mann gefangengenommen hat."

„Wie? Du hast diesen kräftigen Burschen gefangengenommen?"

„Das heisst, ich bin mit den Berittenen auf Patrouille gegangen, aber umstellt haben sie ihn."

„Du bist also von der Front gekommen?"

„Natürlich, Herr General. Hat Hauptmann Jacottet es Ihnen nicht mitgeteilt?"

„In der Tat, der Bataillonschef hatte mir den Gefreiten seines Freikorps gemeldet. Bist du das?"

„Offenbar, Herr General."

„Und deine Streifen?"

„Ich hab' keine, Herr General. Man hat mir dreissig Tage Gefängnis aufgebrummt."

„Ach ja? Und warum?"

„Weil ich den Christus von Dompierre fotografiert habe."

„Ich versteh' nicht."

„Nun, das ist eine lange Geschichte, Herr General. Niemand wird klug daraus. Der Oberst soll sie Ihnen erklären.

Aber ich möchte gern wissen, ob ich befugt bin, an der Front zu fotografieren."

„Es ist strikte verboten!"

„Sehen Sie, Herr General, deswegen habe ich dreissig Tage kassiert. Ich trag's mit Fassung."

„Und hoffentlich hast du dir's gemerkt."

„Im Gegenteil, Herr General, ich schicke meine Fotos sogar an die Zeitungen."

„Was sagst du da?"

„Oh, nichts von Bedeutung, Herr General. Bloss um meinen Hungersold aufzurunden. Der *Miroir* bezahlt mir einen Louisdor, und ich stosse mit den Kameraden an. Ich schicke Pittoreskes. Lauter offene Geheimnisse. Die Zensur in Paris passt auf. Sie riskieren nichts."

„Was hast du ihnen so alles geschickt?"

„Zum Beispiel das Foto von Faval, der einen Pfeilbogen baut, weil wir in den Schützengräben bei Frise keine Granatwerfer hatten. Seine Pfeile reichten zweihundert Meter weit. Ich glaube nicht, dass er viele Boches mit Federn geschmückt hat."

„Und was noch?"

„Kürzlich das Foto von Bikoff, dem besten Schützen in unserer Kompanie, einem Russen, der sich als Baumstamm tarnte, um im Bois de la Vache aus nächster Nähe Boches zu schiessen.* Doch schliesslich hat er sich im Bois de la Vache erwischen lassen. Ein Kopfschuss."

---

* Dieses im *Miroir* veröffentlichte Foto (Frühling 1915) ist Charlie Chaplin wahrscheinlich zufällig unter die Augen gekommen und hat ihn auf den berühmten Chaplin-als-Soldat-Gag gebracht, wo er sich als Baumstamm tarnt.

„Ist das alles?"

„Das ist alles, ein paar Minenexplosionen, Ansichten von Bombardierungen, Fotos von alten Kadavern, die in den Stacheldrahtverhauen hängen, Bilder von Frontsoldaten in den Unterkünften ... ja, ich glaube, das ist alles."

„Hör mal", sagte der General zu mir, „ich werde eine Untersuchung über deinen Fall anordnen, und wenn das Resultat positiv ist und die Auskünfte gut und wenn, ausser der Sache mit dem Christus von Dompierre, nichts anderes gegen dich vorliegt, wirst du deine Streifen aufnähen können."

„Und darf ich weiterhin fotografieren, Herr General?"

„Davon kann überhaupt keine Rede sein. Es ist formell untersagt!"

„Ach so, schade, wirklich schade, es juckt mich nämlich in den Fingern."

„Bist du nicht zufrieden?"

„Aber doch, Herr General, ich danke Ihnen für Ihre Protektion, für Ihr Wohlwollen, aber ..."

„Aber?" fragte mich der General.

Pfannkuchen, der nichts von unserem Gespräch verstand, ihm aber mit wachsender Aufmerksamkeit folgte, weil er glaubte, wir würden über ihn reden, begann unruhig zu werden. Er trat von einem Fuss auf den andern, warf mir fragende Blicke zu und zwinkerte Grimassen schneidend.

„Der Boche möchte seine Pfeife haben, Herr General."

„Gut, gut. Sag ihm, dass ich ihm gleich eine geben werde. Doch was wolltest du sagen?" beharrte der General. „Du kannst offen mit mir reden."

Und sein glupschender, väterlicher Blick heftete sich auf mich.

Da packte mich der Dämon Impertinenz, der mich schon so oft dazu getrieben hat, mit der Tür ins Haus zu fallen, und ich platzte heraus: „Sie würden lieber der Kompanie ein Fass Roten spendieren. Primo hat sie es verdient, und secundo werden wir den Wein auf Ihre Gesundheit trinken. Gefreiter zu sein ist ein mieser Beruf. Der Schnäpser ist der Kläffer seiner Männer, und ich hab's oft bis obenauf satt."

„Aber es ist auch eine Ehre, mein Kind, und du kannst zum Feldwebel aufrücken."

„Das niemals, Herr General."

„Warum?"

„Dazu muss man Vater und Mutter umgebracht haben! Und dann, verzeihen Sie, Herr General, ich bin kein Militär."

„Ja dann", meinte der General.

Und er ging schlurfend in den Raum nebenan, um eine Pfeife für Pfannkuchen zu holen. Als er, die Pfeife in der Hand, zurückkehrte, sagte er zu mir: „Gib sie ihm, und führe diesen Mann ab, ich brauche euch nicht mehr."

„Ich? Ich kümmere mich ganz sicher nicht weiter um diesen Mann, Herr General, ich gehe wieder an die Front. Hier, ich übergebe Ihnen sein Gewehr, stellen Sie mir bitte eine Empfangsbescheinigung aus. Das ist immerhin etwas. Nimm, bedanke dich beim General!" sagte ich zu Pfannkuchen, der die Hacken zusammenschlug, „stopf deine Pfeife, Mistkerl, und verlange nicht auch noch dein Feuerzeug. Im Kamin hat's Feuer."

Der Alte hatte sich an seinen Schreibtisch gesetzt und schaute verdrossen drein.

„Was soll ich mit diesem Mann anfangen?" fragte er mich.

„Stecken Sie ihn doch einfach in den Bau, Herr General. Früher sperrte man sie ins Waschhaus. Ist denn keiner da?"

„Sie schlafen alle."

„Und der Wachposten?"

„Es sind nur ein paar Männer hier, ich möchte sie nicht unnötig belasten."

„Und Ihre Offiziere?"

„Es ist noch nicht mal vier Uhr morgens, ich möchte niemanden stören."

„Dann rufen Sie doch die Feldgendarmerie an, sie sollen ihn abholen. Für gewöhnlich bringt man sie nach Bray. Sagen Sie den Gendarmen, sie sollen das Motorrad nehmen, in einer Viertelstunde sind sie hier, und ich leiste Ihnen inzwischen Gesellschaft, denn ich möchte Sie nicht mit diesem Spitzbuben allein lassen, Herr General. In jedem Boche schlummert ein Sauboche. Sie scheinen sie nicht zu kennen. Er wird warmen Kaffee verlangen, ja und was noch? Frische Brötchen und Butter ... und würde Sie über den Löffel barbieren. Die Kerle sind ungeheuer aufgeblasen. Erlauben Sie, Herr General, ich bin todmüde, darf ich mir eine drehen?"

„Setz dich, mein Kind. Möchtest du Tabak?"

„Danke, Herr General, ich habe welchen."

Opa rief an, und um anrufen zu können, musste er sein Képi aufsetzen, das über der Sprechmuschel hing, und steckte sein Schiffchen in die Tasche seines Morgenmantels.

Sein Aufzug war jetzt perfekt, und Pfannkuchen konnte sich vor Staunen nicht fassen, mich rittlings auf einem Stuhl sitzen, die Ellbogen auf dem Tisch aufgestützt, einen Glimmstengel im Mundwinkel, und mit einem ranghöchsten Vorgesetzten plaudern zu sehen. Das brachte alle seine Boche-Prinzipien durcheinander. Man stelle sich vor: ein General!

„Er soll ruhig seine Pfeife rauchen, lassen wir uns nicht anmerken, dass wir über ihn reden. Aber ich bin sehr froh, hier zu sein, Herr General, denn ich habe eine Information von höchster Bedeutung."

„Was für eine?" fragte der General und wandte sich Pfannkuchen zu, der auf der Stelle reflexartig strammstand.

„Rühr dich!" sagte ich zu dem Boche. „Ignorieren Sie ihn, Herr General. Vorhin hat der Kerl nicht reden wollen, obwohl er mir die Information selber gegeben hat, eine genaue Information, weil ich sie heute nacht habe nachprüfen können. Vielleicht können Sie Schlüsse daraus ziehen."

„Worum geht es?" fragte der General, und sein Glupschauge glühte auf wie die Spitze einer halb erloschenen Zigarre, an der man plötzlich zieht.

Der alte Mann rutschte unruhig auf seinem Stuhl hin und her, sein Stick trommelte nervös auf der Tischplatte. Er zeigte grosses Interesse. Die Leidenschaft seines Lebens erwachte.

„Ich höre."

„Vorhin, als ich den Kerl den Kanal entlang hierher gebracht habe, hat er mir erzählt, ‚sie' würden die ersten Linien nicht mehr besetzt halten, denn ‚sie' hätten sich ins Winterquartier vor Herbécourt zurückgezogen, in elektrisch geheizte und mit elektrischem Licht ausgestattete Schützengräben, wie es scheint. Und das muss stimmen, denn letzte Nacht, bevor wir dieses lange Elend aufgelesen haben, das uns zuhört, aber kein Wort versteht und keine Ahnung hat, worüber wir sprechen („Was ist, *Schweinskopf,* schmeckt sie, deine Pfeife?" rief ich Pfannkuchen auf deutsch zu), bin ich wegen dieser Polengeschichte auf Patrouille gegangen. Sie haben mir beim Eintreten gesagt, es sei ein Geheimnis, Herr General, doch Sie sehen, ich weiss Bescheid. Und habe festgestellt, dass die kleine Stellung, wo die polnische Fahne im X-förmigen Drahtverhau flatterte, verlassen war und dass tatsächlich niemand dort war, denn sonst hätten wir die Flagge nicht holen können. Hauptmann Jacottet hat Sie bestimmt telefonisch auf dem laufenden gehalten, Herr General."

„Wie denn? Hast du uns das Feldzeichen zurückgebracht, das unseren Argwohn geweckt hat?"

„Nein, Herr General, nicht ich bin es gewesen, sondern ein Mann aus meiner Kompanie, ein adliger Pole, und ich schätze, er hat das Kriegsverdienstkreuz redlich verdient. Es würde ihm eine riesige Freude machen ..."

„Warte. Werfen wir einen Blick auf die Karte. Wie weit seid ihr gegangen? Bis zur kleinen X-förmigen Stellung links von der Landstrasse? Und seid auf der Landstrasse wieder zurückgekehrt ... und, hier, links, im Küchenloch ... und niemand hat Alarm geschlagen ... und habt einen Gefangenen zurückgebracht ..."

„Einen Deserteur, Herr General."

Schlagartig brach ein grosses Tamtam aus. Der General rief, klingelte, weckte alle auf, der Generalstab war vollständig versammelt, und Pfannkuchen, anstatt in den *side* des Gendarmen zu klettern, der inzwischen eingetroffen war, wurde in einen kleinen Raum gesperrt, wo ihn die Offiziere des Geheimdienstes gebührend ausquetschten und ihm die Würmer aus der Nase zogen, während ich mühsam durch die Scheisse in den ekligen Laufgräben latschte, die mich zu der stinkenden und überfliessenden Clara führten.

Ich war zufrieden.

Wir rauchten die Zigarren des Boche.

Aber erst einen Monat später wurde mir klar, dass ich die erste Angriffswelle ausgelöst hatte, die zur Besetzung der deutschen Stellungen vor Herbécourt führen sollte, deren Komfort die Kolonialtruppen tief beeindruckte, die, ohne zuviel Blutvergiessen, die Stellung stürmten und die Front begradigten, denn die überrumpelten Boches hatten sich im Nest erwischen lassen.

Wie der Fabeldichter sagt: „Die Kleinsten sind oft die allerschlimmsten." Doch wer war der kleinere gewesen? Ich oder Pfannkuchen?

Was das Fass Roten angeht, das Oberst Dubois, stellvertretender Kommandant des Frontabschnitts von Frise, mir als Gegenleistung für meine Information versprochen hatte, so warte ich heute noch darauf. Die Grossen sind nicht von Wort. Bloss die Ganoven halten sich an ihr Wort, sie, die keine Ehre mehr haben und sich in der Legion rehabilitieren kamen.

„Was hast du dem General alles erzählt?" fragte mich Hauptmann Jacottet, als ich beim ersten Tagesschimmer erschöpft in der Clara ankam. „Er hat mich soeben angerufen und hat gemeint, du seist ein kluger Kopf. Hast wohl mit deinen Witzen wieder einmal jemand zum Lachen gebracht. Was mich nicht weiter wundert."

„Haben Sie vielleicht noch etwas Weinbrand, Herr Hauptmann? Dieser Arsch von einem Boche hat mich in die Hand gebissen, ich möchte nicht infiziert werden. Geben Sie ein paar Tropfen auf meinen rechten Handrücken ... Hier ... Danke."

Der Chevalier von Przybyszewski, genannt „der Monokolski" (in der Champagne als verschollen gemeldet)

Er glich Max Jacob. Er war an Heiligabend zu uns gestossen; mit der letzten Verstärkung, die sich aus einer ganzen Anzahl Originalen rekrutierte. Er trug ein Monokel wie Max und war wie Max ein zappeliges Geschöpf, geschwätzig, leutselig, pirouettierend, verbarg aber seinen masslosen Standesdünkel und seine Eitelkeit nicht wie Max hinter geheuchelter Unterwürfigkeit und salbadrigen Mesmeralüren, sondern hinter lauter Artigkeiten und der herablassenden Gönnerhaftigkeit eines Grandseigneurs. Er steckte wie Max voller Geschichten und aus dem Leben gegriffener komischer Anekdoten; er war ein witziger Unterhalter, war jedoch ungebildet und kein Intellektueller. Er war ein berechnender, anmassender, praktisch denkender Mensch. (Die Bücher seines Onkels, jenes letzten grossen Geistes der aussterbenden Elite dekadenter Schriftsteller des ausgehenden 19. Jahrhunderts, deren Einfluss in Deutschland und Russland so gross war, kannte er nicht, und er zeigte sich jedesmal sehr erstaunt, wenn ich die Gedichte, die Romane, die Theaterstücke, das satanische, wissenschaftliche, zum Anarchismus neigende Genie, das Leben der Münchner Nachtschwärmerboheme erwähnte, die sadistische Legende, die seinen Onkel Stanislaw von Przybyszewski umgab, den berühmten Ästheten und Metaphysiker, den einzigen Freund, den einzigen Feind August Strindbergs, weil er diesem die Frau gestohlen hatte, die schöne Nikkè [sic!] genannt Nike von Samothrake wegen ihrer Reize und weil sie ein Luder war, die junge dänische Schauspielerin; doch jedesmal, wenn ich auf seine Tante zu sprechen kam, schweifte der Monokolski ab ...)

Im Gegensatz zu Max Jacob, dessen wahre Kraft die Armut war, schwamm unser Monokolski im Geld.

Wir hatten also zwei Monokolskis in der Kompanie, der Spitzname aber blieb an Przybyszewski hängen, denn die zwei Monokel waren voneinander so verschieden, wie zwei Himmelskörper – die Sonne und der Mond zum Beispiel – es nur sein können. Und wenn der Reif ohne Glas, den Ségouâna sich hin und wieder unter den Augenbrauenbogen klemmte, lediglich ein schlichtes orthopädisches Zubehör war, das dazu diente, das schlaffe Lid des jungen, kranken und vorzeitig gealterten Lebemanns offenzuhalten, war das reifenlose Monokelglas des adeligen Chevaliers unerlässlicher Bestandteil seiner Persönlichkeit. Es war ein rundes, geschliffenes, an den Rändern guillochiertes Glas, das Przybyszewski ständig am linken Auge trug, was dem Aristokraten einen süffisanten Gesichtsausdruck verlieh – und dies um so mehr, als der Soldat es in den ersten Tagen, ungeachtet der Spötteleien, ständig zur Schau trug, ja selbst beim

Wacheschieben an der Schiessscharte, und damit auf Patrouille ging –, der im Zivlleben ebenso ein Schwerenöter war wie der Kürschner aus der Rue de Babylone, jedoch ein Genussmensch und vor Schalk und Gesundheit sprühend. Zu seinem anmassenden Auftreten, das jedermann und vor allem die Feldwebel zu verhöhnen schien, die über so viel Arroganz rasend waren, kamen Kleidungsimprovisationen, die die Feldwebel als offene Verunglimpfung ihrer Autorität empfanden. So hat der Monokolski den ganzen Krieg über in Lackschuhen gekämpft, von denen er mit jeder Feldpostzustellung ein oder zwei Paar zugeschickt bekam. Er hatte Waffenrock und Soldatenmantel vorn ausschneiden lassen, trug buntgemusterte Schlipse, feine Unterwäsche, einen knalligen Wollschal, ausgefallene Handschuhe und jede Menge modischen Schnickschnack. Er benützte Batisttaschentücher, er parfümierte sich, er lotionierte sich, er maniküriete sich, und ich hatte meine helle Freude an ihm, weil alle seine Macken, Grillen, Schrullen, Faxen, Angebereien, Überheblichkeiten, Affektiertheiten und Posen die Feldwebel zur Weissglut brachten, daher waren besagte Feldwebel ständig hinter ihm her, fanden täglich tausend gute Vorwände, ihn zu schikanieren, ihn zu bestrafen, ihn zu verknacken, ihn zu den übelsten Malochen zu verdonnern, wobei er sich immer mit unerschütterlichem Gleichmut aus der Affäre zog, schrieben stapelweise Rapporte, ohne dass der adelige Pole seine Gepflogenheiten nur im geringsten geändert hätte und sich nichts aus ihrem Zorn machte und sich mit souveräner Insolenz über das ganze Aufheben hinwegsetzte. Er war ganz schön unverfroren, der Neue, und nach wenigen Tagen äusserst beliebt, und dies um so mehr, als er spendabel war, mit Geld nur so um sich warf und zu Neujahr allen einen schicken Pullover schenkte, den er vom vornehmsten Herrenausstatter in Paris an jeden Mann der 6. Kompanie persönlich adressieren liess, und das nicht aus Wohltätigkeit und auch nicht, um sich aufzuspielen (auch wenn er ein vollkommener Mann von Welt und ein bewährter *clubman* war, plauderte er gern mit seinen Kameraden und tischte ihnen gepfefferte Geschichten auf; die Offiziere hingegen mochten ihn nicht, wahrscheinlich aus Eifersucht und auch weil sie spürten, dass er einer höheren Kaste angehörte), sondern um den Feldwebeln das Leben zu vergällen und, vertraute er mir an, „um eine modische Note in diesen gespenstischen Kriegskarneval zu bringen, ein wenig Luxus in diese reglementierte, organisierte Schäbigkeit".

„Was das kostet? Ein kleinerer Spass, damit wir zumindest in Schönheit sterben", fügte er hinzu. „Das heisst mit ein bisschen Extravaganz unter der Uniform, damit die Belle Époque die Ihren erkennt. Immerhin, wir sind doch nicht *bloss Soldaten!*"

Das war also der neue Spassvogel, der vom anderen Ende der Welt zu uns gestossen war.

Warum hatte sich der Junge freiwillig gemeldet?

Przybyszewski war dreissig. Er war Besitzer ausgedehnter Heilpflanzenplantagen auf Tahiti gewesen. Er war frei und unabhängig. Der Krieg hatte ihn nicht gekümmert, und er hatte nicht die geringste Lust gehabt, den Soldaten zu spielen. Er war glücklich und im Begriff, ein Vermögen zu machen. Er hatte sich ein Leben nach seinen Neigungen eingerichtet, verbrachte drei Monate auf seiner Insel, reiste drei Monate in Geschäften nach Indien und in die USA, verbrachte sechs Monate im Jahr in Paris, „auf Frauenjagd", sagte er, „wie meine reichen englischen Freunde, die nach Afrika auf Grosswildjagd gehen", denn er war ein leidenschaftlicher Jäger und besass das kalte, skrupellose Temperament eines Don Juans. Er sei gerade von seiner Pariser Saison zurückgekehrt, erzählte er uns, als am 22. September 1914 die SCHARNHORST und die GNEISENAU, die zwei in die überseeischen Gewässer entsandten Panzerkreuzer aus dem Geschwader unter Admiral Graf Spee, Papeete beschossen; der erste Granatenhagel sei auf seine Pflanzung niedergegangen, habe seinen tropischen Garten zerstört und das schöne Kolonialhaus in Brand gesteckt, das er erst vor kurzem im Schatten der prächtigsten Palmen der Welt hatte bauen lassen, „eine weltweit einmalige Sammlung", präzisierte er. Und da hatte er aus Wut das erste auslaufende Schiff genommen, und der Pole war nach Frankreich zurückgekehrt, um sich freiwillig zum Kriegsdienst zu melden.

„Darum bin ich verspätet angekommen", entschuldigte er sich. „Ich komme vom anderen Ende der Welt, und es ist mir nicht leicht gefallen wegzugehen. Auf der langen Überfahrt habe ich mir immer wieder gesagt: ‚Die Boches werden's mir teuer bezahlen!' Doch jetzt, wo ich da bin, sage ich mir, dass ich mich eindeutig verrechnet habe. Die Deutschen werden mir gar nichts bezahlen. Im Gegenteil, wahrscheinlich bin ich's wiederum, der verlieren, alles verlieren wird. Eine schöne Geschichte, die ich mir da eingebrockt habe. Ich werd's nicht überleben. Ich weiss es. Was soll's ... Da bin ich, da bleib' ich. Bleibt mir wohl nichts anderes übrig, was? Kommt, Kameraden, gehen wir einen trinken. Los. Ich spendiere eine Runde. Sagt, könnte man nicht den Küchengefreiten oder den Rechnungsführer schmieren, damit er etwas Champagner nach Frise heraufbringen lässt? Nein? Wirklich nicht? Ganz und gar unmöglich? Schade. Auch die Schützengräben sind offenbar nicht das, was ich mir vorgestellt habe. Ich hab' auf die falsche Seite gesetzt ..."

Wenn ich heute, dreissig Jahre später, an den Monokolski zurückdenke, der an einem 14-Juillet mit mir zum Gefreiten befördert wurde, mit dem ich einen feuchtfröhlichen Urlaub in Paris verbrachte und den ich aus den Augen verlor, als wir zu unserem jeweiligen Regiment zurückkehrten, er nach Plancher-le-Haut und ich nach Sainte-Marie-les-Mines, weil jeder frischgebackene Gefreite einem anderen Bataillon zugeteilt wurde, so dass ich nichts Genaues über sein Schicksal in der Champagne weiss, frage ich mich, ob Przybyszewski nicht ein ganz gewöhnlicher Hochstapler war und seine Geschichte von der Plantage auf Tahiti nicht schlicht eine hübsche Lüge.

(Und dennoch war es jene exotische und vielleicht imaginäre Plantage, die uns der Soldat in den langen Nachtstunden an der Front schilderte, die mich am Tag nach der Niederlage von Juni 1940, als ich meine falsche englische Uniform ablegte – eine lächerliche Verkleidung, mit der man die Kriegskorrespondenten ausstaffiert hatte –, auf den Gedanken brachte, in meinem Garten in Aix-en-Provence Heilkräuter anzubauen, was mich vor der Not bewahrte und mir erlaubte, mich in meinen hängenden Gärten still zu verhalten, denn es ist keine mühevolle Arbeit, die ich mit einer Hand bewältigen kann und die sich auszahlt. Es stimmt, es war mir schwer ums Herz, und ich zog es vor zu schweigen. „Die Besiegten müssen schweigen. Wie die

Samen!" schreibt Saint-Exupéry in *Flug nach Arras,* das 1943 in New York erschien und das man sich in Frankreich heimlich beschaffte. Ich schwieg also und keimte zwischen meinen Samen, die Früchte trugen und Geld einbrachten. Das Geld, dieses Teufelszeug, das die Romanautoren in ihren Büchern unterschlagen, was die Psychologie ihrer Personen verfälscht und dazu führt, dass diese Art Werke schnell obsolet sind; das Geld, Fatum des Menschen des 20. Jahrhunderts und im besonderen sämtlicher kollaboristischen Autoren, denen es Unglück bringt; das Geld, das die Boches diabolisch geschickt für ihre Propaganda eingesetzt haben.)

Schliesslich, warum nicht?

Es war tatsächlich etwas Gekünsteltes in seinem Auftreten, und wenn ich an ihn zurückdenke, wenn ich mir alle seine lustigen Geschichten in Erinnerung rufe, die er mit einem solchen Brio erzählte, dass man sich einwickeln liess und keiner beim Zuhören auf den Gedanken kam, ihn darauf aufmerksam zu machen, dass seine Geschichten vor Unwahrscheinlichkeiten und dick aufgetragenen Lügen strotzten, sehe ich den Menschen nur schemenhaft vor mir. Er war ein Unsteter, ein grosser Charmeur, ein Schaumschläger. Heute habe ich Mühe, seine Züge nachzuzeichnen, seinen wirklichen Charakter zu skizzieren. Ich muss mich auf Max Jacob berufen, um die Ähnlichkeit zwischen den beiden heraufzubeschwören; auf Ségouâna, um seine doch sehr ungewöhnliche Art, das Monokel zu tragen, zu schildern; muss mich auf Lang berufen, um mich zu erinnern, dass er wie letzterer umfangreiche Post bekam, von seinem Stiefelmacher allerdings, von seinem Herrenausstatter allerdings, aber nie einen Liebesbrief im Gegensatz zu Lang, der uns alle Frauenbriefe vorlas, die er bekam; so dass man hätte annehmen können, die zwei treuen Lieferanten seien die einzige Korrespondenten des Polen, seine Verbindungsmänner in Paris, seine Bankiers. Ich habe nie gesehen, dass er einen Umschlag mit Briefmarken aus Tahiti, aus Indien oder den Vereinigten Staaten bekommen hätte, und ich erinnere mich ebensowenig, ihn auch nur einen einzigen Brief von seiner Familie schwenken gesehen zu haben oder erregt eines jener grossen, länglichen, wappengeschmückten, mit der schrägen, tänzelnden, feurigen Handschrift einer eleganten Dame beschrifteten Kuverts aufreissen oder das seitenlange Gekritzel auf rauhem, parfümiertem Papier einer zärtlichen, vernachlässigten Mätresse verschlingen oder ihn über eine tintenbekleckste, saucenbekleckste, fettbekleckste, mit Bleistift bekrakelte karierte Heftseite mit Fingerabdrücken, mit Kussabdrücken, mit Tränenflecken einer patriotischen Köchin, seiner Kriegspatin, lachen sehen. Geld, ja, Geld besass er. Aber während unseres Urlaubs in Paris hatte ich den Don Juan mehr als einmal nicht zu einem Liebesrendezvous, sondern zur Pfandleihe in der Rue de Rennes begleitet, und eines Abends war ich sogar mit ihm zu einem bekannten Hehler gegangen, wo er sich eines Postens Schmuck entledigte, und es handelte sich eindeutig nicht um Familienschmuck, was immer er beteuern mochte. Rätselhaft, das alles. Der Bursche wurde mir unheimlich. Nannte er sich bloss Przybyszewski? Und war der berühmte polnische Schriftsteller wirklich sein Onkel? Er kannte dessen Bücher nicht. Und warum wiegelte er immer ab, wenn ich das Gespräch auf seine Tante brachte? Etwas stimmt nicht. Und je länger ich an ihn denke, je mehr verflüchtigt, löst sich der polnische Adelige in nichts auf.

Der Monokolski.

Ein Hochstapler? War es also bloss Mache, als er in jener berühmten Nacht bäuchlings im Dreck liegend weinte? Vielleicht doch ... Und ich weiss nicht, warum, ich glaubte ihm schliesslich. Man muss ein Virtuose und ein Meisterverführer sein, um ein derart rührseliges Erpresserkunststück zustande zu bringen, und dies ohne jeglichen Grund und unter unmenschlichsten Umständen und aus reiner Liebe zum Beruf. Mir tun die Frauen leid, die in die Fänge eines so eiskalten Burschen geraten sein mögen. Ich liess mich von ihm blenden, und in der Truppe legte er uns alle herein.

Er war ein fideler Bursche.

(Ich habe nie Ermittlungen angestellt, die mich zum Af' Bat' geführt hätten. Eine Tätowierung hat ihn verraten. Eines Nachts. Eines Liebesnachts. Im *Chabanais*. Ich habe sie gesehen. Doch ich habe nie ein Wort darüber verloren. Es war übrigens sein Mädchen, das mir davon erzählte. Eine punktierte Linie im Nacken. Sie war fast verblasst, aber unauslöschlich. *Deiblers punktiertes Mal.* Ich erschauerte. Ich mochte den Jungen und hatte mich während unseres Urlaubs von ihm aushalten lassen. Skrupellos. Als sein Freund. Das ging so nicht weiter. Ich sagte nichts. Er ebenfalls nicht. Aber er durchschaute mich. Und es war ein Glück für uns beide, dass wir bei der Rückkehr von unserem Urlaub vom 14-Juillet verschiedenen Bataillonen zugeteilt wurden.

Er wurde als verschollen gemeldet.

„Verschollen!" Was bedeutet das? Es gibt zahllose verschiedene Möglichkeiten, zu verschwinden und zu sterben in einer Feldschlacht wie der grossen Offensive in der Champagne im September 1915.

Ich möchte wissen, wie du gestorben bist, für Frankreich gestorben, Kamerad.

Sag, Monokolski, hast du dich vor dir selber rehabilitiert? Und warst du deshalb so glücklich und so stolz, als du mit mir zusammen, am gleichen Tag, befördert wurdest und Oberst Desgouilles dir das Kriegsverdienstkreuz an die Brust steckte und deine ehrenvolle Erwähnung vorlas:

„... hat das Banner seiner Heimat, des unsterblichen Polen, aus den feindlichen Stacheldrahtverhauen geholt..."

Diesmal war's ernst, nicht wahr? Und du liessest es folgsam geschehen und blufftest nicht ... Doch wen wolltest du durch deine Tat beeindrucken? Deine Mutter, jene fromme Alte, der du im Leben so viel Kummer bereitet hast? Deine Tante, die deine Flucht aus dem Bagno finanziert hatte? Oder deinen alten Kumpan Bébert, ihn, der dich schon lange auf dem Friedhof von Bagneux erwartete und den du abgeknallt hast, weil er dich in der Affäre von La Muette in das Verbrechen und in die Winkelzüge der Unterwelt einführte?)

Ich weiss nicht, ob mich diejenigen verstehen können, die nie das auserwählte Opfer eines Hochstaplers gewesen sind. Ich wurde um eine Freundschaft betrogen. Ich würde gern in die Hölle hinabsteigen, um Gewissheit zu erlangen.

Sag, Monokolski, wer bist du?

In der Grenouillère

Wir waren in die Grenouillère zurückgekehrt und hatten mit grossem Vergnügen unsere Kahnfahrten wiederaufgenommen.

Weil wir am vordersten Flügel des französischen Vorstosses in Richtung Péronne stationiert waren, war für uns die Versuchung gross, der allgemeinen Richtung der schwelenden Offensive zu folgen, der selbst die Landschaft zu gehorchen schien: der, rechts, in einem sanften Hang in der steilen Uferböschung auslaufende Kalvarienhügel; der Kanal, der einen grossen Bogen machte und weiter unten das Wasser des Flusses aufnahm; das linke Ufer der Sümpfe, das, wie eine Felge, in einem grossen Kreis den Spurkranz der sich mit der untergehenden Sonne drehenden Linien umschloss, die das Tal der Somme in der Achse der Grenouillère bildete.

Bereits bei unserem vorangehenden Aufenthalt in der Grenouillère hatte ich in dieser Achse einen Ententeich angelegt, der an einzelnen Stellen in der Längsrichtung oder an der linken Flanke an den zur Kapelle hinaufführenden deutschen Laufgraben grenzte, und hatte in einem Torfmoor eine Lebel-Batterie versteckt, die im Visierwinkel einen Hängesteg in der Biegung des Kanals beschoss und von dem man durch das Zielfernrohr nur gerade das eine Ende vor Feuillères erkennen konnte.

Feuillères war nur 1200 Meter entfernt. Ein dicht mit Büschen bewachsener Park, durch die entlaubten Bäume konnte man die mit gähnenden Fenstern durchlöcherten Wirtschaftsgebäude und das eingestürzte Dach des Schlosses am Rand des überfluteten Weidelandes erkennen, von dem ich bereits im Zusammenhang mit unserer verbotenen Expedition zu den vergessenen Kadavern und dem Schuppen in der Sandgrube am Ende der Welt erzählt habe.

Feuillères war Ende September von den Franzosen aufgegeben worden; die Deutschen, diese Wühlmäuse, hatten die Anlage befestigt, und sie hatten sogar schwere Artillerie im besetzten Weiler in Stellung gebracht, Haubitzen, die hinter uns das ungefähr zwanzig Kilometer entfernte Albert beschossen. Nachts herrschte in Feuillères reges Kommen und Gehen, ein Übergang vom linken ans rechte Ufer, denn die Strasse von Combles nach Herbécourt führte durch diesen strategisch wichtigen Geländeabschnitt. Wie, kanalaufwärts, der völlig unter Wasser stehende Weg von Éclusier nach Vaux, den wir unmöglich benützen konnten, um die Verbindung mit Curlu herzustellen, war auch die Strasse von Combles nach Herbécourt teilweise überschwemmt, aber die Deutschen schafften es trotzdem, sie für ihren Nachschub zu benützen, und ihr reger nächtlicher Verkehr zog uns unwiderstehlich an, jetzt, da wir unseren Kahn wieder hatten.

Es war stärker als wir: Man konnte mit dem Boot hingelangen, also mussten wir hingehen; wir hatten kanalabwärts die nähere Umgebung von Feuillères auskundschaftet, die auf der zum Wasser gelegenen Seite schlecht verteidigt wurde; wir waren ohne die geringsten Zwischenfälle quer durch die Sümpfe dem Strassendamm gefolgt, waren unter zwei, drei Notbrücken hindurchgefahren, hatten die Frontlücken gezählt, das Niveau der Strasse erreicht, dort, wo die Schleusen zerstört und die Dammwege überflutet waren, waren bis nach Hem-Monacu und Cléry am gegenüberliegenden Ufer der Somme vorgedrungen, ein gutes Stück kanalabwärts von Curlu entfernt, um die Übergänge und die Durchflussöffnungen zu rekognoszieren, und wir kehrten in Hochstimmung und sehr zufrieden von diesen abenteuerlichen Streifzügen durchs feindliche Etappengebiet zurück und waren bereit, alles zu riskieren, um auf dieser Hauptverkehrsader von grösster strategischer Bedeutung einen Handstreich zu wagen, die Versuchung war allzugross.

Musste Jacottet ins Bild gesetzt werden?

Die Meinungen waren geteilt. Meine Schlitzohren, Griffith, Sawo und Garnéro, brannten vor Ungeduld, einen Nachschubkonvoi zu erbeuten, denn sie erhofften sich Futterage, alle möglichen „Souvenirs" und andere „hübsche Überraschungen", ganz zu schweigen vom mordsmässigen Spass, den wir haben würden. Ich hingegen hätte lieber einen Überfall versucht, zum Beispiel ein oder zwei Stege in die Luft gejagt oder die Strasse unterbrochen, doch dafür musste man entsprechend ausgerüstet sein und durfte nichts dem Zufall überlassen, also war ich eher dafür, dem Hauptmann Bericht zu erstatten. Doch die Jungs und vor allem Griffith scherten sich einen Dreck um meine Meinung, behaupteten, wir würden die Erlaubnis niemals bekommen und im besten Fall würde das Ganze auf den Sankt-Nimmerleins-Tag verschoben; und mich an die früheren Erfahrungen erinnernd – alle waren der Meinung, dass von seiten der Leftis und der Stabsbullen nur Scherereien zu erwarten waren, wenn sie die Nase in die Pläne unseres grossen Freiheitsabenteuers steckten, das wir uns trotz der allgemeinen Sklaverei des Krieges und der Armee gönnten, wohl wissend, dass jeder von uns schliesslich nur seine Haut riskierte, dass im Fall eines Erfolges die Mannschaft einen zusätzlichen Trail zugestanden bekäme, auf nach Panama! –, musste ich ihnen eigentlich recht geben; und während wir darüber diskutierten, über den Überfall debattierten, auf den günstigen Moment oder einen glücklichen Zufall warteten, um uns endgültig zu entschliessen, bastelten wir im geheimen ein paar dicke Bomben, verluden Granaten in unseren Kahn und klauten den Berittenen und den Artilleristen Karabiner und Revolver, denn keiner von uns wollte das hinderliche Gewehr benützen.

Ich hatte den Monokolski in unsere Mannschaft aufgenommen, und es war schliesslich unser Spassvogel, der unvermutet die Operation auslöste, eine Heldentat, die die Generalstäbe in Aufruhr versetzte und meinen fünf Piraten zum Kriegsverdienstkreuz verhalf – und mir jede Menge Ärger, Verhöre, Befragungen, Anklagen, Anzeigen und Verdächtigungen bescherte, so dass ich beinahe meine Tage in Biribi beschlossen hätte, jedoch ohne dass ich mir wegen dieser über meinem Kopf schwebenden Drohung meine gute Laune hätte verderben lassen, denn es war zum Totlachen, diese kleine Frontanekdote von Dienstgrad zu Dienstgrad bis zur obersten Instanz lawinenartig anwachsen zu sehen, von der Verwaltung zu den Büros, von den Militärbehörden des Frontabschnitts, den Paragraphenreitern, Feldwebeln, Gendarmen, alten Kommissköpfen und Schreibstubenpissern aller zivilen oder militärischen Dienstgrade bis hin zu den Ministern persönlich, zum Kriegsministerium und dem Marineministerium in Paris, alle intrigierten, kujonierten, interpellierten, fuchtelten mit ihrem langen Schwert, drohten einander mit ihrem Zorn, ja mit Ultimaten und Bulletins, bekriegten einander, führten einen Papierkrieg (und schoben den anderen, den echten, den Krieg, den wir führten, auf die lange Bank), schlugen einander Dekrete, Gesetze, Paragraphen, Artikel, Reglemente, Verordnungen und Protokolle um die Ohren, als handelte es sich um einen verschwundenen Transatlantikdampfer und nicht um einen armseligen Kahn.

In jener Nacht herrschte ein Hundewetter.

Wir hatten in einem unserer Druckposten in den Sümpfen untergestanden, warteten, bis es Zeit war, mit unserem Vorposten in Curlu Verbindung aufzunehmen, warteten im Kreis um eine Blendlaterne sitzend, knackten Nüsse, die Garnéro aus seinem prallvollen Hamsterbeutel verteilte, und ich reichte meine Gluckerpfanne herum.

Das Plätschern der Wellen umgab unser Schilfversteck. Die Böen wurden heftiger, schneidender. Ein Nieselregen besprühte uns. Wir waren bis auf die Haut nass. Der Boden war weich. Sawo sass wie gewohnt stumm da. Griffith lutschte an seiner Pfeife. Garnéro erzählte dem Monokolski, der die Geschichte nicht kannte, von unserer Weihnachtsüberraschung am Kalvarienhügel. Opphopf liess den Kahn nicht aus den Augen, denn die Böen folgten einander im Galopp, wechselten mit den Feuerstössen der Haubitzen in Feuillères ab, die in jener Nacht Albert unter Trommelfeuer genommen hatten, und ich schaute zerstreut den grossen Artilleriegeschossen nach, die in schwindelerregenden Melismen wie zornige Lokomotiven hoch über unsere Köpfe hinwegrasten, um dann in der Ferne mit einem wütenden

Knall aufzuschlagen, den alle grollenden Echos im Tal zurückwarfen.

Plötzlich wurde ich von der Fistelstimme des Monokolski aufgeschreckt: „Lassen wir's heute aus, Mann! Es ist zwar nicht Weihnacht, aber es ist ein Glückstag! Weisst du nicht, den wievielten wir heute haben?"

„Nein", antwortete Garnéro spöttisch.

„Es ist doch der 27.! Sagt dir das nichts?"

„Nein", antwortete Garnéro genervt.

„Bist wirklich ein Esel!" rief der Monokolski aufgeregt. „Und ihr, Jungs, sagt euch das auch nichts, nein? Der 27. Januar?"

Er hatte sich aufgerichtet.

Sein Monokel blitzte im Dämmerlicht auf. Er liess den Blick über die Runde schweifen.

„Und du, Kapo, der 27. Januar, sagt dir das gar nichts?"

„Nein", erwiderte ich

„Herrgottnochmal, es ist Wilhelms Geburtstag!" rief der Pole. „Ein grosses Fest, vielleicht bombardieren die Boches heute nacht deswegen Albert. Sie lassen ihre Artillerie knallen, um die sechsundfünfzig Jahre des Kaisers zu feiern. Es ist der Geburtstag des Kaisers. Geh'n wir. Wir gratulieren ihm. Und wie. Eine einmalige Gelegenheit. Sie hegen keinerlei Verdacht. Wir werden mehr zu lachen haben als ihr an Heiligabend. Die Strasse führt direkt vor unserer Nase vorbei. Ist viel einfacher, als auf den Kalvarienhügel hinaufzukriechen. Wir brauchen uns bloss von der Strömung treiben zu lassen."

„Scheisse", meinte Griffith. „Der Monokolski hat recht. Geh'n wir, das ist die Gelegenheit."

„Geh'n wir", sagte Garnéro und schnallte seinen Hamsterbeutel zu.

„Da, nimm deine Gluckerpfanne", sagte Sawo. „Wir geh'n ..."

„Gut", meinte ich. „Wir geh'n." Und ich machte es mir am Bug des Kahns bequem, den Opphopf mit dem Fuss abstiess, bevor er den Riemen packte.

Und die Fahrt begann!

Opphopf stand am Heck und pullte geräuschlos.

Die Wellen glucksten.

Bei jeder Explosion zeichnete sich der Park von Feuillères vor einem zuckenden Leuchten ab wie ein riesiges, am Boden haftendes Irrlicht, danach war es doppelt so finster.

Windstösse.

Feiner Regen, Regen, Regen ...

Wir liessen uns von der Strömung treiben.

Bum-bum, grollten die schweren Kanonen und erschütterten die Landschaft. Krak-krata-krak-krrakk, antworteten die grossen Granaten, die Albert am anderen Ende des Tales zermalmten.

Die Wildenten und Wasserhühner schnatterten wie sonst.

Wir fuhren am Strassendamm auf.

Wir waren angekommen.

Längs des Strassendammes waren wir vom Westwind geschützt.

Ein Nothafen!

Die Strasse war ausgestorben.

Wir hatten keine Zeit gehabt zu überlegen.

Das Abenteuer hatte begonnen.

Und alles lief fast von selbst ab.

Die Strasse war ausgestorben. Zwecklos, sich zu orientieren. Wir waren rechts, dreihundert Meter oberhalb des überschwemmten Strassenstücks gestrandet, dem tiefstgelegenen, wo die Strasse über eine mit Brettern verschalte Rampe wieder anstieg, direkt über unseren Köpfen weiterführte, ein paar hundert Meter in einen Steg über einem grossen Wasserloch überging und in Richtung Feuillères verschwand, das knapp fünfhundert Meter entfernt war.

Die Strasse war ausgestorben. Wir fühlten uns hier ebenso sicher wie sonstwo, denn wenn in jener Nacht eine Patrouille vorbeigegangen wäre, hätten wir sie von links kommen hören, durchs Wasser waten, rechts auf dem wackeligen Steg weitergehen. Wir blieben also dort, in unserer schaukelnden Insel versteckt; das getarnte Boot sah aus wie ein blühendes Röhricht; keiner sagte ein Wort, wir lösten uns der Reihe nach ab, um die Umgebung zu rekognoszieren, jeder sass still da, auf dem Quivive, lauernd, einzig Opphopf pullte zwischendurch kurz, damit das Boot nicht abtrieb.

Der Krieg findet nachts statt.

Drei, vier Stunden vergingen, in denen wir in langen Abständen zwei, drei Konvois in beiden Richtungen vorbeifahren sahen und endlose, in Richtung Feuillères vorbeimarschierende Kolonnen, wahrscheinlich die Ablösung der Stellung am Kalvarienhügel. Wir mussten unbedingt handeln, bevor die abgelösten Kompanien heruntergekommen, denn dann würde es bald Tag werden und wir hätten gerade noch Zeit zurückzukehren, doch es bot sich keinerlei Gelegenheit.

Nach der Vorbeifahrt eines Konvois roch es gut nach Pferdeäpfeln, von der marschierenden Kolonne stieg eine

Dampfwolke auf, die Stiefel stampften direkt vor meinen Augen vorbei, denn ich war aufgestanden, weil ein Halm mich in den Hals gestochen hatte und mir warm geworden war.

Eine weitere Stunde verging.

Irgendwann pisste jemand hinter mir ins Wasser, und ich langte ihm einen Fusstritt in die Arschbacken, ohne mich darum zu kümmern, wer es war.

Endlich hörten wir links von uns etwas waten, Pferdehufe hämmerten auf der bretterverschalten Rampe, und ein sonderbares Ächzen drang durch die Nacht, gleich darauf sahen wir zwei einzelne Wagen auf uns zukommen, das Gespann ging im Schritt, die Zügel schleiften, der Fuhrmann hatte es nicht eilig. Es mochte drei, vier Uhr morgens sein, die Zeit für die zweite Verbindung mit Curlu war schon lange vorbei.

Der erste Fourgon rumpelte vorbei. Er wurde von zwei Pferden mit weissen Fesseln gezogen. Wir konnten den Fuhrmann nicht erkennen. Das zweite Gespann bestand aus einem kleinen Braungescheckten und einem grossen, müden Percheron, der mit baumelndem Kopf vorbeitrabte. Das Fuhrwerk knarrte, als sei es mit einer Ochsenwagendeichsel versehen wie die schweren Planwagen der Pioniere, die in die *campos* des Westens Brasiliens vordringen. Wir liessen es ebenfalls vorbei. Dann hievten wir uns, ohne ein Wort zu wechseln, auf den Strassendamm und erschossen die beiden Fuhrmänner aus nächster Nähe.

Im ersten Wagen, der mit Werkzeugen, mit Schaufeln und Pickeln beladen war, befanden sich drei Boches. Das zweite Gefährt war ein Feldpostwagen, der zum Bersten mit

Liebesgaben-Paketen gefüllt war. Er war von zwei Männern begleitet, wovon der eine, der Kutscher, ein hochgewachsener Albino war, eindeutig ein Pommer.

Wir hatten instinktiv die Arbeit aufgeteilt. Nicht der kleinste Fehler war uns unterlaufen. Kaum zehn Revolverschüsse waren abgegeben worden; und während die einen alles, was sie in der Hast aus dem Postwagen tragen konnten, in unseren Kahn verluden, den Opphopf herangerudert hatte, Sawo und Garnéro die Pferde zum Steg führten, damit sie ins Wasser sprangen, die Gefährte hinter sich her zogen und galoppierend zurückkehrten, sammelte ich die Papiere der Getöteten ein, und auch eine schwere, mit Dokumenten vollgestopfte Ledertasche, aus der Rollen ragten, Pläne vielleicht, und die ein junger Leutnant im vorderen Wagen umgehängt gehabt hatte. Und wir kehrten ohne weitere Zwischenfälle zur Grenouillère zurück – von einem Wutanfall Garnéros abgesehen, der uns mit Beschimpfungen überschüttete, weil einer von uns seinen Hamsterbeutel ins Wasser geworfen hatte, und die Beschimpfungen galten vor allem mir. Auf dem Rückweg hatte ich tatsächlich die grossen Bomben über Bord werfen lassen, die uns nichts genützt hatten, und da der Kahn beinahe kenterte vor lauter *Liebesgaben,* die meine Spitzbuben in aller Eile verladen hatten, dabei war Garnéros Hamsterbeutel wahrscheinlich mit einer ganzen Anzahl weiterer mit Granaten gefüllter Beutel im Wasser gelandet. (Nach einer Expedition kam es oft vor, dass Garnéro einen Wutanfall bekam. Ich habe ähnliche Beobachtungen in den Tagebüchern mehr als einer Polarexpedition gelesen; was, *primo,* beweist: dass das Leben, das wir an der Front führten, absolut unmenschlich, also erschöpfend war; *secundo:* dass die Menschen nicht immer den Situationen gewachsen sind, in die sie sich begeben, und selbst die Anführer, ja die Hauptverantwortlichen sind nicht vor solchen Launen gefeit, die manchmal eine abnorme Verfinsterung, ja eine totale Verfinsterung der Persönlichkeit sind. Vgl. Nobile, Kapitän des Luftschiffes ITALIA. Wenn Garnéro seine Krise kriegte, war ich auf der Hut, denn der Kerl war verteufelt rachsüchtig. Nach ein paar Tagen beruhigte er sich, und der boshafte Teufel war wieder ein gutmütiger Kerl, doch ein paar Tage lang verliess man sich lieber nicht auf seine Küche, er hätte uns alle vergiftet.)

Was die *Liebesgaben* angeht, es waren Pakete mit Leckereien und Geschenken, die eine vaterländische preussische Liga „Unseren tapferen Artilleristen in Frankreich" aus Anlass des Geburtstags von Wilhelm II., dem Kaiser, schickte.

Pas vu, pas pris,

Et vu-u, rousti ...

Lass dich nicht erwischen, sonst bist du beschissen ... spielen die Signalhörner des Af Bat', einen Refrain, einen fröhlichen, abenteuerlustigen Refrain. Aber es ist auch eine Maxime und der erste Schritt zur Weisheit im Regiment, hatte Jacottet mich gelehrt: „Schreib dir dieses Axiom hinter die Ohren", hatte er mir empfohlen. Und der Hauptmann hatte hinzugefügt: „Keine Geschichte mehr, hast du verstanden? Und versuche zu parieren."

Der arme Hauptmann! In puncto Geschichten war er bedient, denn unsere Eskapade löste ein Riesenspektakel aus. Doch Jacottet liess sich nicht beeindrucken; weder bekam er den Bammel, noch liess er mich fallen; ganz im Gegenteil, er deckte mich und übernahm in seiner Eigenschaft eines Bataillonschefs die ganze Verantwortung für den Vorfall, stand für alle Anschuldigungen gerade, die man mir anhängen wollte. Unser Hauptmann war tatsächlich ein prima Kerl. Auf alle Klagen antwortete der Hauptlefti unerschütterlich: „Ich verbürge mich für ihn. Ich habe ihm befohlen, Gefangene zu machen. Egal, mit was für Mitteln. Ich habe ihm freie Hand gelassen. Er hat seine Soldatenpflicht erfüllt. Und ich weiss, wovon ich rede. Ehrenwort." Und als ein mutiger Mann verteidigte er mich, allen Widersachern trotzend, bot seinem Oberst, seinem General die Stirn, setzte seine Beförderung aufs Spiel, lachte über die Schreiben der Generalstäbe und die ministerialen Depeschen, die Klagen und Gegenklagen, bereitete den Vertretern der vielen verschiedenen Ämter, die eigens an die Front kamen, um mich zu verhören, einen harschen Empfang, wohnte allen Zeugenaussagen der mich belastenden Feldwebel bei, stopfte ihnen mit einer verächtlichen Bemerkung den Mund und stellte mich als Beispiel hin, rühmte das Prestige der Legion. Doch trotz seiner Autorität und seines Mutes und seiner Zivilcourage – diese unselige Komödie hätte sich für mich in eine persönliche Tragödie verwandeln und ein beschämendes Ende nehmen können, hätte das Schicksal, souveräner Meister des Menschen im Leben wie im Theater, nicht eingegriffen, um mich zu rehabilitieren, und mir rechtzeitig Opa Dubois zu Hilfe geschickt, den General, und das sich abzeichnende Drama zu einer Farce werden und scheitern lassen, und dies – Ironie des Schicksals – dank dem Streitobjekt, unserem unglücklichen Fährkahn.

Ich kann nicht auf alle Einzelheiten dieser komplizierten Geschichte eingehen, deren gemeinste Motive ich nie erfahren habe — oder befürchtet habe, erfahren zu können. Irgendwo muss wohl eine Akte angelegt worden sein, und vielleicht wird man sie eines Tages finden.

Wenn ein Soldat in die Fänge der Militärjustiz gerät und die Falle über ihm zuschnappt, die ebenfalls Teil der erbarmungslosen anonymen Kriegsmaschinerie, ja die hinterfotzigste Waffe ihres Arsenals ist, hat man Mitleid mit ihm und vergisst ihn, und alle — seine Nächsten, seine Lieben, seine Kameraden — sprechen von Fatalität, um sich zu trösten und sich auf diese Art und Weise die Hände in Unschuld zu waschen. Es gibt keine Fatalität bei solchen Geschichten, sondern nur allgemeine Feigheit. Ich habe nie einen Mann in der Patsche sitzen lassen. Und was das angeht, bin ich lediglich dem Beispiel meines Hauptmanns gefolgt: Ein aufrichtiger Mensch ist ein weisser Rabe.

Ich fasse diese von den Feldwebeln erlogene und erstunkene, jedoch fehlgeschlagene Affäre zusammen und schildere bloss die hervorstechendsten Fakten, die sich wie ein gezackter Bergkamm meiner Erinnerung eingeprägt haben.

Die Dokumente in der Ledertasche des im ersten Fourgon getöteten deutschen Oberleutnants waren von grösster Bedeutung. Bei den langen Rollen handelte es sich um die detaillierten Pläne der neuen deutschen Stellungen vor Herbécourt, Skizzen, Blaupausen: um die Pläne ihrer berühmten Winteretappe.

Jacottet hatte kaum einen Blick darauf geworfen — und war auf der Stelle zum Oberst gelaufen, ohne erst den ganzen Tascheninhalt zu untersuchen. „Warte hier auf mich, alter Kamerad", rief er mir noch zu. „Ich eile zum Oberst und bringe dir das Kriegsverdienstkreuz zurück!" Er kehrte am späten Vormittag zurück. Er war beim Oberst gewesen und mit Bourbaki zusammen beim General.

„Endlich. Du kriegst es. Der General hat dich für die Ehrenlegion vorgeschlagen, und ich bringe dir die Feldwebelwinkel. Der Oberst verleiht sie dir. Wir müssen das begiessen ..."

Angesichts meiner mangelnden Begeisterung redete er mir gut zu: „Also, bist wirklich ein Dickschädel. Du bist ein prima Kerl. Sei nicht dumm. Man muss das Glück packen. Am Schopf packen. Es ist eine einmalige Gelegenheit. Du hast dich grossartig verhalten. Das verdient eine Belohnung. Ich bin auf deiner Seite. Ich weiss, dass du die Feldwebel nicht magst. Also habe ich mir etwas überlegt. Sobald dein Kreuz eingetroffen ist, schicke ich dich in die Offiziersanwärterausbildung, und du kehrst als Leutnant zu uns zurück. Was meinst du? Du hast das Zeug dazu. Wir brauchen Männer wie dich. Was hältst du davon?"

„Ich danke Ihnen, Herr Hauptmann, dass Sie sich um mich Gedanken machen, aber ... aber was wird aus meiner Kompanie?"

„Sei kein Dummkopf!"

„Ich will die Kameraden nicht verlassen."

„Sei kein Idiot."

„Hier bin ich, hier bleib' ich, ich fühle mich wohl in der Kompanie."

„Quatsch, ich sage dir doch, du hast das Zeug zu einem guten Offizier."

„Danke, Herr Hauptmann. Aber ... aber, Verzeihung, ich bin kein Militär."

„Was für ein störrischer Esel! Sag, denkst du denn gar nicht an deine Zukunft?"

„Im Gegenteil, ich denke daran, Herr Hauptmann. Der Krieg ist eine Infamie, und die wird nicht ewig dauern."

„Du lehnst also ab?" rief Jacottet gekränkt aus.

„Ich stehe unter Ihrem Befehl, Herr Hauptmann, aber ich zöge es vor, meine Kameraden nicht verlassen zu müssen. Sie gestatten: Darf ich wegtreten?"

Der Hautmann blickte mich nachdenklich an.

„Reich mir die Hand", sagte er schliesslich, „du bist ein tapferer Soldat. Ob du willst oder nicht, ich werde dich zum Offizier befördern lassen, Ehrenwort. Ich mag Dickschädel nicht. Und, keinen Groll, was? Verdammter Anarchist!"

Und er brach in Lachen aus. „Weisst du, ich habe den Bogen spitz, und dank dir stehe ich auf bestem Fuss mit dem General."

Zwei Tage später musste Hauptmann Jacottet zurückstecken.

Wir waren in der Etappe. In Morcourt. Der Hauptmann wurde vom Oberst zitiert. Bourbaki nahm ihn unter Beschuss.

Jacottet setzte mich unverzüglich über das Kesseltreiben gegen mich ins Bild.

Jemand im Nachschubgebiet, ein Divisionsschreiberling, dem der Frontabschnitt Curlu unterstand, hatte festgestellt, dass wir in der Nacht des Angriffs auf den deutschen Konvoi die zwei zwingenden Patrouillengänge nicht absolviert und die Verbindung nicht hergestellt hatten. Der Major verlangte Erklärungen. Und ein anderer, noch weiter hinten im Nachschubgebiet, ein Schreibstubenpisser der Militärjustiz, meldete, ein Kahn sei entwendet worden, und zur Unterstützung seines Untersuchungsantrags reichte er die Abschrift einer ordnungsgemässen Beschwerde wegen Schiffsdiebstahls ein, unterzeichnet von einem nach Doullens evakuierten Einwohner von Frise.

Die erste Anklage war nicht weiter schlimm, es war bereits vorgekommen, dass wir die Verbindung mit Curlu nicht hergestellt hatten, und in Anbetracht dieser Präzedenzfälle fand Hauptmann Jacottet leicht die notwendigen Argumente, um die Neugierde des nach Erklärungen begierigen Majors zu befriedigen, obwohl dieser Antrag im Grunde verletzend für uns war; die zweite Anklage jedoch war schwerwiegender, und es dauerte nicht lange, und sie verschärfte sich auf allen Stufen, denn weil eine Anklage wegen Schiffsdiebstahls erhoben worden war, musste ihr entsprochen werden, und es dauerte nicht lange, und das Marineministerium riss die Sache an sich, war man dort doch der Ansicht, sie falle in sein Ressort, und behauptete, das Kriegsministerium habe seine Kompetenzen überschritten, weil Infanteristen sich ein Schiff angeeignet hätten. Strafmassnahmen wurden gefordert. Es ging um eine prinzipielle Frage. Und daraus wurde eine Riesenaffäre. Wir sassen alle ganz schön in der Klemme, vor allem aber der Hauptmann, der einen offiziellen Tadel einsteckte, weil er die Zügel seines Freikorps hatte schleifen lassen und dem Führer dieser Kompanie freie Hand gelassen hatte, und – der Gipfel! – nicht einmal einem Feldwebel, sondern – was für ein Skandal! – einem vulgären Gefreiten, und erst noch entgegen jeglichem Reglement und gegen jegliche Disziplin und

Tradition und militärische Usancen. Auch dies weitete sich zu einer Riesenaffäre aus, denn auch in diesem Fall ging es um eine prinzipielle Frage.

Obwohl die Beschwerde namentlich war (woraus ich gleich schloss, dass die ganze Geschichte ein von den Feldwebeln ausgeheckter Coup war) und ich des Diebstahls beschuldigt wurde, musste ich darüber bloss lachen (und ich hatten guten Grund dazu in Anbetracht des Ausmasses, das das Ganze annahm), aber es tat mir wegen Jacottet leid, der gekränkt zu sein schien, und ich legte ihm ein umfassendes Geständnis ab und berichtete ihm freimütig von sämtlichen unseren Abenteuern, liess keine Einzelheit aus, setzte ihn über alle unsere Schritte in Kenntnis, zählte alle unsere Kahnfahrten auf, erzählte ihm, wie und warum wir auf den Gedanken gekommen waren, wie wir uns für dieses Transportmittel entschieden hatten, das uns Sorgen und Mühen und Zeit sparte, wie wir die Zeit genutzt hatten, um das feindliche Hinterland auszukundschaften, und wie verlokkend das Unterfangen gewesen war; wies jedoch darauf hin, dass wir zwar die Freiheit, die wir uns genommen, vielleicht missbraucht hatten, einverstanden, wir aber unsere Zeit nicht vergeudet hätten, dass das Resultat beweiskräftig vorlag, denn während man uns piesackte und uns eine Zigarre verpasste, würden die von mir zurückgebrachten deutschen Dokumente bestimmt eingehend studiert, und einer der Generalstäbe würde sich in den nächsten Tagen höchst wahrscheinlich ihrer bedienen und sich mit fremden Federn schmücken, dass, andererseits, diese Diebstahlsanzeige absolut lächerlich war und er sich deswegen keine grauen Haare wachsen lassen solle, dass wir den Kahn im Schilf versteckt, auf dem Grund versenkt hatten, wie wir es jedesmal taten, wenn wir in die Ruheetappe gingen, und dass niemand in der Lage sein würde, und vor allem die Feldwebel nicht, das in einer verborgenen Bucht verborgene strittige Objekt zu finden und ebensowenig unsere anderen Druckposten in den Sümpfen voller Waffen und Sprengkörper, es sei denn, einer von uns sechs führe sie hin, dass selbst die anderen Jungs des Freikorps nichts von unseren Absteigen wüssten, dass er voll und ganz auf uns sechs zählen konnte, dass keiner unsere geheimen Umtriebe gestehen oder aufdecken werde, dass es den sechs seinetwegen leid tue und dass ich mich persönlich für all den Ärger entschuldige, den er sich wegen dieser dummen Geschichte zugezogen hatte, er solle sich aber vor den Feldwebeln in acht nehmen, die wahrscheinlich das Ganze gegen mich angezettelt hätten ...

„Hör endlich auf mit deinen Feldwebeln", rief Jacottet aus, „du leidest unter Verfolgungswahn, ehrlich!"

„Nein, Herr Hauptmann. Sie haben es ungeschickt angestellt, mich mittels eines Dritten, einer Zivilperson, namentlich zu verzeigen, und wenn das Ganze weiter verfolgt werden sollte, wird sich die Affäre gegen sie selber richten. Sie werden sehen. Wir sind an der Front, und mir scheint, wir haben das Recht, längs der Feuerlinie zu requirieren und selbst, ohne lange zu fackeln, einen verlassenen Kahn zu beschlagnahmen. Die Geschichte mit der Marine ist absurd, regen Sie sich nicht auf. Im übrigen werde ich die Kerle mehr als einer Gewalttat bezichtigen, die Herren Feldwebel, sollte ich vor Kriegsgericht gestellt werden."

„Du magst recht haben", sagte Jacottet, „aber inzwischen wird man dich degradieren, und du kannst deine Ehrenlegion vergessen. Und das ist schade. Ein Dickschädel hat noch nie etwas erreicht in der Armee, es nützt also nichts, starrköpfig zu sein. Man bekommt nie recht. Leider für dich. Ich hatte dich gewarnt. Der Oberst will dich sehen. Geh. Schau zu, wie du dich aus der Affäre ziehst. Und versuche deine Zunge im Zaum zu halten, verdammt. Gib klein bei. Ich wünsche dir, dass du möglichst gut wegkommst. Nun ... wenn es eine Möglichkeit gibt, dir die Stange zu halten, kannst du auf mich zählen, das weisst du. Es würde mir leid tun, dich zu verlieren."

Braver Hauptmann. Er sollte Wort halten. Und wie!

Ich hatte dem Alten nichts zu sagen. Bourbaki, unser dritter oder vierter Oberst, war ein Wirrkopf, ein Stänker, ein Dickwanst, ein Pausback, ein verbiesterter Militärkopf, kurzbeinig, aber mit klirrenden Sporen, mit breiten Ellbogen, mit geschwellter Brust, die Peitsche in der Faust, das Képi über die dichten, schwarzen Brauen gezogen, einem Backenbart bis zu den Augen, einem riesigen Schädel, und ehrgeizig bis zum Gehtnichtmehr. Er hatte am Tag seiner Ankunft beim Bataillon das Gesicht verloren. Ich persönlich verachtete ihn.

Man soll nicht hoch zu Ross paradieren, wenn man nicht reiten kann.

Am Tag seiner Ankunft beim Regiment hatte sich der neue Oberst, um die Front abzuschreiten, ein kleines Pferd ausgesucht, schwarz und haarig wie er, mit einer breiten glänzenden Kruppe. Als man ihm nun also sein Reittier vorführte und der Oberst sich in den Sattel schwingen wollte, legte sich das komische, kleine, gedrungene Biest auf die

Erde, rollte sich, alle viere in die Luft streckend, auf den Rücken, wälzte sich auf die eine, auf die andere Seite, dann rollte sich der Rappe auf die Flanke, stellte sich tot wie ein gut dressiertes Zirkuspferd, das eine Nummer ausführt, liess sich nicht bewegen aufzustehen, weder vom Zerren am Gebiss, an dem der Pferdebursche, der es vorgeführt hatte, brutal ruckweise riss, noch von den Peitschenschlägen, die der bullige Hampelmann-Oberst ihm zornig verabreichte, bevor er wutschnaubend, aber zu Fuss, die Front seines Regiments abschritt, das ihm in Reihen zu zwei Gliedern gegenüberstand, die Männer, schnurgerade ausgerichtet, in strammer Haltung erstarrt, jedoch von inneren Zuckungen geschüttelt, die ihnen die Rippen krümmten, den Nabel kitzelten und ihren Adamsapfel auf- und absteigen und Lachtränenblasen in ihren Augen platzen liessen, Tränen eines unterdrückten Lachens, eines nicht enden wollenden Gelächters, hätte es einer von uns platzen lassen, dieses Lachen, dieses schmerzende Lachen, das uns alle wie in den Schraubstock eines Krampfes einspannte.

Zwar kam das kleine, schelmische Zirkuspferd bei diesem komischen Zwischenfall gross heraus, Bourbaki hingegen verlor in dem Abenteuer sein ganzes Prestige, denn er war es, der als erster ausschlug, und nicht das hinterlistige Pferd, liess sich der neue Oberst nach der scharfen Inspektion doch tatsächlich dazu hinreissen, sein Reittier mit Fusstritten in den Bauch zu traktieren. Ich weiss nicht, warum die Männer ihm den Spitznamen Bourbaki gegeben haben, jener Oberst hatte eine Speichelleckerseele, und als er mich später ersuchte, ihm Reitstunden zu geben, lehnte ich rundweg ab, denn ich hätte ihn auf einen Eselsrücken verfrachtet, wie Sancho

Pansa, *panza* auf spanisch, was der Pansen bedeutet, der erste und grösste Magen der Wiederkäuer, und da Bourbakis Bauch kollerte und vor Aperitifs gluckste, hätte ich – ich! – ihn „Pansen" genannt, diesen dreckigen Kommisskopf, oder vielleicht „Peritonitis", denn der Gnom in Uniform war ziemlich bösartig. Mit anderen Worten: Wir standen nicht auf sehr gutem Fuss miteinander, der Alte und ich, und instinktive Abneigung ist meistens gegenseitig.

Das komische Intermezzo hatte sich mehrere Male auf die genau gleiche Weise wiederholt, und Bourbaki hatte beim Tagesrapport eine Mitteilung verlesen lassen, mit der er nach einem Mann verlangte, der sein Reittier zuritt; da sich niemand meldete, war ich vorgetreten – warum zur Abwechslung nicht ein bisschen reiten? –, und nach ein paar Tagen hatte ich dem Oberst ein gezähmtes, abgestumpftes Reittier zurückgegeben; doch weil ich unter gar keinen Umständen mein Dressurgeheimnis verraten wollte (einen Kosakentrick, den ich von meinem Grossvater hatte), weil ich mich geweigert hatte, ihm aus den erwähnten Gründen Reitstunden zu geben, weil ich keinen, überhaupt keinen Wert darauf legte, seinem kleinen Regimentsstab zugeteilt zu werden, und es vorzog, zu meinen Kameraden zurückzukehren, anstatt ihm den Hof machen zu müssen, versuchte Bourbaki mich zu kujonieren, wärmte die alte Geschichte mit dem Christus von Dompierre auf (die bei seiner Ankunft im Regiment schon fast vergessen war), um mir zu verstehen zu geben, dass ich von ihm abhängig war, aber auch aus unterschwelliger Eifersucht: Ich hatte das kleine Zirkuspferd gezähmt, ich war sportlich, jung, sorglos, unerschrocken, ich redete frei von der Leber weg und benahm mich so, als sei mir alles schnurzegal. Es kommt immer wieder vor, dass unerklärliche kleine Gehässigkeiten sich verschärfen und sauertöpfische Charaktere sich ihnen mit Inbrunst hingeben, eifersüchtig auf jegliche Überlegenheit, Begabung, Freude, Fähigkeit, Gesundheit, Intelligenz, Ausgeglichenheit, Lebensfreude, Uneigennützigkeit, was sie alles als persönliche Beleidigung empfinden, vor allem wenn sie deine Vorgesetzten sind, und sie schämen sich dessen und sie schlafen nicht mehr, solange sie dich dafür nicht haben bezahlen lassen und manchmal sehr teuer, viel teurer als beabsichtigt, weil es sich nicht um von Grund auf böse Menschen handelt, sondern um von Selbstvorwürfen geplagte Willensschwache, um Pedanten, um Anpasser, die mit dem guten Beispiel vorangehen möchten, die voller guter Absichten, vor allem aber dumm sind, und sie wissen es, und in ihrem Innersten flennen sie und sind unglücklich, und wenn einer dieser alten Kamuffel ein Tapergreis ist, wird ein Vorgesetzter schnell einmal grausam. Es ist kein Geier, der an ihnen nagt, an diesen forschen Militärs, die in Kriegszeiten über absolute Befehlsgewalt verfügen, sondern ihre Gallensäure. Sie werden gallig vor Angst. Darum sehen viele Ordensgeile so gelbsüchtig aus und träumen schlecht, sind furchtsam und das Opfer, nicht der Last ihrer Verantwortung, sondern ihrer Umgebung. Eitelkeit der Eitelkeiten! In den Generalstäben geht es um die Wahrnehmung persönlicher Interessen, um Vorrechte, um Privilegien, um Rangordnungen, um Beförderung und Karriere.

Ich hatte also Bourbaki nichts zu sagen, ich konnte ihn einfach nicht ernst nehmen. Nichtsdestotrotz, mein Fall war wegen der Diebstahlsanzeige heikel, und ich musste vorsichtig sein. Das Beste war, den Oberst reden zu lassen und ihm mit grösster Gleichgültigkeit zu begegnen, was ihn zweifellos kränkte, nachtragend wie er war. Ein gekränkter Mensch entblösst sich und gibt seine Absichten preis. Bourbakis Waffen waren dermassen niederträchtig und gemein, dass sie mir nichts anhaben konnten. Mit der Zeit wurde er es leid. Doch es dauerte lange, für mich viel zu lange. Schliesslich wurde dank eines glücklichen Zufalls, eines Kriegsereignisses, das allen Machenschaften der Feldwebel ein Ende setzte, jegliche Anklage fallengelassen.

Bourbaki bestellte mich innerhalb von zwei Tagen etwa zwanzig Mal zu sich, es waren unsere letzten Ruhetage, bevor wir an die Front einrückten. Er fragte mich aus, versuchte mir einzuheizen, mir Angst einzujagen, mich einzuschüchtern, mich zu verführen, zeigte Verständnis, wusste er doch genau, dass Drohungen bei mir keinerlei Wirkung zeigten, war liebenswürdig, redete von den Feldwebelwinkeln, die auf mich warteten, malte mir das Kriegsverdienstkreuz in den schönsten Farben, deutete an, dass die Ehrenlegion in letzter Instanz nur von seiner günstigen – oder ungünstigen – Beurteilung abhing, dies alles, reinste Zeitverschwendung, ohne mich zu beeindrucken, ohne bei mir etwas zu erreichen, kein Wort der Entschuldigung, keine Erklärung. Also stufte er mich nach dem letzten Appell, bevor wir an die Front einrückten, zurück und ernannte den Monokolski zum Kompanieführer und glaubte, auf diese Weise Feindschaft zwischen dem Polen und mir zu säen. Die Kameraden waren empört, doch Jacottet hatte mich vorgewarnt, und ich hatte meiner Schar mitteilen können, dass wir in der Grenouillère nicht mehr Herr und Meister waren, sondern dass wir unter das Kommando eines Adjutanten gestellt würden (Anordnung Nr. soundso des Obersts, die aber beim Rapport nicht verlesen wurde). Trotzdem, die Männer fanden das ungerecht, und wir kehrten lustlos in die Grenouillère zurück.

Zum Glück war Adjutant Angéli zum Postenchef bestimmt worden.

Angéli war, auf seine Art, ein Weiser. Er war nicht neugierig. Er wollte nie einen Rundgang durch seine Stellung machen, wie ich es ihm bei unserer Ankunft in der Grenouillère vorschlug, wohin er nie den Fuss setzte.

„Wozu?" meinte er. „Ich stelle fest, dass ihr euch sehr gut eingerichtet habt. Das genügt. Es müssen zwei Patrouillen durchgeführt werden, oder? Ich verlasse mich auf dich, dass du sie organisierst wie vorher, doch, Ehrenwort, keine Spässchen, oder? Im übrigen wird sie dein Kollege, der Pole, übernehmen, du bleibst schön bei mir am Feuer. Ich will keine Geschichten. Verstanden?"

Mich beiseite nehmend, fügte er hinzu: „Ich bin nicht hierhergekommen, um mich auszuzeichnen. Der Oberst hat mich mit einer Untersuchung an Ort und Stelle beauftragt. Ich muss einen Rapport schreiben. Ich werde dir Fragen stellen, und du wirst mir ehrlich antworten, oder? Ich werde deine Antworten festhalten, und damit hat es sich. Bist einverstanden, oder? Verstehe, verstehe. Das Ganze geht zu weit, oder? Auch ich bin ein junger Soldat gewesen. Wir haben richtig die Sau rausgelassen. Mann! Ich hatte damals meine bessere Hälfte noch nicht auf dem Buckel und keine Kinder zu erziehen. Das waren noch Zeiten! Ja, wir hatten jede Menge Spass. Kennst du Algier? Ah, die schönen *moukères* ... Der Soldat ist dort König. Ich war beim 2. Zuavenregiment."

Adjutant Angéli war uns vom Bataillon der Pariser Feuerwehr zugeteilt worden. Von allen unseren Ausbildungsoffizieren in der Anfangszeit war er vielleicht der einzige, der sich nicht darüber beklagte, bei uns zu sein. Er fand sogar ein gewisses Vergnügen an unserer Gesellschaft und verheimlichte es nicht. Er war um die vierzig, hochgewachsen, kräftig, gutgebaut, ging aber leicht gebeugt, er hatte das angenehme, Ruhe ausstrahlende Gesicht der Mittelmeerbewohner und gelocktes Haar. Mit seinen gemessenen Gesten erinnerte er mich an einen Müller, doch er war immer in der Armee gewesen und war in einer Kadettenanstalt aufgewachsen, war Zuave, war Feuerwehrmann gewesen, und er unterliess es nie, darauf hinzuweisen, dass er ohne uns noch jahrelang auf seine schmalen Adjutantenepauletten hätte warten müssen, die ihm erlaubten, seinen Kindern eine gute Ausbildung zu geben. Er hatte drei Kinder. Zwei Jungen und ein Mädchen. Seine Frau war eifersüchtig; als wir am Feuer sassen, erzählte er mir: „In Paris sind die Feuerwehrmänner sehr umschwärmt, alle Dienstmädchen fallen uns in die Arme, und ich habe immer eine Vorliebe für die Tanzabende mit den Musetteorchestern gehabt. Ich kenne sie alle. Ich bin seit zwölf Jahren in Paris, und ich habe gleich im ersten Jahr geheiratet. Nach dem Krieg gehe ich in Rente, denn die Jahre im Feld zählen doppelt. Der Krieg kann ruhig noch ein bisschen dauern, und ich bin fein raus. Es fehlen mir noch acht Jahre. Die Adjutantenrente ist ganz ordentlich. Ich sehne mich nach Korsika zurück. Meine

Frau auch. Sie kommt aus Calvi. Ich aus Sartène. Du besuchst uns mal dort unten ..."

Das Verhör dauerte nicht lange.

Er: „Ihr habt scheint's ein Boot."

Ich: „Es liegt schon lange auf Grund. Es war ein alter Kahn."

Er: „Ihr habt scheint's mit den Boches fraternisiert."

Ich: „Wer, wir?"

Er: „Scheint's."

Ich: „Wer hat das gesagt?"

Er: „Es steht in der Anklageschrift. Scheint's in der Fabrik, bei der Kohlemaloche."

Ich: „Ach so, in der Zuckerfabrik. Ja. In der Tat, vor der Zuckerfabrik steht ein Kohlehaufen. Der gesamte Frontabschnitt hat sich dort bedient. Auch die Boches. Den ganzen Winter über."

Er: „Es stimmt also?"

Ich: „Was stimmt? Verdammt, die Schufte! Steht das im Rapport der Feldwebel? Sie haben doch auch von der Kohle profitiert, oder? Den ganzen Winter haben wir sie damit versorgt. Die Dreckskerle!"

Er: „Was stimmt nun eigentlich an dieser Geschichte?"

Ich: „Überhaupt nichts. Anderswo ist es das gleiche. In Dompierre zum Beispiel, wo ebenfalls ein Kohlehaufen steht. Sie brauchen mich bloss nachts zu begleiten, und Sie werden sehen."

Er: „Also, was soll ich schreiben?"

Ich: „Schreiben Sie, dass vor der Zuckerfabrik in Frise ein Kohlehaufen steht. Dass dieser Kohlehaufen im Niemandsland ist. Dass sich seit Monaten der ganze Frontabschnitt dort mit Kohle versorgt. Auch die Boches. Dass man sich am Anfang geprügelt hat, dass aber später und in Anbetracht der Situation jeder schön der Reihe nach, die verschiedenen Regimenter im Turnus, dort Kohle gebunkert haben, auch die Boches. Das hat sich spontan so ergeben, ohne Vorankündigung, ohne Verhandlungen, ohne Übereinkunft. Die Boches kommen alle zwei Tage. Heute nacht sind wir an der Reihe. Morgen sie. Sie können das überprüfen. Ich begleite sie zur Kohlemaloche. Die Männer kommen mit Säcken. Sie sind unbewaffnet. Doch man weiss ja nie, also hat jeder Granaten in den Taschen. Bei den Boches ist es genauso. Und wenn man sich im Tag irrt und man einander unverhofft gegenübersteht, dann prügelt man sich eben. Doch das kommt immer seltener vor. Wegen des Winters, der Kälte, des Wassers, das überall durchsickert. Die Boches sind vielleicht besser dran als wir, weil sie den Hügelzug besetzt halten, aber sie frieren ebenso wie wir, und es lohnt sich wirklich nicht, sich wegen der Kohle gegenseitig umzubringen, finden Sie nicht auch? Also stellt man sich hinten an."

Er: „Stimmt. Es lohnt sich nicht. Doch in der Anklageschrift wird behauptet, es habe Verbrüderung gegeben. Da, schau, genau diesen Ausdruck verwenden sie. Scheint's habt ihr Zeitungen ausgetauscht, Tabak, Zigarren, Zigaretten, und habt euch bestens verstanden. Da du Deutsch sprichst, beschuldigt man dich. Man macht dich für alles verantwortlich. Und das ist schlimm, sehr schlimm, du weisst, das kann weitreichende Folgen haben ..."

Ich: „Die Dreckskerle! Ich werde Ihnen alles berichten, und Sie werden verstehen, Herr Adjutant. Ja, es stimmt, die

Deutschen lassen manchmal Zeitungen auf dem Kohlehaufen herumliegen, das *Berliner Tageblatt,* die *Leipziger Illustrierte Zeitung,* die bebildert ist, also liessen wir ihnen *Le Matin* zurück, *Le Journal, Le Petit Parisien.* Wenn sie gut sichtbar Zigarren hinlegten, legten wir von unseren Zigaretten hin oder ein Päckchen gehackte Armeesocken. Das ist menschlich, oder? Doch es hat nie weder Verbrüderung noch Verhandlungen irgendwelcher Art gegeben, und ich habe nie ein Wort mit ihnen gewechselt. Ich hasse die Boches aus tiefstem Herzen, und ich glaube, ich habe es bewiesen und öfter als von mir verlangt, etwa nicht? Die Feldwebel sind dreckige Lügner. Dass ich Deutsch spreche, haben sie genutzt. Man holt immer mich, wenn ein Gefangener verhört werden muss. Verdammt, man wird mich doch nicht beschuldigen, fraternisiert zu haben? Das ist die Höhe!"

Er: „Reg dich nicht auf, mein Junge. Verstehe, verstehe. Das geht zu weit. Doch was ist das für eine Geschichte mit dem Kalvarienhügel?"

Ich: „Was für eine Geschichte mit dem Kalvarienhügel?"

Er: „Die Geschichte mit dem Hündchen. Auch in diesem Fall werdet ihr beschuldigt, Zeitungen, Tabak ausgetauscht zu haben. Die ganze Kompanie weiss Bescheid. Und ihr werdet nochmals beschuldigt, fraternisiert zu haben. Scheint's habt ihr Briefe gewechselt, und der kleine Hund soll sie hin- und hergetragen haben. Was ist wahr daran? Ich kann es kaum glauben."

Ich: „Die Geschichte vom kleinen Hund? Gut, ich werde sie Ihnen erzählen, die Geschichte vom kleinen Hund.

Und Sie können sich selbst ein Bild machen. Schöne Arschlöcher, eure Feldwebel."

Er: „Reg dich nicht auf ..."

Ich: „Doch. Ich knalle die Kerle nieder."

Er: „Beruhige dich. Du redest zuviel. Das kann ich nicht schreiben."

Ich: „Im Gegenteil, schreiben Sie's ruhig. Es ist mir egal. Ich bin ihnen ein Dorn im Auge. Lauter Feiglinge und der Oberst ebenfalls, ich bin ihm ein Dorn im Auge. Ich weiss nicht, wie man auf solche Anschuldigungen kommt. Sie brauchen mich bloss erschiessen zu lassen. Die Schufte! Und jetzt erzähle ich Ihnen die Geschichte vom kleinen Hund. Und dann urteilen Sie selbst."

Die Geschichte vom kleinen Hund

Ich: „Sie wissen genau, Angéli, jedesmal, wenn beim Appell ein Spezialist verlangt wird und sich niemand für die Arbeit meldet, trete ich vor. Erinnern Sie sich? Sie hatten doch Dienst, als der Alte jemanden gesucht hat, der seinen Gaul zureitet, und ich mich gemeldet habe und Sie zu mir gesagt haben: ‚Bist auch noch Jockey und willst das Pferd zureiten?' Und ich habe den Gaul des Obersts zugeritten und ihn Mores gelehrt. Doch das war bloss zum Spass. Ich bin nicht ehrgeizig, und wenn ich mich melde, so tue ich es nicht, um mich vor etwas zu drücken, sondern um etwas zu lachen zu haben und in der vagen Hoffnung, dass sich die Gelegenheit zu einem Ausflug bietet. Was wollen Sie? Ich hab' kein Sitzfleisch, aber ich möchte um nichts in der Welt die Kompanie und meine Kameraden verlassen; trotzdem, ich bin von Natur aus neugierig, und ich sehe mich gern in der Welt um und wie es anderswo zugeht und wie Menschen sich anstellen. Was mir sogar oft gelungen ist. Also habe ich eines Tages einen Abstecher nach Compiègne gemacht, erinnern Sie sich? Vor Weihnachten war das, Anfang Dezember. Man suchte seit ein paar Tagen Hundeabrichter, und weil es dafür keine Interessenten gab, habe ich meine Bewerbung eingereicht. Der diensthabende Feldwebel, es war Truphème, hat wie Sie zu mir gesagt: ‚Bist also auch Hundeabrichter.' ‚Ja, Feldwebel.' Und am folgenden Tag bestieg ich den Zug nach Montdidier, und wir fuhren über Land, wir, das heisst an die dreissig Mann, alles Hundeabrichter wie ich, die sich wie ich gemeldet hatten und die aus allen Divisionen der Nordarmee eingetrudelt waren, um im Grossen Zwinger in Compiègne Kriegshunde in Empfang zu nehmen, und wir konnten es nicht fassen, über Land zu fahren, und wir sperrten die Augen auf, denn es war das erste Mal, dass wir die Gefechtszone verliessen – wenn ich so sagen darf – und seit langem wieder einigermassen unversehrte Häuser sahen. Was für Glückspilze, für einmal hatten wir Massel gehabt. Heute frage ich mich, ob unter uns ein einziger professioneller Hundeabrichter war. Doch was wollen Sie, Angéli, wer nichts wagt, bringt es zu nichts, und das Schauspiel, das auf beiden Seiten des Bahnwagens vor den offenen Waggontüren an uns vorbeizog, der Anblick des friedlichen Lebens, des wiedergefundenen Lebens, der Anblick des Lebens, das wir vergessen hatten, der gepflügten Felder – gepflügte Felder! –, dieser Anblick lohnte die dreissig Tage Arrest, falls man mit den Kläffern keinen Erfolg haben sollte. Im Zug und an den Haltestellen sprachen die Leute uns an, in den Bahnhöfen spendierten sie uns zu trinken. Für sie war es das erste Mal, dass sie Soldaten sahen, die von der Front kamen, und sie konnten es ebenfalls nicht fassen, sie erkannten uns nicht wieder. Was denn, was ist denn aus unseren Männern, aus unseren Söhnen geworden? Die Ärmsten! Keinem von uns sah man sein wahres Alter an. Wir hatten in nicht einmal sechs Monaten unsere Jugend verloren. Doch wir legten uns keine Rechenschaft ab von der Betroffenheit, die wir bei der zivilen Bevölkerung auslösten. Wir waren glücklich, da zu sein. Wir tauschten laut unsere Eindrücke aus, und die Leute verstanden nicht, verstanden weder unsere Sprache noch unsere Erregung, und wir, wir verstanden nicht, warum die Frauen sich schnäuzend Tränen aus dem Augenwinkel wischten oder zu laut lachten, und die Alten öffneten ihren Geldbeutel und gaben uns Geld. Die Frauen! Und ob wir sie anschauten! Egal, ob sie hässlich oder hübsch waren. Sie waren alle hübsch, und ob. Sie verstecken alle etwas unter ihren Röcken. Himmlisch! Was für Geschöpfe! Wir verschlangen sie mit den Augen. Wir hätten sie am liebsten allesamt geküsst. Wir vergassen unsere Läuse. Wir hätte sie am liebsten abgeknutscht. Im Bahnhof von Compiègne jedoch gab es Besseres. Auf dem Bahnsteig des Bahnhofs von Compiègne wurden wir von jungen Amerikanerinnen – in Uniform! – in Empfang genommen. Sie betreuten eine Kantine für an die Front einrückende Versprengte und verteilten warmen Tee und Fleischbrühe an die Verletzten, die von der Front zurückkehrten. Und wir drängten uns alle dreissig um die Kantine, weil auch im Bahnhof von Compiègne niemand etwas von unserer besonderen Mission wusste und weil ich der einzige unserer Bande war, der Englisch sprach, palaverte ich im Namen aller, als gehörte ich zum Haus. Die jungen Misses hatten noch nie Soldaten gesehen, die direkt von der Front kamen, was erklärt, dass ich schnell einmal in den nächtlichen Nebel hinaustrat, an jedem Arm eine junge Miss, und dass sie mich in eine nicht weit vom Bahnhof entfernte Villa führten, die ihrem Detachement als Truppenunterkunft diente. In jenem *home* waren weitere Misses, dort gab's ein Grammophon, amerikanische Zigaretten, Sandwiches, Teller mit Süssigkeiten und *candies,* kreisende Schallplatten, Whisky, Gelächter, Getanze, Geflirte, verliebte Augen, noch mehr Getanze, viele, viele verhüllte Anspielungen, Geschmuse, ein, zwei, drei, vier, fünf, sechs, sieben, acht, neun erstaunte Ohs, junge Mädchen, die mich umstanden und mich ausfragten, Gerüche, Parfüms, Frauendüfte, alles drehte sich vor meinen Augen, und am Morgen früh stand ich wieder auf dem Bahnsteig, nachdem ich mit ein oder zwei, wenn nicht mit vier oder fünf Misses geschlafen, à la Musketier die Fahne gehisst hatte, ran-rein, wie die jungen Amerikanerinnen es im Taxi auf der Riverside-Drive mögen. Und dann ... noch nie habe ich mich von jemandem so anranzen lassen. Auf dem Bahnsteig erwartete mich ein Rüpel in was weiss ich für einer Uniform, eine Art missgelaunter Staber in Wadenklemmern, mit rot angelaufenem Gesicht, eine Art Gespenst aus der Kavallerieschule, geschnürt-Wespentaille-Fin-de-siècle, oder ein Leutnant der Forstverwaltung in einem engen, mit Kordeln und Knöpfen besetzten Furzverteiler, ein Museumsstück, was? Der General des Grossen Hundezwingers höchstpersönlich, der mir eine Zigarre verpasste. Offenbar hatte man nur noch auf mich gewartet! Ich wurde in einen Fourgon gestossen, und der Konvoi setzte sich in Bewegung, dreissig Hundewaggons, und in jedem ein Begleiter mit einem Bündel Drucksachen in den Händen. Ich aber machte ein Nickerchen, ohne mich weiter um was auch immer zu kümmern, und als der Konvoi in Montdidier anhielt, erdröhnte homerisches Gelächter: General de Castelnau lachte sich krumm, seine Stabsoffiziere lachten sich krumm, doch wer sich am meisten krümmte vor Lachen und, die Pfeife im Mundwinkel, am lautesten lachte, das war ich, der etwa fünfzig Hunde verschiedenster Rassen, verschiedenster Grössen, verschiedenster Felle an der Leine hielt, die an mir hochsprangen und um mich herum kläfften, und einer bellte lauter als der andere, in Dur, in Moll, tief, heiser, gellend. Ein Höllenspektakel! Wobei zu sagen ist, dass meine Zufallskollegen nicht besser bedient waren als ich, auch sie verliessen ihre jeweiligen Fourgons mit unwahrscheinlichen Meuten, nur getrauten sie sich nicht zu lachen, als sie am General vorbeidefilierten, ich aber lachte und lachte und lachte mich halbtot. Was war passiert? Weil die Zeitungen gemeldet hatten, die Deutschen würden Kriegshunde einsetzen, gut abgerichtete Wolfshunde, hatte eine patriotische Liga im Inland an die wohlbekannten vaterländischen Gefühle der Französinnen appelliert, und alle diejenigen, die bereits ihren Sohn, ihren Bruder, ihren Verlobten, ihren Gatten, ihren Vater oder ihren Geliebten geopfert hatten oder ihren jungen Cousin, Patensohn, Neffen, hatten nochmals ein Opfer gebracht und ihren Hund auf dem Altar der Heimat geopfert. Die eine hatte einen ausgehungerten Bernhardiner geschickt, den man nicht mehr ernähren konnte, die andere einen fetten Pudel mit entzündeten Augen, den Fleischerhund, ein Windspiel, einen Dackel, einen Mops, ein Jagd-, Hetz- oder Hühnerhundgezücht, sanfte Spaniels, einfältige Windhunde, die sich ständig kratzten, den Wachhund des Kneipiers von nebenan, den Pekinesen oder den King Charles der Luxusnutte, das Hundchen der Mätresse, der heiser bellt, wenn man die Treppe ihres Entresols hoch- und an ihrer Türe vorbeigeht, und jede alte Jungfer ihren Schosshund, Papillon oder Pommernspitz, und jede Concierge ihren grässlichen Köter, den sie für einen Rassehund hält, weil er nach Pisse stinkt und belfert und seine Schnauze in den Hintern der Hausbewohner steckt und flüchtet, wenn man ihn ruft. Es war ein Jux, aber ich schwöre, ich übertreibe nicht, schliesslich verdanke ich der „Frauenliga der französischen Kriegshunde" eines der grössten Gaudi meines Lebens, das mir überdies einen achttägigen Ausflug durch alle Frontabschnitte der Division verschaffte, wo ich meine Hunde, zwei oder drei je Bataillon, verteilte, dem Vertrauensmann, der sie übernahm, die Merkblätter und die Weisungen der Liga in die Hand drückte, kurz, die Anweisung, wie die Hunde einzusetzen waren. Ich vermute, dass sämtliche Köter ihre Karriere in der Truppenunterkunft, in einer Bratpfanne der Kompanien, beendet haben, denn ich habe nie wieder einen gesehen; ich aber kehrte begeistert nach Frise zurück, in die Ferme Ancelle, wo meine Kompanie stationiert war, und brachte einen kleinen verspielten Foxterrier mit, den ich *Black and White* getauft hatte, weil er scheckig war wie jener von *His Master's Voice,* der Modehund damals, den die Männer aber einfach *Whisky* riefen. Ich muss Ihnen gestehen, Angéli, dass ich ein Hundenarr bin und dass ich, als ich noch zur Schule ging, eines Tages mit einem

Zirkus auf und davon bin, weil ich mich in die Tochter der Seiltänzerin verliebt hatte, ein Mädchen in meinem Alter, die eine Nummer mit klugen Hunden zeigte. *Black and White* hätte in dieser Nummer auftreten können, intelligent, wie er war. Er unterhielt uns und lernte alle Kunststücke, die man ihm beibrachte: Er gab Pfötchen, er machte Männchen, beherrschte den Salto, lief fröhlich mit seinem lächerlichen Schwanzstummel wedelnd auf den Vorderpfoten. Er bekam nie genug davon. Er war ein Clown! Sein grösster Spass war aber, zu den Boches auf der anderen Seite hinüberzurennen. Es war wirklich drollig. Er klaute einen Feldbecher, eine Feldmütze, ein Essgeschirr und flitzte geradewegs zu den Boches hinüber. Man sah ihn unter den Stacheldrahtverhauen hindurchschlüpfen, über die Brustwehr springen und in die Stellung auf dem Kalvarienhügel schlüpfen, als sei er dort zu Hause. Und bei den Boches war's wohl das gleiche, denn er rannte zu uns zurück, eine resedafarbene Feldmütze in der Schnauze, eine Aluminiumfeldflasche und einmal mit einem Käse, den er offensichtlich einem Boche geklaut hatte, der hinter ihm her fluchte und auf ihn schoss, ohne ihn zu treffen, und um die Flucht unseres kleinen Lieblings zu decken, schossen wir auf den Drecksdeutschen, den wir hintenüberfallen sahen, während *Black and White* in unseren Graben raste. Am nächsten Morgen liessen sie uns durch ihn einen Brief voller Beschimpfungen überbringen, und wir antworteten ihnen auf dem gleichen Wege und im gleichen Wortlaut ..."

Angéli: „Aha, das war's also!"

Ich: „Das war's überhaupt nicht, Herr Adjutant. Möchten Sie wissen, was in jenen Botschaften stand? Ich werde es

Ihnen sagen, und Sie können es in Ihren Rapport aufnehmen, wenn Sie meinen. Die Deutschen hatten uns geschrieben: *Frankreich kaputt!* Mit anderen Worten: Frankreich ist am Arsch. Worauf wir ihnen antworteten: *Scheissdreck,* auf gut französisch also *Merde!* Glauben Sie mir?"

Angéli: „Warum sollte ich nicht. Und dann?"

Ich: „Das war's. Als *Black and White* mit unserem Briefchen in der Schnauze oben auf dem Kalvarienhügel ankam, tötete ihn ein Boche mit einem Revolverschuss. Mit der einen Hand hat er ihm das Stück Papier aus der Schnauze genommen, hat ihn gestreichelt und hat die Waffe in sein Ohr abgefeuert. Wir haben es genau gesehen, es war ein Offizier, und in jenem Frontabschnitt gab's an jenem Tag eine wilde Schiesserei, die bis zum Abend dauerte. Die Männer weinten vor Wut ..."

(Es war ein bisschen, um *Black and Whites* Tod zu rächen, dass wir Ende Monat unseren Handstreich am Kalvarienhügel geplant hatten; doch da Angéli anscheinend von dieser verfluchten Eskapade nichts wusste und sie im Rapport, den er konsultierte und den er vervollständigen sollte, mit keinem Wort erwähnt wurde, brauchte ich ihm nichts von unserem Heiligabend zu erzählen, es wäre nicht klug gewesen, und ich wäre sonst bestimmt in die Patsche geraten, in die man mich zu stecken versuchte. Daher: Mund halten!)

Angéli verstand es, Geschichten zuzuhören, und in den vier Tagen, die er bei uns verbrachte, erzählte ich ihm Geschichten, lauter Tiergeschichten, weil ich mit der des Hündchens begonnen hatte und ich die Tiere liebe und glaube, sie ein bisschen zu kennen.

Wenn Bourbaki geglaubt hatte, durch das Einsetzen eines Unteroffiziers das gute Einvernehmen innerhalb der Truppe zu stören, so hatte er sich geirrt; die Stimmung war noch nie so gut gewesen, der Dienst so geruhsam, so regelmässig – Przybyszewski erledigte, sich entschuldigend, meine Arbeit, erstattete mir Bericht über seine Patrouillengänge und nicht dem Adjutanten, wir waren nie so gute Freunde gewesen wie jetzt, wir beiden –, und die Kameraden, die gerade nichts Besseres zu tun hatten, verbrachten mit mir die Nacht am Feuer in Garnéros Küche, setzten sich im Kreis um mich herum, hörten meinen Geschichten zu, während Chaude-Pisse für uns ein besonderes Gericht schmurgelte oder Sawo den Schnapspunsch einschenkte – oder einen Punsch aus fermentiertem Rübensirup, von dem er in einem Schuppen der Zuckerfabrik eine volle Korbflasche entdeckt hatte. Er schmeckte seltsam, eine bisher unbekannte Alkoholvariante, doch wir tranken ihn. (Es gab zwar welche, die behaupteten, die Flüssigkeit sei eine Säure, mit der man den Zucker reinigt, und dass die sirupartige, kristallisierte Konsistenz von den Verunreinigungen herrührte, die die Säure ausgefällt hatte. Zum Teufel mit diesen mäkligen Pedanten. Keiner von uns war Raffineur. Der Soldat trinkt.)

Die Geschichte vom Igel aus Dompierre
„Glauben Sie bloss nicht, Angéli, dass nur die Menschen Alkoholiker sind, der Igel des kleinen Coquoz war es auch. Der kleine Coquoz hatte in Dompierre einen Igel zurückgebracht, er hatte ihn in ein Taschentuch gewickelt, denn der Junge fürchtete sich vor den Stacheln." („He, Coquoz,

schläfst du? Komm, ich erzähle dem Adjutanten die Geschichte von deinem Igel. Sag ihm, ob ich lüge!")

„Es war ein niedliches Tierchen mit einem seidigen Bäuchlein, mit rauhem Mönchskuttenfell und glänzenden Äuglein. Er kackte überall hin, wie das halt üblich ist bei den Igeln, die ihre Losung verstreuen wie die Nashörner. Auch wenn er keine Ravenala hatte, um ihn einzuwickeln, wollte Garnéro ihn in seinen Kochtopf stecken, aber ich stellte das Tierchen unter meinen Schutz und war glücklich, mich um das melancholische Mäusevolk bekümmern zu können, das menschliche Abdrücke im Schlamm hinterliess, winzige Fussabdrücke, und ich war von den zahllosen Spuren – unser Igel war ständig unterwegs – beeindruckt, als handelte es sich um den Beweis einer Marsmenscheninvasion, von Millionen kleiner Homunkuli, unsichtbar, aber auf Kriegspfaden im Tohuwabohu des Frontabschnitts bei Dompierre, das von den Minen und den Gegenminen und ihren Kratern eines toten Planeten aufgewühlt war.

Wussten Sie, dass sie Sohlen an den Hinterpfoten haben? Der Abdruck der Igelsohle hat tatsächlich die Form eines menschlichen Fusses, aber die Haut an der Sohle ist runzelig, knitterig, und man könnte die Linien deuten wie in der Chiromantie, der Kunst, aus Form und Linien der Hand die Zukunft zu lesen und vorauszusagen. Ich hätte es getan, wäre dies nicht ungewöhnlich gewesen, denn die Chiromantie – oder besser, die auf die Pfoten bestimmter Tiere angewandte Podomantie – wurde im Mittelalter unter anderem am Alraun praktiziert." (In Paris verkaufte man auf dem Pont-Neuf mumifizierte Pinselaffen aus Brasilien anstelle von Alraun, dem berühmten Pilz aus Korinth, an deren

Extremitäten man, nebst anderen nekromantischen Praktiken, schönes oder schlechtes Wetter voraussagte, denn sie verknoteten oder entknoteten sich je nach Wetterlage.) „Aber ich brauchte die Pfoten meines Igels nicht zu studieren, denn er besass eine andere, eine ganz besondere Begabung, die uns vor allem interessierte: Er spürte die Minen auf, genauer gesagt, er hatte ein feines, hochentwickeltes Gehör, das den Schall hören konnte, und er ortete, ohne sich je zu irren, die Boches, die über oder unter, links oder rechts von unserer Sappe arbeiteten, er reagierte verschreckt, flüchtete in die entgegengesetzte Richtung, wenn er schätzte, genügend Zeit zum Fliehen zu haben, rollte sich am Fuss der Grabenwand zusammen, wenn der Feind ganz in der Nähe war, und wir trafen unverzüglich die notwendigen Vorkehrungen, Gegenmine oder hastige Flucht, wir konnten uns voll auf ihn verlassen. (Ich habe das gleiche Experiment mit Maulwürfen gemacht, jedoch erfolglos, diese Blindgeborenen sind zu ängstlich.) Als wir diese ungewöhnliche Begabung festgestellt hatten, die an Wahrsagerkunst grenzte, verzieh man ihm seine Versoffenheit, und sogar Garnéro verzichtete darauf, unseren Igel aufzutischen. Denn er war versoffen, unser Igel. Es war sein Laster. Er süffelte aus allen Blechbechern. Der Wein wurde damals genau abgemessen. Die Männer hatten die Angewohnheit, einen Blechbecher voll aufzusparen, und sie versteckten ihn in ihrer Schiessscharte, um ihn im Auge zu behalten und den Wein kühl zu halten. Nun aber, seit der Igel bei uns war, lehrten sich die Becher auf geheimnisvolle Art und Weise, und täglich wurde geschimpft, und selbst unter guten Kameraden führten die gegenseitigen Anschuldigungen zu ständigem Gezänk, ja sogar zu handgreiflichen Auseinandersetzungen. Der Spuk löste Panik aus, und die Männer verloren die Nerven, das war das letzte, was uns passieren konnte im Frontabschnitt bei Dompierre, wo der Schrecken der Minen herrschte. Wir brauchten lange, bis wir unseren Dieb ertappten. Es war unser Kapuziner von einem Igel, der verstohlen aus den Schützengräben kroch und von draussen die in den Schiessscharten versteckten Blechbecher aussüffelte. Einen nach dem anderen, die ganze Brustwehr entlang, und er kehrte zärtlicher und zutraulicher denn je zu mir zurück, um sich in meinem Schoss zusammenzurollen. Kein Wunder, es war ihm übel. Dem scheinheiligen Mönch!"

(Garnéro war's, der hinter das Geheimnis kam, denn Garnéro hatte ein scharfes Auge auf den Eindringling, immer noch in der Hoffnung, ihn uns auftragen zu können. „Schmeckt prima, das Igelfleisch", sagte er, „bei uns zu Hause habe ich oft Igel gegessen. Man rollt ihn lebend im Lehm, packt ihn in Lehm ein und schmort ihn unter der Glut. Wenn die Lehmkugel steinhart ist, ist er gar. Man zerschlägt den Panzer, und die Stacheln bleiben darin hängen. Man braucht ihn nicht auszunehmen, und er ist zarter als ein Brathähnchen." Das hatte er gesagt, bevor wir den Igel in eine Sappe gebracht und seine divinatorischen Fähigkeiten entdeckt hatten, die uns mehr als einmal das Leben retten sollten. Seither hatte sich Garnéro gebessert.)

„Magst es glauben oder nicht, aber dein Igel ist besoffen", sagte eines Abends Garnéro zu mir.

„Woran erkennst du das? Er hat Schlaf", antwortete ich und kraulte das Tierchen, das sich an mich schmiegte, am Bauch.

„Schlaf! Dass ich nicht lache, schau, wie merkwürdig er gähnt."

Tatsächlich streckte sich der Igel gähnend auf meinen Knien und liess ein komisches Zipfelchen zwischen seinen Pfoten herunterhängen, dünn und lang wie ein rotschwarzer Wurm.

„Er ist betrunken, jawohl. Es ist der Alkohol. Ich kenne mich aus", erklärte Garnéro.

„Ich begann meinen kleinen Gefährten aufmerksamer zu beobachten. Es stimmte. Er trank. Wenn er aus seinem Schläfchen erwachte – und er schlief viel –, trippelte er aus dem Schützengraben und lief geradewegs von Schiessscharte zu Schiessscharte die Becher aussüffeln, machte einen Abstecher durchs *no-man's land* und kehrte wie ein verdurstender Pilger zurück, der aus der Wüste kam, wo er sich anscheinend nur von bitteren Wurzeln und Heuschrecken ernährt hatte. Er konnte unglaubliche Mengen trinken. Mehr als Opphopf. Sämtlicher Roter der Kompanie wäre draufgegangen. Er kehrte beschwipst zurück. Ich beobachtete ihn. Er taumelte kein bisschen, seine Äuglein glänzten. Er blieb stehen, ging weiter, ohne auch nur einmal zu zögern oder zu stolpern, er orientierte sich problemlos. Die Sorglosigkeit selbst. Er kam schnurstracks auf mich zu. Doch bei mir angelangt, wollte er geradeaus weitergehen, als gäbe es keine Leere zwischen ihm und mir, die Tiefe des Grabens, in dem ich stand, er setzte seine Pfoten ins Leere und plumpste von der Brustwehr in die Tiefe. Daran erkannte ich, dass er betrunken war. Und dies war es, was mich interessierte, die mangelnde Orientierung, der Verlust der Anziehungskraft oder der Schwerkraft, als glaubte er, ihm würden Flügel wachsen oder er könnte sich der Levitation überlassen. Er fiel sicher ins Leere. Ich frage mich, wie er es geschafft hat, sich nie das Genick zu brechen. Er fiel in einen Abgrund, der hundertmal tiefer war als er lang. Und er fuhr hartnäckig mit dieser Art Sport fort, Hunderte und Aberhunderte Male.

Eines Morgens fand ich ihn tot im Munitionsbeutel, der ihm als Nest diente und wo ich ihn nachts einschloss. Ich autopsierte ihn, denn schliesslich war ich einmal Medizinstudent. Von seiner Leber fand ich nur gerade eine kleine Schwiele, nicht grösser als ein Hirsekorn. Die Leber meines Igels war vom Alkohol resorbiert worden."

(Auf diese Weise sollte ein paar Jahre später Raymond Radiguet sterben, an einer Leberresorption. Tatsächlich rief mich Dr. Capmas, den ich ihm empfohlen hatte, ein paar Stunden nach seinem Tod an. „Ihr junger Freund hatte sozusagen keine Leber mehr, kaum grösser als eine Haselnuss. Er hat zuviel Alkohol getrunken. Er war zu jung. Sie sagen, er hat seinen Wehrdienst abgeleistet? Nicht möglich. Er war noch nicht voll entwickelt. Die Cocktails sind Gift." Seltsam. Ich frage mich, in was für eine Leere sich der arme Radiguet vor dem Sterben hat fallen lassen, er, der sich nüchtern auf Pegasus schwang und zum Himmel ritt ... wie mein tolpatschiger Igel es oft versucht hat. In Dompierre waren es die Männer, die in ganzen Kompanien durch die Luft flogen, reihenweise davonschwebten, von den entsetzlichen Explosionen der Sprengkammern verweht, und viele Männer fielen nicht wieder herunter, es sei denn als Blutregen. Es mangelte an Rotem im Frontabschnitt, doch nicht an diesem Roten, und jedermann war beschwipst, vor Angst, vor Erschöpfung und von diesem neuen Wein der Apokalypse. Doch wer, wer stampfte durch die Weinberge und zu welchem Zwecke? Tiefer konnte man nicht fallen. Niemand. Ich ballte die Fäuste, um nicht in Versuchung zu kommen, in den Linien meiner Hand zu lesen. Die Zukunft? Ein Witz. Theater. Und im Juni 1940 hat es sich wiederholt. Mag Frankreich verrecken, wir trinken. Und was wird aus den anderen Nationen der Welt bis zur vollständigen Atomisierung? Verrecken wir also!)

Ah! les fraises et les framboises,
Les bons vins que nous avons bus
Et les belles villageoises,
Nous ne les reverrons plus ...

Ach, die Erdbeer'n und die Himbeer'n, und die guten Weine, die wir getrunken, und die schönen Bauersfrauen, werden wir sie wiedersehn ...?

Am Morgen des vierten Tages – am Tag der Ablösung – suchte Angéli mich auf und nahm mich beiseite.

„Ich lese dir jetzt meinen Rapport vor, er ist fertig. Das Ganze geht zu weit. Ich ..."

„Nicht nötig, Herr Adjutant, ich vertraue Ihnen."

„Aber ..."

„Aber nein, ich will nichts wissen. Ich sage Ihnen ja, dass ich Ihnen vertraue."

Etwas später am Morgen suchte Angéli mich nochmals auf und nahm mich wiederum beiseite: „Du bist mir eine komische Nummer. Im übrigen seid ihr alle komische Vögel. Aber ich muss mit dir reden. Ich habe über deinen Fall nachgedacht. Ich verstehe, ich verstehe. Das Ganze geht zu weit. Ihr seid alle Ausländer und junge Soldaten. Ihr wisst nicht, wie euch verhalten. Ich muss dir Ratschläge geben. Im Regiment muss man sich stillhalten."

„Ja, Herr Adjutant."

„Mach dich nicht über mich lustig. Ich spreche als Freund zu dir, es ist zu deinem Besten. Zuerst einmal muss man nicht den Eindruck erwecken, als pfeife man auf die Leute, und dann, wenn du den Mund nicht halten kannst ..."

„Ich kriege vom Nichtstun den Cafard."

„Dummes Zeug. Wie alt bist du?"

„Siebenundzwanzig."

„Du bist bloss ein einfacher Soldat. Schau mich an. Ich hab' sechsundzwanzig Jahre Soldatenerfahrung hinter mir. Ja, mein Herr, ich war vierzehn, als ich in die Kadettenanstalt von La Flèche aufgenommen wurde. Ich bin älter als du. Du kannst mir also glauben, wenn ich dir sage, dass du es verkehrt anstellst. Man kann sich mit den Vorschriften arrangieren, doch du weisst das nicht, du stellst dich quer. Du bist nie Soldat gewesen, du bist Ausländer, also ...!"

„Sie haben es mir bereits gesagt, Herr Adjutant."

„Ja und? Spiel dich nicht auf ..."

Doch ich hatte ihn einfach stehenlassen.

Nach der Suppe versuchte es der Adjutant nochmals.

„Bist du verheiratet?"

„Ja."

„Hast du Kinder?"

„Eins. Einen Sohn."

„Also, was juckt dich, dass du nicht ruhig halten kannst?"

„Und Sie?"

„Wie, ich?"

„Haben Sie mir nicht erzählt, Herr Adjutant, dass Sie Madame Angéli ab und zu untreu gewesen sind?"

„Genau, nimm dir ein Beispiel an mir. Das Eheleben und das Soldatenleben, das ist das gleiche."

„Wie das?"

„Ja, genau, es ist wie in der Kaserne, wenn man über die Mauer abhaut, muss man sich nicht ertappen lassen. Lass dich nicht erwischen. Und wenn man das Gefühl hat, dass jemand Lunte gerochen hat, hält man sich still und rührt sich nicht mehr, bis der Verdacht ausgeräumt ist. Es ist genau das gleiche. Wenn mir schwant, dass meine Eheliebste zuviel weiss und Verdacht schöpft, halte ich still, und ihre schlechte Laune geht vorbei. Verstehst du? Es ist nicht komplizierter als das. Kannst du es nicht ebenso halten? Man hat dich zuviel gesehen, und hast zudem eine lose Zunge. Versuche den Mund zu halten. Mache es wie ich zu Hause, ich sage nichts. Einem Vorgesetzten gegenüber ist man immer im Unrecht, genau wie gegenüber einer Frau. Man muss nicht mit ihnen streiten wollen, das regt sie bloss auf. Du siehst ja, wohin das führt, und jetzt sitzt du ganz schön in der Klemme! Auch ich bin ein junger Soldat gewesen und voller Eifer und wollte befördert werden, aber ich bin erst befördert worden, als ich gelernt hatte, den Mund zu halten. Ich hatte verstanden. Ich war zu weit gegangen."

„Aber ich will gar nicht befördert werden, Herr Adjutant."

„Das sagt man so. Ich weiss, wie das ist. Denk ein bisschen an deine Frau und deinen Jungen. Du schuldest es ihnen doch, mit einem Verdienstorden und einer Beförderung nach Hause zurückzukehren. Sie werden stolz auf dich sein. Aber tue nicht mehr als das, was man von dir verlangt, wenn dir daran liegt, lebendig davonzukommen. Sei ein guter Soldat. Folge meinem Beispiel. Sonst bringst du es nirgendwohin."

(Er dachte an seine Adjutantenrente, an seine Familie, an das friedliche Leben, das er nach dem Krieg auf seiner heimatlichen Insel würde führen können, und er erteilte mir gute Ratschläge, damit ich stillhielt; sechs Monate später jedoch, in der Champagne, als der Grossteil seiner Kollegen, die gleich dachten wie er, sich verdrückt, Himmel und Hölle in Bewegung gesetzt hatten, damit man sie nach Paris zurückrief, weil die Feuerwehr-Feldwebel die Hose voll hatten, hatte er, Angéli, uns nicht im Stich gelassen und starb auf würdelose Art, der brave Kerl, der so weise, so besonnen, so ruhig, so aufrichtig, so sauber und gelassen war wie ein Müller, aber das Pulver nicht erfunden hatte. Mitten in der Schiesserei, als wir die sich verzweifelt wehrenden Deutschen aus ihrem Graben ausquartiert hatten und wir einen Sprung nach vorn machten, war Angéli kopfüber in einen Latrinengraben gefallen. Später kehrten wir zu dritt zurück, um nachzusehen, ob er sich allein daraus hatte befreien können, denn wir hatten in der Hitze des Gefechts keine Zeit gehabt, ihm zu Hilfe zu eilen. Hatten wir gelacht, als wir ihn in das Scheissloch hatten stolpern sehen; nun aber standen wir entsetzt davor. Angéli war darin erstickt, den Kopf in deutscher Kacke, die Beine himmelwärts. Eine überfliessende Kloake. Ein fahler Himmel. Zwei zu einem V gespreizte Beine. Ein Detail. Ein Toter mehr inmitten Tausender und Abertausender anderer, und alle auf mehr oder weniger groteske Art gestorben. Das durfte doch nicht wahr sein. Ich habe es bereits gesagt: Gott ist abwesend auf dem Schlachtfeld. Er hält sich abseits. Er versteckt sich. Es ist ein Hohn.)

Er war nicht sehr intelligent, Angéli mit seinem „Verstehe-verstehe-das-geht-zu-weit", das ihm schwer auf der Zunge lag und ihn daran hinderte, klar auszusprechen, was er einem zu verstehen geben wollte, doch er hatte sich mit mir beschäftigt, hatte meinen Fall sorgsam geprüft und sollte mir in letzter Minute einen guten Rat geben, bevor er mit der Ablösung die Grenouillère verliess.

Am Abend vorher hatte er mich nochmals aufgesucht: „Weisst du, mein Rapport wird den Oberst nicht zufriedenstellen", hatte er zu mir gesagt, „darum komme ich nicht mehr hierher zurück. Ich lasse mich krankschreiben, als gehe mich das Ganze nichts mehr an. Merk dir meinen Rat und folge ihm. Es ist die einzige praktizierbare Möglichkeit, wenn du dir einen Haufen Ärger ersparen und dich trotzdem ans Reglement halten willst. Du musst dreissig Tage absitzen, nicht wahr? Verlange also, sie hier und jetzt absitzen zu können. Geh zum Hauptmann."

Ich ging Jacottet Bericht erstatten.

„Worum geht es?" fragte der Hauptmann.

„Angéli behauptet, ich solle meine dreissig Tage wegen der Geschichte mit dem Christus von Dompierre jetzt absitzen. Laut Reglement muss ich nicht zwingend mit der Ablösung in die Etappe zurück, sondern kann an der Front bleiben. Auf diese Weise, meint er, entziehe ich mich dem grössten Teil der Verhöre, denen ich in der Truppenunterkunft unterzogen würde, denn die Kerle dort werden es nach

Möglichkeit vermeiden, die Ermittlungen an der Front fortzusetzen. Ich muss mich an der Front verstecken. Was halten Sie davon, Herr Hauptmann?"

„Das ist gar keine dumme Idee", meine Jacottet nach kurzem Überlegen. „Und es ist nicht reglementwidrig. Im übrigen würde das aussehen, als würde ich dem Oberst recht geben und plötzlich dir gegenüber Strenge zeigen. Dreissig Tage an der Front, was kann das dir schon ausmachen? Es lebt sich nicht schlecht in der Grenouillère, und man wird dich vergessen. Während dieser Zeit werde ich versuchen, deine Angelegenheit ins reine zu bringen. Angéli ist ein kluger Ratgeber. Diese alten Soldaten, man kann von ihnen etwas lernen."

„Und die Feldwebel, werden die sich nicht den Mund zerreissen?"

„Die Feldwebel? Ich habe doch ein gutes Argument, um ihnen den Mund zu stopfen, den Feldwebeln, ich werde ihnen das Leben sauer machen, verlass dich drauf. Du weisst so gut wie ich, dass sie sich drücken und alle verlangt haben, einem anderen Korps und einer anderen dienstlichen Verwendung zugeteilt zu werden. Eine Schande. Du hattest recht, das Ganze ist eine abgekartete Sache."

Angéli hatte zuletzt zu mir gesagt: „Ich habe den Chef der Ablösung des 2. Bataillons informiert. Du musst dir keine Sorgen machen. Je weniger du dich zeigst, desto besser. Tauche unter." Ich begleitete die Kameraden bis nach Frise und tauchte im Haus des Sammlers unter, im gleichen Zimmer, wo ich bei unserer Ankunft einen erbitterten Kampf mit einem Huhn geführt hatte.

Mein Druckposten war höchst komfortabel. Ich schmökerte. Was für ein Kontrast! Ich hatte nicht die geringste Lust, die Nase aus dem Haus zu strecken. Und der Monat Arrest verging im Nu. Beim Stöbern in der Bibliothek des „Sammlers" war ich auf einen vereinzelten Band der *Œuvres* von Ambroise Paré, dem Leibarzt von Katharina von Medici, gestossen, den 2. Band, mit Stichen und Bildtafeln über die Brustchirurgie, über Inzisionen, Ablationen, ich war fasziniert davon. Ich hatte nicht die geringste Lust nachzusehen, wie sich das Detachement des 2. Bataillons schlug, das uns in der Grenouillère abgelöst hatte, und wie die Jungs es anstellten, die Zeit totzuschlagen, die Nacht, den Tag, und ob sie sich wie wir durch die Sümpfe schlängelten.

Ein ungewöhnliches Regiment, das „3. Fahrende". Während unseres, das 1. Bataillon, in der Kaserne von Reuilly neu zusammengestellt wurde, war das 2. in der Kaserne von Tourelles zusammengestellt worden, und während wir in der Bastion am Porte de Picpus exerzierten, waren sie an der Porte de la Villette gedrillt worden, wir waren also nie gemeinsam marschiert – abgesehen von ein paar wenigen Truppenparaden, wo das Regiment vollzählig versammelt war –, die Soldaten des 1. und die des 2. Bataillons, die die gleiche Uniform trugen und der gleichen Fahne den Eid geschworen hatten, einander aber nicht kannten und auch nie gesehen hatten; selbst wenn wir gemeinsam an die Front eingerückt wären, hätten wir keinen Kontakt miteinander gehabt, weil an der Front die Ablösungen nur nachts stattfinden und weil unser Frontabschnitt sehr weiträumig war und wir nicht fortlaufende Schützengräben besetzten und man nicht durch die gleichen Laufgräben dahingelangte.

Wir hatten also nicht oft Gelegenheit, einander zu begegnen oder uns zu verbrüdern, nicht einmal in den Kneipen, denn unsere Truppenunterkünfte in der Etappe waren auf verschiedene Weiler, Landgüter und Dörfer verteilt. Ich würde nicht soweit gehen zu behaupten, dass ich niemanden von ihnen kannte; ich wusste zum Beispiel, dass der Maler Kisling beim 2. Bataillon war, und ich erinnere mich, ihm einmal begegnet zu sein, bei einer Nachtablösung am Bois de la Vache; ferner war auch ein schlechter Umgang vom Boul' Mich dabei, ein gewisser Davidoff, ein Dieb, ein Pfeiler der Bar der *Faux-Monnayeurs* in der Rue Cujas, ein berühmter Falschspieler, dem ich ebenfalls eines Nachts im Küchenloch begegnet war und der mir anvertraut hatte, er werde demnächst desertieren, nach Panama zurückkehren, denn er könne sich einfach nicht an das Frontleben gewöhnen; ich erinnere mich zudem, ein anderes Mal die mächtige Gestalt von Feldwebel Bringolf gesehen zu haben, der im Schanzraum der Feldküche Nonnenpisse trank, dem berüchtigten Abenteurer aus Schaffhausen, Schweizer Militärattaché in Berlin, internationaler Heiratsschwindler, Vagabund, in Abwesenheit verurteilt, Bagnard in Südamerika, Wiederholungstäter, Heisssporn, der in Saloniki einen schönen Krieg geführt hatte und dessen *Memoiren** ich übersetzen und 1930 veröffentlichen würde im Hinblick auf seine Rehabilitation, denn er hatte etliches Missgeschick gehabt, seit er als ein mit interalliierten Orden reich dekorierter Offizier aus dem Krieg kam und sich beinahe die Ehrenlegion geholt hätte, wäre nicht ein ärgerlicher Artikel

---

* Vgl. Bringolf (Éd. du Sans Pareil, 1930)

in *L'Humanité* erschienen, der ihn demaskierte (laut jüngsten Meldungen beschliesst dieser eitle Pechvogel, dieser ehemalige Bonvivant, einst Stammgast in den Grand-Hotels und Schlafwagen, seine Tage in einem Altersheim in Sankt Gallen in der Schweiz); dann Jean Péteux, von dem ich im zweiten Band dieser langen Chronik erzählen werde, es verwunderte mich nicht, ihn an der Front zu treffen, denn seit 1894 (ich war sieben Jahre alt), in der *Scuola Internazionale* in Neapel, bis 1936, als ich ihm bei den Verlegern in Paris begegnete, Datum, an dem der Vater seiner Frau, ein alter, sehr distinguierter Herr, mich aufsuchte, um Auskünfte über ihn einzuholen, um ihn internieren oder einsperren zu lassen, die ihm zu geben ich mich aber weigerte, zweiundvierzig Jahre lang also – und es war vielleicht nicht das letzte Mal! – ist mir dieser sonderbare Professor seltsam oft Weg über den Weg gelaufen, und jedesmal, um mir, rein zufällig, Steine in den Weg zu legen (oder dann war ich es vielleicht, der ihm ohne böse Absicht das Leben allein schon durch meine Anwesenheit vergällte, und jedesmal kehrten wir einander, sowohl der eine als auch der andere, brummelnd den Rücken zu!). In meinem Druckposten war es viel zu gemütlich, meine Lektüre zu spannend, nein, ich würde mich nicht stören lassen, um zu erfahren, ob der eine oder andere dieser Originale in der Grenouillère war. Andererseits hatte ich genügend Vorräte, Tabak, Wein (nicht sehr viel Wein, oder dann war ich es, der zuviel trank und mich nicht mässigen konnte), Schnaps ... der Monat verging im Nu und um so schneller, als die Kameraden alle vier Tage an die Front einrückten. Und wenn die Kameraden da waren, hielten sie mich über den Klatsch auf dem laufenden, lachten schadenfreudig über die Ermittler, die mich in den Unterkünften suchen kamen und unverrichteter Dinge wieder abzogen. Auch Jacottet hielt mich über den Stand der Untersuchung und das Gezänk mit dem Führungsstab auf dem laufenden. Er war optimistischer. Er liess durchblicken, dass im Frontabschnitt eine Offensive vorbereitet wurde. „Und dann wirst du rehabilitiert", sagte er zu mir. Doch auch wenn er sich für mich freute, die Offensive machte ihm Sorge. Die Kameraden hatten mir bereits davon berichtet, aber ich hatte es für eine Latrinenparole gehalten, für ein falsches Gerücht. Jacottet war beunruhigt wegen seiner sich verdünnisierenden Offiziere, die Kameraden jedoch freuten sich bei jedem neuen Weggang eines Feldwebels. Die Feldwebel hauten einer nach dem anderen eiligst ab, und die Ankündigung einer unmittelbar bevorstehenden Offensive war erst recht nicht dazu angetan, sie zurückzuhalten. Ende des Monats hatten sich bereits viele fortgeschlichen. Und wenn die Kameraden nach vier Tagen in die Etappe zurückkehrten, bezog ich wieder meinen Druckposten. Wie zufrieden ich mich fühlte! Nichts störte meine Ruhe. Die Schüsse vom Kalvarienhügel jagten die Ziegel meines Daches in die Luft, und der verdiente Schütze gegenüber zeigte mir die Stunden an. Ich las ...

(Vor Kriegsende, als die dicke Berta Paris beschoss, reiste ich mit meiner Liebsten – ich hatte geglaubt, vor Kugeln gefeit zu sein, dennoch war ich nach meiner Ausmusterung getroffen worden, von der Liebe getroffen – nach Nizza, um zu filmen, und ich hatte keinerlei Schwierigkeiten, weil die junge Frau schön war und eine geistreiche Schauspielerin, sie in Liserbe engagieren zu lassen, wo Louis Nalpas, der Gründer der Studios La Valentine, jenem Miniatur-Hollywood an der Côte d'Azur, gerade *Tausendundeine Nacht* drehte und einen Riesenbedarf an hübschen jungen Mädchen hatte, ob anerkannte Stars oder Debütantinnen, denn es handelte sich um einen Film in Folgen. Betäubt, überglücklich, ein langfristiges Filmengagement bekommen zu haben, prallte die zukünftige Diva am ersten Drehtag gegen einen Pfeiler und trug schwere Quetschungen davon, die sich zu einem Tumor entwickelten. Meine Freundin war entmutigt und sehr besorgt über die Folgen eines tatsächlich hässlichen Wehwehs an einer so empfindlichen Stelle und hatte Angst (und schämte sich auch ein bisschen), einen Chirurgen aufzusuchen, der eine hässliche Narbe hätte hinterlassen können. Sie hatte einen Schrecken davor. Als ich feststellte, dass das Geschwür sich verschlimmerte, dass sie sehr litt und deprimiert war, sagte ich nach ein paar Tagen Salben und nutzloser Kompressen: „Hör mir gut zu, mein Schatz, ich werde dir sehr, sehr weh tun, aber vertraue mir. Ich werde dich operieren." Und gesagt, getan, ohne ihr Zeit zu lassen, lange zu überlegen, hatte ich bereits mein Instrument an der Flamme etlicher Streichhölzer erhitzt, und ich machte mit der Rasierklinge einen Schnitt in die Brust, an Ort und Stelle, in unserem Hotelzimmer: vor dem offenen, aufs blaue Mittelmeer, die Palmen, die Mimosen gehenden Fenster, mit einer *Gillette*-Rasierklinge, und ich hielt zum erstenmal in meinem Leben eine Klinge in der linken Hand! Heute, dreissig Jahre später, kann man sie mit einer grossen Lupe ganz genau untersuchen, diese Brust, diese geliebte Brust: Sie weist nicht die kleinste Narbe auf, nicht den kleinsten Knoten, und die Brustwarze und der Nippel und die Rundung sind vollkommen. Es stimmt, dass die Liebe Wunder bewirkt, ich hatte aber die Inzision *in Form einer lanzettförmigen Lilie* angebracht, vorzugsweise nach der Form des *Lothringerkreuzes,* wie von Ambroise Paré empfohlen und ausführlich beschrieben in seinem Werk, das ich in meinem Druckposten in Frise gelesen hatte und in dem auf der Tafel XVII mit dem Titel *Von der königlichen Inzision* der Skalpellschnitt und dessen rascher, kühner Verlauf an einer illustren Brust abgebildet sind.)

Trotz Jacottets Optimismus und der notorischen Schlamperei der Führungsstäbe war mein Fall bedrohlich angeschwollen, und irgendwo im Hinterland, weit, weit im Hinterland und vielleicht sogar in Paris, war unmerklich eine Lawine losgetreten worden, eine monströse, anonyme Kraft, Berge von Papierkram, der mich betraf, Listen, die stufenweise bei den verschiedenen Generalstäben eintrafen, die man stempelte und blindlings mit einem Visum versah, die sich auf allen Dienstebenen und in der allgemeinen Gleichgültigkeit mit unleserlichen Unterschriften übersäten, die in den verschiedenen Abteilungen der Militärverwaltung verteilt wurden, Telefonanrufe, Befehle auslösten, im Frontabschnitt Vorkehrungen treffen liessen, nicht etwa im Hinblick auf die angekündigte Offensive, sondern um einen Soldaten zu verhören, zu verfolgen, der das Pech gehabt hatte, sich einen Kahn angeeignet zu haben, und wenn der ganze Apparat in der Gefechtszone als Gendarmenuniform oder in Gestalt einer Zivilperson, vorschriftsgemäss mit einem Passierschein und einer richterlichen

Verfügung ausgestattet, auftauchte, liess der Oberst sie gewähren und wusch sich die Hände in Unschuld, anstatt den Eindringling zum Teufel zu jagen und den Panduren unter verschärften Arrest zu stellen; als genügte es nicht, dass wir Landser die Katze durch den Bach schleifen mussten, mussten wir auch noch die Neugierde all der gebrämsten Kater* im Hinterland stillen, hohe Beamte, Gerichtsschreiber, Untersuchungsrichter und sonstige Militärrichter, die sich bei dieser Gelegenheit als alte Kommissköpfe verkleideten und es mit dem Reglement genauer nahmen als die Berufsoffiziere. Die Boches waren immer noch da, oder? Und genau deswegen, weil ich zwei oder drei umgelegt hatte, machte man mir so viel Scherereien und eine Staatsaffäre daraus. Was Oberst Dubois anging, der im Frontabschnitt bei Frise stellvertretend den Rang eines Generals bekleidete, der dank der Dokumente, die ich von unserer Expedition zurückgebracht hatte, seine Offensive plante, so wusste er wahrscheinlich überhaupt nichts von meinem Fall, beschäftigt wie er war mit seinem Steckenpferd. (Das wurde mir erst im folgenden Monat bewusst, als die Offensive eingeleitet war und das Kolonialkorps Herbécourt gestürmt hatte, aber im Moment war ich fuchsteufelswild.)

Noch keine Woche war vergangen. Ich las in meinem Versteck. Eines Nachmittags liessen Motorenlärm und Bremsenquietschen mich die Nase aus der Lukarne stecken. Drei alte LKWs stoppten vor der Kirche, und ein halbes Dutzend Matrosen in blauen Drillichhemden sprang von der

---

* Rabelais, *les chats fourrés*, „*die gebrämsten* [mit Pelz verbrämten] *Doktoren und Magistraten*" in *Gargantua et Pantagruel* (in der Übersetzung von Gottlob Regis) (Anm. d. Ü.)

Laderampe. Rote Bommeln! Man hatte noch nie welche gesehen in unserem Wasserlandschafts-Frontabschnitt. Ich zwängte mich durch die ebenerdige Lukarne, rannte über den Platz, sprang in den Laufgraben und schrie den Matrosen zu: „Haut ab, Jungs! Man sieht euch von allen Seiten. Die Boches ..." Und schon pfiffen die ersten Kugeln, und die deutschen Schrapnells explodierten auf dem Platz. Die Männer sprangen in den Graben.

„Was habt ihr hier verloren, und wie seid ihr überhaupt durchgekommen?" fragte ich sie. „Ihr habt Mordsschwein gehabt!"

„Wir sind seit drei Tagen und drei Nächten unterwegs", antworteten sie. „Wir kommen aus Mantes. Wir müssen Boote abholen. Ein verdammter Weg dem Kanal entlang, hat man uns gesagt. Das kannst vergessen. Wir sind knapp durchgekommen und mussten alle zehn Meter anhalten, um Bretter hinzulegen, weil man vor lauter Schlamm und Wasserlöchern nicht mehr weiter konnte, ganz zu schweigen von den Gruben und Gräben, die man überqueren musste. Mit LKWs spielt man immerhin nicht Bockhüpfen. Wir haben die Nase gestrichen voll, weisst du?"

„Boote?" rief ich aus. „Ach so, die sind hinter der Kirche. Ihr findet dort fünf oder sechs, die in einer Kanalhaltung verfaulen und durchlöchert sind wie Schaumlöffel. Ich zeige sie euch. Aber man kann nur nachts hingehen. Die Boches würden uns beschiessen. Ihr seht ja ..."

Auf dem Platz vor der Kirche explodierten die Schrappnells zu viert aufs Mal. Die Kugeln pfiffen uns um die Ohren und schossen Gipsbrocken aus den bereits durchlöcherten Hausfassaden. Die kleine Maxim-Kanone auf dem Kalvarienhügel versuchte, die verlassenen LKWs zu treffen, die zornigen Geschosse wirbelten Ziegelstaub auf. Und wir waren im Nu über und über rotbestäubt.

„Bist ein netter Kerl", sagten die Matrosen zu mir. „Doch was machen wir jetzt?"

„Nichts. Hier ist es ebenso gemütlich wie anderswo. Wir können nichts anderes tun als warten, bis es vorbei ist", antwortete ich.

„Dann werden wir eben etwas essen", meinten sie. „Wir laden dich ein. Wir haben Roten mit. Was machst du überhaupt hier? Lebst ganz allein? Man sieht ja niemand weit und breit. Verfluchter Krieg. Seltsame Gegend, Mann. Das wär' nichts für uns, wir würden den Cafard kriegen. Wir sind's nicht gewohnt ..."

Sie fuhren spät nachts wieder ab. Von den drei LKWs war nur einer angesprungen. Ich hatte die Matrosen zur Kanalhaltung begleitet und hatte ihnen geholfen, zwei verfaulte Boote aufzuladen. Das war alles, was von der gefährlichen Friser Flottille übriggeblieben war, die die Marine mit Beschlag belegt hatte. Die anderen Kähne waren nur noch lose Bretter und geteerte Holzreste, die träge in der Strömung trieben. Doch das Erscheinen der Marine stimmte mich nachdenklich. Und wenn andere folgen würden? Was Jacottet auch glauben mochte, mein Fall war noch lange nicht erledigt.

Nachdem die Matrosen gekommen waren, war ich also auf einen endlosen Aufmarsch gefasst, denn ich hätte nie geglaubt, dass die Militärpolizei so facettenreich war. Doch nichts geschah.

Alle haben schon von der *Allée des Gendarmes* in Verdun reden hören. Ich habe sie nicht selber gesehen, doch ich habe mir erzählen lassen, dass die Frontsoldaten in Verdun so, verzweifelt waren über die Gendarmen, dass, wenn ihnen eines dieser übereifrigen Etappenschweine in die Hände fiel, sie ihm einen Fleischerhaken in die Kinnlade steckten und ihn kurzerhand und unter allgemeinem Gespött an einen Ast hängten. Es soll in der Bastion eine Allee gegeben haben, wo sie zu Dutzenden an den Bäumen zappelten, diese Berufsmilitärs, die nicht kämpfen wollten!

Bei uns in Frise gingen wir noch nicht so weit, aber die Gendarmen waren von Herzen verhasst, also trauten sie sich nicht in unsere Nähe und begnügten sich damit, die Umgebung unserer Truppenunterkünfte in Morcourt oder in Méricourt zu überwachen, um einsame Frontsoldaten, die auf Wein- oder Schnapssuche in die entfernteren Weiler und die umliegenden Höfe abenteuerten, am Schlafittchen zu packen und abzuführen.

Die Gendarmen, die das unmittelbare Hinterland mit einer Überwachungskette abschirmten (und die man allgemein beschuldigte, unsere Verpflegung zu klauen oder sich zumindest als erste zu bedienen, wenn der Nachschub verspätet war und Wein und Tabak nicht in genügender Menge eintrafen; wir beneideten sie auch, weil sie geschniegelt waren und diese Etappe-Helden sich einen Dreck um den Krieg kümmerten und sich kein Bein ausrissen), die gewöhnlichen Gendarmen gingen zu Fuss, und es war einfach, sie zu meiden, und wenn es ein Handgemenge gab, waren sie nicht sicher, Oberwasser zu haben, also intervenierten sie nur nach reiflicher Überlegung; die Marechaussee aber, sie, die beritten war und durch die Felder galoppierte, war viel gefährlicher für den plündernden Frontsoldaten, der sehr auf der Hut sein und mit grosser Umsicht vorgehen und sich immer in der Nähe eines tiefen Grabens oder eines Stacheldrahtverhaus halten musste, Hindernisse, die überall über die Landschaft verstreut waren in jenen gesegneten Zeiten und hinter denen er sich im Falle eines plötzlichen Alarms möglichst ausser Reichweite verstekken konnte, denn die Marechaussee zögerte meistens nicht, auf ihn zu schiessen. Wehe dem Frontsoldaten, der in die Handschellen dieser Grossschnauzen fiel, er wurde nach allen Regeln der Kunst geschnappt und ward nie mehr gesehen, der Ärmste sass ganz schön in der Bredouille und kam womöglich vors Militärgericht. Auch wenn die Aussagen der Marechaussee vor dem Kriegsgericht nicht immer der Wahrheit entsprachen, für den Angeklagten waren sie jedenfalls immer erdrückend und unerbittlich, weil diese Halunken für jede Verhaftung einen Kopfpreis kassierten, hat man mir gesagt.

Während die Fussgendarmerie kaum je die unmittelbaren Grenzen unserer Truppenunterkünfte in der Etappe überschritt, wo es noch Zivilpersonen gab, die mit uns Handel trieben, wagte die berittene Gendarmerie sich bis in die Zone der evakuierten Dörfer, die uns bei Alarmbereitschaft als Quartier dienten und wo die ersten Frontlazarette untergebracht waren, die Abtransport- und Verleseposten für die Verletzten, die Munitionsdepots und die verschiedenen Führungsstäbe, bis in die von den Bombardements halb zerstörten Nester wie Albert, Bray-sur-Somme, Capy-les-Fontaines, die äusserste Spitze der Patrouillen und Kontrollstreifen in Richtung der Kampflinie; bis nach Éclusier, Frise, Dompierre jedoch, bis in die Feuerlinie, wo der Frontsoldat Herr und Meister war, getrauten sie sich nicht, diese Aufgabe war der Feldgendarmerie vorbehalten, den „Schwarzen Männern", wie wir jene Herren der Kriminalpolizei nannten, und auch sie wagten sich nur in ganz aussergewöhnlichen Fällen, bei eindeutiger Meuterei und individueller Befehlsverweigerung, bei Mord, Vergewaltigung, Plünderung, Raub, so weit vor. Die Herren der Feldgendarmerie, die zu zweit auf dem Motorrad zirkulierten, konnte man als höhere Verbindungsleute zwischen den Spezialdiensten der verschiedenen Führungsstäbe betrachten, zwischen der Gendarmerie zu Fuss und der berittenen Gendarmerie, und sie befassten sich vorwiegend mit dem Zählen, der Evakuierung und der Eskorte der ins Hinterland abtransportierten deutschen Gefangenen.

Ich hatte also in meinem Druckposten in Frise keinen weiteren Besuch von Vertretern weder der einen noch der anderen der drei Staatspolizeien (Angélis Rat hatte sich bewährt), von den Kameraden, die von der Front kamen, wusste ich jedoch, dass man sich mit meiner Person beschäftigte, die Feldwebel aussagen liess und Zeugenaussagen einholte. Und eines Tages kam die Armeepolizei mein Mannsvolk verhören, die ganze Kompanie, einer nach dem anderen kam dran, und als die ganze Schar in die Grenouillère einrückte (es war die zweite oder dritte Ablösung), waren die Kameraden ziemlich niedergeschlagen. „Was wollen die dir anhängen?" sagten sie zu mir. „Hundsfotte!" Alle ausser Sawo, der schwieg und ich weiss nicht was für einen finsteren Cafard brütete (hätte er eine Kurzschlusshandlung begangen, ich hätte mich nicht gewundert), und auch Garnéro sagte nichts, lachte aber und scherte sich einen Teufel darum. „Wie? Bist immer noch da, Kapo?" witzelte er. „Ich hab' vor ein paar Tagen einen Bullen auf dem Pfad am Kanal gesehen. Hab' geglaubt, er kommt deinetwegen, alter Freund, und dass du ganz schön in der Scheisse sitzt. Reg dich nicht auf. Verdrück dich. Kommt schon wieder ins Lot. So ist das Leben. Ich hab' ganz andere Dinge erlebt!"

Wie die Polizei aus dem Hinterland in das Schicksal eines Soldaten eingreifen kann, um ihn in die Gehenna zu stürzen, beweist die Geschichte des Sohnes meiner Concierge. Eine schöne Leistung.

Die Geschichte vom Sohn meiner Concierge
1.
Im Mai 1918, nach der katastrophalen Offensive am Chemin-des-Dames, als die ganze Armee, die im Einsatz gestanden hatte, davonlief und Hals über Kopf flüchtete, marschierte eine Gruppe von MG-Schützen des Regiments, das sich als letztes ergab und dessen Männer dafür kollektiv im Tagesbefehl mit folgenden Worten ehrenvoll erwähnt wurden: „... haben wie Löwen gekämpft ...", eine Gruppe MG-Schützen also, die bis zur letzten Patrone durchgehalten hatte, marschierte weit hinter den anderen auf der Strasse nach Paris, vom Sohn meiner Concierge befehligt, einem fünfundzwanzigjährigen Burschen, ihrem Gefreiten, der schon früher wegen seines tapferen Verhaltens in Argonne mit dem Kriegsverdienstkreuz ausgezeichnet worden war. Es wurde Abend, ein Abend der Niederlage. Sie waren allein. Es regnete. Man sah, soweit das Auge reichte, nur

weggeworfene Waffen, zurückgelassenes Kriegsmaterial, Pferdekadaver, Granattrichter, aufgewühlte Felder und den kleinen erschöpften Trupp, ein Dutzend schlammbedeckte Männer mit drei Maschinengewehren, die, die Zähne zusammenbeissend, nur mühsam vorwärtskamen, sich taub stellten, um sich von den Hilferufen der wimmernden Verletzten zwischen den Toten in den Wasserlachen links und rechts der Strasse nicht erweichen zu lassen. Sie hatten auf diese Weise etwa fünfzehn Kilometer zurückgelegt, als die Männer an einer Strassenkreuzung auf einen LKW stiessen, der unversehrt zu sein schien und der, was für ein Glück, beim ersten Versuch startete. Der Sohn meiner Concierge setzte sich ans Steuer, seine Kameraden schlecht und recht in den Kasten des Fahrzeugs, einem Funkwagen voller komplizierter Geräte, und weil der Kühler des LKWs auf Paris zeigte und auch aus Paris kam, fuhr der Sohn meiner Concierge drauflos durch die Nacht, um schliesslich gegen zwei Uhr morgens bei seinen Eltern in der Rue de Savoie anzukommen. Man stelle sich die Aufregung der Eltern vor! Die Mutter wurde ohnmächtig. Der Vater liess sich das Abenteuer erzählen, und nachdem der ganze Trupp anständig gegessen und die Feldflaschen entsprechend gefüllt waren, lud der Vater, der ein einfacher Arbeiter war, aber ein aufrichtiger Mann mit ausgesprochenem Pflichtgefühl und ein glühender Patriot, wie oft beim einfachen Pariser Volk der Fall, verfrachtete der Vater also alle wieder in den Armee-Funkwagen und setzte sich persönlich neben seinen Sohn am Steuer, um sie bis zum Porte de la Villette und auf die richtige Strasse zu begleiten, die sie an die Front zurückbrachte, während meine Concierge, eine Seele von einem

Menschen, zum zweitenmal in jener Nacht ohnmächtig wurde. Doch die MG-Schützen, die mit frischen Kräften an die Front zurückkehrten, sollten Pech haben. Auf der Suche nach ihrem Regiment stiessen die Soldaten hinter Rouvres auf eine Gendarmerieabsperrung, die Marechaussee packte sie am Kragen, und anstatt wieder zur Armee zu stossen, wie sie gehofft hatten, wurden sie von der Feldgendarmerie vors Kriegsgericht gebracht, weil sie der Fahnenflucht und des Diebstahls eines Funkwagens beschuldigt wurden, und die jungen Helden wurden verurteilt, streng bestraft, und („um ein Exempel zu statuieren", wie die Richteroffiziere präzisierten) besonders streng der Sohn meiner Concierge, weil er Gefreiter war und ausgezeichnet, und ein anderer seiner Kameraden, der ebenfalls ausgezeichnet war, die die Zeche bezahlen mussten: Jeder bekam zehn Jahre Gefängnis!

2.

Ich war seit achtzehn Monaten ausgemustert. Ich war nach Paris zurückgekehrt, wo ich meine Studentenbude wieder bezogen hatte. Ich wusste nichts von dieser Geschichte, sah aber, wie meine Concierge von Tag zu Tag verkümmerte. Ich wohnte schon seit zehn Jahren in dem alten Haus in der Rue de Savoie. Ich traute mich nicht, die Seele von einem Menschen zu fragen, was los war, und schrieb ihre Niedergeschlagenheit, ihre Nervosität, ihre Reaktion auf die Ereignisse, die Zeppelinwarnungen, die Geschosse der dicken Berta, die jetzt auf Paris niedergingen, den Berichten von den Front zu, die ebenfalls düster und pessimistisch waren nach bereits vielen Kriegsjahren voller sinnloser Hoffnung und mörderischer Ungeduld, dem Kummer der armen Frau um ihren Sohn, den ich immer noch an der Front an einer der exponiertesten Linien glaubte, und ich wusste nicht, was tun noch was sagen, um die Befürchtungen dieser Mutter zu zerstreuen, die sich vor Sorge quälte, ich sah es ihren Gesichtszügen und ihren schmerzerfüllten Augen an, dass sie Todesängste ausstand. Auch der Vater lief bedrückt herum, und es tat mir leid für die beiden, denn ich hatte sie gern. Eines Morgens konnte die Concierge sich nicht mehr zurückhalten. Sie bat mich in ihre Loge und erzählte mir vom ihrem Unglück, bat mich, flehte mich an („Sie kennen doch alle Welt!"), etwas zu unternehmen, damit ihr Sohn aus dem Gefängnis entlassen wurde, und sie weinte und sie schluchzte und brach zusammen. Der kleine Vincent im Gefängnis! Der seine Strafe im Zentralgefängnis in Poissy absass. Armer Junge. Ich hatte ihn sozusagen auf die Welt kommen sehen. Als er noch klein war, hatte ich ihm Bücher geliehen. Er war ein ruhiges, ein bisschen schüchternes, sehr gut erzogenes Kind gewesen. Der Vater war Schlosser. Vincent war bei einem Buchbinder in die Lehre gegangen und hatte seine Ausbildung kurz vor dem Krieg abgeschlossen. Beide arbeiteten im gleichen Arrondissement, und man sah sie zusammen zur Arbeit gehen und zusammen nach Hause zurückkehren, die Concierge, ich habe es bereits gesagt, war eine Seele von einem Menschen, sanft, ruhig, herzlich, und sie sprach ein ebenso schönes, ein natürliches, ein distinguiertes Französisch. Ich glaube, sie stammte aus der Touraine. Der Vater war aus Paris. Er war ein stiller, toleranter Mensch. Er hatte schöne, braune ausdrucksvolle Augen, und meine Concierge hatte schöne, ein bisschen nachdenkliche blaugrüne Augen, was ihr das Aussehen einer verkleideten Fee verlieh. Es waren sehr anständige Leute. Ich habe zehn Jahre in der Mansarde gewohnt. Ich war kein mustergültiger Mieter. Jedermann weiss, was das ist: das Studentenleben und ein Dichter unter den Dächern von Paris. Ich bezahlte oft meine fällige Miete nicht, und noch öfter festete man in meiner Bude, junge Männer und Frauen und nicht nur Studenten und Studentinnen, sondern die Lumpenboheme, die ich auf dem Boul' Mich' auflas, denn damals gab es noch ein Gaunervolk, und Malermodelle aus der Rue de la Gaîté und kleine Modistinnen aus Plaisance und Stipperinnen vom Bahnhof Montparnasse und Tänzerinnen vom Bal Bullier, und man leerte Flaschen und man tanzte und man sang, wie es Brauch war im Quartier Latin, und man ging zu den ungehörigsten Stunden ein und aus. Überdies, weil ich bereits lange Reisen unternahm, die sich eher als abenteuerliche Expeditionen rund um die Welt bezeichnen liessen, ging ich zwischen zwei Zügen in die Rue de Savoie meine Koffer leeren, und wenn ich wieder abreiste, liess ich oft einen Reisegefährten dort, Ausländer, vor allem Russen, Männer oder Frauen. Meine Mansarde war sogar der Redaktionssitz einer anarchistischen Zeitschrift, *Les hommes nouveaux,* die die Verteidigung der Bonnot-Bande und von André Suarès (oder Res Sau oder Séipsé, wie dieser Einzelgänger seine paar wenigen, ganz seltenen und heute nicht aufzutreibenden Broschüren zeichnete) übernehmen würde. Rirette Maîtrejean kam in die Rue de Savoie, und André Suarès schickte sein Dienstmädchen oder seine Haushälterin, eine einfache Frau mit einer Haube, eine freundliche Landfrau, rund und runzelig wie eine Goldreinette, um sich für den Beitrag zu bedanken, den wir ihm gewidmet hatten.

Man müsste ein Buch schreiben über die Menschen, die in meiner Mansarde ein und aus gegangen sind oder die dort gewohnt haben oder die sich dort während meiner häufigen Abwesenheiten versteckt haben, ein gewisses Pärchen zum Beispiel, das zu seiner Zeit einen Skandal ausgelöst hatte, weil die Familie das Mädchen suchen liess, das später eine Berühmtheit der modernen Malerei wurde, auf die die gleiche Familie stolz war! Wenn ich nicht da war, hatte meine Concierge Weisung, jedem den Schlüssel auszuhändigen, der sich mit dem Erkennungswort meldete, und dieses Erkennungswort war von der Terrasse des Luxembourg bis zu den kleinen Bistros in der Rue Saint-Séverin bekannt, bei Studenten und schweren Jungs, weil letztere mir viel sympathischer waren als erstere, weil viel lebendiger und weniger verfälscht; im übrigen, nach dem Leben, das ich seit 1904 in China, in Persien und in Russland geführt hatte, nach der tiefen Menschlichkeit, die ich dort erfahren hatte, konnte ich nicht mehr mit meinen Kommilitonen sympathisieren, die sich ihrer Laufbahn verschrieben hatten, und ebensowenig mit den Professoren, einem einzigen Markt der Eitelkeiten, einer Galerie von Schiessbudenfiguren. Kurz, ich nützte die Güte meiner Concierge aus, doch die Seele von einem Menschen verlor nie die Geduld und machte mir nicht die kleinsten Vorhaltungen. Im Gegenteil, sie war zuvorkommend. Sie lächelte. Und trotz ihrer Art einer zerstreuten, lächelnden Fee nähte sie mir oft einen Knopf an, ohne dass ich sie darum gebeten hätte, und wenn ich kein Geld hatte, borgte sie mir welches. Und ihr Mann war wie sie, höflich und verständnisvoll, mit einer Spur von Tadel in seinem sprechenden Blick, wenn er der Ansicht war, ich übertreibe, doch er hätte sich nie erlaubt, mir die kleinste Vorhaltung zu machen. Die beiden waren mir lieb und teuer und wussten mehr über mein Tun und Treiben als meine Familie. Nach meiner Ausmusterung hatte ich also meine Kammer in der Rue de Savoie wieder bezogen. Ich lebte von der Hand in den Mund. Die Mutter und der Vater des kleinen Vincent hatten mich willkommen geheissen und mich taktvoll umsorgt, ohne ein unpassendes Wort über meine grauenhafte Verstümmelung zu verlieren. Jetzt, da ich um ihren Kummer wusste, würde ich sie doch nicht in ihrem Unglück allein lassen! Das war es also! Ihr Sohn im Gefängnis. Sie schämten sich. Sie hielten das Ganze geheim. Sie schwiegen. Der Schicksalsschlag war zu schwer für sie. Sie wussten nicht mehr, wo ein und aus, und nicht, an wen sich wenden. Sie waren ruhige Menschen. Sie hatten Angst. Die armen Alten. Sie liefen mit traurigem Gesicht herum. Sie fürchteten, die Geschichte könnte sich herumsprechen, die Nachbarn könnten davon erfahren, böse Zungen könnten sich einmischen, man könnte auf der Strasse mit dem Finger auf sie zeigen. Ihr Kleiner war im Gefängnis! Sie schliefen nicht mehr, der Mann und die Frau hatten wohl nächtelang flüsternd beraten, bevor sie sich dazu entschlossen, mich ins Vertrauen zu ziehen, mir ihre Schmach anzuvertrauen, und nachdem sie es getan hatten, hatte ich alle Mühe, ihr letztes Zögern aus dem Weg zu räumen und sie zu bewegen, mir Einsichtnahme in die Dokumente zu gewähren und mir zu erlauben, sie zu kopieren, um eine komplette Akte zu erstellen, die Akte des kleinen Vincent. Worauf ich in Kenntnis der Sachlage Himmel und Erde in Bewegung setzen konnte und Freunde und Bekannte bitten, sich an der zuständigen Stelle einzuschalten. Das dauerte ein Jahr, und ein Jahr lang, während ich mich bemühte, umherrannte, von Pontius zu Pilatus lief, plädierte, an alle Türen klopfte, Leute telefonisch bedrängte, Rohrpostbriefe verschickte, drängte, drängte, skrupellos allen auf den Geist ging, weil ich der Ansicht war, dass schnell gehandelt werden musste, hielten sich die Eltern des kleinen Vincent still, jedoch abwehrend mir gegenüber, denn sie begannen mich zu hassen. Ich war derjenige, der Bescheid wusste, und das verziehen sie mir nicht. Schliesslich konnte ich ihnen ihren Sohn zurückgeben. Ich weiss nicht mehr, durch wessen Vermittlung (ich glaube dank Gémier) ich von Präsident Poincaré die Begnadigung des kleinen Vincent erwirkte. Als der Junge sich bei mir bedanken kam, sagte ich zu ihm: „Das ist nicht alles, mein Kleiner. Dein Kamerad sitzt noch. Man muss ihn herausholen. Beeil dich, besorge mir seine Papiere und alles Notwendige, damit ich auch seine Akte zusammenstellen kann. Jetzt, da ich die Kontaktpersonen im Justizministerium am Place Vendôme kenne, muss man die Gelegenheit nutzen. Ich werde ihn herausholen. Es gibt keinen Grund, warum dein Gefährte länger im Gefängnis sitzt, jetzt, da du entlassen bist."

3.

Meine Concierge lud mich ein, mit ihnen die Gans zu essen, die sie am kommenden Sonntag braten wollte, um die Rückkehr ihres einzigen, verloren geglaubten Sohnes zu feiern.

Ich nahm die Einladung an, bat sie aber, doch bitte zu warten, bis ich auch die Begnadigung des Kameraden ihres

Sohnes erwirkt haben würde und wir dann die Gans gemeinsam essen und ein Freudenfest feiern konnten.

„Ja, ich weiss. Vincent hat es mir gesagt. Sie haben vor, die Mutter dieses Soldaten aufzusuchen, ja dass Sie Ihren Besuch bereits angemeldet haben. Doch warum wollen Sie diese Frau besuchen?" fragte mich meine Concierge. „Glauben Sie mir, das ist kein Umgang für Sie. Die Mutter schiebt eine kleine Karre am Gare de l'Est, und ihr Sohn hatte vor dem Krieg nicht einmal einen Beruf. Er ist ein Strassenjunge, ein Ganove. Wenn wir an den Besuchstagen zusammen nach Poissy gingen, war mir das sehr peinlich, stellen Sie sich vor, die Frau besitzt nicht einmal einen Hut!"

Vincents Vater stimmte ihr voll und ganz zu. „Ja", sagte er zu mir, „warum diese Leute besuchen? Und überhaupt, was geht Sie das an? Sie haben sie ja nicht darum gebeten, also ... Sollen sie sich selber darum kümmern."

„Ich möchte nicht, dass die Person hierherkommt, in meine Pförtnerloge", jammerte meine Concierge. „Die Frau ist eine Schwätzerin und hat eine laute Stimme. Das Haus würde im Handumdrehen Bescheid wissen, und die Leute würden in der Strasse zusammenlaufen. Ich habe mich gehütet, sie jemals hereinzulassen ..."

Aber ich bin hartnäckig, und kaum einen Monat später wurde die Gans gemeinsam gegessen. Das Fest war ein Erfolg. Mehrere Flaschen wurden geleert. Die Loge meiner Concierge widerhallte von der lauten Stimme der Gemüsehändlerin, einer fröhlichen Schwatzbase, einer couragierten Frau, die, auch wenn sie keine Zähne mehr im Mund hatte, ein Vokabular besass, und was für ein Vokabular! Zu dem besonderen Anlass trug sie einen Hut, einen roten Hut mit einem Kranz granatroter, rotvioletter, weinroter Rosen, der schief über ihrem geröteten Gesicht sass. Auf ihren Sohn zeigend, einen grossen, blassen Rothaarigen, der ganz ausgezehrt war von seinem Gefängnisaufenthalt und weder ass noch trank, sagte sie zu mir: „Es lässt mir's Blut in den Adern gerinnen, ihn in so 'nem Zustand zu seh'n, diesen grossen Lümmel. Wie ein Mädchen, das in den Käs gegangen ist und es bereut. Ich, mein Junge, hätt' ich dein Kriegsverdienstkreuz, würd' ich's in die Kacke tauchen und den Leuten auf der Strasse unter die Nas halten. Ich wär' stolz, im Knast zu sitzen, wo ich Frankreich gerettet hab'. Ich würd' mich nicht schämen!"

Meine Concierge hat mir diese Familienzusammenkunft nie verziehen, und Ende des folgenden Monats musste ich ausziehen. Sie machte mir das Leben zur Hölle. Sie war eine richtiggehende Hexe geworden. Was den Vater und den kleinen Vincent angeht, so kehrte weder der eine in seine Schlosserwerkstatt noch der andere zu seinem Buchbinder zurück. Unter dem Vorwand, im Quarre du Vert-Galant, zwei Schritte von zu Hause entfernt, die Gründlinge zu streicheln, klopften sie, eine nach der anderen, alle Kneipen am Kai ab, wo sie bis spät stumm vor leeren Gläsern sassen. Meine Concierge, eine Seele von einem Menschen, grämte sich zu Tode.

Doch Bourbaki streckte die Waffen nicht. Er glaubte, mir durch die Auszeichnung meiner fünf Schlitzohren einen tödlichen Streich zu verpassen. Und als ich sie daherkommen sah, einer hinter dem andern – es war bei der dritten oder vierten Ablösung –, alle fünf immerhin etwas verlegen und ein bisschen beschämt, weil ich nicht zu den Geehrten gehörte, im Grunde aber ungeheuer stolz, ausgezeichnet worden zu sein (und dieses Biest von einem Opphopf, der seine funkelnagelneue, an einem langen Band baumelnde Medaille knetete, als sei es die schlaffe Brust einer Zwergin), freute ich mich von ganzem Herzen und musste schallend lachen, weil die Gemeinheit des Obersts wirklich unerwartet war (ich hätte vielmehr geglaubt, dass meinetwegen niemand ausgezeichnet würde!), und ich sagte mir, dass dieses Kriegsverdienstkreuz meinen fünf Strandräubern vier zusätzliche Tage Trail einbringen müsste, was jeder gern entgegennimmt.

„Also, habt ihr Panama in der Tasche? Fahrt ihr diesmal hin?" rief ich aus.

„Wir wissen's noch nicht", antworteten sie mir. „Es ist immer noch von einer Offensive die Rede."

„Es ist eine Gemeinheit des Obersts dir gegenüber, bevor er geht", sagte Jacottet zu mir, als ich mich in seinem Gefechtsstand nach dem Stand der Ermittlungen erkundigte. „Weisst du, dass er uns verlässt? Du kannst nach der nächsten Ablösung wieder die Führung deiner Kompanie übernehmen."

„Und was ist mit dieser Offensive, Hauptmann?"

„Es ist immer noch die Rede davon. Schade, dass du deinen Kahn nicht mehr hast. Jetzt wäre er uns von Nutzen. Ich müsste mehr denn je Gefangene machen, noch vor ein paar Tagen habe ich mit dem General darüber gesprochen."

„Der Kahn? Den braucht man doch nur heraufzuholen. Ich werde Opphopf sagen, er solle ihn klarmachen."

„Wie? Haben ihn die Matrosen nicht mitgenommen?"

„Wo denken Sie hin? Ich habe ihn ihnen doch nicht gegeben, Herr Hauptmann. Bin doch nicht so blöd ..."

„Ach so. Ich habe geglaubt ..."

„Brauchen Sie ihn?"

„Nein. Heute nicht. Das nächste Mal. Warte, bis der Oberst weg ist."

Das nächste Mal hatte das Leben in der Grenouillère wieder seinen alten Lauf genommen, denn der Alte war verschwunden. Alle redeten von der Offensive, die, wie es hiess, unmittelbar bevorstand, und wir, wir machten uns eifrig an unserem Kahn zu schaffen, den wir wieder zu Wasser lassen würden. Griffith und der Monokolski diskutierten ernsthaft, ob man nicht ein Maschinengewehr an Bord in Stellung bringen könnte, und jetzt, da unsere nächtliche Expedition kein Geheimnis mehr war, umstanden uns die anderen treuen Kameraden im Kreis und stritten sich, um dabeizusein, Lang, Rossi, Belessort, Ségouâna und sogar der kleine Coquoz, der immer gleich Feuer und Flamme war, und auch ein Neuer, eine Art Wegelagerer, ein gewisser Oupolé oder Wpolé, Albaner oder Mazedonier, ich weiss nicht genau, ein brutaler Kerl, ein Rohling, den ich in einer anderen Kompanie aufgelesen und in meinen Trupp integriert hatte, um ihn davor zu verschonen, an die Wand gestellt zu werden, denn er hatte das Kriegsgericht zu gewärtigen, weil er einen Feldwebel niedergeschlagen hatte. „Leihen Sie ihn mir", hatte ich zu seinem Kompaniechef gesagt. „Ich nehme ihn versuchsweise mit. Ich mache einen Mann aus ihm. Ich brauche kräftige Soldaten in der Grenouillère." Und der Hauptmann hatte ihn mir abgetreten, denn man mag es nicht, einen der eigenen Männer an die Wand gestellt zu sehen, und das war das Los, das Oupolé oder Wpolé erwartete, den wir Delaprairie nannten, was sein Name offenbar auf mazedonisch oder bulgarisch bedeutete, wie er uns in seinem Kauderwelsch erklärt hatte.

Der Nachmittag ging langsam zu Ende, wir warteten, bis es Zeit zum Essenfassen war. Wir fühlten uns wohl, allein unter uns in der Grenouillère, wir bewunderten unser an Land gezogenes Boot, dem Opphopf einen letzen Anstrich schöner schwarzer Farbe gab, von der er Gott weiss wo einen Topf aufgetrieben hatte.

„Wir müssten es taufen", sagte jemand.

„Ich würde es SOPHIE nennen!" rief Coquoz.

„Schnauze, du Windei, niemand hat dich nach deiner Meinung gefragt", wies ihn Griffith zurecht. „Du gehörst nicht dazu. Quatsch kein dummes Zeug. Die Mannschaft tauft es."

„Und wie würden Sie es nennen, Griffith?" fragte Coquoz errötend.

„Ich?" antwortete Griffith. „Ich werde als letzter meinen Senf dazu geben. Ich muss on *His Majesty's Ship* überlegen. Zuerst einmal braucht es Champagner für eine richtige Taufe. He, Garnéro, komm mal her!"

Chaude-Pisse erschien in der Tür seiner Küche. „Etwas Geduld, Jungs, es ist bald soweit. Was ist?"

„Was ist? Wir haben keinen Champagner, um den alten Kahn zu taufen", sagte Griffith. „Wie würdest du Missgeburt ihn taufen?"

„DER SCHRECKEN DER SÜMPFE", sagte Garnéro.

„Und du, Opphopf?"

„Nun, DAS KLEINE DINGSDA, sapperlot!"
„Und du, Monokolski?"
„DAS KROKODIL, er ist schwarz wie ein Kroko."
„Und du, Sawo?"
„NOTRE-DAME DE PANAMA", antwortete Sawo.
„Und du, Kapo?"
„Ich?" sagte ich. „Ich würde es DER UNTERGETAUCH-TE nennen. Das sagt mir etwas. Und du, Griffith?"
„Ich nenne es CON, kurz und bündig, drei Buchstaben.* So verstehen die Deutschen nur Bahnhof. CON, eine Serienbezeichnung wie auf den Torpedos. Das wird sich prima ausmachen. Und was ist mit dem Champagner, du verdammter Küchenbulle, her damit! Hat niemand ein Signalhorn? Opphopf, strammstehen! Und Sie, Delaprairie, zu den Fahnen."

„Alarm, ein Zivi", rief Goy, der an der Poterne Wache stand, zu uns herüber.

Seit meiner Auseinandersetzung mit Plein-de-Soupe hatte ich es mir in der Grenouillère zur Gewohnheit gemacht, tagsüber eine Wache an den Ausgang des Laufgrabens zu postieren. Nun, wo wir den Alten los waren und die Feldwebel das Weite gesucht hatten, war ich fest davon überzeugt, dass mein Fall sich als Lügengespinst erweisen und man mich in Frieden lassen würde. Was war das nun schon wieder für ein Kauz, der uns bis in die Grenouillère nachstellte? Was wollte er von uns? Alle hatten sich umgewandt, um den Zivi zu sehen, den Goy uns brachte. Vielleicht war es der

---

* Con: Blödhammel, aber auch Arschloch (Anm. d. Ü.)

Bürger von Frise, der eine Klage wegen Diebstahls eingereicht hatte und der sein Eigentum identifizieren kam. Wie auch immer, es war ein komischer Vogel: endlose Beine, lang, mager, klapperdürr, zerknittert, in einem alten Regenmantel, ein grünes Filzhütchen auf dem Schädel, gezwirbelter Schnurrbart, Wickelgamaschen von den spitzen Knöcheln bis zu den knochigen Knien, und, was uns alle verwunderte, mit Knopfstiefelchen an den Füssen! Er schien entzückt, angekommen zu sein, sah sich um, sah sich nochmals um, sah sich nochmals um, blickte in alle Richtungen. Man hätte ihn für einen Schwärmer halten können oder für einen Schmetterlingsjäger. Wer weiss, vielleicht war es der „Sammler", in dessen Haus ich untergetaucht war. Seine Gesten waren fahrig, der Blick lebhaft, die Stimme warm.

„Guten Abend allerseits", sagte er. „Ich freue mich ..."
„Ihre Papiere!" antwortete ich. „Sind Sie dienstlich hier?"
Er reichte mir lächelnd seine Papiere.
„Hier", sagte er, von einem Fuss auf den anderen tretend.
Er war ein Beamter der Geheimpolizei, von der Abteilung Gegenspionage, 2. Büro oder was weiss ich bei der Staatssicherheit, sein Dienstbefehl war in Ordnung: „... mit einer Sondermission beauftragt, zivile und militärische Stellen schulden ihm Hilfe und sichern ihm Schutz zu und unterstützen ihn bei der Erfüllung seines Auftrags ..."

Als ich die Nase von seinen Papieren hob, stand das seltsame Individuum reglos vor mir und zwinkerte ironisch mit einem Auge, seinen spitzen Zeigefinger an die Lippen gelegt, wie um mir diskret zu bedeuten, nichts Weiteres zu verraten.

„Gut", sagte ich, „Ihre Papiere sind in Ordnung. Wir wollten eben unsere Suppe fassen. Sie können mit uns essen. Nachher begleite ich Sie zum Hauptmann. Haben Sie ihn nicht getroffen?"

(Weswegen zum Teufel war er gekommen, der Kerl, meinetwegen oder wegen Oupolé-Wpolé genannt Delaprairie?)

„Moment", sagte der Mann, den Zeigefinger in die Luft streckend und wie ein Dirigent die Ellbogen spreizend.

Und er liess einen Satz fallen, der uns alle verblüffte: „Bevor wir uns zu Tisch setzen, erlauben Sie mir, einen Rundgang durch die Anlage zu machen, ja? Ich habe die Schützengräben noch nie gesehen, ich bin ja so glücklich, hier zu sein, Kinder. Wie wunderbar."

Und er bewunderte unsere Unterstände an der Sumpfkante.

(Ein Spinner? Wir würden schon sehen, was er im Schild führte.)

„Geht in Ordnung. Aber ich begleite Sie. Es ist nicht ratsam, hier in der Gegend herumzuspazieren", sagte ich zu ihm. „Es wimmelt von pfeifenden Biesterchen. Ich frage mich, wie man Sie am hellen Tag hat bis hierher passieren lassen. Das gehört sich nicht. Man kommt nachts hinauf."

„Ich weiss, wie man's anstellt", sagte er. „Es hat mich niemand gesehen."

„Folgen Sie mir und bücken Sie sich, wenn ich mich bücke. Die Gegend ist gefährlich. Man sieht einen von allen Seiten. Man könnte auf uns schiessen. Ich werde Ihnen die Boches zeigen." Und ich ging voraus, um ihn zum Torfmoor zu führen, wo wir unseren Ententeich hatten und unsere Lebel-Batterie und von wo aus man eine schöne Aussicht auf die deutschen Linien genoss, vom Kalvarienhügel bis zum Seilsteg in Feuillères. Ich würde die Wache ablösen und sie zum Essen schicken, und wir würden es uns in unserem kleinen Posten bequem machen, wir beide ganz allein, falls dieser seltsame Mensch mir etwas zu sagen hatte.

„Das ist mir einer", sagte ich zur Wache, „und erst noch ein Ziviler, der einen Rundgang durch die Grenouillère machen will, worauf sogar Adjutant Angéli verzichtet hat."

Doch das war nicht die einzige Überraschung, die der komische Kauz parat hatte, denn die Erklärungen, die er mir an jenem Abend in unserem einsamen Postenstand in den Sümpfen gab, wo sich der aus Paris gekommene Zivile damit vergnügte, hin und wieder auf die gegenüberliegenden Schützengräben zu schiessen, mich aber jedesmal zuerst um Erlaubnis fragte ... seine Erklärungen verschlugen mir buchstäblich die Sprache, denn der sonderbare Mensch hatte sich in der Poesie versucht! Er war Beamter der Staatssicherheit, ja, ohne jeglichen Zweifel, doch auch er hatte sich um die Gunst der Musen bemüht, und davon bleibt immer etwas übrig: die Lust! Die Lust zu schaden.

„Ich bin hinter Ihr Inkognito gekommen, Blaise Cendrars", sagte er zu mir, sobald wir allein waren und ich ihm die Anlage der deutschen Linien erklärt und sie ihm durch mein Zielfernrohr gezeigt hatte, vom Kanalufer bis zur Kapelle auf dem Kalvarienhügel und dem Seilsteg von Feuillères, der sich deutlich vor der Scheibe der untergehenden Sonne abzeichnete. „Sie sind ein grosser Dichter, ich kenne Sie gut."

„Sie kennen mich? Wie das?"

„Warum denn nicht? Auch wenn ich bei der Polizei bin, ich bin auf die *Soirées de Paris* abonniert. Ich kenne euch alle, Apollinaire, Max Jacob, Baron Mollet ..."

„Im Ernst?"

„Maurice Raynal ... Und ich kenne sie nicht nur dem Namen nach, ich kenne sie auch vom Sehen. Von Berufs wegen eben. Und Ihnen, Blaise Cendrars, bin ich schon begegnet. Sie erlauben ..."

Und die Wange an mein Gewehr gepresst, das ich ihm gereicht hatte, mit gestrichenem Korn, zielte der Unbekannte lange, bevor er einen ersten Schuss auf den gegenüberliegenden Schützengraben abgab.

Der Mann weckte meine Neugierde.

Tatsächlich, jetzt, da er es mir gesagt hatte, erinnerte ich mich undeutlich, ihn schon irgendwo gesehen zu haben. Das messerscharfe Profil, die schmächtige Brust, seine Geschwätzigkeit, seine abgehackte Redeweise, seine hohle Bassstimme, seine fahrigen Gesten, seine Ruhelosigkeit, seine neugierige Aufmerksamkeit, seine Nervosität unter dem falschen Schein, seine ungekünstelte Zerstreutheit, sein Schalk, sein aufblitzendes Lächeln, etwas Zähes, das seine ganze Person ausstrahlte, seine komische Haltung eines schrulligen Billardspielers, seine Geschicklichkeit, seine Intelligenz eines Schachspielers, sein Régencegehabe, seine Aufgewecktheit eines Pariser Flaneurs à la Rameaus Neffe, seine verderbte Ausstrahlung, sein lauernder Blick ... ja, ich war diesem schrägen Vogel bereits begegnet, aber wo zum Teufel, und wann und unter welchen Umständen?

„Seien Sie vorsichtig", sagte ich zu ihm, „die erwischen uns sonst noch, sind gute Schützen, die gegenüber. Lenken Sie lieber die Aufmerksamkeit nicht auf uns."

„Nun", sagte er augenzwinkernd, „erinnern Sie sich nicht? Es ist noch nicht lange her ..."

„Tatsächlich, ich erinnere mich verschwommen ... wir sind uns schon irgendwo begegnet ..."

„Ich wette hundert zu eins, dass Sie es nicht erraten werden."

„Ich geb's auf."

„Strengen Sie sich an, ich helfe Ihnen. Es war in Saint-Germain-des-Prés ..."

„...?"

„Im *Café de Flore!*"

„Im *Café de Flore?*"

„Aber doch, zwei, drei Tage vor der Kriegserklärung."

„Warten Sie, ich hab's, Sie sassen am Tisch ganz hinten, am Ecktisch, Sie waren in ein angeregtes Gespräch mit Remy de Gourmont vertieft. Als ich eingetreten bin ..."

„Genau. Sie erinnern sich also. Ich habe die Geschichte nie vergessen, die Sie damals erzählt haben, Blaise Cendrars, die Geschichte vom Leprösen."

„Ja, ich erinnere mich. Remy de Gourmont war sehr beeindruckt von einem Artikel in *Temps* mit der Statistik der Leprakranken in der Welt, in dem von einer Zunahme der Lepra in Frankreich die Rede war. Da habe ich ihm die Geschichte vom Leprösen erzählt, dem ich eine Schale Milch zu trinken gab, um mich seiner zu entledigen. Es war der erste Mann, den ich getötet habe. Ich war noch ein Kind ..."

„Und seither haben Sie aufgeholt, nehme ich an. Sie gestatten …?" Und der Sicherheitsbeamte schoss nochmals. „Wie ich mich freue, hier zu sein. Der Krieg ist eine tolle Sache."

„Sie kommen direkt aus Paris?" fragte ich ihn.

„Ja, ich komme aus Paris."

„Und wozu?"

„Ich muss Ihnen sagen, Blaise Cendrars, dass es ein Glück für Sie ist, dass ich mich persönlich mit Ihrem Fall beschäftigen musste. Eine lächerliche Geschichte. Ich habe die Akte schliessen lassen. Die Untersuchung ist abgeschlossen."

„Das sagt sich so!"

„Wie? Sie glauben mir nicht?"

„Doch, ich glaube Ihnen. Aber diese Art Geschichten sind nie abgeschlossen. Mit all euren sich überschneidenden Dienststellen muss das ein ganz schönes Durcheinander sein. Was bei einer ad acta ist, ist es nicht bei einer anderen. Und das alles erklärt mir nicht, warum Sie hierhergekommen sind. Aus Nächstenliebe? Es gehört nicht zu den Gepflogenheiten des Hauses in der Rue des Saussaies."

„Rue des Saussaies oder Rue Latour-Maubourg, die in die Rue Cherche-Midi mündet, denn vergessen Sie nicht, dass Sie auch der Spionage verdächtigt werden, was praktisch aufs gleiche hinauskommt. Was zählt, ist, dass Ihre Akte in meine Hände geraten ist und ich ein persönliches Anliegen daraus gemacht habe. Ich sage Ihnen, dass die Akte geschlossen ist und dass Sie ruhig schlafen können."

„Aber wie sind Sie draufgekommen, dass es sich um mich handelt?"

„Berufsgeheimnis. Aber ich kann es Ihnen heute ruhig sagen. Ich beobachte Sie schon lange. Ja, die Rue de Savoie, die *Hommes nouveaux,* sehen Sie? Ich kenne Sie und seit langem. Doch regen Sie sich nicht auf, Sie sind nicht der einzige, ihr habt alle eine Akte bei uns, und das ist der Grund, warum ich auf alle erscheinenden jungen Revuen abonniert bin, auf Geschäftskosten, die Literatur fällt in mein Ressort. Und das ist ein Glück. Sie sehen ja, dass ich Ihnen habe behilflich sein können, ich tue immer mein möglichstes, wenn ich Gelegenheit habe, es zu tun, denn, wie Max Jacob einmal zu mir gesagt hat: Paris gehört den Poeten. Und das stimmt. Sie sind ein freier Mensch in Paris. Nichtsdestotrotz schreibe ich meine Berichte. Nehmen Sie es mir nicht übel. Ich schäme mich ein bisschen. Doch man muss sich seine Brötchen verdienen, nicht wahr? Ich weiss, es ist, als verrate man ein bisschen die Poesie, aber ... Sie gestatten ...?"

Und der Mann griff wieder nach meinem Gewehr.

Er stand lange an der Schiessscharte.

(Wenn man ihn doch nur erschiessen würde, den Schurken ... Vielleicht dachte er das gleiche ... Wünschte er es?)

Als er seinen Schuss abgegeben hatte, nahm ich ihn in die Mangel. „Sie haben mir aber immer noch nicht gesagt, warum Sie hier sind."

„Ich werde es Ihnen erklären. Ich muss Ihnen sagen, dass ich nur eine Lunge habe. Dies, damit Sie wissen, warum ich nicht Soldat bin. Ich füge hinzu, dass ich ein Patriot bin und wie alle gute Franzosen gern gekämpft hätte. Jetzt werden Sie verstehen. Sie wissen, was das ist, wenn man von einem Beruf geprägt ist, ich brauche es Ihnen nicht zu erklären, Sie sind intelligent genug, um zu verstehen, Sie, ein Schriftsteller. Nun also. Ich muss mich darauf beschränken, die Zeitungen zu lesen, und je mehr ich lese, je weniger glaube ich an das, was darin steht. Ich bin ein skeptischer Mensch. Das macht der Beruf aus. Bei uns glaubt man nicht an Lügengeschichten. Man sticht die Eiterbeulen auf, und da sind die edlen Gefühle ... Sie verstehen, was ich meine ... Man glaubt an nichts. Ich hatte schon lange beschlossen, mich an Ort und Stelle zu informieren; also habe ich die Gelegenheit genutzt und Ihren Fall zum Vorwand genommen, um mich an der Front umzusehen. Ich habe meinem Vorgesetzten gesagt, dass ich ein Gespräch mit Ihnen führen wolle, bevor ich die Akte schliesse, dass ich Sie persönlich kenne. Und das ist der Grund, warum ich hier bin. Ich wollte an die Front. Ich wollte den Krieg mit eigenen Augen sehen. Eine tolle Sache, der Krieg. Ich bin Ihnen zu Dank verpflichtet. Was in den Zeitungen steht, ist alles Havas; das, was ich heute abend gesehen habe, ist viel aufregender als alles, was ich mir habe vorstellen mögen. Und ich habe geschossen! Auch ich wollte einen Mann töten, um etwas zu berichten, etwas zu erzählen zu haben. Die werden grosse Augen machen zu Hause. Sie gestatten ...?"

„Nein", sagte ich. „Es reicht."

Der Unverschämte wurde nachdenklich. An die Schiessscharte unseres Spähpostens gelehnt, betrachtete er eine innere Landschaft. Er schwieg.

Es wurde schnell Nacht, der ergreifende, der beklemmende Einbruch der Nacht an der Front, denn mit den ersten am Himmel aufleuchtenden Sternen widerhallen das Pfeifen der Blindgänger und die markerschütternden Salven der

Maschinengewehre, die sich von Frontabschnitt zu Frontabschnitt überschneidend fortpflanzen und erst im Morgengrauen aufhören, mit einem Crescendo manchmal, einem Toben, einem rasenden Höhepunkt, als würden nach dem blutigen Tod der Dämmerung die Späher, die, einer nach dem andern, wie Schatten in der sich über alles legenden Dunkelheit ihren Platz an den Schiessscharten einnehmen, das Fieber ansteigen lassen.

„Gehen wir", sagte ich zu dem grotesken Geheimagenten. „Dort kommen meine Männer. Ich führe Sie zur Küche ..."

Faval rief die Losung. Ich weiss nicht mehr, wer ihn begleitete.

Und als wir etwa dreissig Meter im Torfmoor zurückgelegt hatten, sagte ich zu dem schurkischen Individuum, das mir watend und stolpernd durch das Schilf folgte: „Kein Wunder, dass ich Ihnen misstraue."

„Warum?" fragte er.

Er blieb stehen.

„Weil Sie überhaupt nichts abgeschlossen haben. Alles reine Augenwischerei."

„Wie das?"

„Wenn ich Ihnen Glauben schenken sollte, haben Sie meinen Fall genutzt, um sich auf Staatskosten einen kleinen Ausflug an die Front zu gönnen und eine widerliche und rein persönliche Neugierde zu befriedigen, ein Gelüst. Es ist eine unmotivierte Tat, aber überhaupt nicht selbstlos, denn Sie sind ziemlich widerlich. Wieviel haben Sie sich erhofft?"

„Ich schwöre Ihnen, dass, sobald ich in Paris zurück bin, Ihre Akte geschlossen wird."

„Und wenn Ihnen inzwischen etwas zustösst? Ein Querschläger zum Beispiel?"

Wir hatten unseren Weg fortgesetzt.

„Und wer sagt Ihnen, dass ich nicht deswegen gekommen bin?" murmelte der Mann hinter mir.

„Ist mir klar", antwortete ich, ohne stehenzubleiben. „Ich habe mir das bereits überlegt. Aber ..."

„Was aber?" flüsterte der Mann.

Wir standen vor der Tür des Schanzraums.

„Nichts", sagte ich nach kurzem Nachdenken. „Gehen Sie hinein. Setzen Sie sich zu Tisch. Chaude-Pisse wird Ihnen das Essen auftragen. Ich komme gleich wieder. Eine dienstliche Angelegenheit. Entschuldigen Sie mich. Nachher begleite ich Sie zum Kommandanten."

„Er stinkt nach Bulle, dein Typ", meinte Garnéro, der mir in den Hof gefolgt war, wo ich mit dem Monokolski die Route und die Zusammensetzung der Patrouillen besprach.

„Keine Sorge", antwortete ich Garnéro. „Gib ihm trotzdem zu trinken, wie Victor Hugo sagt. Aber behalte ihn unauffällig im Auge. Er ist ein Spezialist."

„Ein Spezialist wofür?"

„Ein Spezialist im Sich-in-Luft-Auflösen. Hast du verstanden?"

„Verstanden", sagte der Koch und verschwand.

„Ich muss unseren Gast zum Kommandanten begleiten, macht es dir etwas aus, heute nacht beide Patrouillen zu übernehmen?" fragte ich Przybyszewski, mit dem ich, seit ich wieder Kompaniechef geworden war, ganz selbstverständlich kameradschaftlich meine Rolle teilte. „Ich würde in der folgenden Nacht beide Patrouillen übernehmen."

„Sicher, alter Freund. Aber was wollte der Kerl von dir? Ich weiss nicht, wo ich seine Visage hintun soll", sagte der Pole.

„Ich weiss nicht."

„Wirklich nicht?"

„Ich schwöre es dir."

„Gibt's neuen Ärger?"

„Nein. Ich glaube nicht."

Wenn ich je einen Dichter und gleichzeitig ein Ekel an der Front getroffen habe, so ist es der widerliche Polizeibeamte, der, als ich Garnéros Küche betrat, am Feuer sass. Er hatte seine langen Beine übereinandergeschlagen und schrieb auf den Knien. Als er mich sah, steckte er sein Notizbuch in die Tasche, stand auf, kam auf mich zu und begann zu schwätzen, begeistert, feurig, als sei zwischen uns nichts gewesen und als hätten wir nicht eben eine ziemlich unangenehme Unterredung gehabt.

„Es ist der schönste Tag meines Lebens, Blaise Cendrars", rief er aus. „Ich bin eben dabei, ein wunderbares Gedicht zu schreiben. Ich werde es Ihnen widmen. Ich bin begeistert, hier zu sein. Grossartig. Ganz, ganz grossartig. Ich ..."

„Halten Sie den Mund. Der Krieg ist eine Sauerei."

Garnéro schenkte mir zu trinken ein.

„Ich brate dir ein Schnitzel mit einem Teller Bratkartoffeln dazu. In Ordnung, Kapo?"

„Danke, Chaude-Pisse. Prima."

„Der Krieg", salbaderte der andere, „was für ein erhebendes Schauspiel! Ich bin eben dabei, das schönste Gedicht meines Lebens zu schreiben. Sie werden mir wohl nicht weismachen, Blaise Cendrars, dass das Geschehen an der Front Sie nicht inspiriert?"

„Es inspiriert mich überhaupt nicht."

„Sie haben wohl jede Menge Gedichte in Ihren Taschen."

„Kein einziges."

„Ja warum haben Sie sich dann freiwillig gemeldet?"

„Ganz bestimmt nicht, um einen Federhalter in der Hand zu halten."

„Ach so."

„Halten Sie mich vielleicht für einen Reporter? Ich schiesse."

„Verstehe, aber es ist so aufregend! Ich glaubte, Blaise Cendrars, dass mit Ihrer Lebenslust das aufregende Leben, das Sie hier führen, die Gefahr, die Kameradschaft, die Tarnungen, die Natur, die frische Luft, der industrielle Rhythmus, der einen umgibt, kaum betritt man die Schützengräben, das Malerische, das Unvorhergesehene, die unerwarteten Begegnungen, der gewaltsame Tod ... ich glaubte, dass Sie im Krieg in Ihrem Element wären und dass dies alles Sie inspiriert, Blaise Cendrars."

„*Sterben für das Vaterland, das schönste Los ...,* nicht wahr? Glauben Sie an das Theater? Haben Sie den Sinn für die Wirklichkeit verloren? Sie sind hier nicht in der *Comédie Française.* Und wissen Sie, was sich hinter diesem Alexandriner verbirgt? Der Krieg ist ein schändliches Verbrechen. Dieses Schauspiel kann höchstens das Auge, das Herz eines zynischen Philosophen und die Logik des schwärzesten Pessimisten befriedigen. Das gefährliche Leben kann einem Menschen zusagen, gewiss, aber auf sozialer Ebene führt das geradewegs zur Tyrannei, vor allem in einer Republik, die von einem Senat aus Greisen regiert wird, von einer Deputiertenkammer aus Schwätzern, einer Akademie von Drückebergern, einer Militärschule für Generale!"

„Warum machen Sie die Menschen so verächtlich, Blaise Cendrars? Ich hielt Sie für einen guten Patrioten, obwohl Sie Anarchist sind und sich freiwillig gestellt haben."

„Patriot, nun ja ..."

„Warum haben Sie sich denn gestellt?"

„Ich? Weil ich die Boches hasse."

„Sie sind sich selbst gegenüber nicht logisch, Blaise Cendrars."

„Zum Glück. Glauben Sie, dass das Leben eine Sache der Logik ist?"

„Ich ..."

Ich war wütend über diesen Kerl, der mich plötzlich bei meinem Dichternamen nannte, einem Namen, den ich kaum Zeit gehabt hatte, auf dem Einband von zwei oder drei schmalen Bändchen zu sehen: *Séquences*, Les Pâques à New York*** und *Le Transsibérien****. Einem Namen, der für mich ein Leben beinhaltete und nach dem ich damals noch oft Sehnsucht hatte, vor allem wegen der Frauen; aber ich sagte nichts; ich hatte einen Mordshunger und begann zu essen, was Chaude-Pisse vor mich hinstellte; ich würde mir nicht den Cafard anhängen lassen von diesem dozierenden und parlierenden Quatschkopf.

* in Fol.-2∞ 40 x 52 cm, Éditions des Hommes Nouveaux, Paris 1912
** in Fol.-4∞ 50 x 65cm, Éditions des Hommes Nouveaux, Paris 1912
*** farbig, 10 cm x 36 cm x 2 m, Unikat genannt *Premier Livre Simultané*, Auflage in der Höhe des Eiffelturms, Éditions des Hommes Nouveaux, Paris 1913. [dt. *Die Prosa von der Transsibirischen Eisenbahn und der Kleinen Jehanne von Frankreich,* Lenos Verlag, Basel 1998]

„Schenk mir nochmals ein", sagte ich zu Garnéro.

Und als ich meinen Blechbecher in einem Zug ausgetrunken hatte: „Wenn Sie doch die *Soirées de Paris* abonniert haben und behaupten, alle meine Freunde zu kennen, können Sie mir sagen, ob Guillaume Apollinaire an der Front ist?" fragte ich den Polizeimann.

„Nein, noch nicht, aber demnächst", antwortete er. „Zur Zeit ist Guillaume Apollinaire Kanonier in Nîmes und über beide Ohren verliebt."

„Der Glückspilz! In Marie Laurencin?"

„Aber nein, nicht doch. Marie Laurencin hat einen deutschen Baron geheiratet und ist mit ihrem Mann nach Spanien gegangen."

„Nein, stimmt das tatsächlich? Armer Guillaume."

Garnéro hörte uns Pfeife rauchend zu.

Seit ich an der Front war, hatte ich von niemandem mehr Nachrichten. Meine letzten damaligen Freunde hatten sich zerstreut. Abgesehen von Fernand Divoires kleinem *Bulletin des Écrivains,* das kürzlich erschienen war und versuchte, die Bande dieser grossen Familie, die in Frankreich, trotz gegenseitiger Beschimpfungen, die Literaten bilden – eine Voliere in Paris, ein Jagdschlösschen in der Provinz oder zumindest eine Robinsonade irgendwo innerhalb des Landes –, aufrechtzuerhalten, während überall sonst im Ausland jeder Schriftsteller in seinem Elfenbeinturm lebt, abgesondert und wie verloren innerhalb seiner Nation, hatte ich von niemandem Nachrichten, ich hatte keinen einzigen Brief geschrieben, nicht einmal an meine Frau, und ich lachte meine Männer aus, die, wie die Läuse nicht aufhörten, Eier zu legen, nicht aufhörten zu schreiben, zu schreiben, zu schreiben.

„Und der junge Mollet, Apollinaires Sekretär?" fragte ich weiter.

„Baron Mollet ist in einer Sanitäterausbildung", antwortete der Bulle.

„Und Maurice Raynal?"

„Er ist an der Front."

„Und Max Jacob?"

„Wie, Sie wissen es nicht? Max hat konvertiert."

„Nicht möglich!"

„Doch. Er hat eine Vision gehabt. Bei Jeanne Léger ist ihm Christus erschienen."

„Bei Jeanne?"

„Ja. Max ist zu Jeanne Léger geflüchtet. Er fühlte sich zu einsam, und Jeanne hat ihn in Légers Atelier untergebracht. Oh, in allen Ehren! Sie wissen ja, der Beginn des Krieges war nicht unbedingt für jedermann einfach in Paris, und Max ..."

„Sie scheinen Max Jacob gut zu kennen."

„Max ist ein Freund. Wir ..."

„Sag mal, Kapo, ich hau' mich in die Falle. Ich kenn' keinen von den Leuten, über die ihr da redet, und muss um Mitternacht auf Patrouille."

„Natürlich. Geh schlafen, Chaude-Pisse. Aber musst nicht auf Patrouille heut' nacht. Hab' mich mit dem Monokolski abgesprochen. Du gehst morgen mit mir hinaus."

„Prima, da kann ich ruhig pennen." Und Garnéro verliess den Raum, doch bevor er die Tür zumachte, klemmte er sich mit der linken Hand die Nase zu, um mir zu bedeuten, dass der Kerl, mit dem er mich nun allein zurückliess, ihm nicht koscher war und ich ihm nicht trauen soll.

Ich hätte meinen schrägen Vogel gern nach den Frauen von Montparnasse gefragt, nach Aischa, nach Renée, nach Gaby, nach der dicken Fernande, nach Jeanne-la-Folle, nach der Russin, in die ich seit über einem Jahr verliebt war und mit der ich so manche Nacht in Montparnasse verbracht und manch kleines und grosses Glas getrunken hatte, Tatjana, dem Hermaphroditen, dem Alkoholiker, der mich an der Nase herumgeführt hatte! Aber ich liess es sein.

„Und André Billy?" fragte ich.

„André Billy? In Paris bei der Zensur", antwortete er.

„Und die Maler? Kennen Sie auch die Maler, meinen Freund Delaunay, mit dem ich eine Ausstellung hätte machen und ein Manifest signieren sollen vor dem Krieg? Ich habe sagen hören, er sei nach Portugal gegangen. Stimmt das?"

„Robert Delaunay? Er ist zur Zeit in Spanien, mit Sack und Pack und Frau und Kind. Und Arthur Cravan obendrein."

„Oscar Wildes Neffe? Das wundert mich. Ein kräftiger Kerl, Dichter und Boxer. Ist er also auch abgehauen? Ich kann es kaum glauben. Und Picasso, ist er in Spanien?"

„Picasso? Nein. Er ist mit Juan Gris an der Grenze. In Céret, in den Pyrénées-Orientales."

„Und mein Freund Braque?"

„Er ist an der Front."

„Und Freund Fernand Léger?"

„An der Front."

„Und Derain?"

„An der Front."

„Und Picabia?"

„In Amerika."

„Und Marcel Duchamp?"

„In New York."

„Und Gleizes? Le Fauconnier?"

„Le Fauconnier ist in Holland; wo Gleizes ist, weiss ich nicht."

„Und Modigliani?"'

„In Montparnasse."

„Und Jaztrebzoff?"

„Serge Ferrat? Pfleger im Hôpital Italien am Quai d'Orsay."

„Und seine Schwester?"

„Die Baronin? Roch Grey? An der Côte d'Azur mit Léopold Survage, jenem, von dem Apollinaire gesagt hat: *Survage est à sauvage ce que surhomme est à homme.** Dummerweise heisst er Sturzwage, was falsches Gewicht bedeutet, und Apollinaires hübscher Satz ergibt keinen Sinn."

„Und Archipenko?"

„Er ist in Nizza."

„Und in der Schweiz, ist niemand in der Schweiz?"

„In der Schweiz sind so viele, dass ich Ihnen gar nicht alle aufzählen kann, aber eher Journalisten und Flaneure, Georges Casella usw., denn es wimmelt von Spionagegeschichten in der Schweiz, und man kann viel Geld verdienen und internationale Politik machen, die Pazifisten von rechts und links sind auch dort, Pierre-Jean Jouve, die kleine Guilbeaux, das Miststück, jede Menge Flüchtlinge, reiche Leute."

---

* *Survage* verhält sich zu *sauvage* [Wilder] wie Übermensch zu Mensch. (Anm. d. Ü.)

„Ich sehe, Sie sind gut informiert. Doch sagen Sie, wie kommen Sie zu Ihren Informationen?"

„Ich habe es Ihnen bereits gesagt: Ihr seid alle registriert."

„Warum das?"

„Seit dem Raub der Mona Lisa."

„Nicht möglich!"

„Doch."

„Ein schönes Geschenk, das Apollinaire uns da gemacht hat."

„So ist es. Es waren zu viele Ausländer in die Geschichte verwickelt. Sogar Gabriele d'Annunzio!"

„Ach ja, was ist übrigens aus dem anderen Sekretär Apollinaires geworden, dem Dieb der Tanagrafiguren, einem Belgier?"

„Er soll sich bei der türkischen Marine verpflichtet haben. Solway, der Louvre-Dieb, ein Belgier?"

„Ja, ein Belgier, ein Bankangestellter, aber er hiess Guy Piernet. Doch kommen Sie, es ist Zeit, dass ich Sie zum Kommandanten begleite. Es ist fast zehn Uhr."

„Und warum legen Sie so grossen Wert darauf, mich zu ihrem Major zu bringen?" fragte mich der Inspektor der Sicherheitspolizei. „Es hat mich niemand kommen sehen."

„So will es das Reglement", antwortete ich. „Ich lege Wert darauf, dass Sie mit ihm über meinen Fall sprechen. Er befasst sich damit."

„Verstehe. Sie haben immer noch kein Vertrauen in mich?"

„Nein, nicht allzu grosses."

„Sie brauchen sich nicht zu entschuldigen. Wir sind es gewohnt bei der Polizei in Anbetracht der undankbaren

Rolle, die wir fürs Volk spielen. Doch machen Sie sich keine Mühe. Sie wollen mir doch nicht sagen, was ich zu tun habe? Ich kann sehr gut allein zurückgehen. Keiner hat mich gesehen."

„Nicht heute nacht. Sie kennen die Losung nicht."

Und ich fingerte ostentativ an der Külasse meiner Parabellum herum und führte eine Patrone ein.

„Alle Brücken werden bewacht."

„Stimmt", sagte der Geheimagent. „Ich kenne die Losung nicht. Dann geh'n wir halt."

Wir gingen hinaus und nahmen den Laufgraben bis zur Kirche von Frise und von dort aus den Pfad längs des Kanals in Richtung Éclusier.

Wir sprachen kein Wort.

Es war eine schöne Mondnacht.

Hauptmann Jacottet hatte seinen Befehlsstand in die Nähe von Éclusier verlegt.

Als wir ankamen, war der Bataillonskommandant nicht da.

„Er ist bei General Dubois", sagte sein Verbindungsmann, der in jener Nacht das Amt des Telefonisten versah. „Jacottet geht jeden Abend zum General und kommt nicht vor Mitternacht zurück. Sie planen die Offensive. Wenn ihr warten wollt ..."

„Wir warten draussen auf ihn."

Und wir gingen wieder zum Kanalufer hinunter und setzten uns unter einen Baum.

Ich rauchte eine Zigarette nach der andern.

Es war noch nicht lange her, seit ich mit Pfannkuchen auf dem gleichen Pfad hierhergekommen war.

Welcher der beiden widerte mich mehr an, der Boche oder der Polizist?

„Ich wusste nicht, dass Sie reich sind", sagte der Mann in Zivil.

„Ich? Reich?"

„Sie brauchen sich nicht zu rechtfertigen. Ich bin informiert. Ich habe ermittelt. Sie schulden in ihrer Strasse niemandem einen Sou und ebensowenig ihrer Concierge, und auch nicht dem Bäcker und in der Kneipe nebenan. Sie haben alles bezahlt. Das erstaunt mich."

„Ich habe einen Horror vor Schulden."

„Ja, das kann ich verstehen, aber trotzdem, die Auflage des *Transsibérien* muss Sie eine ziemliche Stange gekostet haben, oder?"

„Ab und zu habe ich gewisse Beträge zur Verfügung."

„Ich bin bei Ihrem Drucker gewesen, beim Papierhändler, beim Buchbinder, es stimmt genau, Sie schulden nirgends Geld. Ich habe sogar den Chef der Druckerei Crête aufgesucht, Herrn Gauthier in Corbeil, auch er hat nur Lob für Sie übrig, Sie schulden ihm nichts, keinen Sou, er schien darüber sogar erstaunt zu sein, Sie haben das Geld bar auf den Tisch gelegt."

„Sie leisten ganze Arbeit, muss ich sagen!"

„Das braucht Sie nicht weiter zu wundern, das ist das Abc des Berufs."

„Kompliment."

„Die erste Frage, die wir uns stellen, ist: Woher stammt das Geld?"

„Und das erste Polizeiprinzip, nach dem ihr euch richtet, ist: *cherchez la femme!*"

„Genau, Blaise Cendrars, ich wusste gar nicht, dass Sie verheiratet sind."

„Sie konnten es nicht wissen, ich habe, unvorhergesehen, am Tag vor meiner Abreise an die Front geheiratet."

„Ich wusste auch nicht, dass Sie Hausbesitzer sind. Sie sind also reich?"

„Wie, Sie ..."

„Ja, ich habe Ihre Frau in St-Martin-en-Bière aufgesucht. Sie besitzen ein hübsches Haus dort ..."

„Kompliment."

„... wenn ich eine Ermittlung durchführe, führe ich sie konsequent durch, Sie haben sich heute darüber Rechenschaft geben können, denn ich habe Ihre Spur bis hierher verfolgt. Ich lasse nichts ausser acht ..."

„Aber was hat meine Frau mit meinem Fall zu tun? Sie ist in keiner Weise davon betroffen. Sie ist kein Soldat, soviel ich weiss. Sie ist mit ihrem Baby beschäftigt. Das war ein falscher Schritt. Können Sie sie nicht in Ruhe lassen?"

„Ihre Frau ist Russin."

„Ja und?"

„Alle Russen sind suspekt in Frankreich. Sagen Sie mir, woher kommt das Geld? Es ist allgemein bekannt, dass Sie keines haben. Sie wollen mich doch nicht glauben machen, die monumentale Auflage des *Transsibérien* hätte Ihnen etwas eingebracht?"

„Nein, keinen Sou. Ich habe zwei Exemplare verkauft, eines an François de Gouy d'Arcy, das andere an Jean Cocteau."

„Also?"

„Also was? Fragen Sie doch Ihre Auftraggeber, wieviel ich hier verdiene."

„Aber ...?"

„Sie sind ein Riesenekel! Sind Sie deshalb hier? Wieviel haben Sie sich erhofft? Ich habe Sie schon vorhin gefragt. Schauen Sie, dort kommen die Kellerasseln. Nutzen Sie die Gelegenheit. Los, verschwinden Sie. Ich habe die Nase voll von Ihnen. Ich werde ihnen sagen, sie sollen Sie bis nach Bray begleiten. Nachher schauen Sie zu, wie Sie weiterkommen. Auf Wiedersehen. Los, dalli! Gehen Sie zum Henker."

„Aber regen Sie sich doch nicht so auf, Blaise Cendrars. Ich sagte Ihnen doch, dass Ihre Akte geschlossen ist. Ich schwöre es Ihnen. Kommen Sie, gestatten Sie, dass ich Sie umarme. Ich hege die grösste Bewunderung für Sie. Diese Begegnung!!! Es ist der schönste Tag meines Lebens."

Und der Mann verschwand mit dem Mitternachtsverpflegungskonvoi in Richtung Bray – nicht ohne mich vorher in die Arme geschlossen zu haben.

Ich blieb, mir die Wange reibend, unter dem Baum sitzend zurück, um Jacottet von diesem Besuch zu berichten, hörte, wie sich der Konvoi längs des Kanals entfernte.

Der Judaskuss.

Ich rauchte eine Zigarette.

Dann ging ich wieder zum Befehlsstand des Bataillonskommandanten. Vielleicht hatte der Telefonist einen Schluck Schnaps. Ich musste mich desinfizieren. Dieser Hundsfott.

(Um die Geschichte von diesem Schnorrer abzuschliessen, muss ich hinzufügen, dass kurz nach dem Krieg Maître L., der Notar in der Rue d'Astorg, mich eines Tages zu sich bestellte, um mir das Testament von X., Polizeioberinspektor, zu eröffnen, der sich kürzlich durch eine Strychninspritze in der Herzgegend das Leben genommen und der mir die Summe von 250'000 Franc vermacht hatte. „Leider hat mein Klient keinerlei Vermögen hinterlassen, weder Möbel noch Liegenschaften, keinen Sou, er hat alles vertan", sagte Maître L., „aber hier habe ich einen Umschlag, den ich Ihnen übergeben soll. Ich weiss nicht, was es ist." Der Umschlag mit den roten Siegeln enthielt ein langes Gedicht, das mir gewidmet war, ein sehr schönes Kriegsgedicht, nicht schwülstig, wie ich angenommen hatte, sondern von der schönsten modernen Dichtung inspiriert. Ich bedaure, es nicht veröffentlichen zu können, weil dieses Gedicht mit allen meinen anderen Papieren und Büchern im Juni 1940 bei der Plünderung meines Hauses auf dem Land verschwunden ist. Daher nenne ich auch den Namen jenes Unbekannten nicht, auch wenn er mir auf der Zunge brennt, der mir eines Tages wie ein der Hölle Entronnener erschienen ist und der wieder in die Hölle gestürzt ist. Er ruhe in Frieden! Aber sollte man in Max Jacobs Nachlass andere Gedichte von ihm finden, werde ich seinen Namen nennen. Max hat mir nie eines geben oder mich eines lesen lassen wollen, ich glaube, weil er mir meines neidete. Der Polizist war einer seiner Freunde. Aus Montmartre.)

Wie bereits erwähnt, als wir nach der letzten Ablösung die Grenouillère verliessen (Ende Februar 1915), stand Frise bereits in Flammen, die Boches hatten das Dorf mit Brandbomben angezündet; aber bei der vorletzten oder vorvorletzten Ablösung hatte ich nochmals Besuch, einen mondänen Besuch, den eines schneidigen, liebenswürdigen Kapitänleutnants, den Siegfried Lang zu mir brachte. Lang war ganz versessen auf Ballistik, und beim Anblick einer Kanone geriet er aus dem Häuschen (wahrscheinlich weil der Mann seiner Schwester Artillerist war und eine 75er-Batterie bediente; Lang war Luxemburger und wollte bei der französischen Schwiegerfamilie seiner Schwester Eindruck machen, bei der er hoffte, seinen Urlaub verbringen zu können). Bei der Rückkehr vom Sonderdienst war Lang irgendwo, ziemlich oberhalb von Éclusier und seiner geborstenen Haltung, die den Kanal versperrte, auf einen Zug von drei vertäuten Frachtkähnen gestossen, die unter der Flagge der Kriegsmarine fuhren. Der eine, LA MARGOT, war mit einem 280er-Geschütz beladen, und der andere, LA MARION, mit einem 310er-Geschütz; beim Anblick der langen, in den Kanal eingelaufenen Geschützrohre hatte Langs Herz höher geschlagen, und der begeisterte Soldat hatte nicht eher Ruhe gegeben, bis er sich an Bord des dritten Schiffes, LA MADELON, beim Kommandanten der schwimmenden Batterie gemeldet hatte, um ihm von der schweren Artillerie der Deutschen zu rapportieren, die in Feuillères in Stellung war, und ihn einzuladen, sich persönlich von den Vorteilen zu vergewissern, die die Grenouillère und die umliegenden Sümpfe boten, um den feindlichen Haubitzen aus geringer Reichweite zu antworten, und der Kapitänleutnant, der der Ansicht war, genügend in das Gefecht verwickelt zu sein, und der auf die Dunkelheit wartete, um die Anker zu lichten und sich von der Front zu entfernen, hatte herzlich lachen müssen über die Begeisterung des Legionärs, doch weil er von den Piraten der Grenouillère hatte reden hören, hatte er einen Abstecher zu uns gemacht, um sich zu informieren und sich unsere Abenteuer erzählen zu lassen. Was ihn am meisten beeindruckte in der Grenouillère, waren weder unsere luxuriösen, mit Klavier, Lüster, Brautkranz unter der Glasglocke und dreifarbigen Porträts der Stars der *Folies-Bergère* eingerichteten Unterstände noch Garnéros Küche, noch Sawos bizarroide Schnäpse, noch meine Flibustiergeschichten, die ich erzählte, als ich ihm unseren berühmten Kahn vorführte und ihm dessen Kapitän, den unerschütterlichen Opphopf, vorstellte, was ihn am meisten erstaunte, was diesen Seemann, der alle Meere befahren hatte, entsetzte, waren die verwaschenen, gebleichten, überall in unseren Stacheldrahtverhauen auf Pfählen aufgepflanzten Ochsenköpfe mit den spitzen Hörnern, die der Umgebung der Grenouillère das wilde, unheimliche Aussehen eines einsamen Gehöfts in den Einöden Patagoniens verliehen, dessen dichte Rundpalisaden ebenfalls mit gehörnten Ochsenschädeln geschmückt sind.

„Was ist mit all diesen Kuhschädeln?" fragte mich der Kapitänleutnant.

„Das hier war das Haus des Fleischers, wahrscheinlich das Schlachthaus", erklärte ich ihm. „Wir können die Erde kaum umgraben, ohne Knochen zu finden, darunter eben diese Köpfe und die vielen Hörner."

„Aber warum stellt ihr sie aus?"

„Ich bin oft in Südamerika gereist, Herr Kapitän", sagte ich. „Sie halten den bösen Blick ab."

„Stimmt", sagte der Kapitänleutnant. „Es wirkt sehr exotisch, polynesisch, feuerländisch. Seltsam. Wir kommen uns alle verloren vor. Als wären wir am Ende der Welt. Ihre Schädel erinnern mich an die Riesenköpfe auf der Osterinsel! Ich gratuliere Ihnen."

Wir waren in der Grenouillère. Vielleicht zum letztenmal, denn es ging das Gerücht, das Kolonialkorps würde uns ablösen, es werde angreifen und wir würden nicht dabei sein. Derartige Gerüchte lösen immer grosse Aufregung aus, und die Männer beglückwünschten einander und hatten es eilig abzuhauen. Nichtsdestotrotz waren wir doppelt wachsam, denn seit zwei, drei Tagen lag dichter Nebel über dem Tal, und man sah keine drei Meter weit.

Es war ein unheimlicher Nebel, ein Nebel aus sich drehenden, tanzenden, wirbelnden Säulen, die aus den Sümpfen aufstiegen und sich in schwebende Schwaden auflösten, durchscheinend im Licht des Mondes, das in den Myriaden silberner Pailletten auf den gestuften Volants der schwingenden Gazeröcke glitzerte, die in die Finsternis eintauchten und etwas weiter weg über dem schwarzen, spiegelnden Wasser in einer neuen, sich ständig verändernden Beleuchtung als tanzende Säulen wieder auftauchten, träge und ausfransend und sich umschlingend, und diese stumme Aufforderung zum Tanz der weissen Gespenster in diesem grossen Ballsaal, der einmal erhellt, dann plötzlich wieder in der fahler werdenden Dunkelheit der aufflammenden Befeuerungen und Lichterketten unterging, hätte uns bezaubert, wäre unser Kahn nicht auf der Suche eines trügerischen Bootes über das Wasser geglitten, das keiner von uns je gesichtet hatte, das Opphopf aber mit seinem sicheren Schifferinstinkt und seinem feinen Schmugglergehör anhand eines schnelleren Plätscherns ausgemacht hatte.

„Es ist ein grosses Boot", stellte er fest. „Es ist ein Boot aus Eisen, und es müssen viele drin sitzen. Die Idioten haben keine Ahnung, dass ich sie zählen kann. Es sind vier an den

Riemen, und sie pullen wie Anfänger. Halt, da, ich höre sie!"

Und er stakte unseren Kahn lautlos durch die gesichtslosen Tänzerinnen, und die spukhaften Paare liessen sich nicht stören, liessen sich durchstossen, ohne sich zu trennen, seufzend, keuchend, wir spürten ihren Atem auf unseren Lidern wie einen toten Kuss, und wir schleiften im Vorbeifahren feuchte Fetzen hinter uns her, lange zerrissene Schleier, die in unser Kielwasser tauchten; doch wir mochten noch so sehr die Ohren spitzen, wir hörten nichts... und mit dem Morgengrauen, das den nächtlichen Märchenzauber trübte, hüllte sich alles in Trauer, und unsere Phantasien verwandelten sich in eine Erbsensuppe.

Wir kehrten jeden Morgen unverrichteter Dinge und vor allem ernüchtert und durchfroren zurück, doch wir brachen jeden Abend bei Einbruch der Dunkelheit schauernd wieder auf, und keiner machte sich über Opphopf und seine Trinkerhalluzinationen lustig oder über seine fixe Idee, ein Gespensterschiff jagen zu wollen, und keiner kümmerte sich um die Richtung, die er einschlug, denn kaum waren wir auf dem Wasser, lockten uns wieder die Gaukelspiele der Sümpfe wie am Abend zuvor, und unser richtungsloser Nachen trug uns in einer wahnwitzigen Irrfahrt mitten durch die trägen Peris, durch stumme, wirbelnde Luftgeister, als wallten sie von unserer Anwesenheit auf, ein gespenstischer Ball, ein Sabbat in einem geächteten Leprosorium. Aufrecht im Heck, mit seiner langen Stake unseren Kahn steuernd, sah Opphopf aus wie ein schwarzer Zauberer.

Zwei, drei Nächte lang also setzten wir unsere geheimnisvolle, geisterhafte, verwirrende Suche im Tanz der verblassenden, sich wieder verdichtenden Erscheinungen fort, und alle, selbst ein Griesgram wie Griffith oder ein Faxenschneider wie Garnéro, waren überwältigt und trauten ihren Augen nicht.

Unsere Suche grenzte an ein Wunder, und als gegen Ende der letzten Nacht hinter uns Frise plötzlich in Flammen aufging, war diese grauenerregende Kriegstat wie der krönende Abschluss dieser unsäglichen Aufforderung zum Tanz. Doch wir hatten keine Zeit, in Bewunderung zu erstarren. Kaum hatten die ersten Brandbomben die zerschossenen Häuser rund um die turmlose Kirche angezündet, als direkt vor uns ein Maschinengewehr unmittelbar über der Wasseroberfläche zornig zu tacken begann.

„Diesmal hab' ich sie!" rief Opphopf.

Und er stiess, vornübergebeugt, mit gegrätschten Beinen, kräftig ab und riss uns aus dem Reigen der tanzenden Nebel, wo wir uns, gebannt, hinter den schwingenden Röcken versteckt hatten, und wir glitten pfeilschnell über die schwarze, wachsglänzende, schiefe Wasseroberfläche, die hart war wie ein Parkett, stoppten brüsk vor der Staumauer von Éclusier, Seite an Seite, direkt neben einer dort festgemachten Barkasse, die wir mit Handgranaten durchsiebten und in die Sawo eine grosse Bombe schleuderte auf die Gefahr hin, uns gleichzeitig in die Luft zu jagen.

Der Spuk war kurz und heftig.

Ich weiss nicht, wer mehr überrascht war, die Boches oder wir.

Ich selber konnte nicht glauben, dass wir uns, kanalaufwärts, in Éclusier befanden, wo ich doch geglaubt hatte, wir befänden uns unterhalb der Grenouillère!

Das Erwachen aus einem bösen Traum: Griffith rieb sich die Stirn, über die eine dicke Blutschlange lief. Sawo war ins Wasser gesprungen und ertränkte den deutschen MG-Schützen, den er mit seinem ganzen Gewicht unter Wasser hielt. An Land forderte Garnéro ein paar Deutsche auf, sich zu ergeben.

Opphopf jubelte: „Ich hab's euch doch gesagt, dass es ein eisernes Boot ist. Die Arschlöcher!"

Plötzlich kippte unser Kahn, und ich befand mich auf dem Grund des Kanals, und jemand hielt mich an den Füssen fest. Es war der Monokolski. Ich schlug um mich, und als wir wieder auftauchten, schoss der Wachposten des Generalstabs in Éclusier auf uns, und wir mussten Zeichen geben und sie mit Zurufen auffordern, das Feuer einzustellen. Sie kamen mit Laternen und lautem Stimmengewirr, um uns zu identifizieren.

Alle begaben sich in den Hof des Fährhauses. Sechs Boches waren unversehrt, ebenso viele verletzt und ebenso viele tot.

„Arschlöcher!" wiederholte Opphopf pausenlos.

Opa Oberst Dubois, stellvertretender kommandierender General im Frontabschnitt von Frise, den die Boches hatten überfallen und entführen wollen, kam uns beglückwünschen. Hauptmann Jacottet war nicht bei ihm. Als wir unsere Namen zu Protokoll gegeben hatten, entliess man uns.

Im Westen brannte Frise immer noch lichterloh im Nebel, und hinter uns wirbelten die tanzenden Geister im Walzer der leprösen Tänzerinnen, langsamer vielleicht, aber weiter, immer weiter.

Wir entfernten uns zu Fuss, denn unser Kahn und das Boot der Boches, ein klobiges eisernes Schiff wie die der Brückenbaupioniere, waren unbrauchbar.

„Wir heben sie morgen", sagte Opphopf.

Doch am anderen Morgen waren wir nicht mehr da.

Wir waren abgelöst worden.

Das Kolonialkorps griff an.

Wir rückten nach Hangest-en-Santerre in die Etappe ein, um uns endlich zu erholen.

„Diesmal hast du's", sagte Hauptmann Jacottet achtundvierzig Stunden später zu mir. „Das Kolonialkorps hat die Stellungen vor Herbécourt gestürmt, und der General hat dich für die Ehrenlegion vorgeschlagen. Ich habe deine ehrenvolle Erwähnung mit eigenen Augen gesehen. Ich freue mich, ehrlich. Ich hoffe, dass du in Zukunft keine Dummheiten mehr anstellst und dich ruhig hältst."

Leider für den Hauptmann – die Woche war noch nicht um, und ich landete im Bau: sechsundneunzig Tage Arrest, und das für eine Maispfeife, und es war Jacottet persönlich gewesen, der die Summe auf den nächsten Zehner aufgerundet hatte, um das hübsche Total von hundert Tagen zu erreichen.

Der Käpten hatte alle Hoffnung aufgegeben.

Er hatte die Flinte ins Korn geworfen.

Das ewige Missverständnis. Denn, was wirft man einem Helden vor? Dass er nicht vernünftig ist. Und dem Tatkräftigen seine Tat. Dem Dichter seine Dichtung. Und der Kurtisane die Liebe.

Meine „Ehrenlegionen"

So wie auf das Fass Roten, das er der Kompanie versprochen hatte, warte ich immer noch auf das Kriegsverdienstkreuz von Oberst Dubois.

Seither haben Minister – Leygues 1919, Monzie 1927 und 1931, Jean Zay 1939 – mich für mein schriftstellerisches Werk würdigen wollen; jedesmal liess ich ihnen antworten, ich bedanke mich und bitte sie, mich zu entschuldigen: „Als Soldat habe ich geschossen, ich hielt ein Gewehr und nicht eine Feder in der Hand. Ich wurde bereits von meinem Oberst für das Kriegsverdienstkreuz vorgeschlagen, ich warte auf das Kriegsverdienstkreuz meines Obersts."

Ende Juli 1939 wurde ich zum Ritter der Ehrenlegion ernannt, und zwar als *Kriegsversehrter Freiwilliger*. Ich konnte dieses Kreuz nicht ausschlagen, weil ich nach fünfundzwanzig Jahren Verstümmelungen Anrecht darauf hatte, aber ich warte noch immer auf das Kreuz meines Obersts.

Anfang März 1946 teilt mir ein prächtiges Diplom mit, ich sei im November 1940 – rückwirkend also – zum Offizier der Ehrenlegion ernannt worden. Mein Arm ist immer noch nicht nachgewachsen. Ich kann diese Rosette nicht ablehnen, weil ich darauf als *100 % Schwerkriegsbeschädigter* Anrecht habe, aber warum ist meine Offiziersurkunde dem *Ex-Gefreiten* (sic) *Soldaten* verliehen? Ich bin immer nur Gefreiter gewesen. Was soll und mag das sein, ein *Ex-Gefreiter?* Ist es ein Dienstgrad der zivilen Verwaltungshierarchie? Oder verbirgt sich hinter dieser hybriden Vokabel ein moralisches oder logisches Dilemma, in das mein Fall die Herren der Ehrenlegion gebracht hat? Oder, ich kann das verstehen, ist es ein *contradictio in adiecto,* einem Gefreiten den Titel eines Offiziers der Ehrenlegion verleihen zu müssen? Und ich lache, wenn ich an den Kümmelspalter denke, der das herausgefunden hat, um sich aus der Verlegenheit zu helfen! Ein Fleisspunkt für ihn. Aber ich warte immer noch auf das Kriegsverdienstkreuz meines Obersts.

Wie Freund Louis Brun, der Verlagsleiter von Grasset, oft sagte, der spätsommers 1939 von seiner Frau hinterhältig umgebracht wurde und der meine Angelegenheiten gut kannte, weil er mein Herausgeber war: „Du müsstest schon lange Grossoffizier sein, alter Blaise, mit Band, Ordenskrawatte und Bruststern, allein schon nach dem Anciennitätsprinzip. Würdest prächtig aussehen mit deiner wettergebräunten Piraten- oder Admiralsvisage! Soll ich mich darum kümmern?"

„Nein", antwortete ich ihm, „ich warte auf das Kreuz meines Obersts."

Wenn ich es mir überlege: Vielleicht war es tatsächlich das Kriegsverdienstkreuz von Oberst Dubois, das mir an meine Adresse in der Rue de Savoie zugestellt wurde, Ende November 1916, von zwei Gendarmen, die 37 Franc 25 Centimes für Ordensauslagen verlangten. Da ich nicht über den Betrag verfügte, sagte ich zu den Gendarmen, sie sollen Schatulle und Spesenrechnung der Brigade von Auteuil zurückbringen, die sie beauftragt hatte, wir würden aber diesen für mich unerschwinglichen Orden trotzdem begiessen – und ich schleppte die Gendarmen in die Kneipe nebenan, wo ich in der Kreide stand.

Es war eindeutig das erste Mal in meinem Leben, dass ich mit Gendarmen Weisswein trank, so wie es wohl auch das erste Mal in ihrer Karriere war, dass die Gendarmen sich gezwungen sahen, ihrem Vorgesetzten, der wiederum beauftragt war, ein Verdienstkreuz in seiner Schatulle zurückzubringen.

Es war ihnen offensichtlich sehr peinlich.

„Wenn Sie mir die Urkunde hierlassen", sagte ich, „finde ich vielleicht einen gebrauchten Orden, der käme mich günstiger zu stehen. Es hat jede Menge Trödler in diesem Stadtviertel. Ich habe keinen Sou. Ich habe eben kürzlich für einen Sou im Tag gekämpft."

Aber sie hatten keine entsprechenden Befehle.

Sie wussten nicht, was machen.

Da anerbot sich der Brigadier, die Kosten zu übernehmen.

„Sie sind ein anständiger Kerl", sagte ich zu ihm. „Danke, aber ich kann Ihr Angebot nicht annehmen. Verschieben wir das Ganze?"

Und nachdem wir angestossen hatten, fügte ich hinzu: „Es ist nicht hinnehmbar, ausgerechnet jetzt, da täglich im Hôtel des Invalides feierliche Aufmärsche in Waffen stattfinden, es ist nicht hinnehmbar, dass man mir mein Kriegsverdienstkreuz unter so schäbigen, ja sozusagen beschämenden Umständen überreicht."

Wenn es tatsächlich das Kriegsverdienstkreuz von Oberst Dubois war, das die Gendarmen damals nach Auteuil zurückgebracht haben, so ist es nicht verloren, eines Tages wird man es wieder finden. Ich kann also ruhig darauf warten … Doch was für eine widerliche Visage ich habe!

Die Maispfeife

General de Castelnau war nach Hangest-en-Santerre gekommen, um eine Parade abzunehmen, und Infanterie, Kavallerie, Artillerie waren zusammengezogen worden, ein Armeekorps im Feld also, nahe des langgezogenen, im Schlamm kauernden Dorfes beidseitig der Nationalstrasse.

Paradierend, inspizierend, die riesige, im Karree angetretene Männerfront abschreitend wie in La Fontaines Fabel, fiel der Blick des Grossen Generals auf einen zwischen den andern versteckten Landser, dessen zerrissene, abgewetzte, schmutzige Uniform, an der Knöpfe fehlten, nicht den Vorschriften entsprach, und aus dessen Haltung schliessend, dass der Soldat niedergeschlagen war, liess der General ihn aus dem Glied treten, um ihn aufzumuntern.

Nun, dieser Mann war ich in meiner Pfarrerröhre, in meinem nach dem harten Winterfeldzug arg strapazierten Soldatenmantel, ich war damals wahrscheinlich der prächtigste Soldat der französischen Armee, so dass die Feldwebel es für klüger gehalten hatten, mich im letzten Glied aufzustellen, zuhinterst in der Kolonne, damit ich mich hinter den anderen verstecken konnte; doch von den vielen tausend Männern war ich wahrscheinlich der einzige, der es am wenigsten nötig hatte, aufgemuntert zu werden. Ich war energiegeladen und voller Tatendrang. Ich trat also aus dem Glied und bemühte mich, die mustergültige Haltung Pfannkuchens beim Anblick von General Dubois in jener berühmten Nacht nachzuahmen: Ich erstarrte sechs Schritte vor dem General, schlug die Hacken zusammen, den Blick auf die Augen des Generals geheftet, den kleinen Finger an der Hosennaht, wartete, bis der General sich dazu herabliess, das Wort an mich zu richten.

General de Castelnau: „Guter Mann, ist was nicht in Ordnung?"

Ich: „Im Gegenteil, alles ist in bester Ordnung, Herr General."

General de Castelnau: „Hmm ... bist du etwa krank?"

Ich: „Mir geht es blendend, Herr General."

General de Castelnau: „Na denn. Um so besser. Bist du nicht verheiratet?"

Ich: „Aber doch, Herr General."

General de Castelnau: „Hast vielleicht schlechte Nachrichten von deiner Frau?"

Ich: „Zum Glück schreibt sie mir nicht, Herr General."

General de Castelnau: „So was! So was! Und warum nicht?"

Ich: „Weil ich ihr auch nicht schreibe, Herr General."

General de Castelnau: „Hm, hm ... ist vielleicht die Suppe nicht gut?"

Ich: „Ich hab' schon bessere gegessen, Herr General."

General de Castelnau: „Was du nicht sagst. Und wo, wenn ich fragen darf?"

Ich: „Bei *Lapérouse* zum Beispiel, Herr General."

General de Castelnau: „Ach so. Gut, gut. Du kommst aus Paris. Ich mag die Leute aus Paris. Sie sind gute Soldaten. Bist du nicht ausgezeichnet?"

Ich: „Sie sehen es ja, Herr General."

General de Castelnau: „Ich sehe, dass du bereits Gefreiter bist. Das ist vielversprechend. Das ist ein Anfang."

Ich: „Da bin ich mir nicht ganz sicher, Herr General."

General de Castelnau: „Ach! Und warum?"

Ich: „Darum, Herr General."

General de Castelnau: „Soso. Weisst du, du kannst offen mit mir reden. Ich habe bereits gesagt, dass ich die Soldaten aus Paris mag. Sie haben Humor. Antworte mir frank und frei: Was ist nicht in Ordnung?"

Ich: „Der Krieg, Herr General."

General de Castelnau: „Hm. Und warum?"

Ich: „Er dauert zu lange, Herr General. Man sieht das Ende nicht ab."

General de Castelnau: „Hm, hm ... Sag, hättest du Freude, wenn ich dir eine Pfeife schenke?"

Ich: „Ich rauche keine Pfeife, Herr General."

General de Castelnau: „Ich schenke dir trotzdem eine Pfeife, das macht immer Freude."

Und der General gab einem jungen Leutnant im Gefolge, der eine Schachtel unter dem Arm trug, eine Pappschachtel von *William* in der Rue Caumartin, ein Zeichen, und besagter Leutnant wählte eine Pfeife aus der Schachtel aus, auf deren Deckel der Name einer berühmten englischen Tennisballmarke stand, und der elegante junge Mann reichte mir mit spitzen Fingern eine Pfeife, eine aus einem stumpfen Maiskolben gefertigte Pfeife mit einem Mundstück aus Schilfrohr, eine jener Pfeifen, wie sie die Neger und die Plantagenarbeiter in den Südstaaten rauchen und die man in den USA in allen Drugstores zu *one nickel* das Stück kaufen kann.

Ich: „Ich danke Ihnen, Herr General. Aber ich bin kein Pfeifenliebhaber, geben Sie sie meinem Kameraden, der Pfeifen sammelt und sie brennend gern hätte ..."

Mein Kamerad war Salvatori, ein Schriftenmaler aus dem Bastille-Viertel, der, wie alle Maler seiner Zunft, die sich gern als kleine Meister aufspielen, im Laufe des Tages unzählige Pfeifen anrauchte. Salvatori stammte wie Chaude-Pisse aus dem Aostatal. Der alte Italiener hatte am Feldzug gegen Menelik teilgenommen und war nach der Niederlage bei Assuan zusammen mit 60'000 Leidensgefährten von den Abessiniern kastriert worden; die Kastrierung hatte ihn aber nicht daran gehindert, als Freiwilliger für Frankreich zu kämpfen, und er war, fünfzigjährig, als diensttauglich befunden worden. Er war ein gutmütiger, redseliger, träger Kerl, ein bisschen eitel, wie bei den Eunuchen oft der Fall. Die Pfeife im Mund, strahlte er vor Freude, während der General und sein Gefolge sich entfernten.

Salvatori: „Ich werde dir das nie vergessen, Kapo. Eine solche Pfeife! Eine Ehrenpfeife, eine historische Pfeife!"

(Salvatori sollte ein paar Wochen später auf den Höhen bei Vimy fallen.)

Diese Fünf-Sou-Pfeife, die mir von seiten der Feldwebel zehn Tage einbrachte mit der Begründung: „... wegen seines dreisten Auftretens gegenüber einem Vorgesetzten ...", besagte zehn Tage, die sich von Dienstgrad zu Dienstgrad, vom Leutnant bis zum Grossen General vervielfachten, der mir sechsundneunzig aufbrummte, Zahl, die von Hauptmann Jacottet auf hundert aufgerundet wurde und der mir erklärte: „Ehrlich, du übertreibst. Ich bin gezwungen, dich einzubuchten."

Ein Jahr später, um die gleiche Zeit herum, als ich nach meiner Amputation im Krankenhaus im Lycée Lakanal in

Bourg-la-Reine behandelt wurde, erfuhr ich ganz beiläufig von Prinzessin Pauline P. und von Herzogin Marie de G., die mich mit dem Auto abholten, um mich in Paris spazierenzufahren, woher die billigen Maispfeifen stammten, die General de Castelnau als eine ganz besondere Gunst verteilt hatte.

Aus den Vereinigten Staaten zurückgekehrt, wo die beiden vornehmen Damen (zwei Lesben) Geld für das französische Rote Kreuz gesammelt hatten, hatten sie, unter anderem, 100'000 Maispfeifen zurückgebracht, die an die Frontsoldaten hätten verteilt werden sollen, und ebenso viele Tabaksbeutel Marke *Buffalo,* Geschenke, die der begeisterten und unerschöpflichen amerikanischen Grosszügigkeit zu verdanken waren, und die beiden Damen waren gerade rechtzeitig zurückgekehrt, um Wundertüten vorzubereiten und sie in der Weihnachtsnacht in den Etappen an die Frontsoldaten zu verteilen, denen sie in jener Nacht auf den Landstrassen zufällig begegneten, wofür sie problemlos die notwendigen Passierscheine und die Bewilligung des Generalstabs bekommen hatten.

Marie war in Richtung Osten gegangen, Pauline Richtung Norden, sie waren so weit an die Front vorgedrungen, als die Kommandanten der jeweiligen Frontabschnitte es gestatteten, und die zwei mutigen Frauen fuhren die ganze Nacht ihren schweren Fünftonner-LKW von Feldbatterien zu Truppenunterkünften, von Bereitschaftsstellungen zu Etappenorten, verteilten Pfeifen und Tabak (und auch, was gegen die Vorschriften war, Musterfläschchen mit teuren Likörs, die sie aus eigener Tasche bezahlt hatten) an die von der Front kommenden und an die Front ziehenden Truppen und an alle diensthabenden Soldaten, denen sie an den Bahnübergängen, an den Strassenkreuzungen, an den Brückenzufahrten und Brückenausfahrten begegneten, sie zögerten nicht, auszusteigen und die Glückspilze zu umarmen, die in jener Nacht an entlegenen Stellen auf Wache waren – die Wachsoldaten wussten nicht, wie ihnen geschah, als sie sich plötzlich in den Armen eines eingemummelten, parfümierten „Luxushürchens" befanden –, und schon waren die Proustschen Damen in einem Gestammel und Gekicher, in einem Rascheln und Aufflattern netter Worte wieder verschwunden, bevor der arme Einsame begriffen hatte, was ihm für eine schöne Weihnacht vom Himmel gefallen war!

Natürlich hatten die zwei Freundinnen in einer einzigen Nacht ihr ganzes Lager nicht verteilen können, und sie hatten den Rest dem Armeekommandanten überlassen, damit er ihn in den Frontabschnitten verteilte, die sie nicht hatten besuchen können.

Pauline amüsierte sich sehr über mein Abenteuer, als ich ihnen erzählte, was eine ihrer kleinen Maispfeifen mir beschert hatte, Marie hingegen war empört. „Und die hundert Tage Zelle, Blaise, haben Sie sie abgesessen?" fragte sie.

„Aber nein, teure Freundin", antwortete ich, „dieses Glück habe ich nicht gehabt. Kurze Zeit später griffen wir nördlich von Arras an, und als wir zurückkehrten, war von nichts mehr die Rede. Wir waren nur noch eine Handvoll Männer in der 6. Armee. Man schickte uns nach Tilloloy in die Etappe, einem gemütlichen Frontabschnitt, wo das Regiment neu zusammengestellt wurde."

Die rote Lilie

Tilloloy. Ein idyllischer Ort. Von den Haubitzen abgesehen, die mittags Beuvraignes beschossen, passierte nie etwas. Ich erinnere mich daran wie an eine Robinsonade, weil die meisten von uns Laubhütten gebaut und die anderen Zelte aufgestellt hatten, denn die Boches befanden sich irgendwo weit weg, auf der anderen Seite der Ebene, in der Nähe von Roye.

Eines schönen Junimorgens sassen wir im Gras, das unsere Brustwehr überwucherte und unsere Stacheldrahtverhaue zudeckte und das gemäht und gewendet werden musste; wir sassen friedlich plaudernd im hohen Gras und warteten auf die Suppe und verglichen die Verdienste des neuen Küchenbullen mit den Kochkünsten Garnéros, den wir auf dem Höhenzug bei Vimy verloren hatten – als plötzlich dieser Esel von einem Faval auf die Füsse sprang, den rechten Arm ausstreckte und mit dem Zeigefinger auf etwas zeigte, die linke Hand über die Augen legte und den Kopf abwandte und markzerreissende Schreie ausstiess wie ein Hund, der den Tod anheult.

„Oooh-oooh, schaut! Grauenhaft. Oooh-oooh-oooh ..."

Wir waren aufgesprungen und erblickten staunend, drei Schritte von Faval entfernt, eine grosse, verwelkte Blume im Gras, eine rote Lilie, einen blutüberströmten menschlichen Arm, einen oberhalb des Ellbogens abgetrennten Arm, dessen noch lebende Hand mit den Fingern in der Erde wühlte, als wolle sie sich verwurzeln, und deren blutiger Stengel erzitternd sanft wippte, bis er im Gleichgewicht war.

Wir hoben instinktiv den Kopf, suchten den Himmel nach einer Flugmaschine ab. Wir verstanden nicht. Der Himmel war leer. Woher kam diese abgeschnittene Hand? Den ganzen Morgen hatte es keinen einzigen Kanonenschlag gegeben. Und wir schüttelten Faval.

Die Männer drehten durch.

„So red doch, du Esel! Woher kommt diese Hand? Was hast du gesehen?"

Doch Faval wusste nichts.

„Ich hab' sie vom Himmel fallen sehen", stammelte er schluchzend, die Hände vor den Augen und mit den Zähnen klappernd. „Sie hat sich auf unsere Stacheldrahtverhaue gesetzt und ist wie ein Vogel auf die Erde gehüpft. Ich habe zuerst geglaubt, es sei eine Taube. Es war grauenvoll. Ich hab' Angst ..."

Vom Himmel gefallen?

Den ganzen Morgen war kein einziges Flugzeug vorbeigeflogen, es hatte keinen Kanonenschlag gegeben, keine nahe oder ferne Explosion.

Der Himmel war durchscheinend klar. Die Sonne mild. Im Frühlingsgras summten Bienen und flatterten Schmetterlinge.

Nichts war vorgefallen.

Wir verstanden nicht.

Wem gehörte diese Hand, dieser rechte Arm, dieses Blut, das wie der Lebenssaft floss?

„Die Suppe!" rief der neue Koch, der vergnügt mit seiner dampfenden Schüssel aufkreuzte, seinen langen Brotlaiben unter dem Arm, seinen Essgeschirren, seinen Konservendosen, seinem Roten.

„Halt's Maul!" wurde ihm geantwortet.

Und die Männer zerstreuten sich, und zum erstenmal, seit wir in dem Frontabschnitt waren, wo nie etwas passierte, hockten sie in ihren Unterständen, verkrochen sich in der Erde.

Das Wetter war schön.

Der schönste Tag des Jahres.

Einzig Faval schluchzte im warmen Gras und wurde von Krämpfen geschüttelt.

Aasfliegen setzten sich auf die Hand.

Das Rätsel blieb ungelöst.

Wir telefonierten im ganzen Frontabschnitt herum, und auch in den Ambulanzen hatte es keine Amputierten gegeben.

Nichts zu verzeichnen.

Geheimnis.

Die Originale

Das Entsetzliche an dieser Chronik ist, eingestehen zu müssen, dass vielleicht ausser Sawo (der in Tilloloy desertierte, weil er an der Reihe war, auf Urlaub zu gehen, und dieser Urlaub nicht eintraf), dass, ausser Sawo vielleicht, im Grunde kein einziger das Zeug zu einem Helden hatte, und das Entsetzliche ist festzustellen, dass wenn wir alle (gegen unseren Willen) Märtyrer waren, keiner von uns – und vor allem nicht die paar Kameraden, an die ich mich erinnere und die ich mit Namen erwähnt habe, weil ich das Kauzige an ihnen nicht vergessen habe –, und auch die paar nicht, die das Glück gehabt haben, das Gemetzel zu überleben, eine besondere Erwähnung verdienen, nein, keiner hatte das Zeug zu einem Helden, wenn ich an die etwa zweihundert Männer zurückdenke, die in etwas weniger als einem Jahr in meiner Kompanie vorbeigezogen sind und von denen die meisten in Wirklichkeit arme Teufel waren, die gefallen sind, ohne zu wissen, wie und warum, und deren Namen, ihr Gesicht, ihr Verhalten und die Umstände ihres beispielhaften Todes ich vergessen habe, auch wenn sie mir immer noch, grauenhafte Schreie ausstossend, in meinen Träumen erscheinen mit ihren verwundeten, blutenden Körpern.

So auch der Kutscher, der gleichzeitig wie Lang in Bus von einer Granate zerfetzt wurde, er war Wallone, ein kleiner Dicker, ein braver Mann, etwas schwach auf den Beinen vielleicht, immer ein Bein hinter sich her ziehend, der sich aber abstrampelte, um sein Pferd, mit dem ihn eine echte Freundschaft verband, anständig füttern zu können, ihm ein sauberes Lager zu bereiten, ein kühles Plätzchen, und der sich nie schlafen legte oder mit den Kameraden ein Glas trinken ging, bevor er sein Tier nicht gestriegelt und versorgt und er sich vergewissert hatte, dass diesem nichts fehlte, einem grossen Apfelschimmel, der, wie der Wagen, von *Old England* kam, dessen Namen der eine eingebrannt trug, der andere dessen Schriftzug in goldenen Buchstaben, worauf der schlichte Kerl, ich weiss nicht, warum, unermesslich stolz war, als hätte er die Livree des vornehmen Kaufhauses getragen oder als hätte er den geheimen Ehrgeiz gehegt, nach dem Krieg zum Personal dieses Luxusgeschäftes zu gehören, ein Kutscher, mit dem ich oft plauderte (und mit dem ich immer noch oft plaudere, wenn er mir nachts in meinen Träumen erscheint mit seinem langen Glimmholz und seinem belgischen Akzent) und an dessen Namen ich mich einfach nicht mehr erinnern kann; oder die zwei Monegassen (ein Tuntenpaar), zwei Gärtner im Kasino von Monte Carlo, die vor Dompierre zu uns gestossen waren, in jenem knallenden, minenverseuchten Frontabschnitt, der ältere der zwei Freunde, wohlgenährt und zufrieden, er hiess Bruno, und ich weiss nicht mehr, wie sonst, und der jüngere, ein schlanker Junge mit einem zarten Profil und einem Mädchenmund und Mädchenaugen, dessen Namen ich nie erfahren habe, die beide getroffen wurden, noch ehe sie Zeit gehabt hatten, sich umzuwenden und ihren Tornister hinzustellen, und die wir zerfetzt und ineinander vermengt ausbuddelten, zusammen mit sechs anderen Männern, die mit ihnen an die Front eingerückt waren, von denen wir ebenfalls nie etwas erfuhren, weil wir überhaupt keine Gelegenheit gehabt hatten, sie danach zu fragen, weil ihre Ankunft und ihre Auslöschung blitzartig vor sich gegangen war und die Tropfen ihres Blutes aus den Wolken tropften und unsere Lippen versiegelten ... Und viele andere, die, pausenlos, jeden Abend mit der Verstärkung in Tilloloy eintrafen, die das Depot uns schickte, Nachzügler, Bataillonäre, die sich am Feuer der alten Legion rehabilitieren kamen, neue Freiwillige, Opfer der Anwerber im Ausland, eine Schar rachsüchtiger Spanier, eine Bande ständig schimpfender, mürrischer Deutschschweizer, ein Gedränge kleiner polnischer, galizischer, bukowinischer, rumänischer Juden, Baranovicis, Schmiegelskys, Khitrosser, Perlbergs, Guinzburgs, Kleinmanns, von denen ich nichts berichtet habe, weil sie sich etwas absonderten, die aber alle nördlich von Arras oder in der Champagne gefallen sind, polnische Mineure, die geradewegs aus den Vereinigten Staaten Nordamerikas kamen und so weiter und so fort.

Von dieser endlosen Reihe halte ich nur die paar folgenden Männer fest, weil ich mich wieder an ihren Namen erinnert habe und sie Originale waren und ihre Schatten oft meine Träumereien am Kaminfeuer unterhalten, im Winter auf dem Land, wenn die Holzscheite prasseln und mein Hund, der mit dem Blick die Schlacht en miniature im flammenden Kaminfeuer verfolgt, plötzlich die Stirn runzelt und die Ohren spitzt, oder mir diese oder jene Marotte dieses oder jenes in den Sinn kommt, wenn ich an einem Lagerfeuer, am Rand einer Piste Weggefährten von meinen Abenteuern an der französischen Front erzähle und ich ihre Neugierde wecke und sie zum Lachen bringe, um die Trostlosigkeit des südamerikanischen Buschs oder der Pampa aufzuheitern.

Buywater (auf den Höhenzügen bei Vimy gefallen) und Wilson (im Friedhof von Souchez gefallen), zwei nordamerikanische Staatsbürger, die in Hangest-en-Santerre zu uns gestossen waren, zwei Greise, Buywater, 72 Jahre alt, Wilson, 69 Jahre alt, beide Chirurgen in Chicago; beide weigerten sich strikt, einen Schuss abzugeben, weil dies gegen ihr Gewissen war; beide gehörten irgendeiner Mennoniten- oder Adventistensekte an, was weiss ich, die, um Christi nahtloses Gewand zu ehren, ihren Anhängern das Tragen und die Verwendung von Knöpfen an ihren Kleidern verbietet, und unsere zwei Erleuchteten schnitten folglich gewissenhaft alle Knöpfe ihrer Uniform ab; beide bombardierten ihren Konsul in Paris mit Beschwerden und Nörgeleien, beschuldigten die Feldwebel der französischen Armee, Bürgern des freien Amerika zu verbieten, ihren Glauben auszuüben und öffentlich zu bekennen; und wenn man die zwei Dickschädel fragte, warum sie sich freiwillig gestellt hatten, antwortete Buywater, der seinen Freund überredet hatte, näselnd wie alle Yankees: „Wenn ich mich freiwillig gestellt habe, so ist es weder für Frankreich noch gegen Deutschland, sondern wegen der Schlammbäder. Die Schützengräben sind Körperhygiene." Und wenn die Reihe an ihnen war, auf Wache zu gehen, liefen sie zur Schiessscharte, entkleideten sich, entknüpften sich hastig (ihre Klamotten hielten dank eines komplizierten Bindfadensystems zusammen) und standen nackt Wache, Patronentasche und Koppel auf der blossen Haut (das Gewehr in einem Futteral), sie kauerten sich hin, ergötzten sich, rieben ihre alte Haut mit beiden Händen ein, wateten entzückt im ekligen Schlamm, blickten uns geringschätzig an, uns, die jungen Schnösel. Und weil sie viel Geld hatten, bezahlten die zwei Affen die Kameraden, damit sie ihre Wache übernehmen und stundenlang zusätzliche Wache schieben konnten.

Uri, ein Deutschschweizer, gebürtig aus dem Kanton Schwyz oder dem Kanton Unterwalden, mit der Verstärkung nach Tilloloy gekommen, ein Streithahn, ein unangenehmer Kerl. Er war klein, gedrungen, stiernackig, träge, hinterhältig, ein Lügner, und er „wollte Geld machen". In Tilloloy durchwühlte er die Granattrichter und das Gestrüpp auf der Suche nach Aluminiumzündern und kupfernen Patronenhülsen, die er in Säcke abfüllte und ins Hinterland verfrachtete und die er, ich weiss nicht, auf was für geheimnisvollen Wegen, an Komplizen in Paris weiterschickte; in der Champagne plünderte er die Toten. Ich glaubte ihn schon lange tot und begraben, in der Champagne gefallen wie so viele andere Kerle und arme Kameraden, als plötzlich dieses lusche Individuum in der Rue Pierre-Charron aus einer Bar stürzte. Es war am Abend des 10. Mai 1940. Ich war eben dabei aufzutanken, um mich in das britische G.H.Q. in Arras zu begeben. Ich trug wie alle im G.H.Q. akkreditierten Kriegsreporter die englische Offiziersuniform, doch das Aas hatte mich erkannt, denn der Blick der Diebe ist gierig.

„Schau einer an", rief ich aus, „woher kommst du denn? Bist also nicht krepiert."

„Wie du siehst, Kapo, ich hab's überlebt."

„Und bist du reich geworden mit deinem Eisenschrott?"

„Ich bin mit dreihundert- bis vierhunderttausend Franc aus dem letzten Krieg zurückgekehrt, ich bin doch nicht blöd."

„Und hast du noch viele Geldbeutel geklaut nach der Champagne?"

„Ach, ich bin nur ein paar Tage auf dem Schlachtfeld geblieben", antwortete Uri ungerührt, „und dann hab' ich mich verdrückt."

„Bist du verwundet worden, oder hast du desertiert?"

„Ich bin als dienstuntauglich erklärt worden. Schau!" Und Uri zeigte mir seine rechte Hand, an der drei Finger fehlten. Er lachte zynisch. „Ich bin doch nicht blöd", wiederholte er.

„Gemeiner Schuft", sagte ich zu ihm, „du hast dir die Finger abgeschossen!"

„Ja und?"

„Bist eine schöne Kanaille", sagte ich. „Es ist das erste Mal, dass ich einem Kameraden aus der Kompanie begegne, mit dem ich keine Lust habe, ein Glas zu trinken." (Es war der achte, dem ich begegnete, wenn ich als siebten Überlebenden der Kompanie diesen Krummstiefel von einem Raphael Vieil zähle, den Mandolinenspieler.) „Du widerst mich an. Und was machst du jetzt?"

„Begreif doch, Kapo, nicht jeder kann wie du mit den Inglisch herumstolzieren. Ich hab' einen Superdreh gefunden. Ich mache die Parketts im Stadtviertel."

„Bist *Pollicitior?*"

„Was?"

„Schon gut. Und dann? Dein Superdreh? Willst mich doch nicht glauben machen, dass du jetzt mit Parkettbohnern Millionen verdienst?"

„Mein Superdreh? Ja, wir bohnern nur bei den Reichen Parketts. So habe ich eine ganze Menge alte Schachteln im Stadtviertel ausgemacht ..."

„Ach so. Ich hab' verstanden. Brauchst mir nicht mehr zu erzählen. Ich hab's eilig. Hoffentlich sperren sie dich hinter Gitter."

„Mich hinter Gitter sperren? Ich bin doch nicht blöd. Ich bin nicht wie du, Kapo. Hast nichts kapiert von meinem Superdreh. Ein Superding. Wenn erst mal die Boches kommen ..."

„Was sagst du? Die Boches?"

„Ja, die Boches. Wenn die Boches in Paris einmarschieren, plündere ich alle schönen Salons, die ich gebohnert habe. Ein kleiner Umzug ..."

Ich hatte mich ans Steuer gesetzt. Ich liess den Motor an. Ich startete im vierten Gang. Ich ging an die Front. Ich kehrte an die Front zurück.

„He! So hau doch ab", hörte ich Uri hinter mir herrufen.

Kohn (auf der Höhe bei Souain gefallen), der Romanzensänger, singend gestorben.

Bouffe-Tout, der Allesfrass (in der Champagne gefallen), der zotige Tolpatsch, der an den Cafard-Abenden sang.

Dings, Dingsbums, Dingsda, alle für nichts und wieder nichts gestorben, alle gefallen, verreckt, zermalmt, vernichtet, zerfetzt, vergessen, ja, und sie sangen, denn es wurde viel gesungen in der Kompanie; ganz zu schweigen von den alten Haudegen mit ihren melancholischen Liedern, die aus dem Afrikakorps, die in Massen in Tilloloy eintrafen und von denen ich nach meiner Rückkehr aus dem Urlaub die Marschlieder lernte.

Die Sänger und ihre Lieder

Ich frage mich, ob der Krieg nicht ein Ausdruck des menschlichen Spieltriebs ist.

Ich erinnere mich, dass im Winter 1939/40, während des *Drôle de guerre,* die englischen Offiziere, unsere *leading-gentlemen,* die uns auf der langen Fahrt auf der mit Rauhreif bedeckten Landstrasse begleiteten, die zu uns in den Wagen stiegen, wenn wir von Arras die Nase voll hatten und mangels Nachrichten vor Langeweile starben und es satt hatten, uns im *Hôtel du Commerce* vergeblich abzumühen, um jeden Preis einen Bericht zu schreiben, und wir daher beschlossen, mein lieber Freund Claude Blanchard und ich (mein lieber Freund Claude Blanchard, der Korrespondent von *Paris-Soir,* am 19. September 1945 bei einem Flugzeugunglück vor Malta ums Leben gekommen, als er aus Moskau zurückkehrte, wo er für *France Soir,* das durch den Tod dieses fröhlichen jungen Mannes einen seiner besten Mitarbeiter verlor, eine ausführliche Reportage über den Alltag der russischen Bevölkerung in der Nachkriegszeit geschrieben hatte), uns an der Maginotlinie umzusehen, und ich erinnere mich, dass die englischen Offiziere, die uns auf dieser tragischen Strecke, die von Arras bis Verdun die wichtigsten Friedhöfe des vorigen Krieges entlangführt, darunter in der Weite der ärmlichen Champagne jener, wo meine Hand begraben sein muss, wenn meine rechte Hand jemals begraben worden ist und nicht in den Müll eines Massengrabes geworfen wurde zusammen mit anderen Überbleibseln oder sterblichen Überresten und Gliedmassen, ich erinnere mich, dass die englischen Offiziere ganz erstaunt waren, dass wir sangen, Claude und ich, während der ganzen Fahrt längs der verschneiten, vereisten, nebligen, ausgestorbenen, melancholischen Landstrasse mit ihren hohen, knorrigen, mit runden Mistelbüscheln beladenen Ulmen, dem verhangenen Himmel und den aufflatternden Trauerkrähen, die so viele Kriege gesehen und die Pupillen aller in den Schlachten dieser Grenzländer gefallenen Soldaten ausgehackt hatten seit Cäsars Legionen und den Armeen Karls des Grossen bis hin zu den Regimentern der preussischen Garde Hindenburgs und Ludendorffs und den letzten Bataillonen Grosspapa Joffres und des sarkastischen, hinterhältigen Foch, des Adlers, den Schwärmen tausendjähriger Raben, die bei unserer Durchquerung der Champagne, der Argonnen und Lothringens vor unserem Wagen aufflatterten, dass wir auf der ganzen Fahrt von Arras nach Reims, von Reims nach Verdun, von Verdun nach Metz, von Metz nach Hackenberg, der einzigen zweiseitigen Festung, der Säule der Maginotlinie, Marschlieder sangen, Liebeslieder, alle Regimentsrefrains und die Strophen der Segelflotte, alle Couplets der *caf' conç'* und die Tingeltangel-Schlager, die sentimentalen Pariser Romanzen oder die realistischen der Midinettes, der kleinen Schnurrmädchen und der Trotteusen am Sébasto, und wir liessen auch die obszönsten und krudesten Couplets der Medizinstudenten in den Krankensälen nicht aus. Claude besass ein unerschöpfliches Repertoire, und auch meines war recht vielfältig, wenn auch nicht komplett und lückenhaft, denn ich erinnere mich nicht an die Worte, sondern an die Melodik.

Ich erinnere mich besonders, dass Major E.-J. Wills (von *W.-D. & H.-O. Wills,* der weltweit berühmten englischen Zigarettenmanufaktur), einer der reichsten Männer Englands und sicher der eleganteste Mann des britischen Expeditionskorps, von unserer Gesellschaft so begeistert war, dass er uns zu duzen begann und seinen Dünkel ablegte und uns beim Vornamen nannte, Claude und Blaise; vor der Ankunft in Reims sang der distinguierte Major die Refrains im Chor, und nach dem guten Mittagessen im *Lion Rouge,* nach einer letzten Flasche Champagnerlikör, einer Spezialität des Hauses, den ich ihn unbedingt degustieren lassen wollte, erzählte uns Eddie von seinem Feldzug 1914/18 in Frankreich, und wir wurden sehr gute Freunde, er und ich, denn der Milliardär hatte 1916 ebenfalls den verfluchten Frontabschnitt bei Dompierre kennengelernt, hatte die gleichen Mondkrater untersucht und in den gleichen Löchern geschlafen und hatte den kopfunter an der Ferse am Kreuz hängenden Christus betrachtet, und sobald es mir möglich war, schickte ich ihm ans *War-Office* in London den letzten Abzug, den ich in meinem Papierkram von der berühmten Fotografie fand, die der Anlass für alle meine militärischen Laufbahnprobleme gewesen war, im Gegenzug schickte mir Eddie, der brillante, mit Sondermissionen beauftragte Offizier, seinen letzten Roman, einen seiner ungewöhnlichen Kriminalromane, die er aus Zeitvertreib schrieb, um die Schlaflosigkeit zu bekämpfen, an der er seit dem vorigen Krieg litt.

Bei uns in der Kompanie sangen nicht nur Lang und Goy, über die ich bereits erzählt habe, ausser Griffith sangen alle.

Selbst die polnischen Juden trugen mit einem kurzen nostalgischen Liedchen dazu bei, das von Olifantenstössen, von einer orientalischen Vokalise, unterbrochen wurde und das *Amerika* hiess:

Mein Sohn, mein Kind,
Du fährst dahin,
Vergiss nur nicht dein Mamele!
Wenn du bist an die grosse Jamme ...
In New York ...
Send ihr eine Kartele!

Der lautstärkste war Kohn mit seiner dröhnenden Stimme, er sang Tag und Nacht, und niemand vermochte ihn zum Schweigen zu bringen, und der diskreteste, aber ergreifendste mit seiner dumpfen und jäh drohenden, grollenden Stimme war Sawo, wenn er einwilligte, uns einen Jawa oder einen wiegenden Walzer vorzusingen, deren Worte uns zutiefst aufwühlten, weil darin tausend Sehnsüchte und der Rausch von Paris mitschwangen. Und ich sang, ohne mich lange bitten zu lassen, ein paar fröhliche Couplets, die die Männer amüsierten und oft zu hören verlangten.

Das einzige, einmalige, ewige Chanson Kohns war *La Femme aux bijoux,* ein Lied mit stark betontem ersten Taktteil wie beim Wienerwalzer. Kohn war Tscheche und hatte in der österreichischen Artillerie gedient. Der grossgewachsene Grenadier war immer gutgelaunt, ein fideles Haus und immer geschniegelt und bestimmt der mutigste Soldat in der Kompanie. Ich mochte ihn sehr. Nachdem er seinen Wehrdienst in Österreich abgeleistet hatte, war Kohn als *Wandervogel,* als Handwerksgeselle also, zu Fuss von Linz nach Paris gezogen, und weil er Tapezierer von Beruf war und ein sehr tüchtiger und sehr geschickter Arbeiter, hatte er schnell einmal eine Arbeit gefunden, und, bitte sehr, keine gewöhnliche Anstellung, sondern eine aussergewöhnliche Stelle, wie er es sich nicht hätte träumen lassen, er wurde als Tapezierer im Élysée-Palast angestellt, „nicht wegen meiner Verdienste oder meines handwerklichen Geschicks, sondern wegen meiner Körperlänge", pflegte er uns lachend zu erzählen. „Mein Meister hat mich nämlich gleich Doppelmeter genannt und mich zur Equipe geschickt, die im Präsidentenpalast arbeitete, wo die Säle sehr hoch sind und wo man dringend eine Bohnenstange wie mich brauchte." Doch obwohl er seit 1900 im Élysée-Palast arbeitete, hatte Kohn immer noch kein Französisch gelernt, ausser dem einzigen Lied von der *Femme aux bijoux,* mit dem er uns Tag und Nacht in den Ohren lag und das er vorwärts und rückwärts in der Truppenunterkunft und in den Schützengräben, ja sogar im Gefecht sang, er grölte es selbst noch, als er auf der Höhe bei Souain fiel; als eine Granate ihm beide Beine wegriss und er im Sterben lag, floss ihm das Lied heiser über die Lippen wie das Blut, das aus seinen gluckernden Stummeln lief, aber er merkte es nicht und glaubte, immer noch zu scharmieren wie sonst, wenn er es sang, und es war wegen seiner Drolligkeit, dass ich Kohn, den besten meiner Soldaten, nie in meine Patrouillengruppe hatte eingliedern können, sein Lied hätte uns entwaffnet, oder wir wären vor Lachen gestorben. Hört lieber seine österreichische Gefühlsseligkeit, seinen unnachahmlichen Akzent:

C'est une vâmme qui n'est pas pour toi.
Elle a des pichoux à tous les toigts,
C'est une cholie poubée t'amour ...

Sie ist 'ne Frau gar nicht für dich, an jedem Finger trägt sie 'nen Ring, das hübsche Liebespüppchen ...

Sawos bevorzugtes Chanson, das uns wegen der in den Worten, in der Stimme, in der Ausdrucksweise, in der Mimik des Sängers anklingenden Leidenschaft tief bewegte und uns die Kehle zuschnürte, war der bei allen Tanzereien am Porte de la Chapelle berühmte Walzer:

J'nai dansé qu'une fois avec elle,
Et c'est ça, c'est ça qui m'a troublé la cervelle.
Je sentais son corps fou,

Elle m'embrassait dans le cou ...
Un jour pour elle ça pourrait mal tourner!
Ein einzig Mal hab' ich mit ihr getanzt, und das, das hat mich um den Verstand gebracht, ich hab' ihren glühenden Körper gespürt, und sie hat mit den Lippen meinen Hals berührt, was eines Tages für sie ein bös' Ende nehmen könnt!

Nun, wenn man mich drängte, ein Lied zum besten zu geben, wartete ich mit einem lustigen Dreigroschenliedchen auf, das immer grossen Applaus erntete und worüber sie Tränen lachten. Ein Lied, das aus einem einzigen Couplet besteht und das mein Freund A. t'Serstevens, mein ältester Schriftstellerfreund, vertont hat und das wir bei ihm zu Hause am Quai Bourbon an feuchtfröhlichen Abenden nach reichlich Punsch, nach reichlich Rum und Qualmerei zwischen seinen Büchern anstimmten. Das Lied wird in düsterem Tonfall gesungen, mit einer Popenstimme und im Rhythmus einer stillen Messe. Sind es mehrere Stimmen, wird es im Unisono psalmodiert wie der gregorianische Choral. In der Liedersammlung von 1848, wo wir es gefunden haben, t'Ser und ich, trägt das Lied den Titel *Il était un pauvre homme* und als Untertitel *Chanson-chanson*. Dieser Diminutiv ist genial. Hier also der vollständige Text:

Il était un pauvre homme,
Dans sa pauvre maison,
Baisant sa pauvre femme
D'une pauvre façon.
Dessus son pauvre lit,
Avec son pauvre outil,
Lui fit un pauvre enfant
Qui vécut pauvrement.

Punkt. Das ist alles.

Meine Landser liefen rot an vor Vergnügen und stimmten im Chor in das arme *Chanson-chanson* vom armen Mann ein. Doch keiner konnte den ganzen Text in Erinnerung behalten. Also dichteten und dichteten sie, und ich bedaure, dass ich nicht alle Varianten in Erinnerung behalten habe. Einige waren grossartig, doch keine erreichte die menschliche, allzu menschliche Trostlosigkeit des Originals:

Es war einmal ein armer Mann in seiner armen Kate, der mit seinem armen Ding auf seiner armen Pritsche seine arme Frau fitzelte, er machte ihr ein armes Kind, das fürderhin in Armut lebte.

Bouffe-Tout

Bouffe-Tout war der letzte Frontsoldat, der vor meinem Urlaub zur Verstärkung nach Tilloloy kam. Er kam ganz allein, eines schönen Abends Anfang Juli, die Amseln jubilierten in den Alleen des Schlossparks. „Grüss euch allerseits!" sagte er, in schallendes Gelächter ausbrechend. „Ich bin die Verstärkung, schaut her ..." Und er grinste breit übers ganze Gesicht, zeigte seine spitzen, gefeilten Menschenfresserzähne; er trug sein Sturmgepäck nach Art der Legionäre im Gleichgewicht auf dem Rücken und über den Kopf ragend, die gefaltete Wolldecke, die Plane, die Zeltpflöcke, ein paar Botten, zwei Holzscheite, das Essgeschirr, ein Brotlaib, alles übereinandergestapelt, und zwei, drei prall gefüllte Brotbeutel, die über seinem Hinterteil baumelten, überdies links und rechts an seinem Koppel je einen 2-Liter-Kanister. Er war ein Original, eine Art fröhlicher, zotiger Einfaltspinsel, der keine klaren Antworten gab, der nie stillsass, viel Luft verdrängte und durch seine blosse Anwesenheit den ganzen Frontabschnitt füllte, weil man nur ihn hörte, herumbummelnd, umherschlendernd, schnorrend, alle um einen Blechbecher Wein anbettelnd, weil sein Durst unstillbar war, und er verblüffte uns und stürzte uns in heiliges Entsetzen, wenn der Allesfrass sich seinen widerlichen Kauexzessen hingab; um Roten zu bekommen, schreckte er vor keiner Abscheulichkeit zurück, wenn seine Raserei ihn überkam, waren seine Exhibitionen grenzenlos: Er schluckte einen Schnürsenkel, zermalmte Glas mit den Zähnen, war bereit, für einen Liter Wein zwölf Dutzend lebende Wegschnecken zu schlucken, für zwei Liter sechs Zeitungsseiten, für drei Liter einen Maulwurf oder eine tote Ratte, und einmal liess ihn jemand für fünf Liter einen dampfenden Kothaufen aufessen. Bouffe-Tout war Schweizer, aus den Freibergen, Holzfäller. „Ich stellte Haselbündel her", erklärte er in seinem jurassischen Akzent, „aber ich stieg öfter auf der französischen Seite ins Tal, um bis nach Morteau Uhren zu schmuggeln, weisst du? Ein netter Beruf, der aber durstig macht. Übrigens, wenn du mir einen Schluck Wein gibst, esse ich deine Krawatte auf, nur ein ganz, ein ganz kleines Schlückchen…" Meistens lachte man ihn aus, und die Männer schickten den verdammten Säufer in die Latrinengräben. Aber im Grunde war er ein anständiger Kerl und ein guter, unerschrockener Soldat. Man konnte sich auf ihn verlassen. Er fürchtete sich nicht vor den Angriffen.

An den Abenden, wenn Bouffe-Tout sich trotz seiner Kunststücke, seiner Grimassen, seiner Flüche und seiner

Widerlichkeiten keinen Wein erschleichen konnte, kriegte er den Cafard, einen Cafard, der ihn zur Brustwehr führte, wo er sich hinsetzte und darauf wartete, dass er getötet wurde, und man hörte ihn stundenlang mit einer traurigen, immer traurigeren, schleppenden Stimme singen:

Je vois en rêve
Ma bonne mère
Préparer le
Frugal repas;
Mais au souper
De la famille
Quelqu'un n'y manquera-t-il pas?

Das war Bouffe-Touts Lied. *Ich seh' im Traum mein Mütterlein das karge Essen kochen. Doch beim Abendbrot im Kreise der Familie, wird da nicht einer fehlen?*

Mama, Mama!

Die gemeinste Stimme, die ich je in meinem Leben gehört habe, war wohl die feierliche und durch das Radio sanfte Stimme Ferdonnets, des Verräters von Stuttgart, der während des *Drôle de guerre* ganz Frankreich lauschte, vermutlich aus Widerspruchsgeist und ohne zu ahnen, dass die einschmeichelnde Stimme dieses falschen Fuffzigers den Armeen, Tropf um Tropf, ein lähmendes Gift einträufelte, wie man dann im Juni 1940 gesehen hat, als es nichts mehr zu lachen gab und der Widerspruchsgeist nicht mehr half und ganz Frankreich betäubt in sprachloser Bestürzung versank.

Ich hatte die erschreckenden Auswirkungen der auf die menschliche Stimme angewandten Maschine eines nebligen Tages Ende Dezember ermessen können, 1939, als wir, Amerikaner, Engländer, Australier und ich, alles Kriegskorrespondenten, die unvollendeten Kasematten und die unbewaffneten Blockhäuser in der Umgebung der Rheinbrücke bei Kehl besichtigten und am anderen Rheinufer eine dröhnende, von einem Lautsprecher übermittelte Stimme voller germanischer Laute, die auf dem Wasser des Flusses widerhallten, und harter Konsonanten, die vom Nebel nicht gemildert wurden, uns namentlich aufrief und auf englisch und französisch alles aufzuzählen begann, was in unseren Festungen fehlte, die Kanonen, die optischen Geräte, die Ermittlungsgeräte, und uns während unseres Besuches überallhin begleitete wie ein Gerichtsvollzieher, der vor dem Konkurs ein amtliches Protokoll aufnimmt und ein Inventar aufstellt.

Ein Freund, der 1937 in Madrid beide Beine verloren hatte und eine Nacht lang in den tragischen Stacheldrahtverhauen des Campus hing, bevor man ihm Hilfe bringen konnte, hatte mir schon von der Nacht des Grauens erzählt, die er durchlitten hatte, nicht wegen der tackenden Maschinengewehre, der Granaten, die zwischen seinen Beinen explodierten, sondern wegen einer sprechenden Maschine, die, sagte er, die ganze Nacht über nicht aufgehört hatte, Propagandaslogans zu spucken, und dazwischen Paso doble, Schlagermelodien, Blasmusik und Josephine Bakers Stimme, die auf französisch ihren berühmten Refrain sang:

J'ai deux amours
Mon pays et Paris ...

Eine halluzinierende Melodie, die die Folter meines unglücklichen Freundes hunderttausendfach verstärkte, dessen Blut strömte und dessen Hirn tanzte und sich drehte und wand, um zu verstehen, was die Maschine sagte, um dann nicht im Fieber wegzudämmern, sondern von einem kreisenden Scheinwerfer geblendet und von der Musik davongetragen. Die Zähne, der Fächer, die Federn, die Beine, die Augen Josephines und der tosende Applaus. Als er wieder zu sich kam, glaubte er sich im Varietétheater. Man hatte ihn amputiert. Er war in der Klinik. Die Stille war unerträglich. Und plötzlich wurde ihm bewusst, dass er ein Krüppel ohne Beine war. Da begann er zu schreien, versetzte das ganze Krankenhaus, *el lazareto de sangre,* in helle Aufregung.

Der schauderhafteste Schrei überhaupt und der sich nicht mit einer Maschine zu bewehren braucht, um einem das Herz zu durchbohren, ist der nackte Ruf eines kleinen Kindes in der Wiege: „Mama! Mama!", den tödlich verwundete, fallende Männer ausstossen, die man nach einem fehlgeschlagenen Angriff zwischen den Linien zurücklässt, da man in wildem Durcheinander zurückweicht. „Mama! Mama!" Und es dauert nächtelang und will kein Ende nehmen, denn tagsüber schweigen sie oder rufen ihre Kameraden beim Namen, was zwar pathetisch ist, aber weniger grauenerregend als die Klage in der Nacht: „Mama! Mama!" Und die Stimme wird immer schwächer, denn sie sind von Nacht zu Nacht weniger zahlreich; und der Schrei wird immer matter, denn ihre Kräfte nehmen von Nacht zu Nacht ab, weil die Verletzten sich entleeren ... bis auf dem Schlachtfeld nur noch ein einziger atemlos flüstert: „Mama! Mama!", denn der zu Tode Getroffene will noch nicht sterben und vor allem nicht dort und auch nicht so, von allen verlassen ... Und dieser schwache, instinktive Schrei aus der Tiefe des gemarterten Fleisches, auf den man angespannt lauscht, ist so grauenvoll anzuhören, dass man Salvenfeuer auf die Stimme abgibt, um sie zum Verstummen zu bringen, um sie für immer zum Verstummen zu bringen ... aus Erbarmen ... aus Wut ... aus Verzweiflung ... aus Ohnmacht ... aus Ekel ... aus Liebe, o meine Mutter!

Der Tod ... Die Geburt... Wozu?

Warum starb ich nicht vom Mutterschoss weg, kam ich aus dem Mutterleib und verschied nicht gleich?

Weshalb nur kamen Knie mir entgegen, wozu Brüste, dass ich daran trank?

Hiob, 3, 11,12

Wehrstammnummer 1529

Die Urlaube wurden verteilt.

Es war in Bus.

Wir umstanden im Kreis das Büro des Hauptfeldwebels.

Hauptmann Jacottet zog die Nummern aus einem alten Hut, damit sich niemand benachteiligt glaubte.

Endlich wurden die Urlaube verteilt, die ersten.

„Wehrstammnummer 1529!"

„Hier!"

„Hier, nimm deinen Trail."

Ich trat vor. Die 1529, das war ich. Ich hatte Glück. Meine Nummer war als erste gezogen worden, und mein Trail fiel auf einen 14-Juillet, auf einen 14-Juillet in Paris.

Aix-en-Provence
17. Dezember 1944
vom 20. Januar bis zum 3. März 1945
11. Juni 1945
vom 1. November bis zum 13. Dezember 1945
21. Dezember 1945
vom 15. Januar bis zum 17. März 1946
Sonntag Quasimodogeniti
1946

Wer schreibt, schreibt Geschichte

Am 28. September 1915 reisst eine Granate dem 28jährigen Blaise Cendrars den rechten Arm weg. Ein Jahr lang hatte der Schriftsteller bis dahin im Ersten Weltkrieg für seine Wahlheimat Frankreich gekämpft, als Freiwilliger in der Fremdenlegion. Dies nicht etwa, weil er – wie ihm später oft nachgesagt wurde – ein blosser Abenteurer oder gar eine „Kriegsgurgel" gewesen wäre, sondern aus innerster Überzeugung.

Für Cendrars, der aus der westschweizerischen Uhrenstadt La Chaux-de-Fonds stammte und in jungen Jahren schon Russland, China und Amerika bereist hatte, war der *melting pot* Paris seit 1912 eine intellektuelle Heimat geworden. Die damalige Weltstadt der Moderne war für ihn zum Ort seiner wahren Empfindung geworden, den es gegen eine von nationalistischem Grossmachtstreben geleitete deutsche Aggression zu verteidigen galt. Und zwar bedingungslos, denn: Hätte Deutschland im Ersten Weltkrieg Frankreich erobern können, so hätte Cendrars die Grundlage seines damaligen Lebens, Fühlens und Denkens, seine *raison d'être* verloren.

Mit dieser Haltung war er nicht allein. Zwar begeisterten sich auch auf der deutschen Seite viele Intellektuelle zunächst für diesen Krieg. Deutschland war damals ein Kaiserreich, das noch immer um seine nationale Identität rang und keine (bürgerliche) Revolution erlebt hatte. Das bedrohte Frankreich dagegen war, gerade auch für Kulturschaffende des ganzen Kontinents, als Republik ein Symbol für Freiheit (auch geistige) und Demokratie – und fand Unterstützung weit über seine Landesgrenzen hinaus. Für einen zugewanderten Intellektuellen in Paris ging es damals, woher immer er ursprünglich stammte, um mehr als einen Krieg zwischen zwei Nationen: um den Kampf für ein neues, offenes und multikulturelles Europa, das in Paris seine Hauptstadt hatte.

Für seinen Einsatz für dieses Frankreich erhielt Blaise Cendrars 1915 die „Médaille militaire" und ein „Croix de guerre", 1916 wurde er auch französischer Staatsbürger, und im gleichen Jahr kam aus seiner Ehe mit Fela Poznanska sein Sohn Rémy zur Welt.

Nicht zufällig widmet der Schriftsteller dieses Buch seinen Söhnen Odilon und Rémy. Beide waren im Zweiten Weltkrieg im Einsatz, und Rémy, der als Militärpilot riskante Einsätze geflogen hatte, verunglückte – ein halbes Jahr nach Kriegsende – am 26. November 1945 bei einem Trainingsflug in Nordafrika tödlich. Das traf Cendrars zentral, obwohl er kein guter Familienvater war, schon nur auf Grund seiner eigenen Biografie: in der Erinnerung an den Ersten Weltkrieg.

Den Zweiten Weltkrieg, den Cendrars – als Kriegsopfer des Ersten Weltkriegs – zunächst als Reporter für die englische Presse an der Front mitbestreitet, erlebt er später in Südfrankreich, das nach der französischen Kapitulation – trotz der Kollaboration der provisorischen Regierung in Vichy mit Nazi-Deutschland – offiziell „frei" bleibt, und wo er untertaucht. Dabei behält er immer seine Kontakte nach Paris. In dieser ganzen Zeit vergegenwärtigt er sich seine eigene Geschichte und schreibt – das einzige, was ihm unter den damaligen Umständen möglich bleibt – atemlos und nicht immer sehr zielgerichtet an der Aufarbeitung seines Lebens.

Im Mai 1945, als in Frankreich wieder unzensiert publiziert werden kann, stellt Cendrars – er ist damals 58 Jahre alt – den ersten seiner vier autobiografischen Romane fertig, die in den Kriegsjahren entstanden sind: *L'Homme foudroyé* (Paris, 1945; dt. *Die Signatur des Feuers,* Basel, 2000). Der erste Teil dieses Buches, der nur 38 Seiten umfasst („In der Stille der Nacht"), schildert bereits höchst eindrücklich die Schrecken der Grabenkämpfe im Ersten Weltkrieg. Auf den weiteren 450 Seiten ruft sich Cendrars dann andere (schönere, wenn auch nicht immer ganz ungefährliche) Episoden seines Lebens in Erinnerung.

Gleich nach der Fertigstellung von *L'Homme foudroyé* beginnt er mit dem hier vorliegenden Buch *La Main coupée* (Paris, 1946). Parallel dazu schreibt er an seinen Reise-Erinnerungen *Bourlinguer* (Paris, 1948; dt. *Auf allen Meeren,* Basel, 1998) und an *Le Lotissement du ciel* (Paris, 1949; dt. ca. 2003). Im zweiten Teil dieses Buches, „Le Nouveau patron de l'aviation" („Der neue Schutzheilige der Fliegerei"), schildert Cendrars zwei unerwartete Begegnungen mit seinem Sohn Rémy, die während des Zweiten Weltkriegs stattfanden. In diesen Sequenzen rührt an, wie stolz der Vater auf seinen tüchtigen Sohn (und dessen neue Freundin) ist, aber auch, wie er sich Sorgen um ihn macht. Denn er weiss, was Krieg bedeutet – und sieht das Schlamassel kommen, das Europa erwartet.

Um sich selber und auch seinem Sohn metaphysischen Beistand zu geben, greift Cendrars in *Le Lotissement du ciel* die Legende vom heiligen Joseph von Copertino aus dem 17. Jahrhundert auf: die Legende von einem einfachen Priester aus Apulien, der sich in einer spirituellen Erhebung über die Gesetze der Schwerkraft hinweggesetzt haben und auf den Hochaltar seiner Kirche geflogen sein soll. Entsetzt darüber, dass Rémy und seine Kollegen ihre Einsätze ohne göttliche Rückversicherung fliegen, kürt Cendrars Joseph von Copertino zum Schutzpatron der Piloten und verspricht seinem Sohn, das Material zu dieser Geschichte nachzuliefern (was er in *Le Lotissement du ciel* denn auch tat).

Ein Vorgang, der typisch für Cendrars ist. Schon in seinen frühen Dichtungen *Les Pâques à New York* (Ostern in New York, 1912) und *La Prose du Transsibérien et de la Petite Jehanne de France* (1913; dt. *Die Prosa von der Transsibirischen Eisenbahn und der Kleinen Jehanne von Frankreich,* Basel, 1998) ringt Blaise Cendrars angesichts der Moderne, die sich mit ungeheuren technischen Entwicklungen und neuen künstlerischen wie auch politischen Ausdrucksformen ankündigt, mit Gott und dem Schöpfungsmythos. Nach dem Desaster der beiden Weltkriege rettet er sich in ein diffuses Glaubensgefühl. In *Le Lotissement du ciel* schreibt er, wie er sich nach der Kapitulation Frankreichs 1940 fühlte: „Der Surrealismus war auf Erden gekommen, nicht das Werk absurder Dichter, die sich als solche ausgeben und eigentlich *Sous-Realisten* sind, weil sie das Unterbewusste predigen, sondern das bewusste Werk von Christus, dem einzigen Dichter des Surrealen. Er hat nie eine einzige Zeile geschrieben. Er handelt."

Wenig später beschreibt Cendrars in diesem Buch, wie er seinem Sohn Rémy erklärt, warum er sich seit 1939 als Kriegsberichterstatter für englische Medien betätigt: „Ich gehe Rechenschaft ablegen."

Das macht er 1945 dann, rückbezogen auf den Ersten Weltkrieg, vor allem auch mit dem Buch *La Main coupée*. Der Titel suggeriert, dass Cendrars darin an zentraler Stelle von seiner Kriegsverletzung, vom Verlust seines rechten Arms, erzählen würde. Aber das tut er nicht: Der Text endet mit einem Urlaub in Paris, der vor dem – buchstäblich – einschneidenden Erlebnis stattfand, das den Schriftsteller Cendrars traf. Nur in ein paar wenigen Verweisen spielt Cendrars auf diese Verletzung an. Erst gegen Ende des Buches widmet er ihr, seltsam verfremdet, ein kurzes, eigenständiges Kapitel: „Die rote Lilie", das auf geradezu surrealistische Weise eine Vision beschreibt: Ein abgerissener Arm fällt vom Himmel.

Vielleicht gibt dieses Kapitel einen Fiebertraum wieder. Wie auch immer: Was ihm selber widerfuhr, sieht Cendrars auf diesen wenigen Seiten gleichsam von aussen: als das surreale Werk einer nicht erkennbaren Macht, als ein „Geheimnis" – mit diesem einen Wort endet die Passage. In diesem Text, der innerhalb des Buches paradoxerweise wie ein Fremdkörper wirkt, kulminiert das Trauma, das Cendrars am eigenen Leib erfuhr und das ihn seit 1915 immer wieder, besonders aber angesichts des Zweiten Weltkriegs, beschäftigte.

Ansonsten schildert Cendrars in *La Main coupée* eher realistisch, was er selber im Ersten Weltkrieg erlebte. Dennoch ist dieses Buch, das nun unter dem Titel *Die rote Lilie* erstmals auf deutsch vorliegt, ein aussergewöhnliches Werk. Allein deswegen, weil es diesen Krieg aus der Perspektive einer kleinen Truppeneinheit von Freiwilligen beschreibt, die aus aller Herren Länder zusammenkommt und sich auf dreierlei Weise immer wieder zurechtfinden und bewähren muss: zunächst einmal in der zusammengewürfelten Gruppe selber, dann gegenüber dem offiziellen Feind, und schliesslich auch immer wieder gegenüber der regulären französischen Armee und ihrem bürokratischen Apparat im Hinterland, der auch im vermeintlich lebensfreudigeren Frankreich eine ebenso starke (wenn auch weniger effiziente) Rolle spielte wie in Deutschland.

Cendrars schildert dies mit den zwei Seelen in seiner Schriftsteller-Brust, die sein ganzes Werk auszeichnen: sowohl als brillanter Erzähler, der Menschen und ihre Schicksale in wenigen Sätzen situativ skizzieren kann, als auch in der Rolle des Reporters, die er zeitlebens nicht nur zum Geldverdienen, sondern auch aus persönlichem Interesse am Weltgeschehen auf allen Erdteilen einnahm. Zwar sagt er in diesem Buch in einer Anmerkung (vgl. S. 124), dass es ihm nicht um „historische Tatsachen" gehe. Damit glaubte er sich gegenüber Historikern absichern zu müssen.

Mit *Die rote Lilie* gibt Cendrars aber ein Stück Geschichte zu Protokoll, das – so subjektiv es geprägt sein mag – wertvolle Ergänzungen zur objektiven Geschichtsschreibung bietet. Dazu gehört, dass Cendrars – so sehr sein Herz für Frankreich schlägt – die militärische Überlegenheit Deutschlands anerkennt. Wie seine kleine Einheit von Fremdenlegionären dieser Übermacht hin und wieder ein

Schnippchen schlagen konnte, aber gerade auch deshalb in Frankreich als eine Truppe von Outlaws betrachtet wurde, das bestätigt ihn in seinem Glauben, dass die menschliche Gemeinschaft – unter extremen Umständen – nur funktioniert, wenn sich eine verschworene Gruppe bildet.

Dabei verklärt Cendrars nirgends den Krieg. Der Beruf des Soldaten sei ein „abscheuliches Handwerk", schreibt er in diesem Buch, und „voller Narben wie die Poesie". Gleichzeitig spricht Cendrars von Disziplin, die Voraussetzung ist für beides: für das Kriegshandwerk wie die Poesie. „Man hat welche oder man hat keine", erklärt der Autor lapidar; gemeint sind auch da: Disziplin und Narben. Gemeint ist aber auch, dass einer, wie in diesem Buch, erlebte Geschichte(n) festhält und dabei sehr diszipliniert seinen Erinnerungen folgt. Cendrars ist ein Meister in Sachen Genauigkeit, auch wenn einem beim Lesen manches unglaublich vorkommen mag. Doch vergessen wir nicht, dass dieser Schriftsteller sein Leben lang dem Unglaublichen auf der Fährte war; er wollte stets mit eigenen Augen sehen und am eigenen Leib erfahren, was „die Welt im Innersten zusammenhält". Im Gegensatz zum berühmten Doktor Faust benützte er dazu nicht eine teuflische, sondern die reale Magie des Lebens.

Vor dem Ersten Weltkrieg war Blaise Cendrars ein modernistischer Poet, der an die Zukunft der Welt glaubte und darum auch – als einer der ersten in Frankreich – Werbebotschaften zu Gedichten umfunktionierte.

Den Untergang dieser modernen, offenen Welt, die ihn so faszinierte und die für ihn mit dem Zweiten Weltkrieg abermals unterging, beschwört er in diesem Buch mit existentiellen Zeilen: „Aber warum machst du dies alles mit, Blaise? Aus Überdruss? Ganz einfach: Weil ich das alles zum erstenmal entdeckte und man bis zum bitteren Ende gehen muss, um zu wissen, wozu die Menschen fähig sind, an Gutem, an Bösem, an Überlegtem, an Unüberlegtem, und dass, wie auch immer, ob man triumphiert oder unterliegt, der Tod am Ende steht."

Vor einer solchen Erkenntnis der Welt, die ebenso „absurd" wie „gemein" sei, helfe keine Ausrede, bekennt Cendrars. Das ist ein Anspruch auf Wahrhaftigkeit, den dieses Buch auf ebenso unbequeme wie noch immer gültige Art einlöst.

Basel, im Dezember 2001 *Peter Burri*

BLAISE CENDRARS IM LENOS VERLAG

Abhauen
Erzählung
Aus dem Französischen von Giò Waeckerlin Induni
Mit einem Nachwort von Peter Burri
68 Seiten, Lenos Pocket (LP 46)
ISBN 3 85787 646 8

Am Mikrofon
Gespräche mit Michel Manoll
Aus dem Französischen von Giò Waeckerlin Induni
228 Seiten, geb., mit Schutzumschlag
ISBN 3 85787 283 7

Auf allen Meeren
Aus dem Französischen von Giò Waeckerlin Induni
549 Seiten, geb., mit Schutzumschlag
ISBN 3 85787 274 8

Brasilien
Eine Begegnung
Aus dem Französischen von Giò Waeckerlin Induni
Mit Fotos von Jean Manzon
145 Seiten, Lenos Pocket (LP 65)
ISBN 3 85787 665 4

Im Hinterland des Himmels
Zu den Antipoden der Einheit
Aus dem Französischen von Giò Waeckerlin Induni
Mit einem Begleittext von Jean-Carlo Flückiger
132 Seiten, Lenos Pocket (LP 50)
ISBN 3 85787 650 6

John Paul Jones
Die Geschichte seiner Jugend. Romanfragment
Aus dem Französischen von Giò Waeckerlin Induni
Mit einem Nachwort von Claude Leroy
132 Seiten, geb., mit Schutzumschlag
ISBN 3 85787 194 6

*Die Prosa von der Transsibirischen Eisenbahn und
der Kleinen Jehanne von Frankreich*
Aus dem Französischen von Michael v. Killisch-Horn
Zweisprachige Ausgabe mit einem Faksimile des
vierfarbigen Original-Leporellos
Mit einem Nachwort von Peter Burri
80 Seiten, geb., mit Schutzumschlag
ISBN 3 85787 273 X

Die Signatur des Feuers
Aus dem Französischen von Giò Waeckerlin Induni
495 Seiten, geb., mit Schutzumschlag
ISBN 3 85787 300 0

über Blaise Cendrars erschienen:

Miriam Cendrars
Blaise Cendrars
Eine Biographie
Aus dem Französischen von Giò Waeckerlin Induni
615 Seiten, geb., mit Schutzumschlag
ISBN 3 85787 151 2

Cendrars entdecken
Blaise Cendrars, sein Schreiben, sein Werk im Spiegel der Gegenwart
Hrsg. von Peter Burri, 126 Seiten, br.
ISBN 3 85787 152 0

Blaise Cendrars
Ein Kaleidoskop in Texten und Bildern
Hrsg. von Jean-Carlo Flückiger,
unter Mitarbeit von Peter Edwin Erismann
303 Seiten, mit Illustrationen, geb., mit Schutzumschlag
ISBN 3 85787 288 8